姑嫂塔

——石狮人笔下的石狮

高寒 编

北京燕山出版社

图书在版编目（CIP）数据

姑嫂塔 / 高寒编 . — 北京：北京燕山出版社，
2022.1
ISBN 978-7-5402-6266-2

Ⅰ.①姑… Ⅱ.①高… Ⅲ.①散文集－中国－当代
Ⅳ.① I267

中国版本图书馆 CIP 数据核字（2021）第 238179 号

姑嫂塔

责任编辑：杨春光
装帧设计：陈　姝
出版发行：北京燕山出版社有限公司
社　　址：北京市丰台区东铁匠营苇子坑 138 号嘉城商务中心 C 座
邮　　编：100079
电话传真：86-10-65240430（总编室）
印　　刷：北京军迪印刷有限责任公司
开　　本：710×1000　　1/16
字　　数：350 千字
印　　张：22.5
版　　次：2022 年 1 月第 1 版
印　　次：2022 年 1 月第 1 次印刷
ISBN 978-7-5402-6266-2
定　　价：98.00 元

编 委 会

主　任：林嘉南

副主任：施养谊

编　委：蔡孝兴　林佑碧　杨国潮　郭建群

主　编：高　寒

副主编：蔡世佳

编辑组成员：谢奎宗　黄　成　吕亦涵　黄汉瑜

组织单位：第四届世界石狮同乡联谊会

　　　　　石狮市作家协会

序言

　　一方水土养一方人，一方水土也浸润着一方文化。石狮地处海峡西岸，在大陆农耕文明与辽阔海洋文化交汇融合和影响渗透下，塑造出了石狮人慷慨乐观、聪慧灵敏、敢为天下先的性格特征，也创造出多元、开放、包容的文化与文明。

　　作为改革开放的前沿阵地、中国民办经济特区，这里商业氛围浓郁，创业激情澎湃，建市短短30余年，就跃居全国中小城市经济综合实力百强县市第15位，成为全国文明城市、国家生态市、全国文化先进市、中国休闲服装名城。同时，海外石狮籍华侨华人勤劳勇敢，在异国他乡筚路蓝缕、艰难创业，当他们事业有成，又慷慨地回馈桑梓、建设家乡，展现出拳拳的家国情怀。作为奋斗在这片热土上的工作者，我经常被这座城市、被这里的人民感动着，更由衷地感到自豪。

　　"文章合为时而著，歌诗合为事而作。"在这部书写石狮的《姑嫂塔》散文集里，39位石狮文学人用65篇隽永的文字，全方位展现了千年来石狮山川的沧桑巨变、奋斗者的打拼历程、生活的翻天覆地变化、精神世界的惊人蜕变。这些文章，记录了姑嫂传奇、永宁古卫抗倭保国等历史掌故，描绘了"情人谷"、灵秀山等美景美境，讲述了林銮、王起沃等奋楫"海丝"的创业史诗，反映了"会跑""敢闯"的石狮改革开放峥嵘岁月，寄托了"走遍世界，最爱石狮"的乡愁情怀……为此，我备感振奋，感叹于石狮人用执着的追求、精彩的章节，同样树立了自己的文化特色，我认为这是一种最深沉的文化自信与精神追求。

今年是中国共产党成立100周年，百年的发展历程坎坷曲折、气吞山河、波澜壮阔，这是值得热烈纪念的光辉时刻、值得隆重庆贺的伟大纪年。世界石狮同乡联谊会、石狮市作家协会携手将这部书稿付梓出版，希望以过去的奋斗故事和美丽乡愁，激励海内外百万石狮人，不忘初心，砥砺前行，努力为实现"两个一百年"奋斗目标多做贡献。我认为，这想法是纯真与质朴的，这情感是真挚与炽热的！

一花独放不是春，百花齐放春满园。站在历史的交汇点上，我期待有更多的石狮文艺人，秉承崇高的历史责任和理想追求，努力创作、勤勉创作，积极为时代画像、为人民画像，写出更多给人以价值引导、精神引领、审美启迪的精品力作，讲好中国故事，传递石狮好声音！

是为序。

黄春辉

2021 年 1 月 28 日

目　录

蔡世佳

会跑的石狮

轰动上海滩

建市初期，石狮的社会环境并不容乐观，从境外来的黄色录像带充斥市场，全国各地查获的黄色录像带几乎都来自石狮，这里成了全国的"黄源"，即黄色录像带的集散地。当时福建省领导多次做出批示：严肃查处石狮黄色录像带泛滥的问题。石狮市委、市政府采取抓、毁、挖、捣毁窝点等各种强硬措施，进行打压、查处，一大批涉黄人员受到严肃处理。

其间，中央调查组来到石狮，调查、督导石狮市查处"黄源"的情况。1990年元旦，有关部门领导亲自来石狮检查扫黄情况。通过实地考察，中央领导及中央调查组认为石狮治"黄"工作卓有成效。至此，轰动全国的"黄源"问题才从根本上被遏制。

肃清"黄源"后，石狮的社会环境得到根本性改善，经济良性发展成为迫在眉睫的头等大事。但是，偏居一隅的弹丸之地、刚升级为县级市的沿海小城，如何发展？这成为令新组阁的石狮领导班子冥思苦想的问题、难题。经过一番探讨，领导们达成共识：石狮是综合改革试验区，个体私营经济迅速发展，各企业迫切要求对外开拓市场，市政府应转变对经济管理的职能，在商贸活跃、人口密集的大中城市选择有一定知名度和享有信誉的商场，为企业寻找销售渠道，采取"政府搭台、企业唱戏"的新型发展模式，走出去推销商品，开拓市场，促进经济大繁荣。但新的问题又出现了，第一步如何跨出去？路在何方？

1989 年 11 月，我到上海出差，特意去拜访中百一店的老总，他是我的老相识。闲谈中，这位老总表示，他们对石狮商品很感兴趣，但石狮都是私营企业，他对商品质量和企业信誉的顾忌，弄不好会影响中百一店的声誉，毁了自己的形象。我深知上海中百一店是全国商业的龙头老大，年销售额 7 亿元，每天客流高达 20 万人次。几乎所有到上海的外地人，都会慕名前往中百一店游逛、采购。

所谓"说者无意，听者有心"。从上海回石狮后，我及时将这一信息向时任石狮市委书记、市长的刘成业做了汇报。我调侃道："石狮以民营经济为基础，民营企业不发展，你这个市长不好当啊！"市长听到了心坎上，激动地说："我同意你的建议，麻烦你拟个方案，交到市两委会上，我们研究研究由政府牵头，筛选优秀企业的产品，到上海去展销。这是一举多得的好事，既宣传扩大石狮的影响，又帮助企业开拓市场。"

我兴奋地回家，马上伏案拟稿。方案很快获得市"两委会"的通过。我赶紧将这一消息反馈给上海中百一店的老总，他同样兴致很高，马上派出代表前来石狮，签署合作协议。终于搭建起了这座经济交流的桥梁。

经过慎重筛选，还有对方的严格把关，石狮市政府最后选择 48 家企业的商品作为参展商品，以服装为主，辅以小商品。因石狮服装作坊遍地开花，很多学习港澳台，款式新颖时尚、价廉物美，当时流行一句话："铺天盖地万式装，货到神州尽道洋。"又因为石狮是侨乡，侨货源源不断涌入，供应的小商品也是无奇不有、琳琅满目，让人爱不释手。

虽说"兵马未动，粮草先行"，但这一战打响之前，先行的不是粮草，而是我——这个出"馊主意"的人。刘市长派我先到上海进行筹备。我认真思考后，觉得必须重点解决两个问题：一是请上海市领导为展销活动剪彩；二是通过上海《文汇报》记者施宣圆（石狮人，我的老朋友）组织一批新闻媒体对此次活动进行报道。简单地说，就是提高档次与水平，提高知名度与影响力。我的"目标"是当时担任上海市委书记的朱镕基先生。

但这个目标如何达成？我不能当无头苍蝇到处乱闯呀，我想到一位在上海市政府办公室工作的晋江金井老乡，名叫蔡星火，便急匆匆找到他，请他帮忙："刘成业市长第一次来上海，想和上海搞横向合作，能否安排刘市长拜见一下朱镕基书记？"蔡星火有点遗憾地透露：朱镕基在北京开会，不在上海。市政府有个协作办，专门负责外地在沪的经贸活动，可以去协作办问问情况。

真是万事开头难，我只好马不停蹄找到泉州市驻沪办事处，那里有一位我结识的老乡郭清辉，我直截了当请他帮忙解决接待相关的问题。郭清辉马上着手解决，并带我去拜访上海市政府协作办。协作办对这次展销活动的情况并不了解，要求石狮市出具一份书面材料。

我俩匆匆回到住处，由我口述，郭清辉记录，很快完成这份说明，并送交协作办。其间，我了解到：上海市政府规定现任领导不能出席经贸活动。

又碰钉子了，如何是好？路该怎么走？我及时调整心态与工作重心。经过一番了解，我得知：上海市前任市长汪道涵在上海很有影响力。于是，我把邀请对象锁定了汪老。

我赶紧请郭清辉起草一份邀请函，送到汪道涵办公室。其间，我又得知：汪道涵与泉州老乡、华东政法大学教授陈鹏生是挚交好友。当晚，我冒着大雨拜访陈鹏生，向他说明了这项关系石狮市经济发展的合作活动，并拜托他和汪道涵打个招呼。

第二天，协作办给我打来电话，告知汪道涵同意参加剪彩。听到这个消息，我兴奋异常，赶紧打电话到石狮向刘市长汇报此事，刘市长闻讯也非常高兴。

我认真向协作办推销自己的家乡：石狮是著名侨乡，经贸发达，我们准备以此次展销会为契机，加强两地的横向联谊，将小球推成大球。协作办的领导听后很认同，并表示支持，决定刘市长到达上海时，派车到机场迎接。

1990年4月3日，石狮市展销团远赴上海。当刘市长带领的由80多人组成的展销团到达上海虹桥机场时，8名由上海中百女员工组成的迎宾团已在飞机旁一字排开，几辆接机的小轿车也停在那里，迎接来自侨乡石狮的客人。看到这阵势、这规格，石狮一行人激动，也感动极了！

次日，时任上海市委副书记、宣传部部长的陈至立，以及上海市政协主席谢希德（石狮人，复旦大学校长、物理学家、中国科学院院士），分别亲切接见了刘市长一行。陈至立告诉刘成业："我已经在报纸上看到你们来上海展销的消息了。"

展销会在上海中百一店新楼举行。参展商品很受欢迎，很多市民到现场买东西，现场人山人海，热闹非凡。不少企业带去的商品很快售罄，有的企业赶快空运补货。一个星期的展销，轰动了上海滩。

活动如火如荼举办着，我突发奇想，便向刘市长建议：是否请在上海各条战线上有成就的泉州、石狮老乡在上海就商贸发展的话题举办一次座谈？既联络感情又加大宣传力度，也希望老乡们集思广益。刘市长非常赞同。于是，一场热闹喜庆的"老乡座谈会"召开了，谢希德老乡也参加了座谈会，让整个座谈会蓬荜生辉。

展销会期间，石狮市政府邀请上海40多家新闻单位70多名记者，在中百一店6楼召开新闻发布会。很多人纷纷感慨、惊叹："小小的石狮，请了这么多媒体编辑、记者过来，了不起啊！"

30多篇报道，通过上海主流媒体一起刊发，这是何等的声势、何等的阵容！其中《解放日报》《文汇报》等主流媒体刊发的《上海人喜购国产小洋货》《扫除了精神垃圾，促进了经济发展》等报道，在当时引起不小的反响。

忙碌而紧张的一周过去了。展会结束后，8家石狮企业的产品进入上海中百一店，设专柜长期销售，这是意外的收获。上海不少商界人士主动与石狮企业接触，寻求合作机会，这是意外的惊喜。上海展销会成功举办，为石狮企业率先走向全国开拓大市场开了先河。

为亚运添光彩

1990 年 9 月，石狮又迎来一个令人振奋的好消息。

第十一届亚运会在北京召开。为配合亚运会的召开，国家商务部委托北京服装公司，举办"迎亚运"全国六城市服装展销会。参加展销的六个城市是：北京、上海、广州、南昌、杭州、石狮。刚刚崛起的县级市——石狮，跻身于五个赫赫有名的大城市中。

石狮为何能和这么多"老大哥"一起参加这样高规格的展销会？一是石狮地处改革开放前沿，有庞大的洋货市场，已经在全国产生很大的影响力；二是上海中百一店展销会的成功，打响了第一炮，在全国业界影响很大。

展销会在北京中国工艺美术馆开幕。石狮参展企业 62 家，赴京的企业负责人和员工达到 400 人，货物整整装了两个火车皮，总价值 2000 多万元。

如此浩大的声势引起了福建省公安厅的注意。亚运会期间，公安部对安保工作非常重视，各方面组织非常严密，石狮团队要浩浩荡荡开进京城，自然不能小觑。公安部和省公安厅对刘成业市长提出要求，一定要对人员进行严格审查，组织好，保证不出事。

展销会上，一个企业一个摊位，石狮展团的摊位最多，商品也最多，受到首都人民的欢迎。开馆后，到石狮展位上参观、采购的人络绎不绝。令人自豪的是，有 47 位党和国家领导人以及副部级领导亲临石狮展位。

石狮展团再次旗开得胜。祥芝工艺服装厂带去 20 万元的夹克，因款式新颖，符合首都人民的审美，很快就被抢购一空。事后，该厂与北京王府井百货商场达成战略合作协议，在王府井设立服装专柜，销售状况十分喜人。

为了加大宣传力度，产生更可喜的效果，石狮市副市长吴德厚决定主动出击，举行一次媒体发布会。

我联系在中国文联出版社工作的朋友谢群，请她帮忙联系媒体记者，很快在前门峨眉山庄酒店举行了一个小型的新闻发布会，北京电视台当晚就播发了石狮参展的新闻，其他媒体也争相报道。

《人民日报》以《石狮新颖服装，吸引北京顾客》《石狮为亚运送来国产洋货》为标题报道，《北京国际商报》记者周继胜专访吴德厚副市长，写出了《现代"公输"刻凤凰》的专访文章，盛赞石狮领导和石狮人民有雄心、有骨气，他们就是现代的"公输"。

人民大会堂议前景

1993年3月，石狮市人民政府与旅港石狮同乡公会携手合作，在北京人民大会堂举办经济发展座谈会。

时任旅港石狮同乡公会会长的邱季端先生带领30多人，协助石狮市人民政府有关领导，策划组织了此次座谈会。座谈会邀请了几位中央领导，以及经济学家童大林、部分新闻记者等。座谈会上，有关领导和专家称赞石狮人有头脑、有眼光、有魄力。

座谈会后，石狮方面又与北京王府井百货大楼合作，举办为期一个月的服装展销活动。

北京王府井是当时中国亿元商场协会主任单位，全国年销售额在亿元以上的有90多家，是当之无愧的行业龙头，在全国商业街有着特殊的地位。鉴于此，石狮决定"牵手"王府井，开疆拓土。

展销会期间，那真是人的海洋、人的声浪，人流差点把柜台挤破，首都人民见识了来自南方沿海小城的东西，领略到与皇城根不同风格的新鲜事物。那有来自海洋、来自域外的气息，那是爱拼敢赢的闽南人打造出来的"中国制造"。

《福建画报》以《春江水暖鸭先知》为题，专题报道北京座谈会的盛况，称赞石狮开拓创新、锐意进取的做法。

北京之行，在邓小平南方谈话过后不久，中国改革开放进一步发展的伟大节点，所以这是一次具有历史意义的座谈会，翻开了石狮经贸发展的崭新篇章。

站在制高点上，所见风景不一样，收获也非比寻常。

电视现场直播

在上海、北京、沈阳、武汉等大城市展销之后，石狮市委、市政府决定战略转移，从大城市逐渐向中小城市拓展。当他们有这一战略构想时，南通市向他们投来绿色的橄榄枝。

南通市地处江苏省南部，经济活跃，是苏南一颗明珠。因石狮侨联与南通素有经贸活动，南通方面得知石狮服装闻名全国，而且跑遍全国，把展销搞得有声有色、轰轰烈烈。南通市协作领导找到我，传达政府的盛情邀请。我立马给刘成业市长写了一封信，转达对方的真挚心愿。经市领导班子研究，很快通过了我的建议。

南通市政府协作办对这次展销非常重视，特意派人来石狮联系对接事宜。

1994 年 9 月 25 日，石狮市 28 家企业由市政协主席吴彦南带队，带着满载着服装等产品的货车奔赴南通。展团到达南通时，南通市五套班子领导全部出动，与石狮展销团见面。他们用这么高的规格迎接石狮团，充分显示了诚意与重视。场面热烈而感人，石狮团感动、兴奋极了，所谓美好的开端是成功的一半。

展销会在国际广场隆重举办。开幕式上，南通电视台派出两辆大巴车，好几台机器设备，现场直播一个小时，现场采访石狮市政府人员和参展企业，电视覆盖千万人。《南通日报》刊登半个版面的祝贺广告，广告词特别让人感动与震撼——"南通人最惊喜的日子"。他们用这么热情的姿态迎接石狮客人，一方面是真诚好客，另一方面说明了石狮商品的受欢迎程度。

拉莫斯总统送贺词

　　石狮是闽南著名侨乡，华侨多旅居菲律宾，两地民间往来历史悠久，频繁络绎，友谊源远流长。当石狮市政府决定把目光投向国外时，菲律宾便是跨出国门的第一站。

　　在菲律宾石狮市同乡会的大力支持、帮助下，一切就绪。烦琐的出境手续办理妥当后，石狮市委书记兼市长何锦龙带领由 86 家企业 100 多人组成的庞大团队，远赴菲律宾首都马尼拉的国际展览中心，举办"中国石狮名优产品展销会"。

　　在展销会特刊上，时任菲律宾总统拉莫斯发来贺电。开幕式上，菲律宾议长霍维托·萨隆加到场讲话，中国驻菲律宾大使关登明也参加了开幕式。这又是一个高规格、高标准的起点。

　　这是石狮企业第一次跨出国门，也是石狮最大规模的出境贸易活动。通过展销，进一步密切了石狮市政府、企业与菲律宾侨亲的关系，加深了沟通与了解、友谊与信任，一些侨亲有了回乡投资的意愿；参展企业也开拓了市场、拓宽了视野，为"政府搭台、经济唱戏"这一经济发展战略注入了新的内涵。

　　从此，石狮经济的触角从大城市到小城市，从国内到国外的模式正式建立。引领一批又一批企业"走出去"，走向广袤的天地、广阔的世界。

　　这场经济大戏一直高亢地唱着，跑出去唱，也请进来唱，高调而激情、奋进。1991 年石狮建市三周年之际，市政府在新落成的环球商厦举办商品展销会，诚邀全国各地客商参加。自此，石狮市每年举办以纺织服装为主的大型展销订货会，邀请海内外客商到石狮进行贸易洽谈。1995 年，石狮市首次举办海峡两岸纺织博览会。1996 年，时任市长何锦龙率队赴越南等国举办商品展销会。这条展销贸易之路越走越宽。至 1997 年，石狮在全国各地和境外举办较大规模的展销、博览会达 22 次，参加福建省举办和企业自办的展销会 8 次，市内举办贸易洽谈 14 次。有力地促进了石狮商品在国内外市场的占有率，带领石狮企业走向发展壮大。

这项举措在当时无疑是石狮市政府领导企业、带领企业走向发展壮大的成功经验。

　　蔡世佳：籍贯石狮市凤里大仑社区，原石狮市侨联主席。被评为"全国侨界十杰""全国侨联工作先进个人"。福建省作家协会会员、石狮市作家协会创会会长、名誉主席，作品散见于北京《侨务报》《福建日报》《石狮日报》《石狮文艺》等报纸杂志。主编《石狮市华侨志》《石狮市侨界人杰风采》等多部专著。作品《石狮小商品市场浮沉记》荣获 1989—1990 年福建省第五届优秀文学作品鼓励奖，作品《侨乡石狮巨变》2008 年获福建省侨联征文二等奖。

蔡丽双

石狮柯顺公园

　　石狮柯顺公园，是建筑师匠心独运的杰作，在彭田村燕子山上落成。这是由旅港爱国同胞蔡衍善先生捐资 500 万元人民币和市政府征用 66 亩土地建造而成的。在石狮市委书记刘成业、市长何锦龙，副市长蔡志从、邱家赞等领导的重视下，柯顺公园于 1996 年奠基，1997 年顺利竣工。

　　公园门前的通衢，景色宜人。两行大王椰挺拔参天，碧绿的羽状长叶英姿潇洒，沐着骄阳，恰似队列整齐的护园卫士，威仪凛然。套栽其间的丛丛黄金榕，宛如漾着亮丽笑容的少女，仪态万千地迎迓纷至沓来的嘉宾。

　　典雅壮观的公园大门上的"石狮柯顺公园"六个镏金大字，熠熠生辉，那是原新华社香港分社副社长张浚生教授的墨宝，遒劲俊逸的笔力，勾起人们无限遐思。

　　走进公园，俨如进入一个诗情画意的世界……

　　小山冈错落有致的地形，因地制宜分布着众多亭阁楼榭和池景花木，构成多姿多彩的层次格局，远近高低有度，曲直动静相宜，集江南北国的园林精华，刚柔相济，亦见独到匠心，使游客顿生移步换景的佳趣。

　　精巧的皓月亭、玲珑的瑞月亭，屹立于小山巅，吞吐山川的紫岚瑞气，大有"江山无限景，都聚一亭中"之壮丽；登上涵芳亭或滴玉亭，碧草芳花尽收眼底；宛若潜龙盘踞的回龙亭，兜连着高低两处建筑物，耐人回味地蕴含着龙心诗意；临水而立的慈晖榭，融融春晖倒映在盈盈的池水中，深沉地寄托着海外赤子的真挚情思……

仰观"柯顺流芳"牌坊，庄严肃穆，那冠名楹联意蕴隽永，其一：章心依秀水魂萦狮城富贵腾达；柯体卧灵山情系彭乡子孙绵延。其二：荷香百里母仪风范传千古；顺景万般鸾凤气节永流芳。流露在字里行间的思乡思亲之情感人肺腑。牌坊旁的石碑镌刻着《椿萱赋》，字字珠玑，情真意切，洋溢着游子艰苦创业、报效桑梓的虔诚心愿。联与赋皆由香港著名作家张诗剑、陈娟伉俪撰写；凝练洒脱的书法，则出自本市旅港书法家郭德荫先生之大手笔。

当你置身在绿荫掩映、白墙红瓦的综合楼时，便可近观优美脱俗的风采，这里是室内活动的理想天地，又是品茗休憩的最佳去处。

公园的绿化面积达 90%，假俭草和马尼拉草铺满坡地，青翠欲滴。放眼望去，碧茵茵、绿茸茸一派芳草云天；连同 30 多种姿态万端的乔木、灌木，豁达大方地把一个立体的绿色世界呈现在你面前。大王椰、槟榔树、短穗鱼尾葵和散叶葵为公园装点出几分热带风情。嘉木常青，鲜花烂漫。平直的大道为四时奇花所簇拥，不败的异草点缀着萦回通幽的曲径，那曲桥、水池、花木的巧妙组合，引人入胜，堪称一绝。人们在爽心怡情之余，可荡涤忧思俗虑，彻悟悠然人生的妙谛。

柯顺公园这颗璀璨的明珠，是海内外石狮同胞共建美好家园的结晶之一。是石狮人民用巧夺天工的双手，建造了如此宏伟美妙、这般令人神往的人间仙境。正如游人留诗颂曰："柯菁叶翠百花芬，顺势亭池景色新。公益扬辉披燕子，园林焕彩悦人心。"

智慧的摇篮　心中的眷恋
——石光中学七十华诞礼赞

石光，石狮之光！我们心灵的呼唤，我们亲爱的母校，在二十世纪四十年代，闽南寂寥于苍茫的长夜里，您犹如希望的曙光，燃亮侨乡的美好未来！

石光啊，您春风送暖繁万朵，甘雨输腴润千枝，厚重了文明史。您以济世的雄韬伟略，成为口碑载道的教育典范，迈向辉煌！

眷眷地仰望着您，就像仰望着一棵高山松，挺拔在群峰中。您拥抱着山魂水魄，迎接着日月星辰，沐浴着风霜雨雪，与漫山绿涛一起放歌！

拳拳地走进您，走进知识的海洋，您的梯志烛魂，令我们终生难忘。您的谆谆教诲，像战鼓、似号角，把枯萎的草唱鲜，把压扁的梦唱圆！

悠悠地读着您，一部浩瀚的经典，把"励志、修身、笃学、力行"，读成一支支春风化雨的交响曲，共鸣在一代代学子的心海！

石光，您铁肩挑重任，挥洒热血耀神州。您迸发出燃烧激情的信念，无论走过多少岁月，不管经历多少沧桑，依然神采飞扬！

石光啊，您引得灵泉濡德智，倾将汗血染河山。古榕树下，向阳楼上，莘莘学子永远朝气蓬勃。天涯海角，经风纬雨，我们的心泉奔涌着您赋予的才思睿智，高唱大风歌。纵使尝尽人生的甜酸苦辣，我们仍情萦母校，报效家国！

石砥千涛才作骨，光辉八表德为灯。石光啊！您华年七十举心旌，海啸山呼众共鸣，不倦地攀登，不懈地创造奇迹。您是我们智慧的摇篮，心中的眷念！您是我们最爱的母校，母校！

石狮风景线（十首）

（一）石狮

走进闽南
明眸投向
东方醒狮
一呼唤
它即昂首长啸
再挥手
它就腾跃奋飞

"狮文化"
诉一腔恒久的乡情
凝聚成一尊崇拜的偶像
神话般崛起座座春城
奇迹般扬起浩浩风帆
世纪的钟声
激越地吼响

（二）虎岫禅寺

宝盖山峰别有天
国父墨宝飘馨香
岩石矗起哲理的宇宙
瀚海演奏蓝色的堤韵

暮色朦胧
是谁穿过袅袅香火
梵音禅理中求索？
当年那管神笔
描绘了伟人的沉思
光辉在镌刻着永恒

（注：宝盖山的虎岫禅寺旁有一方国父孙中山先生的题字崖刻，弥足
珍贵。）

（三）鸳鸯池公园

石狮的条条大道
翔向辽阔的蓝天
一片迷人的风景
都市沸腾于进行曲中

徐徐飘落
一个浪漫的休止符
碧波荡漾的小桥下

亮出绚丽的绿洲

湖水洗涤着俗气
树荫过滤着凡尘
枝上莺歌燕舞
醉了倩影

喧闹中露一泓幽泉
快拍中含软音乐
时空永不凝固
速度却在滋润后起飞

（四）灵秀山

沿着太守的脚印
追到灵秀入画中
缠绵的诗句
流风在悄吟
寒星在微笑
岚川在演绎生机

青山绿水间
古朴的金相院
正在弹唱着
清澈透明的歌
押上现代的节拍
旋出生活的舞姿

（注：宋代状元、泉州太守王十朋曾在灵秀山摩崖石刻，赞美金相院。）

（五）闽南黄金海岸

滔天巨浪拍打
曲折海岸的奇美
深情一回眸
秋叶已跌入清波

观音塑像露天屹立
早晨掬一道阳光
黄昏抹一朵夕霞
默默地酝酿慈悲

春风的温柔中
踏着月色诉一腔星语
自然深藏着美丽
时代献上缤纷的色彩

（六）六胜塔

金钗山上
巍峨六胜塔
石湖良港上
香火吞吐着东岳庙
游子的心岸
是海上永照的航标

明代郭伟大儒

依然醒着睡

无声的经文

由高僧祖慧和宗什

颂了千年

眼前已是万吨巨轮

犁着风浪唱

（注：1.明代大儒郭伟墓在六胜塔附近，供后人凭吊。2.传说宋代高僧祖慧和宗什曾祈求妈祖娘娘收服了两个妖怪，其被收服后成为妈祖身边的千里眼和顺风耳。）

（七）伍鸿海滨

一伸手

触动了伍鸿的峥嵘礁石

一迈步

牵引起千年沧桑的水

一举头

识破风平浪静的海滨

海神发出号召

天籁中

自有鬼斧神工

神奇的大地诞生

一幅幅泼墨的山水画

美遥控着

人与自然的距离

（八）大坠岛

登上大坠岛迎朝阳

波光粼粼百舸待发

顽皮的云彩

东躲西藏

台湾宝岛啊

咫尺天涯

挥起港湾的银色绸带

铺开万里琴台

弹一曲《龙的传人》

人间天上大合唱

天然浴场添新姿

南海明珠盼归帆

（注：古时，船舶从大坠岛出港，可达台湾、澎湖等东南亚各地。）

（九）石狮柯顺公园

怀着乡情

迈进园林

自我心灵深处

荡起无言的心声

呵！柯顺公园

你敞开着情怀

以鲜嫩的翠绿

迎接五洲的访客

如色彩缤纷的蝶群

（十）石狮城雕

智慧和素养

复活了花岗岩的生命

一头狮子

傲立狮城

炯炯目光

雄视着征程

勃勃英姿

昂首雷鸣

你是石狮精神的写照

民营特区的象征

东方醒狮

卓立人伦

见证着爱拼才会赢的

石狮人

蔡丽双，祖籍石狮，文学博士，国家一级作家，中国作家协会会员，已出版作品《星光下的情怀》，获中国散文学会颁发的"第二届冰心散文奖"；《温泉心絮》，获中国散文诗90年颁发的优秀散文诗集；《鱼水情深》，获中央军委批示到四大军区赠书；《比翼云天》，获中国首届长诗金奖，有90多部个人专著。作品入编课本等。

邱婷婷

故乡东坡渔港

　　故乡东坡村坐落在东海之滨，三面环海，风景秀丽。村名虽来自位置与地势，然而巧与苏学士号同，应是祖先对后辈在文化教育上的殷切期望。这里是康熙诰封四世一品邱天胜将军的故乡。

　　东坡村的地理位置和造型独特——其形状犹如箕斗，有海纳百川，箕收万物之势。这里确实人杰地灵、人才辈出，因此故乡东坡村许多乡亲在社会各行各业都颇有建树。东坡人历来襟怀坦荡，开阔、聪明、智慧、质朴、善良、勇敢。

一

　　虽说是风水宝地，却也有美中不足，东坡村地少人多，祖祖辈辈以海为田，以舟为耕，而且东坡村不像祥芝村、古浮村、石湖村、深沪村等具有天然渔港，所以几百年来东坡村的人民备尝生活的艰辛。记得孩提时，每逢台风来临之际，村中古梅山上高高竖立的竹竿上都会挂起风球警示台风等级。由于没有良港，渔民们必须在极短时间内判断风向水流，将他们赖以生存的渔船转移到安全地带。所以每逢风球预警，村中的渔民都会穿上棕蓑衣，肩上扛着锚绳奔向渔船，把锚绳放到渔船上（为到时加固渔船）后，渔民们会根据风向、潮流（南流或北流）决定转移渔船的方向——一般都是北流风势较大，若是北流即驶向深沪港；潮流若由南而来，即驶到祥芝港或古浮港或者泉州湾等避风。渔船行驶当中有时飓风突变，风向骤然相反，浪涛瞬间变得又急又凶，这就要靠渔民的急智、勇猛及技术。特别是渔船的行驶完全靠渔民用双臂摇橹的年代，渔民的这种艰辛是难以想象的！

记得儿时的一次天文大潮，狂涛冲进海边的国营水产加工厂，闯进海边的造船厂，连海边的房屋都被巨浪刮倒！泊船窟澳中骇浪滔天、惊涛扑岸，浪花犹如万马奔腾、万千条怒龙疯狂不断地冲向海边的崖壁高岩。没有渔港的渔民，其生活的艰难是难以用笔墨形容的！

二

尽管祖祖辈辈都在遭遇没有良港之艰险困苦，但世代东坡村渔民从不退缩逃避，从不畏惧艰难险阻，而是用智慧与勇敢面对。智慧都是从勤奋、坚韧、进取及艰难的磨炼中来的！几百年来，故乡的人们在艰辛的讨海生涯中不断地积累经验，除了海上作业的经验、渔具以及渔民讨海时的装束不断改良外，还有观星象、看夜云、辨风势，预测翌日的风向、天气、潮流等等。虽然有些是祖辈积累经验的代代相传，但是有些情况是不能言传身教的，因为风雨难测，都是要靠对当下情况的观察进行判断，依靠渔民自身的经验、品格和果断，来把握扬帆出海的时机。而同舟共济的精神在打鱼时更是体现到了极致，渔船在大海行驶或作业时，渔民们身手敏捷勇猛，如战士在战斗中随时发挥智勇，且随时保护照顾同人——眼观全局、眼敏手捷，使用全力快速劳作。特别是船老大，更要全神贯注、全力以赴地照看每位同人的安全——眼睛、头脑、手脚、嗓子并用！渔民中有几句俗语："好脚数（有本事），会致荫人（干活抢先，肯帮助人）！""劳作像出家私（战斗），吃饭是亲兄弟（互相推让谁先吃）。"在浩瀚无垠的大海上行驶及作业时，确实犹如上战场得临阵发挥智勇。在过去没有天气预报的情况下，更是要凭眼力及观察、判断和经验、睿智与果敢，只有想办法了解大海及大自然的规律，才能摄取大海丰富的资源，并且勇敢沉着地应付大自然的瞬时骤变，要生存就得战斗，唯有战斗获胜才能拥有一切！人为万物之长，我想，渔文化的精髓应是渔民本身的智慧与勇气，以及在大海的宏阔无际的熏陶下渔民们似海的襟怀。人们若要了解东坡村人几百年前勇于选择临海而居，不断地战胜险涛巨浪，不断地改良渔具等等，最好的去处就是"石狮海峡渔文化博物馆",该馆馆长是东坡村乡贤邱国凹,渔博馆就是由以他为首的几位可敬的老渔民自发筹集的,这里渔文化深厚,是真正的乡土文化。渔博馆里珍藏和展示的东坡村老祖宗简单原始的渔具、风帆、出海时的着装等,着实令后辈叹息和敬佩!再看看现在先进的电动铁船,感受渔舟唱晚顺利满载归航的感动与喜悦,真是"千秋祖德传渔技,百载繁孙唱晚风"!

三

1991年,石狮市第一届人民代表大会召开,当时我属于东坡籍人大代表,与东坡一村代表邱华川、东坡二村代表邱华水、东坡三村代表邱华辉同组,对东坡村建设渔港大计进行商讨,共同拟订建设东坡渔港议案,这是家乡村民多年的期盼,也是我们应该帮乡亲们解决的实际问题。代表大会闭幕后,我专程把东坡渔港建设的有关资料呈送时任石狮市委书记、市长的刘成业和市委副书记、市人大常委会主任黄源水,幸运地获得石狮市委、市政府的高度重视、关怀和支持。经集体研究后,以市委书记、市长刘成业和副书记黄源水为代表,拨给东坡村第一笔款项,作为东坡村建设渔港的启动资金。这一举措对东坡村干部和村民起了极大的鼓舞与激励作用,激发了他们建设渔港的积极性和信心。从此,东坡渔船主、渔民、村民自发捐款,并多方集资,及时实施计划,一步一个脚印、持续不间断地落实建设。

如今,由国家拨款建设的东坡渔港已具备了一级渔港的规模。

那天,我从香港返归桑梓,清晨于东坡渔港的堤岸上漫步——在香港时的浓浓乡愁,已化成满心喜悦——脚下是宽阔平坦、延伸漫长的沿海大道,东边是新建的渔港长堤威镇海东,朝阳射出万丈光芒,港区里春波轻荡,粼粼闪光。海风轻拂,异常凉爽,眺望渔港彼岸,只见海面上闪烁着数不尽的宛若宝石与黄金铺就的"大道",我向前迈步时,这奇妙无比、璀璨耀目的"大道"也一直向前移动。碧水湛蓝如绸,港区平静安宁,景美如画,犹如明珠般熠熠生辉,呈现一派吉瑞之气,这时飞来一群白鹭,或落在沙滩上悠闲踱步,或在浅浪与湿滩上低低展翅,海鸥、海燕自由自在地在渔港里飞翔。我突然想到,假如唐代诗人王勃看到此美景是否会吟道:

朝光与海鸟齐飞，碧海蓝天均霁色！港岸旁边停着一叶蓝色小舟，几艘电动小艇在渔港里飞驰，还有许多铁船泊在渔港里，排列整齐，满满皆是。放眼望去，由天然礁石组成的长任山盘亘于港澳的前方，舒缓南来的风涛。从今以后即使风暴猖獗，港区也将是波澜不惊。啊，安全的港湾终于呈现在我的故里！渔民艰辛的岁月永远地过去！感恩啊！感恩！于激动之余，想到东坡村自开基600多年来，村人都在做建成渔港的美梦，历经明朝、清朝、民国，直到如今在党和政府的大力支持下，吾村大港终于建成！儿孙后辈应对中国共产党、中央人民政府永怀感恩之心！

站在海港岸上回头瞻望东坡村，我的故乡已换了人间，旧时的石头矮屋不见了，早已变成了鳞次栉比的楼房，儿时的泥泞小路早变成了四通八达的柏油大道。啊，美丽的故乡！绮丽壮阔的故乡渔港——故乡渔民的安全港湾！是游子梦中的彩虹！

邱婷婷，笔名静婷，石狮东埔人，旅居中国香港，现为香港作家联会永久会员、香港作家协会永久会员、福建省作家协会会员、北京市写作学会理事、香港政治经济文化学会理事等。1991年长篇小说《残梦》，由湖南文艺出版社向全国征订，正式出版向全国发行，《残梦》荣获椰风文艺奖。1994年初移居香港，任职香港新闻界编辑、记者。1997年底始至2017年亦文亦商。2003年中短篇小说集《梦江南》由中国作家出版社出版。2011年散文集《大海的恩赐》由大众文艺出版社出版。2018年长篇小说《甦生》由海峡文艺出版社出版，《甦生》荣获泉州文学奖。长篇小说《残梦》、中篇小说《岑太太》曾在菲律宾《世界日报》文艺副刊连载。小说、散文、随笔等文学作品常见于海内外报刊，有些文章被选入几十部选集及被报刊转载，并获得多个奖项。

吴明意

卅年有感

香港石狮同乡总会成立三十周年了。

春华秋实三十年是一幅画，描绘了同乡总会欣欣向荣的历程。

精彩跨越三十年是一曲歌，颂扬了香港乡亲爱国爱港的情怀。

风雨同舟三十年是一首诗，记录着各级领导各界宾朋的关爱。

继往开来三十年是一颗心，映现着香港乡亲无私奉献的胸怀。

岁月如画，五彩缤纷的历史画卷。走进总会会所，眼前呈现着一张张历届的照片，一副副可掬的笑容。有总会的奠基者和开拓者，有总会的领军人物和战斗团队。一个活力四射、催人奋进的社团浮现于脑海。

追忆岁月，留下触动：江山代有才人出。

岁月如歌，用乡情谱就的赞歌。优美的旋律中有家国情怀，跳跃的音符里有拼搏精神。商贾翘楚、各界精英、前辈名流、后起俊彦，艰苦创业，福泽桑梓；爱国爱港，同心同德；抗毒抗奸，同声同气。

讴歌岁月，留下激动：盛世乐章长歌行。

岁月如诗，丹书玉帛上的好诗。记录着中国心、故乡情。树同根，水同源，故园血脉紧相连。各级领导、四海乡亲，虽是千山远隔，总有春风送暖；虽是万水分离，但时有电波传情。相互扶持携手进，彼此关怀砥砺行。

吟诵岁月，留下欢动：海内存知己，天涯若比邻。

岁月流金，大爱无疆。一幅捐款芳名录在总会会所走廊，于无声处，如细雨润物，观者一望，却如群芳吐艳，芬芳四溢。30 年的爱心，仅捐总会会务基金远超亿元。一份共同爱的奉献，共建一个美好的家园。添置会所，兴建大厦，奖学助教，关爱老人，扶贫救灾，热心慈善，洒向人间都是爱！

回眸岁月，留下感动：情满山川岁月长。

香港石狮同乡总会在哪里？在香港，在石狮，更在你我心里！

吴明意，文艺爱好者。1968 年毕业于福建师范大学。曾任香港石狮同乡总会秘书长，世界石狮同乡联谊会副秘书长，世界吴氏宗亲总会副秘书长。

蔡崇熙

惊艳石狮情人谷

　　石狮宝盖、双髻两山交界的"情人谷"美景，2020年农历春节，我在台北就风闻它的盛名。

　　4月27日，因事再回石狮洽办。28日上午事情办完。29日返回台北。每次回到石狮，都是来去匆匆，未曾带走一片云彩。正因为短暂逗留，我常常会在行前致电老朋友预告行程。他们只要有空，都会展开双臂，迎接我的到来。

　　自2007年起，石狮每年端午节，在蚶江海边举办的"闽台对渡文化节暨蚶江海上泼水节"两岸民间文化交流，都由我组织台湾团队前来共襄盛举，双方合作无间，默契十足。

　　十三年来，从公到私，相知相惜，与石狮的朋友们彼此建立了深厚的革命情感。这是我在石狮最大的收获之一。

　　他们知我这次事情办完，尚有余暇，就备车带我到公家叫"花海谷"、民间叫"情人谷"的地方，赏览这个欣闻多时的石狮休闲新景点。当天晌午，驱车实地探访，总算看到情人谷的庐山真面目，我被她惊艳到了。

　　车停靠在青莲水库景区的路旁。朝湖一望，环湖碧翠，波光潋滟，是个情侣泛舟游湖的好去处。湖畔的木造看台，眺望湖光水色，宛如置身在台湾的日月潭。四周的曲径迂回，漫步悠然。两侧花木扶疏，绿草如茵，生意盎然。整个景区，除了昨夜飘下的落叶残枝外，一尘不染，静如仙乡，叫人看了心旷神怡。这是我熟悉的石狮十三年来的第一种惊艳。

　　散心悠闲，神清气爽。所到之处，不时从一颗颗乍看似石头实为小音箱中传出阵阵古典名曲。轻柔曼妙，乐声悠扬。一路舒心、无限畅怀的深层享受，是另一种惊艳。

沿行青莲湖畔，满是相思树，团团簇拥，热闹异常，是第三种惊艳。骇绿丛中露金黄，随着清风摇曳，恰如男女相依相偎，恩爱情长。"又是相思花怒放，金黄遍野香满山。"诗句也是在这样季节讴歌的。

此情此景，不禁让人想起文学家梁启超的一首诗：

> 相思树底说相思，
> 思郎恨郎郎不知。
> 树头结得相思子，
> 可是郎行思妾时？

相思树下必有相思人，感情贯古今，人性自然通。方有代代流传的借用相思树歌颂爱情的经典诗词：

> 青田松上一黄鹤，
> 相思树下两鸳鸯。
> 无事交渠更相失，
> 不及从来莫作双。

睹物思人，揽境入怀，人类寄情抒感，相思之词，最引人动容。环顾青莲水库的丛丛相思树，相信在情人谷天人交契的氛围下，有情人造访斯处，都可成眷属。我俩走着走着，不觉走到福德正神的庙前。一路谈兴正浓，整个脑海充塞着"情人谷"与"相思树"的情境，当看到这三座以"土地公"为正神的小庙时，我立即联想到台北北投区名噪一时、青年男女纷纷前往膜拜的"情人庙"（现名为昭明寺）。

该庙之所以香火鼎盛，就是出了这首诗：

情人双双进庙来，

不求儿女不求财。

庙前跪下起个誓，

谁先变心谁先埋。

　　情人谷，正是吸引热恋男女的梦幻圣地，台湾南北有几处情人谷，也是如此热门。福德正神这三座小庙，假如能与"情人谷""相思树"相互辉映，将之更名为"情人庙"，再从台北分灵与爱情有关之神明入庙供奉，让年轻男女朝拜，相信慕名而来的游客必定终日川流不息。如此一来，成为福建省观光文化休闲胜地，将指日可待。

　　走完青莲水库景区，进入较高处的塔山水库景区。

　　最明显的感受，就是茉莉花香随着熏风扑鼻而来。

　　这袭宋代诗人江奎所写"他年我若修花史，列作人间第一香"的浓浓花香，成为进入塔山景区的芬芳名片。

　　沿着水库边的步道向左俯瞰，拱桥、曲水、亭榭，细巧布置，构成一幅现代兰亭的画面，况味幽然。步道右侧，塔山水库波光粼粼，美不胜收。右侧上方，姑嫂塔遥遥在望。

　　据说，下午时分，阳光斜照姑嫂塔，倒映湖面，蔚为珍景，是摄影爱好者的取景好去处。

　　步行至此，忆及 2007 年初见石狮，然岁月不居，时节如流，十三年韶光忽焉已逝。如今许多人都已荣退，我亦如闲云野鹤。回顾石狮十三年来的文化推广进展，真是一日千里，成绩斐然。

　　——端午蚶江海上泼水节，是央视全国《新闻联播》的年年常客；

　　——更是国台办两岸民间文化交流的重点项目；

　　——入选国家级非物质文化遗产；

　　——前往北京参加全国合唱比赛荣获冠军。

　　其他大大小小的文化活动、两岸民间文化交流，更是获奖无数，赞誉如潮。这些成绩，都是上级领导苦心孤诣、各级干部齐心协力的结果。

正如情人谷，这座设计精美、施工精湛、规模千顷的美丽园区，坐落在县级城市的"山海城"连接、交相辉映的地方，若没有上级领导高瞻远瞩的魄力，以及爱民护民之心，这片文化德政，石狮市民绝无法享受拥有。这是我对情人谷的最大惊艳。

《老残游记》中有一段名言："一路秋山红叶，老圃黄花，颇不寂寞"，我与众朋友一路乐此不疲地品味着情人谷的幽雅景致。

据说，景区入口处有一个广场，因正值最热的正午，未能前往，但我俩调侃道，就把它叫"爱情广场"吧，让世界各国的爱神雕塑齐聚于此，该会引来各阶层人士争相合影，岂不妙哉？

综观全区，井井有条，各具景观，处处特色。所到之处屡屡引人由衷赞叹，景观堪比美台北的阳明山公园。山光、水色、相思树、茉莉花、小庙、观景台、茵草、曲径、拱桥、舞榭歌台、爱情等等，情人谷可称得上情侣的伊甸园，更是福建省民众假日散心、泛舟，甚至野餐、露营的好去处。

盼望有一天，在情人谷这个美丽的忘忧谷，我能以一方地毯，点心瓜果、美酒佳肴，与好友长官们席地而坐，用笑声歌声，将思绪与情绪彻底释放一天，再迎接忙碌灿烂的明天。

石狮情人谷，我被惊艳到了。

蔡崇熙：石狮市荣誉市民，中国台湾鹿港人，旅居台北。"闽台对渡文化节暨蚶江海上泼水节"台湾参访团执行长。作曲家，《没人比咱甲好势》荣获全国群星奖福建省选拔赛金奖；在台湾灌制有五张唱片。曾任《台湾联合报》《中国时报》专栏作家，多篇诗词散文发表于《石狮日报》《石狮文艺》；先后在台北三所医院担任行政副院长等职。

吴泽荣

书香石狮

一

打开石狮历史，这座城千百年来散发着的浓郁书香，沁人肺腑。

哲学家、教育家朱熹到祥芝开办书院，见书香缭绕，欣喜至极，题下"小山丛竹"石刻一方。梁克家就读于蚶江魁星堂，厚厚的书本为他日后高中状元、官至右丞相铺就了成功的阶梯。

刘君辅建芝山书塾，教乡民读四书论五经，石狮塾学从此绵延不断。

邱有岩辞官后，把购置的书籍运回老家，筑起一座叫"木末亭"的书斋，每日课督子孙，在诗书熏陶下，造就了东埔代有才人出之盛况。

走进清代林振嵩在日茂行古厝群中建立的供其子弟课读的鸢山书院，只觉书香萦绕，不论是石雕、灰雕，还是木雕、描金字，这些闽南民居中的上乘之作，无不彰显着往日的书卷极致，在此读书是何等的惬意，当年稚嫩的琅琅书声犹然响彻耳畔。

登临永宁大青山，只见参与平定元末泉州叛乱，素习儒学、文武双全的龚名安，正与卸任回乡专程绕道拜访的王翰诗文相娱，留下"海天一色"的墨宝，镌刻于巨石上，至今巍然屹立，成为永宁香飘万里的十八景之一。

手捧石狮文化丛书之《冠悔堂楹语校注》，为后世留下七万卷藏书和数十种著述的杨浚跃然而出。这位尤善楹联创作，其联语锤字炼句，别出心裁，雅致可诵，脍炙人口。他生于石狮曾坑，为清代举人，其楹联佳作至今仍光彩夺目，墨宝飘香在福州、厦门、泉州、金门，以及台北、淡水、新竹等地。

石狮的历史，也是一部书香的历史，这座小城，南宋至清代就有47名进士，明清时期就有79名举人。石狮先人饱读诗书，立德立功立言，让书香代代相传。正可谓：文章礼乐满福地，古时书香溢狮城。

二

时光的镜头转到近代，清末（1905年）宽仁就有五家私塾，即何厝书房、邓厝书房、施厝书房、吴厝书房和小天台书房。辛亥革命后整合创办了"石狮公立学堂"——爱群小学，被称为"闽南第一校"，是石狮宽仁小学的前身，其书香育人，名人辈出：华侨领袖陈嘉庚为之捐资过，伟大的文学家巴金到访过，中国科学院院士吴新涛在这里度过，他的小学时代；这个学校还走出了中国社会科学院学部委员、著名历史学家林甘泉，中国著名当代文学研究专家曾华鹏，著名考古学家和博物馆学家王仁波，文学家王玉树，文学博士蔡丽双，林则徐研究专家、文学家蔡敦祺等，灿若繁星。

创建于1912年的锦尚琼山小学，是菲律宾商界巨子邱允衡先生为家乡汇款创办的。起先虽只有学生百余人，暂用锦尚邱氏祠堂为校舍，但村中不论贫富子女皆可入学就读，开了锦尚一带新文化教育的先河，也开了石狮华侨捐资办学的先河，书香延续了一代又一代。美国国家科学院外籍院士、出生于永宁港边村的李爱珍，于1945年至1948年在该校就读，为其日后的深造及成就奠定了扎实的基础。

瞻望故居，走进蚶江，莲埭村厝东那所莲东小学，我国著名人类学家林惠祥的伟大成就和刻苦、严谨的治学精神就始于这所学堂。

创办于1946年的石光中学，是石狮最早的一所中学，建校仅70年，却走出了三位科学家：吴新涛和中科院院士、著名的半导体光电学家王启明，英国皇家医学院院士、著名的神经外科专家高武图先生。

创办仅60多年，几经沧桑变化的石狮华侨中学，也同样让石狮人体味到书香的浓郁，旅美科学家、医学和人类遗传学双博士，半个多世纪写满对医学事业的赤胆忠心、留下显赫科研成果、赢得海内外华人万流景仰的林静平就在这所中学萌发了她的医学梦。

石狮书香熏陶出名人无数，仅在当代就有科学家十多人、文学家十多人、国家级等各种级别的非物质文化遗产传承人数以百计，还有体育界的世界冠军、不计其数的教授、高级工程师等等，不胜枚举。

石狮的百年老校还有：石狮第一实验小学、永宁美江小学、永宁中心小学……

他（她）们是石狮书香最基本，也是最顶尖的部分。

三

驱车驰骋在横贯南北的学府路上，浓浓的书香气息便扑面而来。它一头连着繁忙的石湖港，一头拐弯连至美丽的旅游胜地黄金海岸，中间两公里的路程让人不禁停车驻足品赏：泉州纺织服装学院、石狮日报社、石光中学、第五实验幼儿园、第五实验小学、闽南理工学院等重要的文化单位一字摆开，美不胜收。而这仅仅是散发书香的冰山一角，来，让我们细细品味石狮的书香源头吧：一个不到 160 平方公里的小小县级市，坐落着 3 所大专院校、1 所中专、15 所中学、65 所小学、160 所幼儿园，基本做到了迈步出门有书香。小学适龄儿童入学率高达 99.99%，初中适龄人口入学率高达 97.29%。国务院教育督导委员会公布了 2013 年全国义务教育发展基本均衡县市区名单，石狮市名列其中，成为福建省首批获得者，昂首迈进了泉州乃至福建省教育先进县（市）行列，琅琅书声"让每一个孩子都享有公平优质的教育""让每一个孩子都接受平等的书香熏陶"成为现实，石狮人自呱呱落地，就为书香所萦绕，崇尚读书，蔚然成风。

石狮人有两个品书的好去处：一是爱国华侨卢章煌、邱棉棉伉俪捐建的文林图书馆，建筑面积 3000 平方米，具备 24 小时为读者服务的功能，为国家一级图书馆和福建省十佳图书馆；二是企业家蔡友平捐建的万祥图书馆，占地 15 亩，建筑面积达到 4500 平方米，以闽台文化、华侨文化和海洋文化为主轴。2015 年，两座图书馆馆藏共达 44 万册，流通人次 39 万，书刊外借册次 26.9 万。

即使你足不出村也能享受盎然书香，覆盖全市、遍布 127 个村（社区）的农家书屋，也可以满足你的"农情书香"需求。

如果你想就在你工作打拼的工厂、企业，留驻一段优雅时光，捧一本飘着墨香的书刊，陶冶一下情操，这拥有 56 家市级职工书屋、7 家省级职工书屋、3 家国家级职工书屋等"书香工会"的阅读条件足以让你依恋沉醉而饱览群书。

也许你是石狮市绿洲读书社的一员，在"读有益书，做文明人"的旗帜下，积极读书，交流心得。在遍及石狮乡镇企事业单位、部队、社区的 20 多个分社、1 万多个社员的大集体中，也许你是受益匪浅的那一个。

也许你是"流动图书车"的受益者之一，即使你地处偏远，也能随时感受它诱人的书香，享受它的便捷。2016 年"流动图书车"试运行半年，书刊外借就达到 5800 册次。

还有种类繁多的业余、课余读书班……以"书"为伴，成为石狮一道亮丽的风景线。书香使石狮人拼搏的血液中增添了聪慧和温柔的基因，让石狮优雅得体而更加引人注目。

四

古代石狮就有浓厚的文化氛围，有着土生土长的政治家、艺术家、诗人、哲学家、教育家，他们用各自的著述，丰富着石狮的文化海洋，让石狮散发着独特的书香，穿越时空，扬帆其中，仅淘取几朵浪花，就足以沁人肺腑：

宋代后厅洪天锡号称"文章宗匠"，深研经学，著有《通礼辑略》《味言发墨》《阳岩文集》《正心格君疏》，其立德、立功、立言，堪称一代伟人。

元代芝山（大堡）刘氏名贤辈出，刘元颂通晓六经奥旨，刘宗元著述《五经集解》，易学研究源远流长。

明代永宁黄克缵，初研《易经》，后攻《春秋》，诗书并佳。著有《数马集》《百氏绳愆》《春秋辑要》《性理集解》，《四库全书存目》收录其编撰的《古今疏治黄河全书》，成为著名政治家，历任五部尚书，名登《明史》。

清初蚶江蔡仕舢，任浙江巡抚，晚年回莲塘，建书房，"藏书万卷，时手一编"。著述《大中丞奏疏》《薮村诗文集》等八部，成为清初泉州著名的藏书家、文学家。其子蔡常云，博通经史百家，著有《陟瞻文集》等十二部著述共三十卷。

清末永宁陈棨仁，致力于地方教育事业，讲学于厦漳泉，门徒遍及闽南、漳潮、金门、台湾，是清末泉州著名教育家。著有《闽书金石录》十五卷、《闽诗纪事》十卷，注《岑嘉州》数万言。尤其注重收集地方文献，与龚显珍合著《温陵诗纪文纪》数十卷，保存大量地方文学史料，其"绾绰堂""读我书斋"藏书之质量和数量居清末泉州藏书家之首。

莲塘蔡氏，自 1666 年（清康熙五年）至 1765 年（清乾隆三十年）约一百年间，共出举人 15 名，诗书传家、好学不倦的家风令人赞叹。

清代杨浚，毕生向学，归乡掌教，育人无数，留下万卷藏书和等身著作，是颇负盛名的政治家、诗人、楹联家。

这些仅是石狮浩瀚书海中璀璨的几朵浪花而已。古代石狮涌现出一个个治学严谨、为人师表，既学富五车又壮怀激烈，既惠及当时又流芳百世的乡贤先贤。正是由于这个群体的影响，才让石狮人的每一个细胞都浸透着墨韵书香，无论环境多么艰险困苦，随时随地都能焕发无与伦比的活力，为"敢拼会赢"的闽南精神注入了坚实的内在动能，也彰显了石狮人儒雅的文化气质。

五

近现代石狮，文化绿洲更加郁郁葱葱。

从镇海石雄屹的东海边走出去的著名军旅作家白刃，著有近 500 万字八大卷的《白刃文集》，是 20 世纪的历史见证，其杰作《兵临城下》，更是名扬天下、家喻户晓。

每天早晨，推开后窗，就能看到巍峨的姑嫂塔和一泓波光粼粼的龟湖塘，曾就读于爱群小学、被授予国家级有突出贡献的中年专家称号的曾华鹏，出版的学术著作有《现代四作家论》《鲁迅小说新论》《郁达夫论》《冰心评传》《王鲁彦论》《中国现代文学史简编》等十多部，其中《郁达夫论》是曾华鹏年轻时第一次发表在《人民文学》这个当时全国首屈一指的文学刊物上，并以四万字巨幅登载的第一篇作家论。

从小接受私塾启蒙，年轻时就在石狮玉湖创办"民生学校"，后随父渡台，颇受巴金影响，在台湾文学史中占有特殊地位的台湾著名作家吴曼沙，一生从事新闻报道，涉猎小说、散文、新诗、传统诗、剧本创作。著有《天明》《绿园芳草》《终身大事在台湾》等十余部文学著作，他的三卷通俗言情小说《韭菜花》《黎明之歌》和《大地之春》成为台湾人民学习语文的好教材，其中处女作《韭菜花》曾一鸣惊人，风靡宝岛。

资深作家蔡敦祺撰著的长达百万字的历史小说《林则徐》，一经出版就轰动了文坛，引起广泛的关注和评论，并荣获第八届全国精神文明建设"五个一工程奖"，这是石狮人名下又一笔值得自豪的书香财产。

长期钟情于文学理论研究和现代文学研究及写作的王玉树，著有十四部著作和作品集，是一位著述颇丰的作家、评论家。他把对石狮文化事业的特别关注和对家乡的无比热爱，以学者的慎思和深邃，化作了一篇篇对石狮的评论和观感，发表在报刊上，也是石狮人名下宝贵的书香财富。

以莲花品格自勉的好读书、善书法、擅剑法莲舞、文武兼修的蔡丽双，在当今充满纸醉金迷的环境中，以饱满的热情闯进文坛，在文学的象牙塔中独树一帜，在短短的时间内，做到了著作等身。荣获国际作家艺术家协会和国际文学艺术学院颁发的"年度最佳诗歌奖"，多篇诗歌被选为朗诵佳作，并被翻译成英文、俄文、法文、维吾尔文。她是石狮女性诗人中的佼佼者。她不仅唯善唯美唯真地身体力行，还用赤诚的无私奉献精神，推动了香港、石狮乃至全国诗歌、散文、歌词等的创作和发展，成为各级各类文学赛事的赞助者、引领者,《星光下的情怀》为石狮书香争得了美誉度。

绿洲读书社社长蔡友谋先生,40 年间收藏了 2 万多册的书籍,主编了《绿洲文丛》《海内外石狮人著述资料汇编》《闽南地方文献资料丛刊》等上百种地方文献和图书,抢救和保护了大量珍贵的地方史料,他是平凡百姓中的一名书香溢满狮城的见证者和实践家,荣获全国"书香之家",实至名归。

近现代的经济大潮确实又让石狮火了一把,有时盖过了书香,甚至误导了人们对石狮的认识。但也更进一步证明了石狮人"先人一步"的胆识,绝非空穴来风,而是根植于深厚的文化底蕴。文化是精神的根基,精神是干事创业的支柱。如果离开了书香的熏陶,"勇立潮头"也好,"敢拼会赢"也罢,都是一句空话,书香石狮的根深流长也就不言而喻了。

又是相思花怒放

4月下旬，与蔡崇熙先生结伴，畅游了近段时间让海内外的石狮人津津乐道的新景点，宝盖、双髻两山之间的"花海谷"。

雨季时分，难得一派蓝天白云，虽还有些许薄雾，仍挡不住阳光明媚。山谷里的相思树已经很有层次地绽放着金灿灿的相思花了，有的沉甸甸地压满枝丫，有的还羞答答地半遮着神秘的面纱。相思花，绿黄绿黄的，不那么出众，却长得很奇妙。我抬起头，把沉甸甸的相思花摄进镜头，又向前推进，以微距的形式，将其细节部分定格在数据盘里。你看，这相思树的叶儿，像姑娘笑眯眯的眉毛，更像极了弯弯的月亮。相思树含苞待放的花朵，像姑娘的眼珠子，圆滚滚、毛茸茸的，晶莹剔透。

远远地就闻到相思花的香，清新淡雅，开在水库旁，开在山崖上，真是漫山遍野，一派"相思花海"。被相思花包围其中，感受到的仍然是淡淡的清香，沁人肺腑，夺人魂魄，直叫人情不自禁地吟诵：

> 是哪里的风景如此清纯？山入画水也入画。那是孟春盛开的相思，遇上初夏的雨，飘落的缕缕牵挂。
>
> 是哪来的神笔这样优雅？云潇洒花更潇洒。那是千年传颂的爱恋，迎送远航的船，诉说着沧桑变化。

在这样的山谷中漫步，多么惬意！

相思花，寄托着石狮人跨海峡、闯南洋的思乡之情。早年石狮土地贫瘠、生活困苦。因而远涉重洋，奔赴东南亚种田、经商的大有人在；跨越海峡去东岸台湾打拼的更是不计其数，且一去可能几年数载。那时通信极不发达，亲人常在杳无音信中等待，或悲苦，或期盼，更多的是借物抒情。这不起眼的花儿，虽平常，却异常坚贞不屈。干旱时，依然生机勃勃；大风中，犹自昂首挺立。虽不像刺桐那样显眼，却可在一夜之间层林遍染金灿灿，清香洒遍天涯。

相思花开时，当值春末初夏，恰逢雨季。今天看到的美景，说不定明早起来，好端端一树相思花，会因为豪风大雨而如玉珠落满地，情切切，清纯沁透思念。打从2003年开始晨起漫步宝盖山，此类情景已不少见，一首《雨后相思林》，记录了当时的心境："连日风光昨夜雨，未将入镜独叹息。晨起复登临，可怜无数枝。相思绿依旧，黄花撒满地。古今伤怀曲，弹唱谁与知？"人世间的悲欢离合，在这个又是相思花怒放的季节，诠释得淋漓尽致。

如今，"花海谷"的建设顺应了"石狮应注重发展旅游"的民间和业界的呼声，也取得了令人鼓舞的成绩。这片荒山变绿洲的地域，把一座城的美丽尽收眼底，她一头连着山的葱茏，一头通向海的浩瀚，她即将成为石狮最大规模的风景区之一，并成为石狮全域旅游的引爆点。因此如何命名，引起了极大的关注。名字取得好，能引发人们无限美好的遐想，才会吸引四面八方更多的游客到狮城一游的兴趣，可谓一举多得。

该区域的自然景观——高高耸立的姑嫂塔，无处不在的相思树，叶如飞凰之羽、花若丹凤之冠的凤凰木都与忠贞的爱情有关，所以民间直呼这里为"情人谷"不无道理。何不借机做爱情产业链的重要一环，比如把诸如本土的"月老"、希腊神话中的"阿佛洛狄忒（Aphrodite）"、古罗马神话中的"维纳斯（Venus）""丘比特（Cupid）"等世界各地的爱神，都请到这里来，大张旗鼓地搞个雕塑园，让她成为年轻人向往的地方，在爱神前宣示爱意，在爱神前拍婚纱照，在爱神前回忆甜蜜的过往。这样的"情人谷"里的"爱情广场"将引发多少联想，吸引多少回头客，岂不快哉！

在这又是相思花怒放的季节里，与台湾同胞相约端午，到蚶江那片海，去泼洒吉祥水思乡水。相约同台演出，同唱一首《无人比咱甲好势》的闽南歌谣。又为"闽台对渡风情万种；海上泼水世界一绝"而动容，不禁再吟一首《相思花开》：

满山相思树，望断千年远航的船帆。你在东岸，我在西岸。怀想总被管弦说穿，又被风儿吹暖。

满树相思花，开合万缕清香的思念。你在东岸，我在西岸。怀想总被泪水打湿，又被牵挂烘干。

相思的花儿开了，诉说着天长地久的爱恋。怀想的梦儿醉了，深情的祝福一串又一串。

在这又是相思花怒放的季节里，与台湾同胞相约盛夏，来这里观赏列队迎宾的火红的凤凰木；相约冬春交替时，来这里观赏热情的刺桐红、英雄树；相约春天，来个"人面桃花相映红"……

姑嫂塔传奇

　　一进入石狮境内，宝盖山上的姑嫂塔就映入眼帘，这是当地人从孩提时代起，就常常仰望的景观。早年石狮人横渡海峡，开发台湾、移居东南亚，姑嫂塔既是航标之一，又是游子们眷念"唐山"的标志之一。她是全国罕见的与华侨及台港澳同胞结下不解之缘，被视为故乡象征的一座传奇色彩浓厚的、具有特殊文化价值的石塔。

　　放眼望去，眼前这座山的最高峰，表面黝黑，极似一顶帽子，据说因底下有宝藏而得名宝盖山。因周围仅有"双髻山"为邻，谓其孤单，又称其为"大孤山"。绝顶处，一座石塔冲霄独立，俗称"姑嫂塔"。有诗赞叹曰："摩天一塔起，凌霄两峰悬。"

　　姑嫂塔始建于1131年，由僧人介殊募建，先辈们为了让归帆不再迷航，经历31年肩挑背顶造就了这座巍峨的宝塔，迄今已有800多年的历史。她俯瞰、环视着北边的泉州湾、石湖港、祥芝港，南边的永宁澳、深沪湾，东临台湾海峡，有镇南疆而控东溟之势。《泉州府志》上称她为"关锁水口镇塔也，高出云表，登可望商舶来往"，所以又称"关锁塔"。以石塔为航标是世界航海史上的一大奇观，宋、元时期，泉州港是东方第一大港，人称"苍官影里三洲路，涨海声中万国商"。泉州港也是"海上丝绸之路"的起点之一，受到联合国教科文组织的重视。姑嫂塔与我市境内蚶江镇的六胜塔遥相呼应，日夜指引着千只风帆、万翼机轮从这里出发劈风犁浪，奔向彼岸，又为远航游子的船舶竖起归来的标志。《八闽通志》称姑嫂塔"甚壮丽，商舶自海还者，指为抵岸之期"。即指当时从事海上贸易的行会的船只，以及专门为侨眷服务——传递信件、转送礼物及土特产的特殊职业——"走水"的外轮,都以姑嫂塔为其抵岸的标志,泉州港千年海交文化积淀,在姑嫂塔身上得到充分的体现。

走近姑嫂塔,这是一座用花岗岩石建造的八角楼阁,空心石塔,外观古朴粗犷,巍然雄踞,塔尖刺向苍天,阅尽人间沧桑,更见证悲欢离合。其构造形式奇特巧妙,实际为四层,因底层外加围廊,所以外看似五层,塔高21.65米,西面拱形门入口刻有横批为"泉南福地"的"胜地有缘方可进;名山无福不能游"对联,第一层门额上刻有"万寿宝塔"四个字。第二层以上各层有两个门洞,转角倚柱体梅花形,顶置护斗,塔身层层向上微缩,每层出檐。每一层的塔身外都有围栏环卫四周;塔的里面有回旋石阶直通塔顶,最顶层的外壁有个方形龛,龛里有石刻二女像,传说这二女是姑嫂。《闽书》中记载:"昔有姑嫂嫁为商人妇,商贩海久不至,姑嫂塔而望之,若望夫石,然塔中刻二女像……"可见是先有塔作航标,后有二女石刻,又因二女石刻,塔而得名。二女石刻屡经风雨剥蚀,形象虽已模糊,其思亲望夫的凄怆神态依旧感人。

传奇故事的悲壮,百听不厌:

很久以前,闽南久旱不雨,土地干燥、贫瘠,种下一粒谷子,长不出一颗粮食。民不聊生,生活凄苦,多少人背井离乡远涉重洋去另谋生计。一个名叫海生的穷哥哥,告别新婚的妻子和伶俐的妹妹,重蹈父辈们的足迹,约定三年后无论"铁树开花"还是"豆豉浸盐",都要回家还债,团聚欢颜。穷哥哥往南洋后,姑嫂俩饥餐野蒿,渴嚼山果,天天把一块块石头搬上山顶,就为了站得更高些,能眺望更远的大海归舟,任乱石磨破脚板,也痴心不改。对着开满串串金黄花朵的不知名的树儿,姑嫂不免诉说相思之苦。姑嫂的泪水竟然让树儿结的籽发了芽,一年年过去,树已成林。

转眼归期已至,姑嫂俩终于盼到了穷哥哥乘坐的归船已近海岸,冷不防,大鳄鱼又兴风作浪,狂风乍起,暴雨如注,穷哥哥在惊涛骇浪中葬身大海。姑嫂俩喜刚至,悲又极,随着那闪电,跃入茫茫大海……人们悯其贞烈,为不让姑嫂的悲剧重演,用她们留下的石块建起了这座姑嫂塔,把那金黄遍野的树称为相思树。

传说仅是那个年代的一个凄美的缩影，姑嫂塔见证了侨乡人民移居海外的无奈和对故乡魂牵梦萦的依恋。

《泉州府志》载，从宋崇宁元年（1102 年）到清乾隆二十三年（1758 年）这 650 多年中，泉州发生大旱 11 次，造成"民多饿死""民多游移""种不入土、民相食"等悲惨情景，兵荒马乱、天灾人祸的困迫下，人民大量远涉重洋，背井离乡到菲律宾等东南亚诸国谋生。明朝著名文人何乔远在《镜山全集》中说："（华侨）皆背离其室家，或十余年未返者，返则儿子长育至不相识。盖有新婚之别，娶以数日离者。"晋江、石狮一带乡民出洋的原因及辛酸略见一斑。

姑嫂塔始建于南宋绍兴年间（1131—1162 年），处大旱历史的前段。正因为这段历史，才使得旅居海外的石狮籍华侨华人、港澳同胞等"番客"达 30 万之众，石狮市总人口中有八成与"番客"沾亲带故。也正因为这段历史，造就了石狮人"衣食四方"的商人气魄，造就了石狮特有的商海文化。

据有关历史著作的记载，由于地理位置相近，客观上为早期石狮人移居台湾提供了方便。明代诗人黄吾野"海接东南一夜舟""击楫日通漳化米"，说的就是石狮一带与台湾鹿港对渡相距只有 130 多海里，海船乘风仅需十一二个小时即可到达，一天内可买来漳化米的通商史实。因此，自春秋战国以来，晋江石狮与台湾就存有血缘关系。政治上、经济上的密切联系也成为宋、元时期石狮人移居台湾的重要社会因素。现在台湾延续的风俗习惯、方言的相似相通就是明证。

石狮原是个三面环海的集镇，水上的营生多样化。海边人都"以船为车，以楫为马"。不论是趁"大流水"进入渔区捕捞的"大艟"，还是在近岸"讨小海的舢板"，也都以姑嫂塔为活动的参照物。姑嫂塔是耸立在石狮人心中永远的航标。

姑嫂塔因石狮特有的地理环境应运而生，石狮又因凌霄耸立的姑嫂塔而扬名海内外。姑嫂塔的传说，充满了凄凉、悲壮和感慨。而在历史上，一叶扁舟漂洋过海赴异国谋生的祖辈们，多少伤怀在心间，但无论多么艰难困苦，姑嫂塔永远是他们信念的支撑、抹不去的向往，石狮永远是他们心存报效的故乡。

先辈们奔向海外海、天外天，铺就了一条又宽又长的海上丝绸之路。姑嫂塔的今天，不再是忧伤的代名词，她充满了奋斗、成就、希望和浪漫。海内外石狮人，共同努力把石狮从一个小镇建设成了闻名遐迩的、宜居宜业的服装城。姑嫂塔这座古老的标志，与石狮一起越发年轻与豪迈。

花团锦簇的姑嫂塔，引多少文人墨客纷至沓来、竞相吟唱。曾创作《莫愁啊，莫愁》《中国的土地》等力作，首批获得国家一级作曲、享受国务院特殊津贴、军队文职军衔二级的陶思耀，与中国音乐文学学会的名师高手们一起，游历宝盖山姑嫂塔后，饱含深情地为我的词作谱曲，一首《情系姑嫂塔》，走上央视民间春晚的舞台，走进上海世博会，飞入寻常百姓家：

> 故乡有座姑嫂塔，
> 动人的故事传天涯。
> 浩荡的海风簇拥着她，
> 传送着耳语一唱一答。
> 姑嫂塔啊姑嫂塔，
> 深情寄托给满山的相思花。
> 姑好嫂好哥哥好，
> 爱的种子年年发芽。
>
> 故乡有座姑嫂塔，
> 屹立在海边多挺拔。
> 归航的人儿看见了她，
> 仿佛回到了温暖的家。
> 姑嫂塔啊姑嫂塔，

深情化成了一幅神奇的画，

山好水好侨乡好。

游子心中甜蜜的牵挂。

2018 年，姑嫂塔又有了新的传奇。台湾著名导演田宗玄先生来石狮接洽拍摄电影取景时，说起"台湾有姑嫂信仰"之事。2019 年 2 月中旬，经由家住台北的"闽台对渡文化节暨蚶江海上泼水节"台湾参访团执行长蔡崇熙先生进行实地考证，发现台湾供奉姑嫂神祇的庙宇有三座，均以姑嫂塔内"二女石刻"为原型：云林县土库镇"圣安宫"、云林县斗南镇"建顺宫"、台南市后壁区"正心堂"。何时分灵到台，尚未考证。

期待这一新的发现得以早日实现更进一步的入台田野调查，为"闽台一家人"提供更直接的佐证。期待来一场"台湾姑嫂回娘家"，让姑嫂塔传奇更加绚丽多彩，为"闽台对渡文化节暨蚶江海上泼水节"锦上添花。

吴泽荣，福建石狮人。中国音乐文学学会常务理事、中国龙狮运动协会常务理事。现任闽南理工学院客座教授，《石狮文化丛书》执行主编。著有《漫画石狮》《爱得深沉》等。作品发表于《词刊》《世界华人诗刊》《当代中国歌词大观》《石狮文艺》等报刊。其作词音乐作品分别荣获全国首届新农村合唱节金奖、全国群星奖福建省选拔赛金奖、中国少年儿童合唱节金奖、福建省音乐舞蹈节一等奖、泉州市刺桐文艺奖。

谢奎宗

春过林銮渡

　　历史的烟云与声响、繁华与沧桑、辉煌与湮没，虽然自有其规律，但往往某种因素使然，有时会以出人意料的方式呈现在人们的视野中。后人踏进历史的现场，探看一幕幕褪色的、云烟漫漫的史剧，总会引发无限的唏嘘和感慨。

　　俗话说，闽道胜于蜀道难。闽地山脉重重，群山万壑，关山难越。位于闽东南的泉州背靠逶迤高耸的戴云山，重峦相掩。虽然长年不冻，温然如春，但是作为一座偏于一隅的海湾城市，加上武夷山脉的重重阻隔，自然难以遥望帝都的繁华和烟尘，更感受不到来自北国的王朝余韵。于是泉州人悠闲地面朝大海，做着蓝色的海洋之梦，过着简静的生活。而环泉州湾的石湖村，它是一个三面临海、水汽氤氲、靠海而居的村落，它的历史大半与海洋有关。处在石湖村西北角的林銮渡，是刺桐古港之一，扼守着泉州古刺桐港的门户和交通要道。自唐朝开始，林銮渡的先民们一代又一代地面朝大海，充满五彩缤纷的幻想和对创造幸福生活的渴望。在春暖花开的季节，他们修建码头，打造船只，越洋闯世界、讨生活，用生命和梦想编织他们的幸福之路。而商贸的往来繁荣了这一片土地，渡尾街上，店铺林立，车水马龙，热闹非凡。今天，得以借着泉州作家"重走海丝，品味古城"的采风活动，走进石湖历史的现场，探访雄丽东南的林銮渡口的神秘，领略唐宋元明时期泉州海上贸易的历史华丽和千年风骚。

一

"九九江南风送暖，融融翠野启春耕"的惊蛰时节，春雷阵阵，陌上花开。在这充满动感的节气，柔柔春光荡漾在脸上，舒适怡人；加上饱和水汽的润泽作用，脸上老泛着潮红的青春色彩。踩着春天的节拍向着蚶江石湖方向行进。说实在的，我在石狮生活了二十余年，还真没到过林銮渡。这次到石湖采风算是了却一桩已久的心事。也许大家还沉醉在春节的余韵中，久未亲近大自然，一路上那翠烟缭绕，潋滟春日，翠鸟幽鸣，幽香载途……春天噼噼啪啪的声响，总是那么撩拨人的情思。

半个小时的行程，我们来到目的地，站在石湖这片土地上，便感觉到它的古韵悠悠、时光安详。我每踏一步，仿佛便触摸到沉淀着一个镂金错彩的唐宋王朝的时光和历史的肌理。举目四望，刺桐深红，菖蒲初发，所有枯萎的植物都在转绿，焕发生命的词语，在那坚硬的枝丫上也爆出鲜嫩的绿意，让人不禁发出"物色连三月，风光绝四邻。鸟飞村觉曙，鱼戏水知春"的赞叹。静立在浑朴的石阶路上，感应着温暖的石湖人家和游人的清寂，这时往往会被一种唤作古意或历史烽烟的东西所打动。三月的阳光总散发出融融的暖意，驱散了冬日的寒冷。我想找一个最佳点来好好审视被时光洗礼过的这座千年古渡，探寻它繁华的过去。于是我登上一个山坡老石，遐思远眺，空蒙素简，风烟俱净，张目林銮古渡的全貌。极力检索这里被时间淘洗过后的一事一物，小心地翻阅一本时间的历史书籍。远处的几只船隐没在雾气弥漫的大海中，与此刻光阴浸染于一体的远处归来泊岸的货船、小舟和岸边的红砖瓦房、海边人家参差交融。今天游人并不多，一切都显示出被漫长流光过滤后的那份悠然和内敛。游人饱嬉春水横流、长天云雾，这一切只适合慢慢地阅览。目光扫过千年的繁华事物，影影绰绰。历史与现实交汇，如梦如幻，那远处若隐若现的泉州湾跨海大桥，似巨龙腾跃、长天飘带，与千年古港共同托起一种飘扬华彩的气韵。

沉吟间，小说作家王炜炜看到如此壮美的古港风情，便坐在石凳上让我帮她拍张古港美照。随着我摁下手机快门，一张风情四溢的美女作家的形象就这样被定格在历史与现实的时间交汇点上。踏上林銮渡码头，慵懒的阳光泻在渡口的青石板上，千年青石板老了，似乎这里的阳光也老去了。缓缓地引导我一步一步进入时间的石阶，一阶一阶地往前走，从容地与历史每一个重要时光的事物晤面，似乎闻到了陈旧而久远的历史况味。

二

盛唐华美天下，歌舞升平，辉煌灿烂与纸醉金迷共存共融的时代，正当陆上丝绸之路的驼铃声、羌笛声响起的时候，海上丝绸之路也在狂风恶浪中劈波前行。番客们贪婪地吮吸着这里的一切文明：汉字、文学、绘画、宗教、印刷术、医术，乃至阴阳八卦。万国衣冠拜冕旒，唐天子宽容大度，迎四方之客，大唐王朝的海外贸易也空前繁荣起来。而偏于僻壤的泉州先民们似乎也不甘寂寞，在袅袅茶香中喜迎天下宾朋，夹路列店肆待客。他们耕海牧渔，劈波斩浪，讨海为生，大海为他们打开了一条通向世界的谋生甬道。一个叫林銮的晋江东石人走到了时代的前头，他以航海起家，航行东南亚一带，熟知海路，在这波涛翻滚的海湾之上建造码头，开通了从泉州直通渤泥（今文莱）的航线。后人也就以他的名字将码头命名为林銮渡。古老的码头历经多少风雨，紧紧贴在天然的岸基上。码头有一段引堤，又叫通济栈桥，地方志上是这样描述的："它由巨石砌成，引堤三十丈、宽 2.2 米、高 2.41 米，全长 113.5 米，末端向东，呈曲尺状，上面的石板保存较好。"在史学家不带感情色彩的记述里，它是如此简略，多少惆怅的往事，多少繁华之梦，"市井十洲人"的华艳古港，化成这一行冷峻的文字。历史有时真的会消失得只留下一些残存的遗迹或冰冷的文字。人类多少辉煌历史的湮灭只能是一种"流水落花春去也"的无奈，眼前滔滔古渡，漾荡之水，逝者如斯，如西风残照。通济桥风化的楚楚白石，像卧着的彩虹、横着的水龙，正在被时间吞噬着昔日的容颜。

危岩旁附，几百块石板并列构筑成桥，聆听海浪滔天，不同时代的船夫、客商、挑夫在石板上来回穿梭，洇漫着凹凸参差的脚印，构成了时代与时代的交错和对接。它们缄默着，洗尽了岁月的风华，留下一代又一代遥远的故事。从大唐帝国开元年间一路铺来，历经宋元明清，时代的信息和交织的芳华故事印染在113.5米长的引堤长卷里。缓缓地走在这石板桥上，似乎一移步就可跨越百年的时光，扣响沉睡千年的历史回声，在这漫长的岁月长河里，串缀起色彩斑斓的时光里的动人故事，共同负载起石湖华彩的历史。

林銮历经千辛万苦开通直达渤泥的这条航线后，给他带来了巨大的利润，也带动了泉州与东南亚的贸易往来，到了宋元时代，加以扩建，成为泉州古港的重要码头。据说每次番舶归来，商贾云集于此，孕育了繁荣的市场，渡尾街上酒家、客栈、布行、瓷器行、杂货行，鳞次栉比，车水马龙，于是石湖成了"蛮舟之津"的商贸埠头。泉州人自衣冠南渡后，从没有停止过他们追求幸福生活的步履。向南，向马来、印度尼西亚、菲律宾、文莱、阿拉伯、土耳其，开辟海上丝绸之路；向北，指向琉球，开辟北边的海丝。大批阿拉伯人来华贸易，淹留泉州，他们同泉州先人一起辛勤耕耘，创造美好的幸福生活。

站在古渡口遥望清源山山麓世家坑的祖墓群，见证了明朝天顺年间锡兰王子携贡物亲访中国的史实，后因他家国不幸，便隐居在泉州这块土地上结婚生子，锡兰的血脉灿烂了泉州海上交通史。晋江丁氏家族，惠安、石狮郭氏家族也是阿拉伯人后裔。这些遥远的故事同样见证了泉州海外贸易的繁荣。历经千年风云，风帆远去，只有涛声似旧时，在中华文明史册上留下一个寂寞的林銮渡口。而清源山西侧的九日山林木荟蔚，山岩生色，涧水鸣佩。印度（天竺）僧人拘那罗陀在南朝时从海上而来，登陆泉州，在九日山译《金刚经》，施禅定印，修持佛法，心香袅袅。泉州郡守和市舶司的官员们每年在番舶扬帆之际都要到九日山昭惠庙和通远王祠为番舶祈风求安，并刻石留记。悠悠千载，兴亡百代，作为一个商业码头，它浓墨重彩地走在历史的前台。林銮渡被誉为东方第一大港的重要码头，它洋洋洒洒吞吐着稻米、丝绸、瓷器、茶叶、文化典籍、药材。南宋词人李邴用"苍官影里三洲路，涨海声中万国商"这样的诗句来描述当时泉州的繁华景象。

林銮渡口对面的后渚港是宋元时期泉州古港的中心港。1291年春天，元大帝国的阔阔真公主在皇家护卫陪送下，浩浩荡荡，一路风尘满面地从大都而来。早已等候在这里的元朝臣子们，鼓乐喧天，笑语盈盈地迎接公主踏上四桅远洋海船。阔阔真公主站在船舷上眺望着莽莽苍苍的蓝色大海，知道自己要从这里出发奔赴一个遥远而未知的国度，心里咯噔一下。要远别了，白帆冉冉升起来了，船缓缓启动，她即将告别自己的故土和亲人，不禁转过身来再次向着大都的方向回望，深深地鞠了一躬。她在马可·波罗陪同下，阅尽狂风恶浪，历经天灾、海难、疾病、盗匪等充满惊险离奇的人生段落。经过两年零两个月的航行，她终于到达了波斯港湾忽里模子，成为聪颖贤德的波斯王后。那位蒙古少女从此天涯一别，幸福与梦想、思乡与芳华的记忆留在蓝色的海洋里。你若仔细聆听岁月斑驳了古渡的潮汐，或许就能听到公主阔阔真匆匆的、幽怨的马蹄声，正从满城开遍刺桐花的古泉州青石路上踏过夕阳。也许她还来不及欣赏这座"初见枝头万绿浓，忽惊火伞欲烧空。花先花后年俱熟，莫遣时人不爱红"的刺桐花耀眼的滨海古城。

三

　　浩荡长风从历史深处款款吹来，目光回到泉州海交馆开元寺古船陈列馆中的一个镇馆之宝：矩形四爪铁锚，重达785.3千克，锚杆长268厘米，口径17厘米。传说是明朝永乐十四年（1416年）郑和奉命送十九国使臣回国，也就是郑和第五次下西洋，当船队经过石湖六胜塔附近洋面时，突遇狂风，海浪汹涌，卷起千层浪，即将船翻人亡之际，郑和镇定自若地下令将"镇海神针"铁锚投入海中，顿时风波平息。这当然只是带有点神奇色彩的传说而已。铁锈斑斑的铁锚闪耀着600多年的时间光芒，长眠于石湖海域，直到1981年9月在石湖古渡海域出水。据推算，使用该锚的船舶可载重400吨以上，可见明朝海运的发达，那种"云帆高涨通四海"的壮举，并非虚言。我们不难想象郑和这位风度翩翩、身穿朝服、手持宝剑，傲立船头的美男子，一派威风凛凛，目光深邃而坚毅地看着蔚蓝泉州湾的风姿。

海雾在阳光的驱使下，逐渐散去，脑中突然冒出俄国诗人莱蒙托夫的一句诗："一只船孤独地航行在海上，它既不寻求幸福，也不逃避幸福。它只是向前航行，底下是沉静碧蓝的大海，而头顶是金色的太阳。"孤独的船也许是今天的林銮渡口，时间冷落了它，它昔日的风姿随着时间，淹没在了那片最蓝的海域。远处的大坠岛、小坠岛、白屿、乌屿、重峦叠嶂的清源山、洪阔舒缓的晋江和洛阳江，穿云破雾，从四面奔来，让你猝不及防。而山水环拥的石湖古地，青石、台桥、野岸、红墙、绿瓦与海石陬互、击楫飞渡交相辉映。

四

一阵喧闹声吸引我抬头望去，是文友们走到了岸上的再借亭旁，我也随后跟上。一向口才与文才俱佳的石狮市博物馆馆长李国宏，此时正满怀激情地向作家们"兜售""海丝三宝"中再借亭的故事。作家们也许被他的真诚和故事本身所感动，静静地聆听，不时地发出啧啧的赞叹声。

我站在再借亭前，也仿佛走进重重叠叠的时光里，聆听明朝曾樱的那段故事。亭内竖立着一块曾断成三截的石碑，上面镌刻"再借亭"三个大字，题字人是明朝著名书法家、大学士张瑞图。而石碑两边的字有194个，由于年深日久，碑文漫漶不清，其大意是：黄浮阳巡视泉州海道，见沿海无寇患，帆樯安行，百姓乐业，货物丰盛，乃参政曾樱之功。据《泉州府志》记载，曾樱，江西峡江人，在泉州为官多年，清正廉洁。他奏请朝廷开放海禁，允许百姓出海贸易，同时抑制豪强。在他的治理下，泉州河清海晏，百姓乐业安居。

传奇之人总有传奇之事，据说曾樱因功将奉调他处，郑芝龙不舍，于是派人进京，争取让他留任福建，崇祯皇帝看到曾樱如此受泉州百姓爱戴，特地下旨，再借曾樱留任泉州，于是泉州军民在石湖古渡口建立再借亭，以弘扬纪念其清正为民的风范。后来再借亭虽遭破坏，但石断精魂不断，历史总会记住那些为民请命、为民谋福祉的忠贞义士。在残存的花岗岩上蓄积的悠长时光并未褪去为官一任造福一方的情怀，依然闪烁着忠君爱国的光芒。一代又一代的泉州人传颂着曾樱勤政为民、彪炳千秋的历史功绩。回望寂寥的石湖渡口，潺涣一气，浩然恢宏，连同苍茫的泉州湾一同卷进历史的烟尘，"林銮渡口云帆举，再借亭碑铸海魂"的千年古港被滔天恶浪抹去曾经的辉煌印迹，也一同模糊了我的记忆。

五

"轻帆数点千峰碧，水接云山四望遥。"距离石湖渡口不远的金钗山上的六胜塔，规制如矩，孤起侵云，高耸入云，俯瞰着泉州湾大大小小、碧绿间杂的渡口和岛屿，南面与姑嫂塔遥遥对望。据史料记载，北宋政和二年（1112年），东岳寺高僧祖慧、宗什与石湖乡绅薛公素倡议募资兴建六胜塔，六胜之名从印度佛教的六胜缘而来。后因宋端宗一度滞留石湖，石湖遭到元军的洗劫，六胜塔也未能幸免，毁掉大半。元朝初年贸易勃兴，至元顺帝元年（1333年），蚶江人凌恢甫捐资重建，成为元代泉州港盛极一时的历史见证。六胜塔共五层，建筑设计科学，造型优美，塔高36.06米，底围47米，是花岗石仿木结构楼阁式建筑，八角五级，全塔浮雕金刚、力士像80尊，工艺精湛。塔盖八角翘脊，各雕坐佛一尊，中石叠小塔状，上置金刚宝箧式塔刹。这充分显示了古代泉州建筑工匠的高超技术。六胜塔另一个与众不同的特点，就是每层塔的横梁上都刻着建造者的姓名和修建时间。

遗憾的是，为保护起见，游人不能登塔，只能想象那海天交碧、舟楫云帆、澎湃千状的碧波尽收眼底的盛景。六胜塔经过几年的修整，焕然一新，一切俱往矣，现今并不做航标之用了。抚摸古塔的历史脉纹，仍保持着它的清净和幽雅姿态，供一批又一批的游人阅读它过去的芳华岁月。塔的四周已辟为公园，种上刺桐树、桃树、三角梅等，一排挨着一排，乍开乍合。时逢开花时节，丹红翠绿，"满树和娇烂漫红，万枝丹彩灼春融"，焜耀夺目，天巧自然，与古塔交相辉映。

古塔是有记忆的，它在这里静静矗立800多年。元代末年，长达近十年之久的亦思巴奚兵乱,对泉州的社会经济产生了极大的破坏。明朝有片甲不得下海的军令,以致无法对抗海盗倭寇的侵扰。清初迁界,闭关息航,让翻腾的大海一下子变成一片寂静的死海。再加上晋江、洛阳江注入湾内大量的泥沙,使得江道变浅,淤泥塞港,泉州古港最终难逃衰落的厄运。浩荡的狼烟中,夹着水汽的海风吹在脸上,每一丝都有历史的韧度,只有眼前这古塔在惶惶不安中熬过了那段凄怨悠长的历史。

六

历史的落幕与繁华交替变更,有常道,也不乏变道。历史总有那么巧合的一面。六胜塔下一个同样以石湖命名的现代化港口正在崛起。是改革开放的春风送来了石湖的春天,重建石湖港,成了石狮人的心中梦想。他们锐意进取、不忘初心、铿锵前行,海丝伟业再次出发,五洲商潮在石湖新港翻波涌浪,现年吞吐量达 4000 万吨,位居全国五强之列,迈入大型港口行列,进一步推进了海丝泉州建设。经过 30 多年的建设,山河璀璨换新装,港区面积达 30 多万平方米,可停靠 10 万吨级船舶,成为主营集装箱业务兼散装石材靠泊卸载的国家一类口岸。据悉,石湖港目前已开通 130 多条航线,其中外贸航线 30 多条,与美国、俄罗斯、沙特、土耳其、波斯湾、东南亚等近 30 个国家和地区进行海上贸易往来。现在泉州正积极推进古港复兴计划,拓展港口辐射圈,带动石狮和泉州经济的发展和繁荣。"沧波夜月垂天际,自有明灯耀海西",石湖口岸再谱新华章,重振刺桐古港雄风,打造国际一流港口,十里海岸线正扬帆擎天。

石狮人是智慧的,重振海丝雄风,复兴海丝文化,重现古渡风采,对接国家的"一带一路"倡议构想。作为海上丝绸之路的重要节点城市,又迎来了建设海丝之路的新机遇,将海丝文化、闽台对渡文化、回族特色文化和港口滨海景观带有机结合,打造海丝美丽乡村景观带。从水尾街、八角井到石湖寨,从林銮渡、再借亭到妈祖民俗文化广场、妈祖宫、海丝文化公园等历史遗迹串成一条海丝旅游线路,让石湖"海丝"有了一种全新的游览方式,让古老的海丝文化遗产重放生机,长盛不衰。

在这片作为海丝起点的古老土地上，古意氤氲，昔日东方第一大港的繁华故事淹没在茫茫的大海中，时光激荡着来自历史的回响，与今天的感慨联系在一起，历史烟云与眼前春天的绿色交融在一起，焕发出春的气息和芳华。站在地势宏敞的金钗山上，看林銮渡、六胜塔、再借亭在春光的荡漾下，镶上一道道金色的花边，沧桑的记忆也叠现出开放的华章。历史是过往的现实，林銮渡虽然繁华落幕，但就在它附近，一个更现代化的崭新的港口悄然出现在人们的视野中，成为石湖半岛上的一颗璀璨的明珠，使得古老海洋文化在现代文明中绽放新的生机。真想约上三五同伴，泡一杯香气氤氲的铁观音，卸下心担，坐在石湖海岸的青石上，任远海深处吹来的风拂过我的脸颊。在这古意融融与现代繁华的港口，看日升月落，听潮观海，感受波澜壮阔的古港新风。

在石湖历史的深处盘桓半日，深获我心，一种原始的诗情在心中漫溢。时近中午，汽笛声声催促大家上车准备下一行程，在导游的带领下，旅游大巴载着作家们向着春天一路疾驰而去。

谢奎宗，男，福建长汀县人，石狮市第三中学高级教师，硕士，福建省作家协会会员、泉州市作家协会常务理事、石狮市作家协会副主席兼常务副秘书长。作品散见于《杂文选刊》《西部散文选刊》《福建文学》《散文诗世界》《福建乡土》《泉州文学》《泉州晚报》《东南早报》等报刊。

吕亦涵

这里的山水，这里的人

"那是姑嫂两人日日盼望着那个男人归家的背影。他是丈夫，是哥哥，是家里的主要劳动力；他远赴海外讨生活，用他在外拼搏的汗水和孤独，挣得一家老小的安稳。而此方仍有家人，日夜盼着他归家。渐渐地，盼望他的身影化作了两座塔，后来我们将之称为'姑嫂塔'。"

"可是，为什么要去那么远的地方讨生活呢？在家乡工作不可以吗？"年少的我曾经问。

"当然可以。可那个时候，在家工作毕竟机会少，而我们石狮人比别人多的，就是这一个'拼'字啊！"

不甘于平凡时，得拼。

需养家糊口时，得拼。

盼前程似锦时，还是得拼。

后来我听说过许多故事，各色各样的版本，光"姑嫂塔"一处就有好些传说。而我不知这些传说究竟哪个才最贴近真实的历史。

只是很多年之后，我还记得小学春游时老师讲过的那个故事。那时我们上五年级，老师领着一群毛孩子爬上姑嫂塔，面对着对于当时的我们而言还算巍峨的古塔，老师说："当然可以，可我们石狮人比别人多的，就是一个'拼'字啊！"

后来这句话一直印在我的记忆里，即便长大后又听过许多故事，即便"姑嫂塔"后来又更名为"万寿塔"，可我总记得年少时那一份朦胧的感动。

那时候我想：对，挺拼的，就像我爸要养活我们一家五口，天天加班加点地工作；就像做生意的长辈每日奔波，换得一家子体面生活的同时，还在憧憬未来。

那时我已经在课本上学会了"憧憬"两个字，知道这是一个有力量的词。因为但凡有憧憬，人便是积极向上的，因为胸中有蓝图，不论走着拼、坐着拼或是跑着拼，总归会拼出一点成绩来。

而后来，到了我们这一个年代，曾经拼搏的老将尚未退休，年轻一辈又奔赴沙场，薪火相传。

于是外面的朋友总问我："《爱拼才会赢》唱的是不是你们哪？你们闽南人真是聪明，生意做遍全世界就算了，还要再出这么一首歌，让全世界一起歌颂你们的精神！"

话是玩笑话，可话里的意思却不假。

这一些年来，在国外旅行时常听当地华人说："祖国发展得太快了，国人太拼了，习惯了欧洲小城安逸生活的，回国后都跟不上同胞的脚步。"而在国内的其他省市，却又总听人说："你们那儿的人啊，愿拼搏、懂持家，'开源'和'节流'都被你们占了，所以发家致富是理所当然的啦！"

是啊，年少时无知无觉，成年之后走出家乡，一对比，才知故乡人骨子里的那股劲儿，原来真是"本地特产"，是和万寿塔、石湖港一样古老而恒久的存在。

我的朋友小王是一名典型的石狮人：普通家庭出身，"211"大学毕业，毕业不久后曾在家人的期待下争取到了一份"铁饭碗"。

"铁饭碗"很好：安稳、踏实，是本地好些丈母娘心中的乘龙快婿职业首选。然而小王毕竟年轻，心中始终有把熊熊燃烧的创业之火。四五年前，当小王发现了学前教育这一块市场后，便毅然离职，想着在这大浪淘沙的时代里做一点什么。

他聪明、勤奋，有闽南人勤俭节约的良习，在放弃许多人口中所谓的"铁饭碗"之后，越发全力以赴。没多久，他的事业风生水起，朋友们由此蹭了好几顿饭。每一次，我们都听小王谦逊地说："我其实不过是个平庸人儿，资质就那么点，该感谢的是这一个时代。"

时代充实了大众的口袋，同时改变了家长的育儿观。小王同学其实平平无奇，不过拥有闽南人骨子里的勤勤恳恳，顺着时代淘上了这一桶金。

只是第一桶金淘出来没多久，市场又变了：竞争太激烈，"蛋糕"越分越小。一路波浪不平，可他也算是乘风破浪，终于坚持到了2020年——在这个世界性的灾难年份，一场疫情来势汹汹，将小王乘过风破过浪的事业一举打趴下。终于在这一年，小王的事业停歇了，曾经自认为受过时代恩惠的人，陷入了长时间的迷茫。

"眼看他起朱楼，眼看他宴宾客，眼看他楼塌了。"年少时背《桃花扇》，只想着在高考的语文卷上它可能占多少个百分比，不解其中意。如今到了而立之年，有过风光有过辛酸，再听，竟然已经是曲中人。

那段时间我常回父母家，有回提到小王时，同样认识他的父亲颇为感慨，了解了一番具体情况后，我父亲说："可还好，最难捱的时光已经过去了。"

"怎么会？现在才是最难捱的时光！"要知道小王可是创业失败，若有产可破，通俗意义上，小王可以说已经"破产"了！

可父亲竟然比我更诧异："有经验，有人脉，还有一点剩下来的钱，怎么会是最难捱？现在如果算难捱，当初小王一无所有、辞职创业的时候又叫作什么？"

哦，是啊！

那时候才是真正的艰苦：什么都没有，连资本也没有，有的只是无数见他扔了"铁饭碗"，便坐等着看好戏的戏谑目光。

"再说了，如果这算最难捱，那么当年祖祖辈辈离乡背井、独自到外头去闯荡，吃苦受委屈不说，怎么累怎么穷不说，挣一分钱要掰成好几份，寄回来养家糊口盖房子，那又算是什么呢？"

我平素不爱听他讲旧事，总觉得时代日变，20世纪的事早已经很远了。可今儿听父亲这么一说，我竟如醍醐灌顶，突然之间，就理解了历史与传承的意义。

历史总是惊人地相似：在海上拼搏过的人，吃过苦，受过累，有过低迷，怀疑过人生——可这一段或长或短的迷茫期之后，他们能做的，不过是抹掉泪，咬咬牙，重头再搏斗一次。

那晚我给小王发了条微信："还记得你几年前离职创业的那一阵吗？我爸说，比起那时候，现在又算得了什么？"

微信那端许久也没人回一句，直到第二天，小王的电话才打过来。

他很不好意思，说："昨晚和一位同样在最近创业失败的朋友喝茶，我们聊到了很晚，一起总结经验，毕竟大家都有共同的经历，我们想着，要不要一起重新再来试一次。"

你看，这就是我们的狮城儿女。

像姑嫂塔下出海讨生活的前人，像为养活一家子不辞劳苦的父辈，像与海浪搏斗的一代又一代的人，他们在历史上淹没了名姓，可短暂的一生里，他们勤奋、热烈、永不屈服。

还记得那一首歌吗？它是这么唱的：

人生可比是海上的波浪

有时起 有时落

好运 歹运

总嘛要照起工来行

三分天注定

七分靠打拼

爱拼才会赢

那是故乡最永恒的曲调，镌刻在每个石狮人的骨子里。

从姑嫂塔下，到石湖港上，到"海上丝绸之路"上的每一艘轮船里。

代代相传，永不止息。

吕亦涵，原名吕雅萍，1987年12月出生，籍贯南安，现居石狮，福建省作家协会会员，出版书籍有《阮陈恩静》《向海深处》等。

叶忠惠

闽南红砖厝

一

明清以来，大批闽南人下南洋讨生活，成为番客。

番客在外打拼，有了积蓄，必反哺故乡，回到曾经的出发地，修一幢楼、建一座庙、捐一方戏台、办一所学校，以此光宗耀祖、流芳青史。

这是番客的心愿，也是侨乡的传统。

于是，一大批兼具中西建筑风格的红砖厝雨后春笋般出现在闽南的城市和乡村，成为侨乡亮丽的风景。红砖厝是那个特定时期番客在南洋奋斗的血泪结晶，是南洋种植园里心酸往事的沉淀。在闽南，它一度成为财富和荣耀的象征。

每幢红砖厝都曾辉煌过，都曾是当地地标性建筑，其华丽的外观与周边层层叠叠的低矮的石头厝极不协调，显得特别突兀。

改革开放后，石狮、晋江一带，石头厝渐渐少了，高耸挺拔的摩登大楼越建越多，曾经风光一时的红砖厝渐渐被林立的高楼淹没，深藏在楼宇缝隙间，老古董似的，同样看起来很不协调，显得特别突兀。

二

一天下午，我漫步石狮老市区，过石永路去卖鱼街，被石永路3号巷口的红灯笼吸引。顺着巷口向里拐，一座牌坊似的门楼矗立在眼前。门楼左右两边的桁梁上，各吊一串鲜红的灯笼，使门楼看起来更像影视城里的官衙。说它像官衙，门楼前却没有象征权力的石狮子。门楼的门楣正中有块做旧的木制匾额，写着"大闽府"三个金色大字。好气派的"大闽府"！已然一个大户人家的宅第。说是宅第，却又少了表征主人身份的门当和户对。

走进门楼，一堵古香古色的红砖照壁横在眼前，金色的夕阳泼洒在古朴的照壁上，泛着耀眼的温馨的橘红，当地人叫它"闽南红"。

"闽南红"是番客心中家的颜色。

绕过照壁，是个开阔的院落，闹市的喧嚣和纷扰至此戛然而止，院里清幽如禅寺。茶余饭后约上好友，沏壶清茶，在这里推心置腹，何等美妙！

心若宁静，闹市照样修行。

院里有座戏台，新修的，戏台的桁梁、顶棚的瓦当、台前的廊柱，以及四周的木雕、砖雕、影雕，都是饱经风霜的旧料……

近年，石狮主城区多处拆迁改造，许多经过时间沉淀和风雨洗礼的古大厝被拆解，一些精美的建筑部件散落民间，一部分作为古建修缮备料被有识之士收储，在市政修复建设中继续发挥作用，戏台即属于这一类。因为这座闪烁着岁月光辉的戏台，整个院落更显古朴大气。

院子的布局和装饰，与大闽府的称谓是相宜的。戏台在院子左侧，院子也是闽南大户人家的格调，花盆、假山和绿化物都不失高雅。院子东侧的水池布局考究，做工相当别致。水池上修了一道绵延的假山，袖珍小巧，水流顺着假山上的沟沟壑壑潺潺而下，飞溅起细碎的浪花。夕阳斜斜地照射着浪花，闪烁着耀眼的光芒。

假山上、水池边，小草静静地青翠着。一棵茂盛的黄金桂孤独地屹立在池边，好像在沉思，又像在等待，等待那个令人激动的花期的到来。

夕阳把院墙上的树影扯得越来越长，树影在飒飒晚风中慢慢失色，渐渐模糊，墙面被糟蹋得斑斑驳驳。院墙、树影和整个院落，被夕阳折腾得一塌糊涂，院子里弥漫着一层淡淡的暮气。

三

我20世纪90年代初到石狮，居住在永宁。永宁是红砖厝很多的古镇。得了闲暇，我常常背着相机探访红砖厝。我非常非常喜欢闽南红砖厝砖石混砌的建筑风格，石狮民间管这种建筑形式叫"金包银"。

……

院子里的红砖厝是我的最爱。青石为基、红砖成墙、出砖入石，厝里厝外，石雕、砖雕、影雕、木雕相映成趣，这是闽南古民居最独特之处。橘红的砖墙映衬着暗红的瓦片和褐色的弯弯的屋脊，古朴典雅又不失高贵。青石红砖有规则地堆砌，点、线、面巧妙组合，墙面成了一幅斑斓的画作。砖石叠加后形成的细缝，或平行，或相错，好似一张奇异的乐谱。

在闽南，无论繁华的都市，还是寂寥的乡村，不经意间邂逅红砖厝，我总会驻足凝望。每每满心欢喜地走近它，却总是被人去楼空的惨状震惊。也对，当年有财力修建这豪华宅第的人家，怎么还会居住在这陈旧的老宅里？国人喜欢住新居，即使祖上留下百年老屋，也只是把它当作文物供起来，当作祭祖或操办家族大事的场所。

石狮晋江一带红砖古厝的主人大多身居海外，人们留着古厝，只为祭祀，或为寻根。基于种种可抗拒和不可抗拒的理由，有的古厝荒废了，有的因年久失修倒塌，有的被拆毁，有的遭人为破坏，一些艺术价值很高的建筑部件（如石雕、砖雕、木雕、影雕等）因疏于管理，频频失窃，造成无法挽回的损失。

于是，精美的红砖厝渐渐走进历史，成为人们心中一道伤痕和一抹残破的记忆。

站在"大闽府"的院子里，一种难以言表的亲切感油然而生。这喧嚣闹市，竟藏着这么一个幽静的院落，竟留着几幢如此别致的红砖古宅！的确令人激动！你看，那墙上的砖雕，门框上的石刻，屋檐下的彩绘，哪一样不精美绝伦？

那天下午，没有导游，也没有门禁，我独自闯入，一进门就被院子里的陈设和布局深深吸引。我特别特别喜欢那两幢红砖古厝，见到它的那一刻，好像在遥远的他乡遇到了童年的发小，备感亲切。这几幢红砖古厝的建筑风格和晋江五店市的红砖厝相仿，一样是皇宫起、燕尾脊，典型的闽南民居样式。我走进其中一幢，从书房、厢房、厨房、卧室、厅堂到会客室，从室内陈设和结构布局看，这是一个大户人家，这是一座有故事的豪华宅邸。

绕过厢房来到二楼，是另一个世界。左右两边的厢房顶上，各有一座精致的阁楼，阁楼前各有一座凉亭。在月明星稀的夜晚，约上知己，在这里品茗、饮酒、对弈、赏月，一定非常美妙。

凉亭外有个小露台，露台的地砖和屋顶的瓦片都是新铺的，仍旧是鲜艳的"闽南红"。檐下的彩绘特别明艳，显然，不久前刚刚重新描摹过。露台与院子里的戏台相呼应，坐在露台上品茗、听戏，才是"大户人家"的享受。

四

有几位志同道合的青年企业家共同出资，以这几幢古厝为根据地，搞文化创意产业，经营以闽南元素为特征的文创产品。和其中一位交谈得知，青年企业家们想借助这个平台，尝试在现代生产经营模式下，吸引民间资本保护闽南古厝和其他散落在民间的具有闽南地方特色的非物质文化遗产，以此传承闽南传统文化。"大闽府"文化餐吧就是这个想法的实践。

人们借助餐吧，收集、展示、体验、盘活闽南民间传统美食。在这里，你能吃到地道的安海土笋冻、石狮海蛎煎、深沪拳头母等最最传统的闽南民间美食。

生活在这里，您尝土笋冻、吃海蛎煎，也许吃不出特别的感情。但您若置身海外，或久居异乡，带着对故乡和亲人的深深思念，千里迢迢回到这朝思暮想的故乡，在这特定场景里咀嚼故乡的味道，您一定会睹物思人，会因味念情，会从故乡的味道里吃出童年故事、吃出对故乡的念想、吃出对亲人的感恩的泪。

因为，在这似曾相识的宅院里，珍藏着您远去的童年。

"大闽府"是海外华侨回归故里半道上的驿站，是村口的凉亭，是小时候玩耍的地方，这里离家很近，很近。

青年企业家们按照之前的定位和创设餐吧的思路，构建"大闽府"禅文化、茶文化、香文化，并融进闽南民间曲艺、书法、绘画、收藏等多种文化形式，用现代思维和方式，保护、传承、发展闽南传统文化。这种思路非常好，把古厝保护、文化传承与发展经济三者合一，妙哉！

这项文化工程极其浩大，意义深远，到底能做多大，保护传承文化的路能走多远，能产生多大影响和效益，我不得而知。在经济至上的石狮，青年企业家愿意腾出宝贵时间，汇聚精力和财力，参与到传统文化的传承和保护中来，这种行为是智慧的，是勇敢的，他们的眼光和格局值得钦佩和称颂。

回顾历史，古埃及文明、古印度文明、古巴比伦文明、古希腊文明经历史车轮的碾轧，在邦国之争、朝代更替、外族入侵中，大多已灰飞烟灭，唯独中华文明历经千年岁月磨砺，仍一脉相承，熠熠生辉，并且以极强的生命力生长着、发展着。文化的力量不容置疑，中华文化的生命力不容置疑！

反观中华文明史：朝代更替，外族入侵，不仅没能撼动中华文明和文化的根本，许多优秀的文化遗产在一次次社会变革中，经过自我扬弃，得到传承和保护，而且越发精粹，越发强大，成为世界经典（譬如：唐诗、宋词、元曲、明清小说），继续影响和滋养新的政权和新的文化，主导整个民族乃至整个世界的文化走向。

中华文明从远古一路走来，历经唐宋，跨过明清，逐渐发展成为一个一脉相承的庞大的文化体系。也许，这就是中华民族能够存在千年，还将继续存在下去，并且顽强屹立于世界民族之林的根本原因。

保护集建筑、绘画、书法、雕刻等多种艺术形式于一身的红砖古厝，就是保护中华传统文化。文化强大了，我们民族也就强大了。

保护传统文化，我们责无旁贷。

永宁

永宁古曰"水澳"，唐称"高亭"，宋谓"凉恩亭"。到了南宋，朝廷为防外患，在此修"水澳寨"。于是，"凉恩亭"成了"永宁寨"。明洪武二十年（1387年），朱元璋为抗倭，在永宁设立卫城，城内纵横交错的街巷，把卫城城池隔成了鳌鱼背，永宁因此又名"鳌城"。

天南地北的卫城守兵，带来了天南地北的建筑、饮食、民俗、姓氏、宗教信仰等异域文化。

从地理位置看，永宁的确是实实在在的海防前哨，自古就是兵家必争之地。宋代海禁，明清抗倭，内战防台，和平年代打击走私和偷渡，永宁是前线，又是战场。

特殊的战略地位，给予永宁与众不同的经历，永宁人因此多了苦难和历练。清初"陷城洗街"，抗战"7·16蒙难"……这些苦难无不成为永宁人民刻骨铭心的印记。所以，永宁人更珍惜和平，更渴望安宁，永宁地名是为证。

走进永宁，你会发现这里和闽南其他地方有些不同：宗教多元、姓氏荟萃、民俗活动特别丰富，传统文化特别特别浓郁。为祭奠抗倭阵亡的将士和蒙难乡亲，永宁卫城内的居民每年农历四月二十三要"养兵马"。所谓"养兵马"，其实是永宁特有的一种祭祀仪式。

祭祀当天，城内居民要在家门前或离家较近的巷口敬供，除烧纸焚香，还要焚烧寄寓兵强马壮的纸马和草人，次日清晨还要挑水"洗街"。当然，这天"洗街"不同于往常搞卫生冲洗街道。"洗街"也是祭祀的一部分，永宁人相信这天"洗街"能冲走晦气，有警示后人不忘国耻之意。

永宁老街的美食令人垂涎，海蛎煎、炸虾饼、牛肉羹、梅林芋丸、阿潭水煎包特别受青睐。阿潭水煎包尤其出名，石狮市区开有多家分店。我在永宁的那些年，每天清晨去市场买菜都要经过阿潭煎包店，常常看到食客在店门口排着长长的队伍，在扑哧扑哧的煎锅前翘首等待。绑着白围裙的煎包师傅在弥漫着蒸汽的店堂里忙碌，浓郁的面香扑鼻而来，使人想起在厨房里忙碌的母亲。面香是家的味道，是母亲的味道，它最解乡愁。

600年时光剥蚀，小镇古朴依旧。但是今天，您在永宁老街再也难觅陇西建筑的遗存，再也找寻不到陕甘民居的装饰，宗祠庙宇前石雕木刻上的中原印迹已经斑驳，林林总总源于天南地北的文化符号正渐渐模糊、慢慢消失，有的悄悄融入本土文化，形成永宁独特的杂合文化现象。

尽管置身闽南，你在这个闽南小镇里看到的、听到的、尝到的、感受到的却不一定是纯正的闽南，而是五湖四海文化的杂烩与交融。所以，你在永宁老街的地瓜酒里能品出东北人参的芬芳和西北大枣的甘甜，在阿潭水煎包里能吃出江浙醇厚的麦香，在街边的牛肉店里能尝出陕甘的味道，在小庙门前的戏台上能听到中原古乐的哀怨……

漫步永宁的街巷，最引人注目的是那层层叠叠翘着燕尾脊的红砖厝，当地人叫它"皇宫起"。这种建筑集红砖、青石、木料于一身，木刻、石雕、砖雕、影雕经艺术家巧妙地搭配组合，"皇宫起"有了美轮美奂的外观。

我20世纪90年代初到永宁的时候，常常一个人扛着相机踏着夕阳去寻访红砖厝，常常在巷口的高墙下邂逅挑着竹筐卖小杂鱼的"惠安查某"，也常常在老街的巷子里遭遇推着脚踏车卖番石榴的"本地打捕"。"打捕查某"连同那高高的红砖墙、弯弯的燕尾脊、深窄的小巷子一齐进入我的镜头。于是，一次次不经意的邂逅，成了日后永恒的念想。

25年弹指一挥间，我当年拍摄过的许多宅院在岁月的侵蚀中已面目全非：有的因长久空置失修，在风雨中倒塌了，有的因公共建设需要被拆除，有的因风雨剥蚀成了危楼，有的被主人推倒重建……老居民区里长出一幢幢新楼。老街不老矣！只有凝固在我摄影胶片里的"打捕查某"，笑容依旧。

我常常在黄昏时分，悄悄躲进那个高墙下的隐秘处，抓拍蹲在屋檐下用一只手托着两只碗吃咸鱼稀饭的"老打捕"。为拍到动人心魄的瞬间，我常常要在墙角下蹲很长时间，和蚂蚁蚊子斗智斗勇，辛苦是必然的，但是，经历一张好照片的诞生，心情是快乐的！

"老打捕"托碗的绝技令人惊叹，我在其他地方从未见过如此端碗吃饭的。这些可爱的老头儿还有一个古怪习惯，他们喜欢坐在自家门枕上喝小酒。欣赏他们表演杂技般的托碗技艺，分享他们在屋檐下自斟自饮、怡然自得的生活状态，本身就是一种享受，这样的享受比喝酒本身更令人欢喜。

我常感纳闷：人们热衷花钱去话剧院里看演员生硬的模仿，却对真实的生活视而不见！

记不清多少个黄昏，我背着相机从观音亭出发，沿老街向西门外走去，碰到喝得面红耳赤的"老打捕"，席地坐在家门口的石阶上，有一句没一句地同路人搭讪，话语的间歇，吃点咸鱼呷口酒……这种闲话配米酒的惬意真令人羡慕。我想，幸福大概就是这个样子的吧？

番仔楼是永宁民居的另一个特色。和闽南其他地方一样，永宁镇区和乡村，也散落着许多宏伟的番仔楼。番仔楼是"舶来品"，中式骨架，西洋装饰，又弥漫着淡淡的南洋风情，相比古典的红砖厝，番仔楼更具时代气息。

番仔楼曾是南洋华侨财富的象征。

我在《家住古卫城》里说："……在永宁生活十五年，足以令我用一生去回味。"回味什么呢？回味永宁人的质朴和真诚。永宁民风朴实，他们信上帝、拜观音、尊孔孟、敬城隍爷、请土地公……他们有自己的信仰。信仰的教化和约束，使古镇民风特别质朴。

在这里，虔诚的信徒各归各主，各拜各神，互不干涉。一个杂居之地，信仰多元却鲜有宗教冲突，这点尤为可贵。来自不同族群、不同地域，拥有不同信仰的人们在这里和睦同居，多么美善！这种和乐美善的社会秩序与平和恬淡的生活方式，不正是今人构建和谐社会孜孜以求的吗？

放眼世界，从未间断的巴以冲突……在战争阴云笼罩下的加沙地带……忙于逃难的伊拉克、叙利亚难民……发生在中东和西方形形色色的恐怖袭击……再看发生在美国的没完没了的游行和抗议……原本人人享有的和平，反倒成了奢望，幸福变得遥不可及。

奇怪得很，西方的上帝、中东的真主、印度的菩萨，一到中国，受中国传统文化影响，统统入乡随俗，再不讲究大小贵贱，他们和中国本土的城隍爷、土地公、关帝爷、妈祖娘娘和平共处，各司其职，这样的社会还不够文明吗？还不够和谐吗？生活在这样的社会里的人，还不够幸福吗？

环境造就人，当然，环境也造就神！

一个热爱和平的国度，不可能去供奉、敬拜一个崇尚战争和杀戮的神。中华民族历来崇尚和平，感恩、敬畏为和平做出牺牲和贡献的人，为他们修庙立碑，关帝庙、岳王祠、土地庙、城隍庙、妈祖庙皆是如此。人们通过修庙立碑这种朴素的方式弘扬家国意识，以此教育警示后人。至此，便不难理解为什么多神教、多信仰的中国，能远离纷争和冲突，享受和平安宁了。

神是一个单纯的小姑娘，谁都可以按自己的意愿打扮她。外来之神来到中国，被善良的中国老百姓打扮成中国神（如城隍、孔孟、妈祖、关公）的模样，成为勇敢、智慧、善良、和平、公义、宽容……的化身。中国神的模样不正是中国老百姓的模样吗？勇敢、智慧、善良、和平、公义、宽容……不正是中国老百姓修身养性不懈努力所要追求的吗？

中国人按自己的理想人格创造和改造自己的神，他们自己就是中国神的原型。心里供着最淳朴的神圣信仰的人，怎能不良善？

你看永宁老街古厝门楣上的墨迹、庙宇宗祠里的石刻木雕，只要沿着街边的这些文化遗存，循着"清河衍派""九牧传芳"的匾额……便能回到陕甘，回到渭水，回到陇西，回到南阳和颍川……回到信仰和文化的源头，找到它们曾经的出发地。

朴树

"全国文明城市"石狮要创建"省级森林城市"，创建的条件之一，是要先确立市树市花。简言之，就是创建"省级森林城市"必须要有市树和市花。为着这个神圣使命，2019 年初，石狮市政府紧锣密鼓地展开市树市花评选工作。

朴树（和紫薇）在层层选拔中脱颖而出，成为石狮市市树（市花）候选树（花）。朴树又名小叶牛筋树，榆科朴属落叶乔木，主要分布在淮河流域、秦岭以南和长江中下游的一些省市，台湾地区部分县市也有分布。

朴树谐音朴素，大概真如其名：朴树树形的确朴素，其貌不扬，不论整体树形，还是树干、树冠、枝叶，都很普通，算不上美。

此前，我对朴树知之甚少。向人打听，说石狮乡村山野均有分布，六胜塔前有一株，树形特别美。还说灵秀山上也有一丛，这倒出乎我的意料。也许是我太粗心，在石狮待了二十几年，未曾留意它的存在。

我很想看看石狮候选市树的样子，于是驱车前往六胜塔。从远处看，这棵朴树树形的确不丑，浓密的树冠呈伞状，好似一棵繁茂的小叶榕，在地面上撑起一块大大的绿荫，还时不时有鸥鹭和一些不知名的鸟雀，三三两两在树梢起起落落。

屹立在六胜塔前，朴树多了几分古典气息，却依然生机勃勃，它身上特有的古典又鲜活的气质令人着迷。朴树的气质与石狮这座城市不谋而合。据史料，石狮这座城市的名称源于凤里庵前那对隋朝遗物——石狮子。构思这篇文章时，我又去凤里庵前瞻仰了一次石狮子，其造型憨态可掬，只是轮廓已模糊，有心人在它身上披了红绸，使它看起来更像文物级别的东西。

六胜塔前的朴树和石狮这个地名以及石狮这座城市一样，弥漫着古典与现代的气息。

六胜塔紧邻林銮渡。在遥远的唐代，林銮渡是一个繁忙的码头，从海外归来的商船把码头和这一带海滩倒腾得沸沸扬扬。到了宋代，海上丝绸之路不断向外拓展，闽南沿海商贸日益繁荣。

北宋政和年间，高僧祖慧和宗什等人通过募捐，筹集资金修建六胜塔。商贸发展繁荣了林銮渡，六胜塔成为海外归来的商船辨认泉州湾的地理标志。用现在的话说，六胜塔是"海上丝绸之路"起点的一个重要航标。

林銮渡造就了这一带的百年繁荣，直到明代，航海家郑和的舰队还曾来这里补给。冬去春来，潮起潮落，这片碧海蓝天下，在这大海碧波间，埋藏着多少不为人知的辉煌和沧桑。所有辉煌，所有沧桑，连同繁荣和没落，都在时间里沉淀为历史。因为这段历史，石狮多了一道文明的印迹；有了这道印迹，石狮便可以用雄辩的事实驳斥世人强加的"文化沙漠说"。

紧邻唐朝的渡口宋朝的塔，经财富润泽，被辉煌涂抹和历史滋养，长在六胜塔前的这株朴树渐渐有了文化的色泽和文明的光辉。和林銮渡、六胜塔相比，它尽管年轻些，但是，在古塔映衬下，朴树并不失历史的厚重感和沧桑感。尽管六胜塔公园广场上还有其他树木，但是，那些后来栽种的树木和它不是一个辈分，更不是一个层次了。

在偌大的广场上，朴树孤零零，显得突兀，但并不孤独，突兀反倒更显出了它的文化气质。就像石狮，建市才三十年，活脱脱一个年轻城市。对于一座城市，三十年实在太短。但是，凤里庵、林銮渡、金相院、姑嫂塔、城隍庙……这些历经劫难，被时光磨砺，经无数次大浪淘沙之后积累沉淀下来的文化遗迹，赋予年轻的石狮历史的厚重感。所以，尽管建市只有三十年，尽管还非常非常年轻，石狮并不缺少沧桑美，并不缺少文化。石狮街头巷尾的"燕尾脊""皇宫起""金包银"，处处闪烁着岁月的文明的光辉。

朴树，朴素也！朴素是勤劳、内敛、质朴的石狮人的精神特质。也许，这才是石狮人民选择朴树作为市树的真正原因。

走近朴树，拉下一根枝丫，不禁哑然，朴树和小叶榕不是一回事。朴树长相的确朴素了些，不开花，叶片没有小叶榕厚实油亮，色泽也比小叶榕淡一些。朴树叶和香樟的叶片倒有几分相似，只是叶脉分布不同。

朴树繁茂不如榕树，芳香不及桂树，娇艳不如木棉。但是它强悍，生命力顽强得令人难以置信。朴树喜阴、耐寒、抗干旱，对生长环境要求不高，即使在贫瘠的盐碱地上，也能茁壮成长，是绿化的首选。

在形形色色的绿化树中，朴树显得平凡，它对生存条件要求极低，给人的回报却很多：茎皮造纸，果实榨油，树皮和根叶可以入药。因其有抗二氧化硫和抗氯气的特性，用它做行道树或公园绿植，能有效改善空气质量。

朴树这种牺牲奉献型的生命特质也契合石狮人的气质，你看平凡卑微、吃苦耐劳的石狮先民：建凤里庵、修城隍庙、守古卫城、造姑嫂塔……哪一样不惊心动魄？哪一次不震撼人心？

至此，我们便不难理解石狮人民为何舍弃芳香的桂树、挺拔的桉树和婀娜多姿的木棉，唯独相中朴树了。

钟灵毓秀之山

岩奇谷幽的灵秀山上，有一座古朴雅致的建筑，那就是佛教遗迹金相院。金相院和凤里庵前的石狮子一样，历史相当久远。

金相院原名栖真寺，始建于隋，曾在岁月剥蚀中几度损毁，五代后梁开平二年（908年），一位叫如默的法师主持重修，金相院又重获新生。在灵秀山众多历史遗迹中，金相院保存最完整，其鼎盛的香火绵延至今。

说到金相院，人们会不由自主地想起海潮庵。海潮庵毗邻金相院，是灵秀山上另一个重要的文化遗迹，也是隋唐时期石狮一带文人墨客聚会的场所，相当于今天的文化沙龙之类。

在遥远的隋代，石狮还是一个不起眼的小渔村。但是，这个渔村有些与众不同，是个有文人墨客造访的有文化沙龙的渔村。想要了解这个渔村，还得从一条官道说起。

石狮的繁荣便源于这条官道。

隋代，永宁一带沿海出产的食盐、海产和从林銮渡回流的异域商品经这条官道汇聚泉州，流向内地；内地产的茶叶、丝绸、漆器之类在泉州集结后，一部分经刺桐港直接出口，另一部分从石狮蚶江的林銮渡流向海外。这条海上通商口道就是闻名世界的"海上丝绸之路"，泉州（也包括石狮）因此成为"海上丝绸之路"一个重要的起点。

经林銮渡出口的商品，走的就是这条官道。到了唐代，东南沿海一带对外商贸空前繁荣，蚶江林銮渡已是蜚声海内外的国际大港。一头系着东方第一大港——刺桐港，另一头连着林銮渡，官道沿线的繁荣不难想象。有经济支撑，有密集人流，有文人骚客，文化艺术发展便水到渠成。

石狮渐渐由一个商旅驿站发展成为一个商贸重镇,得到经济和文化双重滋养的灵秀山处处一派生机。

至此,便不难理解少年石起宗为什么会被送到灵秀山海潮庵来接受教育熏陶了。这个石起宗就是史上记载的那个南宋名士石起宗,他曾任南宋大臣,善书画、通诗赋,著有《经史管窥》。

1169年,石起宗榜眼及第,他一生仕途亨通,曾任漳州通判、徽州知州、提举浙西常平、尚书吏部员外郎、国史院编修等要职。

石起宗是典型的学者型官员,勤于治学,非常注重自身文化修养。他认为"藏书千卷,胜良田万顷",毕生俸禄除去日常之需,全用于购买书籍和研究学问。

石起宗是从灵秀山走出来的第一个学者,是灵秀山造就的朝廷大员。灵秀山成就了石起宗,石起宗赋予灵秀山历史和文化的厚重感。因为石起宗,灵秀山内涵更丰富了,奠定了其成为名山的文化根基。

从林銮渡吹来的异域之风、金相院的善男信女、海潮庵的文人骚客以及石起宗这样的文化名流,给灵秀山增添了生活气息和文化内涵。有内涵、人气旺、出名人的灵秀山渐渐有了名山的雏形,沉默是暂时的,只是人们还不曾了解它,还未曾真正读懂它罢了。

南宋政治家、文学家,时任泉州太守王十朋,曾借勘测水利之机登临灵秀山,并应金相院住持之邀,在院外一块摩崖上留下墨宝:"小小精蓝亦自奇,一峰灵秀隐幽姿。无缘细听山僧话,太守偷闲只片时。"好一个"太守偷闲只片时",公务繁忙的王太守题完这首《咏灵秀山金相院》便匆匆离去,他大概没有想到他这匆匆一笔,不经意间竟把自己写进了历史,和金相院、海潮庵一样,成了这座历史文化名山的一部分。

王太守作诗的那块摩崖边,有个被岁月尘封的洞窟,据《隆庆府志》载:"上有小岩,昔人结庵其侧,海潮至则石润,退则石燥。"人们因"石润""石燥"的变化,给洞窟命名"应潮窟"。

应潮窟是一个有故事的洞窟,洞窟传说故事有待后人慢慢发掘。这些故事和传说是灵秀山文化不可分割的一部分。

无论石起宗、王十朋还是如墨法师，他们都曾在灵秀山上留下浓重的一笔，丰富了灵秀山，也厚重了灵秀山，和泰山、黄山、华山一样，灵秀山有了自己的性格。

　　人们慕名远道而来登临灵秀山，它究竟有什么吸引人的地方？灵秀山的魅力当然不只是风景，更重要的在于文化，在于历史和文化双重作用下形成的独特性格和气质，在于深藏山间的离奇传说。本来名不见经传的跑马山，因为一首《康定情歌》享誉大江南北。那么，有龚蓓苾、有姚晨的石狮，为什么不可以借助文化和影视的力量，再繁荣一次？

　　金相院鼎盛的香火迎来四方信众，僧侣、佛教信徒、游客与日俱增。相传，有一年夏天，闽南一带遭遇百年一遇的大旱灾，农田颗粒无收，寺院膳堂苦于无米下锅。夜里，仙人托梦给金相院住持，告之次日清晨将有白米从院后石缝流出。住持大喜，他丝毫没有怀疑仙人的启示。第二天清晨，天刚蒙蒙亮，他便带领众僧怀着敬虔之心，提着篮子悄悄去找寻出米的石缝。师徒面对静默的山岩一脸茫然，出米的石缝在哪儿呢？正当他们满脸踌躇，刹那间，眼前一块巨石轰然崩裂，裂缝里果真流出白花花的大米……

　　这就是闽南一带家喻户晓的灵秀山出米石的传说。后来，这个朴素的传说沿"海上丝绸之路"传到东南亚，传到欧美，传到世界各地，成为海外华侨朝思暮想的乡音和乡愁。

　　灵秀山因此多了一抹神话色彩。

　　"山不在高，有仙则名。"有美景、有寺院、有神话传说的装点和修饰，灵秀山成了实实在在的文化名山和宗教名山，武夷、峨眉、武当不也如此？

　　将来，若某位导演、编剧发现灵秀山，读懂灵秀山，在山上取景拍摄一部《金相院与出米石》《石起宗传奇》或《王十朋太守》之类的影视剧，挖掘出灵秀山的历史文化和人文景观，吸引更多人来亲近它、来了解它，那么，灵秀山展现给世人的又将是另一番景象。

　　一天，山下仕林村一位蔡姓商人上山漫步，走到海潮庵前，脑海里快速闪过石起宗和王十朋的影子。他驻足沉思，喃喃自语道：这可是朝廷大员读书的地方哪！山上留有太守的真迹，的确是一座不平凡的山！灵秀山秀丽的景色、传奇的故事和深厚的文化积淀深深吸引着他——这是一块未经雕琢的璞玉，它的文化价值和审美价值远未被认识和发掘。他好像突然读懂了这山，读懂了山间的庵堂和庙宇，他要来保护和雕琢这块璞玉。看着这灵秀之山，他眼里闪烁着喜悦的光芒。

有了想法之后，他再次登山俯瞰：目之所及，郁郁葱葱，青翠的山谷从山顶逶迤而下，曲曲折折向前伸展，与市区林立的楼宇和远处迷蒙的海滩浑然一体。

山谷里，一上一下两个精致的湖泊，翡翠一般，好似刚从王母后宫掉到人间的宝镜，在阳光下闪烁着璀璨的耀眼的光芒，使眼前这个苍翠可人的山谷更显灵动之美。这不是瑶池畔的翡翠谷吗？草木葱茏，碧波荡漾，水光潋滟，白鹭翻飞，好一座钟灵毓秀之山！

叶忠惠，1972年10月生，福建省浦城县人，曾任语文高级教师，副研究员职称，福建省作家协会会员、福建省青年摄影协会会员，2018年出版散文集《我在石狮等你》，现供职于石狮人大。

余泗水

东方醒狮

　　始建于隋朝的凤里庵门前矗立的神态安详的石狮子已经有一千多年了。与其说它见证了一个城，不如说它孕育了一个城。

　　明朝洪武年间，江夏侯周德兴奉命筹建永宁卫城，曾路过此地，见凤里庵正好坐落于"凤穴"之上，而西面的小山冈又是"狮首"之穴。狮舞凤翔，断言日后必昌。

　　历史就是有这样那样的契合。就在江夏侯建成永宁卫之后二十多年，明嘉靖四十一年（1562年），倭寇入侵，永宁卫城失守。逃亡的百姓背负城隍庙神像仓皇来到这里，"安之土地寺庙中，盖暂寄居"。永宁城隍庙分炉在此落地，与凤里庵近在咫尺。

　　是神明的默默庇佑，还是神明的冥冥召唤？此后，周围聚族而居、相对独立的村庄渐渐向凤里庵、城隍庙聚拢。以此为中心的地带也逐渐发展成为一个商业氛围浓厚的城区。

　　祈福还愿的香客来了，寻根问祖的番客也来了，走卒小贩在这里摆开小摊，挑夫把它视为歇脚之处，不时地打量着门前的石狮子，猜测它的出世年龄，疑惑为何只此一只……凤里庵前的"石狮子"成为约定的方位，一个标志性地名，久而久之约定俗成便诞生了"石狮"。

　　石狮子历经风风雨雨，见证了这里商业雏形的萌芽与发展。有着海洋文化背景，出外谋生闯荡，足迹遍布东南亚、港澳台等地的石狮人，在改革开放之初，内地商品相对匮乏的年代，他们把当地许多商品带回家乡，三五成群组成家庭作坊，以仿制舶来品的服装、鞋业为基础，很快形成区域优势产业。渐渐地以凤里为中心的石狮集贸市场商贾云集、商潮涌动，吸引南来北往的商客、游客前来选购。石狮一度成了神州大地上盛极一时的商品经济活跃地区，以"东方雄狮"一声吼的形象觉醒于闽东南海隅。

　　这片土地上的人似乎天生就有浓厚的打拼创业意识、市场经济意识。市场经济模式的大胆尝试，市场经济的繁荣景象引起决策者的注目。1987年石狮迎来了建市。有别于国家战略布局的特区建设，在一个镇的基础上设立县级市，石狮注定要面对更多的困难：政府财力有限、基础设施薄弱、城市规划滞后、文化教育与经济发展形成反差。真可谓百业待兴，万事开头难。石狮人没有观望等待，没有彷徨畏难。在这一片热土上，石狮人以敢为天下先、敢拼会赢的勇气，凝聚海内外石狮人，团结协作，勇立潮头，创造了一个个石狮速度，缔造了一个个石狮神话。

　　当你走进市政府大楼，映入眼帘的是屏风上雄浑苍劲、赫然醒目的四个大字"雷厉风行"，这是市委、市政府对石狮干部作风的训诫。一位主政石狮的领导，在寻访石狮地标性名胜古迹时，来到了永宁城隍庙，见到门口写着"雷厉风行"四个遒劲大字时，眼睛为之一亮，予以顶礼膜拜，笃信这就是石狮这片土地上深邃的灵魂！这就是崇尚海洋文化的石狮人鲜明的性格！

　　正是凭着这种雷厉风行的作风，石狮历届政府励精图治、奋发有为，不断探索与实践。在招商引资、兴建市场、交通建设、城区改造、道路白改黑等重大工程上，实行倒计时作业，责任到人，挂牌督战。一件接着一件干，一届接着一届干。如今，当你对石狮民生工程做一番巡礼，或登上宝盖山、灵秀山览胜，或在鸳鸯池公园、龟湖公园休闲漫步，或在公交亭候车、避雨，或在马路边石凳上小憩……你会发现一个资源匮乏的沿海小镇在短短的二三十年间被建设成了一个海滨宜居宜业城市，不能不感慨小城嬗变之大、嬗变之快！

　　是的，近年来石狮推进城市、产业、港口、民生等方面的质量提升，城市的综合承载能力和城市能级明显增强。城市建设方面，以全面提升交通质量为抓手,辅之以景观提升、水系治理,带动片区开发的推进和环境面貌的改善。产业方面,出台政策措施,推动产业转型升级。落实"港湾计划",引资与引智相结合,推动人才由"服务支撑产业"向"引领产业发展"升级。民生方面,落实"富民、惠民、安民"政策,完善民生工程,改善民生福祉,促进和谐稳定。使得城镇居民人均可支配收入、农民人均纯收入、低保标准、城居保等多项指标居福建省县级市前列。社会服务方面,改进政府服务机制,成立全省首家便民服务中心,推行社区便民服务,从快、从优解决群众反映的热点、难点问题。人们普遍感到风气清了,心气顺了。

拿跨海大桥这一重大工程建设来说。石狮地域三面环海,传统交通北往福州、南下厦门都要经晋江泉州绕道而行。交通不便带来的区位劣势,影响着石狮的发展,也影响投资者的信心。从长远计,要突破这一瓶颈,就要从改善交通做起。从提出构想、项目调研到付诸实施、竣工验收,紧紧抓住机遇,盯住时间效率、社会效益。短短几年,梦想成真。一条跨越石狮、惠安的二十多公里长的大桥横空出世。石狮成为东南沿海交通枢纽上的一个节点,融入泉州湾城市群。

当人们沿着石狮、石湖港码头高速路引桥驶入跨海大桥,享受着交通顺畅、方便快捷之欢愉时,抬头一望,高高的桥墩横梁上劲秀浑厚、端正沉着的"泉州湾大桥"格外醒目。也许会有许多人纳闷、猜测,这是出自哪位领导或哪位大家手书?是蔡襄,宋朝泉州的一位太守!就是这位太守,任内主政建造洛阳桥,"累趾于渊,酾水为四十七道,梁空以行",从皇祐五年(1053年)至嘉祐四年(1059年),历时七年建成洛阳桥,"长虹卧波人争越,闽海四州变通途"。也是这位太守,任内疏浚了包括石狮龟湖塘在内的许多农田水利设施,使得这里的农业得以旱涝保收,也算是与石狮结下千年善政之缘。

桥的集字命名是对君谟公勤政善政的庄重纪念,是对当权者执政观念的理性思考,抑或是对官场衮衮诸公的无声诘问,又何尝不是体现石狮人民的感恩情怀!

正是石狮人如此的感恩情怀，腰包鼓起来、生活殷实后的石狮人，自发组成各种社会团体回馈家乡。2012年，石狮提出创建全国文明城市目标。石狮青商会，这个朝气蓬勃的社团组织是石狮民间社团参与创城的典型代表。从投资设置"准点开宴"大型广告牌，到拍摄"文明出行"宣传片、赞助无违章车主抽奖；从组织赞助开展集体文明婚礼，到开展"嫁妆莫炫"宣传活动。深度介入石狮的精神文明创建工作，积极主动做文明新风的倡导者、践行者和引领者。

除青商会外，石狮还有许多其他社会组织，以不同方式弘扬新风，参与创城。中青年妇女组成的"阳光太太"志愿者协会，常年组织各类助学、帮困、扶弱活动，服务社会，2016年被评为福建省首个道德模范集体；石狮海泳协会会员自掏腰包购置设备组建海上义务救生队，在红塔湾、黄金海岸等溺水事故多发海域巡视，守护海上安全，先后救起了数百名溺水者；"善心源"餐饮店，连续牵头举办四届公民道德公益论坛，弘扬中华传统文化，促进"身心和谐、家庭和谐、社会和谐"。

完善的城市基础设施与良好的市民文明素质已水乳交融。公益慈善、志愿服务、文明劝导越来越成为石狮社会的自觉行为。孤寡老人、留守儿童、贫困家庭、困难外来务工者等社会弱势群体得到政府及社会各界的抚恤与帮扶。

清平盛世，朗朗乾坤。石狮的嬗变可以说是全面建成小康社会进程中的一个缩影。党的十八大以来，以习近平同志为核心的党中央面对我国经济发展进入新常态等一系列深刻变化，统筹推进"五位一体"总体布局、协调推进"'四个全面'战略"，开创党和国家事业全新局面。中国正以自信、自豪的形象走向世界舞台中央。党的十九大提出"两个阶段、两个十五年"的部署安排，擘画了民族伟大复兴的时间表、路线图。从党的十九届一中全会上习近平总书记铿锵有力的履职宣言中，我们听到了新时代奋进的号角，也感受到了全国人民朝着民族伟大复兴的道路迈进的急促而又坚定的脚步声。

古港拾贝

一

宋朝李邴在《咏宋代泉州海外交通贸易》中有一联写道："苍官影里三洲路，涨海声中万国商。"这是刺桐港鼎盛时期繁荣景象的写照。

在千百年沧桑巨变中，昔日的繁华已成为历史的记忆碎片，或陈列于博物馆，或沉寂于史料堆，或流传于街头巷尾。而有一些宋元时期的泉南形胜依然较好地保留下来，经风历雨，从容屹立。如今，让我们走近这些建筑做一番凝视，或来一次触摸，便能感受到泉州人引以为豪的东方第一大港历史之辉煌——六胜塔便是其一。

六胜塔位于石狮市石湖村金钗山上，是八角五层石塔，仿木楼台阁式，为北宋政和元年（1111 年）由僧祖慧、宗什募资筹建。六胜之名，系出自佛教六胜缘之说。小乘佛教有"舍多寿行""留多寿行"两种修行方式，修行"留多寿行"者必须具备人胜、解脱胜、修行胜、福田胜、依止胜和转业胜六个最优胜条件方能修成。此塔取名为六胜塔，便留下了建塔者身份及其修行初衷的印记，也从另一个侧面反映出当时印度小乘教已经传入泉州，并在当地有相当程度融合的事实。

在晋江出海口，与六胜塔相对应的还有另外一座名塔——关锁塔。关锁塔建于 1131 年，与六胜塔可以算是同时期建筑。宋元时期是泉州石塔建筑的盛产期，泉州城市名片之一的东西塔，在历经木塔建筑、砖塔建筑后，也先后于 1228 年、1238 年改建为石塔。唐朝以来，佛教从印度传入中国，到了宋朝在泉州已经有了相当广泛的传播，因此有朱熹称泉州

"此地古称佛国"之说。而斗拱、飞檐、浮雕这些具有泉州个性的建筑风格，再加上土生土长擅长精雕细琢的石头工匠，几个因素结合在一起，便有了泉州石塔这一建筑瑰宝的问世。这些建筑既蕴含着佛教的光芒，又洋溢着泉南石材建筑文化之精髓。

我一直觉得两塔之间是相关联的。有说法曰六胜塔建于凤穴之上，布局今犹存：塔右前方有一扇形水塘，是为凤眼；塔的左前方有一水井，喻为凤耳。而关锁塔则建于龙穴之上，龙穴之说有宝盖山下村名为证。

想想也对，关锁塔借山势凌空兀立，有龙腾之势，直入云霄，远观千帆竞发、梯航万国，大有镇南疆而控东溟之势。建筑风格也呈现出雄浑、粗犷的特点。而六胜塔则细腻精致，温婉柔和。每当渔舟唱晚，一塔在望，便自然而然地萌生倦鸟归巢之意。两塔间遥相呼应，龙凤呈祥，极具生活意味。

《泉州府志》载："泉城关锁水口之镇塔也，高出云表，登之可望商舶来往。"显然关锁塔最初用意是关锁晋江水口的，它或许是属于晋江流域出海口布局的一个点。

塔因山而高，山因塔而名。自古以来，吟咏宝盖山关锁塔的诗作不胜枚举。明代刑部尚书安溪人詹仰庇，游遍泉郡，在各地留下许多诗作。对于海拔不太高的宝盖山不吝言辞，痛快淋漓，让一座小山头呈现出磅礴气势，令人浮想联翩：

> 宝盖峰高控海东，西来金马远争雄。
> 手摩霄汉千山尽，眼入沧溟百岛通。
> 虎豹风生幽涧底，鱼龙云起大波中。
> 天涯恍有神仙气，一啸泠然若御空。

在詹仰庇所描绘的"眼入沧溟百岛通"的那片辽阔海域，全盛时期的刺桐港，来自阿拉伯、波斯、印度等七十多个国家和地区的商船在这里进进出出，穿梭如织，昼夜不息，蔚为壮观。而关锁塔借"宝盖峰高控海东"之势，居高临下，海天风物，尽收眼底，一览无余。因此关锁塔一直以来发挥着瞭望台或海上航行标记的作用。

每每侨民出洋，见塔影沉海，便心绪重重，潸然落泪。适返梓，则登舱远眺，见塔尖浮出水面，知归途不远，近乡情怯。因此，塔也被视为故乡"摇篮血迹"的象征。

没有明确记载关锁塔何时被称为姑嫂塔。明代何乔远在《闽书》中写道：姑嫂垒石山巅，登高望断归舟。一个以悲情为结局的传说与塔名相关联，那或许是这片土地上犁波耕海的讨海人艰辛生活的写照吧！

不管是修行理念、关锁水口，还是立标引航、延寿祈愿、姑嫂情怀。石塔的历史在积累，在延续，不断被赋予更多新内涵。可以说，它们是刺桐港兴盛时期宗教文化与建筑文化相结合的智慧成果，在历史长河中化作这片土地的守望者和保护神，成为生于斯长于斯的人们的心灵港湾和精神家园。

二

当人们在心中浮想起"涨海声中万国商"的场面，再联想到朱熹称"此地古称佛国，满街都是圣人"的情景，作为泉州人无不有一股自豪感涌上心头。然而一度在宋元时期稳坐贸易额第一把交椅的刺桐港，何时沉寂？何因沉寂？这又成了难以绕开的沉重话题。

史料载：元朝末年，统治者实施歧视性的人口政策，将国民分为蒙古人、色目人、汉人和南人四个等次。南人指最后为元朝征服的原南宋境内各族群，地位最低。来自阿拉伯、波斯等地区的商人被归类于"色目人"，地位反而高于当地的汉人。因为有了朝廷的支持，这些番商的生意越做越大，势力也越来越强。朝廷与这些番商的双重压榨导致泉州反元起义频频发生，于是这些巨贾纷纷组建自己的武装力量，其中便有一支由波斯色目人组建的亦思巴奚军（"亦思巴奚"得名于波斯语的"民兵"一词），其首领赛甫丁、阿迷里丁和那兀纳均是波斯人。

至正年间福建出现饥荒，各地起义不断。元朝廷无力镇压，于是更加倚重这些番人义兵。赛甫丁、阿迷里丁两人正是在镇压起义过程中立下军功，被朝廷授予可以世袭的正三品"义兵万户"的职衔。然而，随着元朝的日渐衰落，这些色目人也不满足于受封万户，至正十七年（1357年），赛甫丁与阿迷里丁正式叛元，在泉州发动兵变，史称"亦思巴奚兵乱""波斯戍兵之乱"。元朝连镇压汉族起义都要倚靠这些番人义兵，当然更没有力量镇压这些反过来叛乱的番人义兵。亦思巴奚军以泉州为中心，一并占据了兴化、福州等地，战火扩展到大半个福建。至正二十二年（1362年），亦思巴奚军内部的那兀纳杀死阿迷里丁、排挤赛甫丁而夺权，开始了极其残暴的统治。

经过亦思巴奚兵乱，刺桐港一蹶不振，"东方第一大港"的荣光终于成为历史。元朝统治者以其倚重的色目人用战火直接摧毁了东方最繁华的港口，把"海上丝绸之路"烧得面目全非。

到了明代，统治者的惊魂显然还没有从家门口看到的那场血腥屠戮中舒缓过来，心有余悸，便转而实施闭关锁国的海禁政策，直接把贸易大门关上！刺桐港从此走向衰落。

三

好在刺桐港历史上还有过曾樱，在刺桐港不可逆转的衰退潮流中激起浪花朵朵，留下了一段耐人寻味的"再借好官"佳话。

曾樱，字仲含，号二云，江西临江府峡江县（今峡江县砚溪镇金家坊）人。明朝崇祯年间，曾樱以右参政分巡兴泉道，守兴化、泉州二府。当时闽、浙、广三省大海盗郑芝龙已被安抚归顺朝廷，驻守泉州。但福建巡抚、巡按等官员对郑芝龙有所猜忌，处处提防，不敢重用。郑芝龙郁郁不得志，也萌生过重操旧业之念。曾樱的到任扭转了局面。见过郑芝龙，曾樱惜才若渴，坦诚相待，关爱有加。时值红夷寇掠漳州、泉州等地，曾樱极力荐才，巡抚邹维琏命郑芝龙为先锋，初战告捷。次年，刘香扰广东，总督熊文灿欲得郑芝龙为援，邹维琏考虑郑与刘香有交情，不同意派郑芝龙出兵。曾樱以家族百口男丁性命担保，力荐郑芝龙，一举剿灭了刘香。郑芝龙用实际行动证明了自己的归顺之心和将帅才华，曾樱也因此有了伯乐之誉。

在明朝呈颓势的海上贸易政策下，曾樱司布政司、右参政、按察使等职期间，审时度势，极力保护着海上贸易安全，用心呵护海上民间贸易自由。正因为有了这些惠政，在刺桐港衰退大潮中，三湾十二港之一、有着刺桐港南港之称的安海港就较为幸运，续写着开放新篇章，未因刺桐港之衰而衰，得以积累起深厚的海洋文化和商贸文化，成为泉郡当今著名的历史文化名镇。

曾樱兴利革弊，政风清廉，政绩卓著，深受当地人民的拥戴。当知道这位官员即将奉调他处，锦江及其周边等地耆老数千人挽留不舍，甚至进京用各种形式奏请朝廷恩准曾樱继续留任。崇祯皇帝得知事情原委，大喜过望，准许曾樱以原官再借一届任期行巡兴泉道之职。

人们为了追念曾樱的善政惠政，盖石碑亭以纪念，著述其政、弘扬其德，这便是"再借亭"的由来。

亭子伫立于林銮古渡口，突显了曾樱在刺桐港巡海道任上的角色。亭子内矗立着近三米高的石碑，石碑刻勒着"再借亭"三个字，为明代大书法家晋江人张瑞图楷体手书。

与石碑主体构件相映衬的便是立柱上那副对联了："芰憩留棠芾；鳟鲂乐衮衣。"上联取诗经《甘棠》中"蔽芾甘棠，勿翦勿伐，召伯所芰……"内容，借古喻今，以曾樱比作召伯之政德。而下联则取自诗经《九罭》中的"九罭之鱼，鳟鲂。我觏之子，衮衣绣裳……"内容，体现了感恩的锦江人以卑微之躯行敬重之礼，似乎还隐隐约约流露出锦江人作如此挽留唯恐耽误曾樱前程的淡淡忧伤的矛盾心理。

再借亭是海丝贸易史上的一段佳话，是官民鱼水情的一幅生动画卷，启示着衮衣绣裳们的为官之道。

往者不可谏，来者犹可追！

在改革开放春风吹拂下，古刺桐港泉州经过四十年发展，已经实现经济大腾飞、大跨越，经济总量连年位列全省之首。石狮这一海隅小镇也在建市三十年中劈波斩浪，从无到有，从小到大，从弱到强，取得骄人成就。真可谓：寻梦越千年，梦境东南。莫道雄风难再起，狮城衣袂正翩跹。三十华诞，云消雨霁，彩彻区明，遗梦已久，逐梦渐圆。

朗月清照

　　船老大居然无法抗拒祖父（王起沃）那恳切、坚毅的眼神，犹豫片刻，最终还是让他上了舢板船。十几天海上大风大浪的颠簸，没有吓倒这位十三岁的少年，反而让他越发坚强与懂事，在船上帮忙做杂事，把有限的淡水、食物留给更需要的人……九死一生，终于上了岸。目送着黝黑、瘦弱的少年消失在茫茫人海中，船老大不由心生怜悯。很快地，另一种想法充盈心头：这小孩日后必成大器！

　　在举目无亲的菲律宾，不知惶惶走过多少街市，哀求过多少人，回应的大多是疑虑和漠视的眼神。好在一家米店老板收留了他。出门在外，算是有了生计之托。而这一不得已的选择，却成就了他日后风生水起的大家业。菲律宾土地肥沃，气候宜人，物产丰富，水稻是当地盛产的农作物，米行在这里是再常见不过的行业了。要在这一行业里凸显经营优势，祖父付出了比别人更多的努力。他深谙为商之道，务求以诚信、善念交好商户和农户。经过短短几年的磨炼，练就了用眼睛一看、用手一摸、用牙齿一咬，就能判断稻谷的湿度、鉴定出稻谷可以碾出几成大米的本领。

　　几年之后，摸清门道的祖父在旅菲乡亲的支持下，独自开办了一间米行。童叟不欺，笃守诚信，米行逐渐获得客户认可，生意越做越大，加工后的大米甚至可以销售到日本等地。十几年下来，祖父成了菲律宾赫赫有名的"大米王"。

　　羽翼日丰，事业有成。已过不惑之年的祖父完成了出远门打拼的初衷，可以衣锦还乡了。这趟回乡，是设想在老家玉湖引东起大厝，算是为自己的打拼历程告一段落，也为今后叶落归根做点打算。

陆陆续续买下自家房子东边大片的甘蔗地，直至玉湖塘。原本是想建造相连的两栋大厝以及两个亭台楼阁，首期资金也悉数到位。那时祖父在菲律宾生意如日中天，从菲律宾南部主营米行，到进军马尼拉，涉及电器、五金、中药、茶叶、家具、金行等行业。商务繁忙，事必躬亲，祖父不得不往返奔波于两地之间。为了尽快完成工程，他叫来两支工程队分头施工。怎奈乡人掣肘，步履维艰，纷纷扰扰，建建停停。

就在筹建大厝后的第三年，祖父原配杨氏夫人去世。祖母郑乌蜜是祖父的续弦，为福清一户富裕人家的小姐，年轻貌美、见多识广。因生意上的缘分，以及对祖父品行、能力的仰慕，与祖父相识相知，到后来携手一生，一同走过十八个年头。她比祖父小三十一岁，结婚那年，是玉湖引东起厝的中后期。祖父主责还是打理菲律宾的生意，而建造房子之事，则交由年轻的祖母来处理。老夫少妻，恩爱有加。但祖父每次回家探亲，即便在祖母身怀六甲之际，也只能作短暂逗留，依依作别，无奈返程。

祖母是个明白人，人情世事，百转千回，尽量用时间去消化隔阂与矛盾。她知道"一天（天公）、二湖边"。在玉湖这个地方，与吴氏的融合是化解一切纠纷的关键。她想方设法去处理好这里里外外的人情往来。这位能突破常规、为爱不问西东、自主选择自己所爱的女子，何尝不知道指腹为婚是旧社会陋习。而这回，面对一个吴姓大房头的在孕媳妇，她对上眼，盟定了这桩姻亲，看似一份姻缘，其实是化解一些世俗纷争的权宜之计。祖母智慧灵活的处事之道，可谓良苦用心。

也许祖母押对了，这一押，不但押出邻里的和谐，也押出姻缘的开花和结果。两位年轻母亲腹中的一子一女，也就是后来我的父亲、母亲。

冬至时节，寒意袭人，皎洁的月光洒满庭院，影影绰绰。以"讨人命"为闹剧，目的在索要钱财的一桩纠纷，在举人王启文调解后，终于有了彼此接受的结果。王家算是搬掉了建大厝的最后一块绊脚石，祖父终于长长地舒缓了一口气。

启文望着这位头发斑白的族弟，不由感慨万千。拿出亲自为祖父写下的家风家训。这家风家训，一半是祖父为人处世大半生的写照；一半是总结王家经历，勉励后人。"传家久远，不外读书积德四字。古联云：树德箕裘惟孝友，传家彝鼎在诗书。又云：天麻静迓惟为善，祖泽长延在读书。皆格言也。""为善最乐，作德日休。世事让三分天空地阔，心田培一点子种孙收。要好儿孙须方寸放宽一步，欲成家业宜凡事吃亏三分。"祖父掩卷收藏，躬身作揖致意。随后把王启文撰写的家训交予石匠，吩咐刻勒在大门左右两侧青花石匾上，并附上石刻图案，承载着对子孙后代的告诫与期望。

祖父在王家大厝竣工之后，用大厝的埕头"三间仔"办作私塾，并敦聘私塾老师王奎章和万超然，为本村十多名男、女学童免费教授中英文课程，创办了当时极有名的"湖东学堂"，授人以学，诗书传家。

大厝建成后的第十四个年头，祖父去世了。王家服孝三年。三年后，葬礼由祖母一手拿定主意，没有遵照祖父"丧事简办"的遗愿，祖母用高规格"半路祭、满山白"来祭奠。出殡队伍浩浩荡荡，仅棺夫就派了三十二人。一路走过，满山遍野缀上了白花。祖母予以祖父厚葬之礼！她用这种形式表达对祖父一生的仰慕，回馈祖父对她呵护有加的大爱。祖父生前捐资修葺承天寺三王祠、金沙庵。清光绪年间，黄河泛滥，清政府无力赈灾，祖父作为菲律宾商界侨领，带领菲侨，义捐无数。庙堂之上，祖父得清政府授予五品衔。而泉州南门外一带，人们说起祖，父无人不知、无人不晓，常常竖起大拇指，"沃够""沃够"地称呼。他们认为祖父一生唯善积德，渊渟岳峙，德行够配得上拥有的一切。祖父的墓志铭由曾坑甲午恩科进士施之东撰写：厚殖者崇，挟资者雄，维道与义永终……

祖父去世后，祖母显得格外落寞，但很快就从悲伤中醒悟过来。她知道，王家在菲律宾的大米王国是祖父用生命和心血奋斗出来的，不能让它垮下来。祖母只好一边照顾家中孩子的学业，一边操持着菲律宾那里的生意，像祖父生前那样，在两地间来回奔波。只是，她瘦弱的身躯，再也没有那宽厚的肩膀可倚靠了。

1937年8月13日，淞沪会战打响，我们王家大厝来了从上海逃难来的不速之客。原来，四伯母是上海人，是祖母特意选择的一个有见识和商业背景的儿媳妇,目的是辅佐四伯父接管今后菲律宾的生意。谁料时局至此,世事难料。祖母念及四伯母兄弟的处境,也让他们兄弟到菲律宾避避战乱,另起炉灶,发挥他们的商业才能,而其他家眷则暂时安顿在王家大厝里。读完培元初中、同门高中的父亲,也和母亲一起到菲律宾,接管南部米行。在祖母的帮衬下,祖父原有的人脉仍然得以维系。父亲把大部分老员工留下,注入部分新成员,以老带新,加大分花和奖励。由于父亲精通英语,与各国营销商沟通顺畅。米业王国没有因为祖父的去世而有所衰败。

但好景不长。1941 年 12 月 8 日,珍珠港事件后,日本随即对菲律宾发起进攻,灾难忽然降临到我们头上。先是王家在菲律宾南部的大粮仓一夜之间化为灰烬。在逃难中,众人几经波折,命悬一线。途中,几个月大的三哥被赶上的日本兵攘在手里,等待他的是难以想象的结局。面对刺刀闪闪的日本鬼子,祖母依然坚定如磐石,手捧佛像,凛然走向日本兵。她用果敢与智慧,以及宗教信仰的力量,让血雨腥风的战场,出现人性邪恶与悲悯瞬间的反转,硬是从日本兵手中要回了三哥,躲过一个大劫难。

想当年,大厝建成后,匪犯觊觎王家财富,屡屡有过偷盗事件发生。面对猖狂的盗贼,祖母曾经掏出祖父让她防身用的左轮手枪,向天井连发几枪,以示警诫。强盗闻风丧胆,从此不敢再冒犯。祖母因此在江湖上有着"虎蜜"之称。

在匪患肆虐、战火纷飞的年代,祖母以其胆识、勇气、智慧为家的大厦撑起一片安宁天地。而生活中,宽仁慈爱、温情待人则是祖母生性的另一面。祖父原配杨氏夫人过世后,祖母也把杨氏娘家人看作自己的娘家人,把杨家兄弟带出去发展。杨家对祖母也非常感恩和尊重,祖母抽空到杨家串门,常常引来杨家人"乌蜜姑、乌蜜姑"地直叫。祖母高贵大方、贤惠、识大体,得到杨家大大小小的爱戴。而外公去世后,祖母也把我年迈的外婆接到王家来住。外婆惜本分,力所能及地帮忙晒晒被子和缝缝衣服,两人亲如姐妹。

我的父亲是唯一随祖母回引东老家的儿子。1952 年,我在王家大厝里出生，在十个兄弟姐妹中排行第九。在王家大厝里，我度过了荡秋千、闯关、老鹰抓小鸡等游戏相伴的快乐童年、少年，也领受祖母言传身教二十多年……

出嫁的前一天晚上，皎洁的月光透过天窗照进我的闺房，照在我的梳妆台上。85岁高龄的祖母依然精神矍铄，七八点钟，她拄着拐杖，在桔姑的搀扶下，特意上楼，给我送上最后一份礼物——"绞面"。绞面本是我外婆的绝活儿，祖母年轻时，外婆经常到王家大厝里帮祖母绞面，这是当年指腹为婚的一个起因。桔姑常常在一旁饶有兴致地看着，外婆便把这门手艺传授给了她。时过境迁，没想这回落到了我头上。桔姑一边做着绞面的准备工作，一边说，我外婆说过：女人有双重命，一重是父母给的，一重是夫家给的。出嫁时绞面，是把父母给的胎毛汗毛绞下来还给父母，算是一段命运的终结；而出嫁后，开启的是夫家荫庇的新生活。

一旁的祖母似乎陷入沉思。打从1947年祖母带着父母一家老少回乡后，经过"支前运动""土改运动"、兴修水利，王家大院始终成为村里议事的主要活动场所。父亲回乡后，也一直在"三间仔"免费教授英语，最多时有一百多人。大厝庭院熙熙攘攘，人来人往，见证着时代的变迁。祖母的孙辈们在大厝里出生、结婚、生儿育女，可谓生生不息。只是之前祖父买下的田园厝宅，打下的优渥的经济底子，随着时局变化、时间推移，消散殆尽，家道日渐式微。好在菲律宾那边发展得不错的四伯父，在经济困难时期，常常寄来钱财，一度成为王家翘首以盼的及时雨。我在孙辈中排行较小，是祖母心头之爱，没准祖母是想用"绞面"，绞断王家这段时间来的霉运，希望我嫁人后在夫家能有好运相随……

两年后，我最小的妹妹也出嫁了。祖母操持完我们孙辈大大小小的事，累了。她要了一小口糯米饭，吃完就走了，走得很安详，享年92岁高龄。父亲在祖母去世后没多久也离开了我们。我的兄长几个家庭陆陆续续搬出大厝。王家以祖父的米行起家，演绎出的大半个世纪国运与家运交织在一起，悲欢离合、阴晴圆缺的一出大戏落下帷幕。老宅尘封起往事，在城中孤寂地守望。

想起桔姑所说的话，女人有着两重命：一重命是父母给的，一重命是夫家给的。这几十年来，我的许氏夫家勤勉创业，纵横捭阖于商界，有所成就，始终不忘回馈社会。对于在善与爱的氛围中成长起来的我，祖父辈的自强不息、和谐忍让、乐善好施的品行，如春风化雨般，无时不在奋斗过程中滋养着我，这是带血的生命脐带！人生不同阶段，有着这样那样的责任与使命，但总归是个接续的过程、交融的过程，怎么会像桔姑说的那样，轻易地一绞了之呢？

硬山顶、燕尾脊、出砖入石、雕梁画栋……闽南传统建筑风格的大厝里，一砖一瓦写满了无尽的思乡情愫，老屋是祖父一代人拼搏的见证，记载着家族的显赫荣光。如今经过一年"修旧如旧"的全面修缮，古厝恢复了原有的布局和陈设，保留了故居的文化气息和建筑艺术价值。辟为"王起沃纪念馆"，并捐给石狮市人民政府，成为石狮市博物馆的分馆。于小家而言，这是根，这里有家、有亲情、有乡愁；于社会而言，这是魂，这里有家风家训、有传统文化、有中国智慧。二者结合，实现历史建筑的保护和文化价值的共享，成为城市的一丝文化根脉。这是大厝生命的再出发！

留住乡愁，也就留下了我们前行的动力！

（注：本文为作者对王清照女士所著的《叶落归根　桑梓情怀》一书进行的概述。）

余泗水，男，1969年9月出生，籍贯安溪，供职于石狮市市场监督管理局。泉州市作协会员、石狮市作协副秘书长，曾获"石狮建市三十周年"征文比赛一等奖、"幸福石狮"主题征文比赛二等奖。散文作品发表于《福建文学》《泉州晚报》《东南早报》《石狮日报》《石狮文艺界》等刊物。福建姓氏余氏编委会成员、安溪余氏源流研究会副秘书长，主编《安溪余氏志》。

黄成

在时光里等你

（一）时与光

真不敢相信，我和旖旎的上次见面，已经是十八年前。记得旖旎曾经问我："这辈子，我们还会见面吗？"

忘了是在几年前了，不过，我仍旧记得，当时我随口回道："会的，大概十八年后吧。"对此，我深信不疑，我想，我们不至于老死不相往来吧！

"为什么是十八年？"旖旎不解。

也许，也许是因为，我喜欢《十八春》胜过《半生缘》。也许是因为，十八年很长，谁也无法料想会发生什么，一切皆有可能不是吗？也许是因为，十八年后也许我们会突然想起对方，抛下琐碎事务，在某处小聚片刻。也许……

但事实是，分别后，我们各自忙于事业、家庭、生活，再也没有找到彼此的交点。虽然我们保持着联络，但也只是关心彼此的工作、生活，偶尔互通信息，不至于失联而已。

她的事业风生水起，经过多年打拼，有了自己的文创公司，一切顺风顺水。而我，继续上着夜班，十年如一夜；同时，也做着自己的"白日梦"，每当这个"白日梦"有了一点进展，我都会第一个告诉她。

有时我会想，假如，我是说假如，当时，她来到我的城市，现在，会是怎样？我没有勇气继续想下去，特别是，现在，我的步伐明显已经跟不上她的节奏。我仿佛仍旧停留在十多年前，那个耽于幻想、一成不变的学生时代。

前段时间，有媒体对旖旎做了专访，镜头里，旖旎显得有些疲惫，气色不是很好，但访谈很成功，她的口才令我羡慕。就在不久前，她晕倒过一次，她对我说，当时，她真以为自己不会再醒来了。而我能说的，只是，保重身体。

旖旎的城市很美，像一座园林。那是一次说走就走的旅行，我来到她的城市。我是专门来逛书店的，就在刚落脚的那个夜晚，我在旅馆附近找起了书店。我的运气不错，在这个陌生的城市里，没走多远，我就如愿找到了一家书店。

书店有两层，一架木质旋梯通往二楼的阁楼，脚下的木板发出咯吱声，令人不由得放慢脚步。我仔细扫描着每一个书架，将信息录入大脑。就在我录入信息时，一个女声在我耳边响起："请问，这里还有残雪的其他书吗？"一个女生拿着一本书，指着封面问我。

对于这种情况，我早已习以为常，因为我本来就是一个"书店人"，脸上架着一副眼镜，又正摸索着书架，不是书店的人还能是谁？不过我一向很乐意帮顾客找书，况且我已经对这家书店做过扫描，一些书的大致位置还是知道的。虽然费了点劲，我还是帮她找到了另一本残雪的书。她问我，这里买书能不能打折？看来，她也不是这里的常客。这时，我只好告诉她。其实我也是顾客。她哈哈笑了起来。"不过你眼光很准，我确实也是从事书店行业的。"我夸她。

她告诉我，她叫旖旎。旖旎很特别，因为我很少碰到喜欢残雪的女读者，我很喜欢残雪早期的作品，甚至可以说是迷恋。所以，我一直在寻找"同谋者"。我开始有点心不在焉，没有继续扫描书架，而是漫无目的地在书架间穿行，我不知道我在寻找什么。

看到旖旎去结账，我也拿着自己想要的书，去买单。走出书店，我看到她走向一辆自行车，自行车上有一个红色的风车，随风轻轻转动。

这就是我和旖旎的第一次相遇，没有太多的情节，有的可能只是

"内心戏"，就像我曾经追的那部剧——《人间四月天》，曾多次被舍友调侃："都是'内心戏'，调台转一圈再回来，两个人还在那儿静默如谜。"这倒也是实情。

多年后，我给自己未来的书店想了一个名字——"遇·书房"。也许，我一直在怀念着这份美好？

（二）城与城

我告诉旖旎，我搬家了。搬家是大事，旖旎说，要画几幅画送给我，虽然她一直没空画，但每次听她那么说，我就很开心了。

搬家后，一切都豁然开朗起来。看着窗外，每一个细胞都很激动。我经常会站在窗前发呆良久。在新居，可以看到的美景太多了——远眺，是宝盖山，风景如画；近看，是龟湖公园，绿意盎然。斜对面是石狮一中，正对面有一片别墅区，别墅区旁边有一片绿地，绿地后面就是体育中心；夜晚，泰禾广场的夜景很美，灯光璀璨，尽显城市的繁华夜色。十年前的我，肯定想象不到，也不敢想象我的生活会有这么大的变化。

十年前，我从书店业转行到了新闻媒体，开始了夜班生涯，也离梦想更近了。旖旎说，看到我这么多年来仍旧执着于梦想，她很感动，希望有一天我能获得成功。也许会吧。我相信，在人生的舞台上，只要不断努力，总有一天会站在聚光灯下，让梦想闪闪发光。

可惜的是，到目前为止，我仍旧是一个"白日梦想家"。所以，我很欣赏的一部电影是《白日梦想家》，假如有时间，我还想多看几遍，从中多汲取一些能量。

最近很忙。应该说，我和所有新闻工作者一样，不论哪个"最近"，都很忙。手头的工作一项接着一项，只恨自己没有分身术。

"最近忙吗？"旖旎问。"忙。""哦。我到石狮了。"我有点措手不及，心跳加速起来，有点像第一次开车，虽然驾照拿了两年，手扶方向盘仍旧颤抖不已。旖旎就这样，来到了我的城市。再忙，我也得去见她。

经过一路奔波，旖旎和镜头里一样，略显疲惫。她说我没怎么变，还和十几年前一样，我有点得意地笑了起来，这话估计谁都爱听。"十八年了。"她也不敢相信。我们像两个老友重逢，内心澎湃，但看上去波澜不惊。

"我记得我曾经对你说过，十八年后我们会再见的。被我说中了吧？"我有点得意地对旖旎说，仿佛自己是个"预言家"。可是，我从没有预料到自己今后会是怎样，哪怕五年前，我也想不到，我会在三年间出版了自己的三部作品，这是我以前不敢想的。

"其实，我不是来看你的。"旖旎说。我心头一惊，有点失落。

"出差？"我问。

"也不是。"记得旖旎有一次到台湾出差，离我其实非常近了，我一度以为她会顺道拐个弯来看我，但是并没有。

"我看了你朋友圈里的那部短片，很想来看看你的城市，就来了。"人生确实需要有几次说走就走的旅行，这是旖旎上次晕倒后对我说的，那以后她对人生有了新的体悟。

旖旎说的那部短片，是石狮青商会拍摄的公益宣传片——《我在石狮，我爱她》，由石狮籍明星龚蓓苾出演。据统计，短片发布后仅两个小时，点击量即突破千万大关，截至目前，阅读量已达到 2400 万人次。其中，也有我的"贡献"。短片出来后，我看了好几遍，不时点击暂停，挖掘每个画面和细节，细细品味，很有感触。然后，我像往常一样，把自己喜欢的内容转发到朋友圈与大家分享。记得多年前，旖旎也给她所在的城市拍过一部宣传短片，短片完成后，她发给我看，和我印象中一样，唯美、优雅，古韵与现代完美融合，特别是，背景音乐用的是我们都非常喜欢的那首《琵琶语》。真的，有时，我们会因为一个镜头、一个画面、一个人，爱上一座城市。

当我驾车带旖旎游览这座沿海城市时，旖旎说，和镜头里一模一样，很美。我的思绪则已飘回十八年前的那个秋天。当时，我骑着自行车，载着旖旎，穿行在城市的大街小巷，风车随风转动。我们都以为，那会是永远。

（三）光与影

曾经我对"玻璃之城"的印象，就是指香港。特别是看过电影《玻璃之城》后。如今，石狮随处可见高楼大厦、玻璃幕墙，已经是一座现代化工贸旅游港口城市。同时，石狮也是一座历史悠久的、有故事的城市。如何讲好闽南故事、石狮故事，一直是我们媒体人探索的焦点。就像短片《我在石狮，我爱她》所描述的，石狮是一座令人迷恋的城市，是新老石狮人共同的家园。

我不善于规划路径，所以，随后的几天，我几乎是想到哪里就带着旖旎去哪里，有点随心所欲，心想，反正她路况不熟，应该不至于笑话我这个"路痴"，一路上时不时给她讲讲笑话或自己的陈年"糗事"，分散她的注意力。

在姑嫂塔下，我给她讲"姑嫂塔"的故事，这个我们已经熟悉得不能再熟悉的故事，令她感动不已。我甚至想，如果配上《琵琶语》这首背景音乐，效果一定会更好。姑嫂塔已有800多年历史，与六胜塔、林銮渡一同入选全国31个"海丝"申遗点，特别是实施了夜景工程后，给人的印象更加深刻。我想，得在傍晚再带旖旎来走一趟。

在黄金海岸，我告诉旖旎："你看，这就是我以前想带你来看的那片海。"可惜，早期的手机只有通信功能，当年我只能模仿《将爱情进行到底》的剧情，在电话里，给旖旎听了听海的声音。有一次，我还给旖旎寄了一些照片，里面有一组照片，连接起来，就是这片海。如今真的来到这里，旖旎感慨万千。在沙滩上，我们玩起了沙子，挖起了陷阱，堆起了城堡，沿着海岸线捡起了贝壳、石头，像孩子一样，为手中的"珍宝"欢呼雀跃……时光，真的已经过去了十八年？

在六胜塔，旖旎用刚学的闽南话对我说道："这个塔已经有900多年的历史了。"别说，学得还真像。看来，她对《我在石狮，我爱她》这部短片已经入脑入心，可以想象，她和我一样，曾经多少次观看这部短片。和姑嫂塔一样，六胜塔也曾经是一座航标，为归航的人指引方向，为远行的人寄托乡愁。也许，正是这些航标，把旖旎带到了我的身边？

在林銮渡，一道由宋代石条铺成的引堤，通向大海。就像短片里说的，石狮游子通过这条路到远方去打拼。但他们从没有忘记故土，他们会回来的，因为，这里是他们的家。

在世茂·摩天城，自然少不了搭乘被誉为"海西之眼"的世茂摩天轮，一览城市美景。摩天轮，为城市注入童话元素，也为城市增加了浪漫情节。坐在吊厢里，随着摩天轮缓慢运转，时间似乎停滞了，一切似乎凝固了。人生，就像这个摩天轮，你不能命令它停下来，只能随着它转动。

在城隍老街，旖旎化身"美食家"，几乎所有摊子上的特色地方美食她都想品尝一番。作为一名创业者，旖旎还特地让我带她去逛了创意产业园，期待在那里获得灵感的碰撞……

我们几乎走遍了短片里出现过的风景名胜，着实过了把瘾。当然，我也不忘带旖旎去逛书店，那是我们相遇的地方。我带旖旎逛了雅儒图书城等大书店，书在我们各自的生活中，一直占据着重要位置，我不知道，如果没有书，现在的我会是什么样子。

我仍然记得，那一年春天，我和旖旎一起看了场电影——《浪漫樱花》，于是我提议，再去看一场电影吧。旖旎笑了笑，说："我们现在不就在电影里吗？"可不是，不然我怎么会有种眩晕的感觉？

（四）尾声

终于，又走到离别的路口。我想起十八年前，旖旎到火车站送我，由于进不了站台，她急哭了。我至今仍保存着当时的票根，泛黄，完整，但是，再也回不去了。我没有问旖旎，什么时候再来，也许明年旖旎会再次突然出现，一切皆有可能。

不是所有的重逢都必须伤感，不是吗？我曾经无数次在脑海里想象过我和旖旎的重逢，但都没有现实来得真实。也许就像哲人说的，"现实世界是所有可能世界中最好的"。

黄成，网名"水上书"，福建石狮人，1980年出生，福建省作家协会会员、石狮市作家协会副主席，现供职于石狮日报社，《读书》副刊编辑。曾获福建省"逢时杯"文学奖最佳新人新作奖，获泉州市"书香之家"称号。出版有书话集《水上书》、随笔集《书籍的慰藉》《书籍的隐喻》、散文集《书痴旧梦》等。

林国熹

春暖花开

王鸿回乡了。

每年春暖花开时节，王鸿便会专程从广东回老家。离开家乡的十几年，王鸿一如既往地奉行"清明不回家就没有祖宗"的闽南风情习俗，并且坚持按时按日回乡祭奠祖先、修坟扫墓。他认为"百善孝为先"，清明是中华民族的传统节日，也是子孙缅怀纪念先辈的日子。可与往年不同的是，今年他还带着妻子一同回乡。

接到他的电话，我便如约前行。旭日东升，春风拂面，山村的清新气息撩人肺腑。迈着轻快的步伐，我跨进条石围墙，映入眼帘的是一个偌大的庭院，在绿树的掩映下，左边是一座宽大的红砖老宅，右边耸立着一幢挺拔的三层楼房，浑然一体的花岗岩方块大理石衬托出小洋楼的豪华与气派。

王鸿正与一老伯在院中小花园修花剪草。听到我的叫声，他急忙站起转过身来。只见他身着深蓝色名牌西装，白内衫，褐色牛仔裤，油光锃亮的黑色皮鞋，尽显一副精明干练的大佬气概。"又发福了！"我激动地伸出手。他笑了，两个黑白分明的大眼睛眯成一条缝，黑黝黝胖墩墩的身材像个不倒翁。"人在江湖，身不由己呀！"他乐呵呵地说着，挥了挥强劲的手臂，从口袋掏出中华烟，腕上一块锃光闪亮的金表在我眼前倏忽而过。"玩一支吗？"我略表谢意地摆了摆手。

王鸿正值壮年，是我舅舅的儿子，四兄妹中排老二，现已全家移居广东。王鸿以前是村里出了名的小混混，现在则是村里的知名企业家。王鸿性格豪爽，从小顽皮好动，喜欢甩枪弄棒与人斗殴，并带领小伙伴与邻村小孩打群架，直至鼻青眼肿方肯罢休。此外，王鸿还热衷于耍小聪明、搞恶作剧。记得在学校读书时，一次把人家送葬用过的稻草人从窗户扔进老师宿舍，吓得算术老师一夜不敢睡觉而搬迁房间。20世纪70年代，农村儿童一般只上小学，所以刚一毕业，舅舅生怕他在村里惹事，便迫不及待地把他送到城里亲戚家学做生意。可意想不到的是，这一送便彻底改变了他的人生命运。

在城里，生活环境抑制了他的野性，改掉了他的劣习，整天围着店铺摆摊卖鞋卖服装数钱跟客人打交道，使他聪明的小脑袋开了窍，学会了与人相处，学会了经商赚钱，并懂得了金钱在物质世界的妙用和神奇。几年的城市生活和浓厚的商业氛围熏陶了他，改变了他。在精通鞋服生意后，小店已缚不住他的野心，于是，他向老板辞职，并借了两万元，回家开办自己的服装厂。

"花草世界啊！"小园的花草树木让我着迷。那白的水仙、黄的玉兰、红的玫瑰、紫的罗兰，还有爬满围墙的金黄色的牵牛花，让我既赞赏又惊诧："你们都不在家，怎么会有如此美景呢？""老伯是花王，他女儿种植花圃。"他解释道。鸟语花香，麻雀在翠绿的榕树枝头叽叽啾啾，为春天播种欢乐。"你的地盘成了他的园地？"我接着问。"他帮我看管房子。"王鸿惬意地笑了笑，乐呵呵的大眼睛又眯成一条缝，再次挥了挥金灿灿的手，点燃一支烟。举手投足之间，潇洒自如，怡然自得。这大千世界啊，可谓无奇不有，与其说是富人造房，不如说是穷人享福更为恰当，我心里想着。

"有这样的乐园，我可以来度假吗？"我欣赏地问。

"好啊，巴不得你来呢！"他热情又爽快地回答。

"王鸿！"循着叫声，我们相携走进红砖老屋。

王鸿的妻子阿娟正在宽敞的厅堂忙着祭祖。祖先遗像前的八仙桌上摆满了三牲五果六斋十二菜肴，还有金纸红烛香炮等祭祀用品。与我寒暄问好后，她递给丈夫一撮香，于是双双拈香下跪，在公妈面前磕头，絮絮低语，祈福许愿。

待他们夫妻拜完，我也点燃一撮香，跪拜在外公外婆的遗像面前，虔诚地向在天堂的亲人祷告。礼毕，他们将大把大把的金纸搬到外面燃烧。瞬间，小院晴朗的天空弥漫起飞扬的纸灰。接着，王鸿又把围成长龙般的鞭炮点燃，震耳欲聋的爆竹声响彻云霄。最后，他看了看祖先的遗像，又懊丧地指着长型中汉桌上的一杯插满香火的净土说："我三进菲岛查访，最终也只能带回一袋黄土！"我理解他的苦衷，也深为他煞费苦心寻祖追宗的精神力量所感动。

老屋是20世纪中叶外婆亲手建造的。抗战时期，外公为生计所迫，告别妻子远渡重洋到菲律宾谋生。在异国他乡，在烈日酷暑的芭蕉林、椰树下，外公风雨无阻地为建筑商卖命打工；后又昼夜兼程四处奔走、呼幺喝六，用土洋结合的语言为工厂推销物品。几年后，外公自己开店做起了小生意。但没想到的是，战争使交通堵塞，外公这一离别竟是愁肠寸断的二十年光阴。直到通航后衣锦还乡，却因感冒吃狗肉喝酒导致热毒攻心而病死归途。在音信闭塞的年代，半月后华侨乡亲才把这天大的噩耗转告外婆，并说外公随身携带的衣物、大量的现金都被烧掉了。后来，华侨乡亲帮助变卖外公的遗产并收回借出的钱财，寄回来让外婆建造了这幢房子。父亲痛心无比，把外公艰辛创业的过程书刻在大门上方。孤寡命苦的外婆就这样凄楚地守护着一双儿女，在世间走完了自己的一生。

外婆在世时，老屋既是住宅又是王鸿的服装厂。王鸿创业时曾经发誓，若能重建家园，定到菲岛找回外公的亡灵。可数年间历尽周折，才查访到外公的遗骸被埋葬在"二战"时菲岛战死人员的荒山公墓。为了却心愿，他又特地到公墓挖了一袋泥土，并郑重其事地把它带回撒放在外婆的孤坟上。

春色撩人，桃李争芳。王鸿怀揣创业资金，雄心勃勃地从城里回到乡下，准备放开手脚大干一场。他先后买了三十台脚踏缝纫机，又拉回几捆布料，并聘请一个裁剪师，招收几十名服装车工，在老屋紧锣密鼓、不分昼夜地干起来。刚开始，做出的运动服装样式单一，质量不过关，加上成本太高，产品大量积压，资金无法周转，工资无法发放，企业面临倒闭。后来，为扭转困境，他只好忍痛亏本抛售，创业的第一回合便以惨痛的失败而告终。

"看那墙上黑麻麻的数字，是我当年首批服装败阵时留下的痕迹。"王鸿指着大厅角落的砖墙，若有所思地对我说。

"后来呢？"我兴味盎然地问。

"后来，我再次筹资，重整旗鼓接着干！"他语气坚定地说。失败后痛定思痛，他快速调整思路，从书店买来服装样书，效仿别人的成衣，自己画图研究设计，从最简单的小童装入手。一段时间，又做到中童、大童，最后发展到成人装。在工厂，他废寝忘食，夜以继日，既当厂长，又当技术员，连供销运输也一肩挑。在经营企业中，他借鉴城里的卖鞋方法，坚持以保质薄利、诚信无欺为发展理念。服装做完后，他用摩托车把绑得像山一样高的服装拉到城里寄卖。随着时间的推移，服装产品慢慢打开并占领市场，他又租店设点零售批发一起上。"凤凰涅槃，浴火重生"，王鸿的企业犹如冰雪消融、春暖花开的原野，绿水青山，一派生机。

20世纪后期，狮城私有经济发达，民营企业遍地开花。"有街无处不经商，铺天盖地万式装。"全国跑石狮，购物打工到石狮，狮城成了购物的天堂和赚钱的宝地。王鸿抓住了天时地利，从几十人的小厂发展到几百人的大厂，从简单的童装做到流行的时装，并且带动自家兄弟、带动村里人，在市场经济崛起之时赚得盆满钵满。

跟着他的脚步，我思潮起伏地徘徊在寥落的老屋。看到那杂乱的物品，我甚感奇怪。王鸿早已搬入新楼房，服装厂也关停多年，可旧设备仍堆放着？王鸿解释道，老房子空着，旧东西没人要，就一起留着做个纪念吧，也可让后人知道老一辈创业的艰难。

风雨兼程，创业维艰。在内忧外患的日子里，王鸿经历了资金、质量和销售等困扰，最后凭着坚忍不拔和顽强拼搏的斗志，赤手空拳地打下自己的一片天地。他常引用《警世通言》中的一句话：吃得苦中苦，方为人上人。记得一次外出拉布料，黑夜中连人带车摔倒，昏死在沟里，直到天亮才被路人发现救起。又一次收账深夜回家，半路遭到团伙抢劫，最后凭借几分拳脚伤痕累累地逃命，但钱财已被洗劫一空。过后在宴请朋友时，他醉醺醺地吟诵起诗仙李白的千古绝唱："天生我材必有用，千金散尽还复来！"又乐呵呵地自嘲："我是农民的儿子，老天爷不要这条小命，我怎能负其厚望呢！"

"来，吃点水果。"阿娟笑容可掬地端来了水果糕点。我们围坐在餐桌边，边吃边聊起了家常。

王鸿有三个儿女，二女一男，被当时的计生政策重罚。"小孩都上学了？"我问阿娟。"老大读初中，老二读小学，小儿子上幼儿园。"她轻声细语地回答。

阿娟已到中年，但身材柔美，肤白丰腴，笑时脸上露出两个甜甜的小酒窝。阿娟是王鸿村里的同学，是出名的校花，也是村里有名的侨属子女。王鸿自小倾慕她的聪慧与美丽，经常随其左右充当护花使者。一次放学回家跟在后面，看到一只疯狗正朝她狂奔，情急之中大叫一声，并顺手捡起木棍奋力冲过去拦住。最后疯狗被打成伤残逃窜，王鸿布满补丁的衣服裤子也增加了几道口子，腿部也多处被狗咬伤。长大后，见她越来越出落得像一朵出水芙蓉，心中的爱恋便如珍藏的老酒越发绵香醇厚。待几年后事业上稍有成就，便费尽心思追求梦中情人。在没有电话手机的日子里，他只能频频通过鸿雁传书的形式，约定与美人相会的时间地点，然而石沉大海，杳无回音。可他坚定不渝地相信，萌芽已久的爱情一定会开花结果。因此，他常停留在大洋楼外观望，期待楼上的美人会开窗一瞥。功夫不负有心人，美人的心终于被其执着的情感打动。在一个春暖花开、草木葳蕤的日子里，乡村礼炮轰鸣，宴席大排，一段广为人知的爱情故事和美好姻缘终于有了结局。

抱得美人归，王鸿的企业宛若锦上添花，进入旺盛期。当时，我曾慷慨激昂地建议他扩建厂房，规范企业，以便更好发展。他却不以为然，说有钱得赶紧赚，狠赚干净的钱，这才是王道；说生活很现实，自己是亲历其境，没钱寸步难行；还说先建楼房住，邻边华侨亲戚的大宅子还空着。并嘲笑我只会循规蹈矩地守着几块钱工资，不如辞职跟他一起干。我被他说得脸红耳热。看着他的精明与强势，我突然间明白，生意场的锤炼已经使年轻的心变得老成世故。然而，眼前的利益能维持多久？企业的发展光有钱就能解决？我深感困惑。也许，他说得没错，殊不知我是一个心静如水、安然无争的懦夫，自以为有一份工资、一杯清茶、一本好书就好过日子。

"走，陪我出去逛逛。"浑厚的男中音打断了我的思绪，他拍着我的肩膀说。坐上他的奥迪小轿车，我陪他拜访了几个长辈，在村里绕了一圈。路过一个小山坡，我突然看到三块重叠的巨石。"停车！"我惊奇地叫着，是"三叠石"，童年我在村里上小学时经常玩的地方。只见三块巨岩层垒而立，毫无凭依，直插天穹。其虽互相交叠，但并非完全紧贴，巨石之间的缝隙还清晰地透出一指宽的光线。那时的伙伴们常爬上最顶端的那块岩石，坐在上面左右晃动，跳跃嬉闹，总是想把石头摇下来。几十年不见，它依然如故地朝天而卧。遗憾的是，山坡周边已不见红花绿树，而是多了幢幢楼房。

"安海五里桥，大埔三叠石。"这是乡民口头常念叨的一句话。"三叠石"是大埔村独特的风传山水景物，也是村民们引以为荣的地方。我知道五里桥建于南宋绍兴八年，是中国十大古桥之一。因桥长五里而俗称五里桥，是我国古代最长的石桥，有"天下无桥长此桥"之誉。可"三叠石"并没有任何文字记载，至今我还不知道它的历史由来。

王鸿看出我的疑惑，便说，"三叠石"究竟有何典故，是人为还是神造，或者是地质变迁而来，村里的老人也说不清楚。只是民间有过传闻，说以前是五叠石，后来有人认为挡住了他们的风水，便带了十几个壮汉来撬。虽然费劲撬下两块石头，但压死了好几个人，结果也就剩下三块了。

"呃，你知道得还不少！"我甚感惊异。

"了解过去，关注未来，兴之所至嘛。"他谦虚地说。

"是吗？那你们的先祖呢，从何而来？"我穷追不舍。

"唐末五代时期，河南光州固始人王审知，被朝廷委派任福建观察使等职。王在闽39年间，为福建经济社会发展做出很大贡献，后被封为闽王，谥号忠懿王，民间称为开闽王。"他侃侃而谈。还说晋江有座王氏大宗祠，供奉着开闽三王（开闽王王审知三兄弟）二世祖先，至今已有千年历史。其规模宏大，香火旺盛，名震中外，是泉南的三大名祠之一。

听他介绍，我不禁拍手叫好。士别三日，当刮目相看啊！

我们驱车回家，走进小洋楼。一楼大厅，一尊高大的弥勒佛木雕塑像笑呵呵地迎接来宾，两个色彩纷呈的大瓷瓶摆放两边，悬挂在二楼隔空层的玻璃吊灯璀璨夺目、熠熠生辉。

客厅中，阿娟忙着为我们泡茶。庞大的紫檀木茶几茶桌大沙发尽显主人的阔绰。这是专门从缅甸进口的，费了很大的周折。王鸿指着棕红色的茶座对我说，一副扬扬得意之态。王鸿很舍得花钱，讲义气，又爱面子。他向来认为钱就是赚来花的，何谓舍得，有舍才有得嘛！村里修桥建路、扩建宗祠和学校他都慷慨解囊。每年回乡，他都要请上老兄弟到酒店大快朵颐一顿，并且挨家慰问亲朋孤寡老人。倘若有人谢他，他便会笑眯着眼乐呵呵地说，信佛的人，当厚德待人，积善为福。我母亲年老患病期间，每次他探望后，母亲逢人便会高兴地说，王鸿是个大孝子，我们王家有福，后继有人了！

酒菜飘香，我们移坐餐厅。我问起广东的生意，他说刚进口几台先进设备。我知道他在广东投资也是颇费周折的。新世纪后，各地的开放使商品市场进入饱和状态，服装行业面临着严峻的危机和挑战。正当王鸿为之困扰的时候，澳门的老乡回家过年，谈起广东中山在开放引资中出台了很多优惠政策。王鸿一听，立即抓住时机，经实地考察，毅然动用闲散资金，与同乡在中山投资开办了纸箱厂。由此，王鸿新一轮的创业走出乡村，跨进城市，企业的转型发展在异地再度兴起。

中山市位于珠三角中部，东南连接珠海、深圳，与港澳特区隔海相望，是全国5个不设市辖区的地级市之一。中山的企业刚起步时碰到很多问题：社会事务，产品营销，特别是合伙人的内讧争斗。最后三国尽归司马懿，晋朝结束了战乱，王鸿独资纸箱厂。之后，为更好地集中发展，王鸿回乡关闭了服装厂。如今，他全家移居广东，连患病的父母也接过去在身边照顾，自家兄弟也带过去一同发展，乡村老家只剩空巢。据说中山的生意十分顺畅，已经走出内地，进入港澳。

在一个风和日丽、春暖花开的日子，我盛情难却地乘坐上他返程广东的越野车，并在他中山的豪华别墅住了一夜。

在市郊，王鸿把车开到自己工厂大门口，身着制服的保安马上开门放车进入。厂房是标准化的水泥建筑，高大宽敞通透。走进生产车间，只见场地干净整洁，几条生产线的机器轰隆作响地运转着，许多身穿工作服的操作工来回忙碌着，见到王鸿都礼貌地上前说："王总好！"各种生产材料和半成品满满地分开堆放在地上，洁白的墙壁上挂着许多宣传材料，还有一系列生产管理制度。厂房后面是材料和成品仓库，还有洁净明亮的员工食堂。来到办公楼，看到一楼玻璃墙的透明大厅内端坐着许多电脑工作人员，旁边一排房间门口整齐地挂着各个管理部门的牌子。一个身着管理者服装的中年男子迎过来问好，王鸿介绍说他是管理生产的厂长，通过猎头从国企高薪挖来的。眼前的一切显得有条不紊，井然有序。

在厂里走了一圈，我心里十分震惊，这真是王鸿的企业？可看到的一切何尝不是事实？捕捉到我的奇异神情，他笑眯着眼，露出眼角的鱼尾纹，且动情地拉起我的手，推心置腹地告诉我，离开家乡，接触了社会，才深深体会到自己文化水平的不足。广东是人才和高科技云集的地方，若不抓紧时间学习充实自己，将很快落伍并被时代淘汰，因此他经常参加各种专业和企业管理培训。他说刚来时是租用厂房，后来申请土地自己建造厂房和住宅，现在还有十亩空地准备开发。还说自己虽是中小型企业，规模不大，但业务充足，生产稳定，按照规范管理程序，倒也觉得轻松，只负责发展规划、用人用钱等大事，有空还可以参与社会公益和慈善活动。听他出自内心的一席话，我是高兴多于激动。从农村到城市，从家庭企业到规范企业，从白手起家到中产阶级，时间的潜移默化和意志的磨砺使他的学识与素养得以蜕变与升华。环境改变人，时代造就英雄啊！我深为他的成就而感到欣慰与自豪。

"我又进军澳门了。"杯酒入肚，他满脸红光，"在澳门置业投资可以随迁户口，现在全家都已入迁，老爸老妈也很快批入。"他又信心百倍地说："澳门经济很发达，不必说轻工和旅游业，光博彩业就有五大类，我已看中一项服务业。""好哇，祝贺你，港澳同胞！"我说，心中暗自佩服他敏锐的眼光和孝顺之情，也欣赏他在事业上锲而不舍的努力和追求。

　　"我准备年底搬迁澳门。"他喜气洋洋地说，"在广东住了十几年，生活早已习惯。新搬到特区生活，外部环境还需慢慢适应。"还说，今年特地带阿娟回来祀奉禀告祖先，祈求赐福庇佑。王鸿偏向"心生万法"的理论，认为孝亲祭祖才能根深蒂固，才能家和事业兴。随后他告诉我，昨天上山，看见外婆的陵园杂草丛生，下水道受损堵塞，墓身多处出现裂缝，过两天要请人来帮忙修缮。

　　又是一年春暖花开。走进小院，我看见明媚和煦的阳光下，葱茏芬芳的百花园中，王鸿和阿娟，还有一个英俊活泼的美少年，在草丛中奔跑嬉戏、追蜂扑蝶……

新华路

　　黑白相间的柏油路像一柄锋芒逼人的利刃，把古雅且幽静的新华路狠狠地劈成两半。

　　绵绵春雨中，我撑着伞，踽踽独行在车水马龙的镇中路。立于红绿灯闪烁的十字路口，放眼北望，新华路街道已被横穿的马路拦腰切断。路的入口处，左边是一幢拆后重建的基督教堂，后面紧接的是一排灰色破败、零落寂寥的洋式两层骑楼；路的右边，有装饰一新的商店，有拆建后高楼林立的凤凰城新区，还有阡陌成行的马路和车流行人。只身行走在新城与旧楼之间的马路上，我困惑的思绪便如那纷扬飘落的雨丝，纠结缠绵。一条老街，拆掉半边，是刻意，还是注定？

（一）

　　新华路教堂庄严肃穆，历史悠久。早在 19 世纪末，英国传教士来到石狮，设立石狮基督教堂。从此，教堂的钟声便悠扬地回旋在新华路的上空。上帝之子耶稣来到世间，为人类带来了慈爱、宽恕、祝福、欢乐和幸福。于是，满怀精神信仰的人们便顺应天意，广结善缘；他们洒脱而愉悦地迈进教堂，虔诚地捧上爱心，默默与主相会，诵经读文、行善积德。"阿门"，悠悠荡荡的经声回旋在岁月的长河，弥漫在信徒的心胸，响彻在辽阔的天空……

　　20 世纪 60 年代，当教堂钟声响起之时，新华路上便络绎不绝地行走着一群小学生。他们或理着小平头，或扎着羊角辫，身穿简朴衣服，肩背小小书包，快乐无忧地蹦跳向前。他们心里都有一个共同的目标——到石狮小学读书。路终点是人生的初始学堂，那里有知识的启蒙，智慧的源泉……

教堂建成后，1909年，牧师许锡慧由晋江金井来到石狮筹办教会学校，推行新学，在新华路礼拜堂内创办了石狮镇境内第一所新式学堂——育龄小学（同时引进西医疗法，组办联合诊所——石狮医院前身）。1932年，石狮旅居海外的华侨回到商贸业发达的家乡投资，兴建具有南洋建筑风格的钢筋混凝土和砖木结构的骑楼式街道。为纪念孙中山先生领导的辛亥革命，新建后的街道命名为"新华路"。次年，育龄小学与教会的另两所小学合并迁建在新华路尾，并正式改名为石狮小学（现为石狮实验小学）。

春去秋来，新华路洋溢着侨乡少男少女的欢乐与梦想。人生从这里开始，道路在脚下延伸。阳光普照，那敞开的学校大门像铁人的双手热切地迎接着孜孜以求的稚嫩学子。我清楚地记得，那时校园内有一个宽阔的广场，右边是一幢瑰丽庄严的教学大楼，对面小山坡上静卧着一条滋润农作物的灌溉渠道；东西两边是整洁有序的学生教室；操场的沙土地上，有运动跑道、篮球架、高低杠、沙坑，还有高耸入云、枝繁叶茂的桉树林，遍及教室周边角落的绿丛红花……

不必说教室里老师的谆谆教诲和学生的琅琅书声，也不必说体育课的健儿在操场奔跑跳跃，单说课余之间的绿树浓荫之下，就藏匿着校园的无尽乐趣。每天，这里总聚集着三五成群、打打闹闹的顽童少年，还有跳绳、踢毽子的少女，尤其那错落在操场的一排石栏杆，总是人喊马嘶、热火朝天。

班里的同学蔡天明人高胆大，身手不凡。他会路见不平仗义出手为我助阵打架，也是石栏杆上的一位骁将骑手。他能像算术课上的高脚圆规一样张开双脚固定在齐腰高、十厘米宽的条石上，然后弯着腰，叉着左手，用右手不断地撩拨对方，并常以巧劲用"四两拨千斤"的力道把对手拉下栏杆。

"有种的，再上来一个！"他挥动着长臂，大声叫喊。

"我上！"勇士的战歌还未奏响，便摇头晃脑栽了下来。

大家也不甘示弱，争先恐后一决雌雄，因为既赢了面子还能从他口袋里掏出一颗爆炒五香蚕豆。蚕豆香脆爽口，一分钱五个，是他妈妈小食店的产品。多少纯洁无瑕的日子，新华路上学途中总能见到一群天真烂漫馋嘴好斗的小伙伴。

（二）

新华路有粮油供应站。城镇户口居民的口中食粮全部凭粮簿在此供应。粮站购粮的队伍宛若一条紧贴门面的灰色长蛇，它蜿蜒爬行且欢快地甩动着尾梢，只因前面是赖以生存的丰硕粮仓。粮站常是人头攒动，尤其在粗细粮搭配的丰收季节，装满大筐小箩的地瓜需要家人们同心协力手提肩挑。

新华路还有邮政局和包裹领取处。邮政局门庭冷落，少有人会去寄钱寄信。包裹处却是人来人往从不间断，海外侨胞寄回家乡的衣服、杂物都在这里领取。包裹处有一个面如冠玉、声似鸟啼的胖姨，她总是眼瞪取单、手提包裹楼上楼下叫个不停。那时，我常先到这里排队，等母亲过来领取香港亲戚寄来的旧衣服。我一向最喜欢来到这里，因为心里总有一种希望。在贫困年代，只有过年才能穿上新衣，平时都是兄弟姐妹轮流穿且布满补丁的旧衣服。只有到了年底，母亲才会根据儿女们的身长，带上布票到百货公司扯上几尺布料，然后亲自在昏暗的灯光下穿针引线、裁剪缝制，为孩子们备上欢度佳节的漂亮新衣裳。

有一天，我来到新华路包裹领取处，突然觉得后面有人拽我衣服。回头一看，竟是长得越发青春帅气的天明同学。他把我拉到旁边，悄悄地问，领取包裹？我说是。又问，卖吗？我说不。再问，买吗？我觉得奇怪，你究竟是买还是卖？他说买卖都有啊！于是神秘地把我带到他家。

天明家住新华路教堂对面（现已拆建），顺着店面的小食店进入，我看到昏暗的楼梯间里有一张桌子，还有两个用木板钉成的衣架。衣架垂挂着许多颜色各异的旧衣服，有上衣，有裤子，有套装，桌面上还叠放着几块布料。我甚感奇怪，这么多衣服？他诡异地笑了笑，我在做生意，赚点钱。做生意，行吗？我很惊讶。咋不行？自愿买卖，公平合理嘛！他自信地说。这可是投机倒把行为！我既惊诧又愤慨。

"天明！"听到妈妈的叫声，天明匆匆走了出去。一会儿带进一个洋气的婶婆，只见她从包裹袋里倒出几件旧衣服。天明逐一挑起细看，然后告诉她每件的收购价格。婶婆听他说完，又查问了布料的价钱，最后挑走一块灯芯绒和一块卡其布。

临走，他要我选一件合身的外衣穿。我一再推却，但他硬要我拿走。我是羞愧多于感谢，直懊悔刚才对他的态度。社会主义初期，国家经济困难，社会百业待兴，市场物资匮乏，城镇居民买米买肉按人定量，买布穿衣按人发放布票。为稳定社会秩序，别说衣服，连鸡蛋也不允许随便买卖。

有一天，我到新华路找天明，正好看到几个穿工作服的人气势汹汹地提着麻袋从他家走出。咋了？我料是出事了，惊愕地问他。天明哭丧着脸说是被人举报，衣服布匹全被市管会没收了。他愤懑地高声叫嚷，我又不欺诈人，凭什么说是违法？又神情激愤地说，老子就是不怕，你们拿走吧，我还会有的！我劝他别干了，不要再找麻烦。但过后没几天，又见到他精神抖擞地手提小布袋在包裹处奔走忙碌。

（三）

"文革"后，祖国上空的阴霾慢慢散尽。石狮商品"八卦街"慢慢复苏，新华路也不甘寂寞，包裹处除了风韵依旧的胖姨，又多了一位帅哥；门前领取衣物的队伍越排越长，路边还攒三聚五地站立着一堆人。那熙来攘往的客人不单是领取包裹的侨属，有城乡买衣服的人，还有从家里带来衣服布料变卖的侨亲，以及现买现卖的小商贩。商贩们一手提着沉甸甸的衣袋，一手抖动推销着衣服，嬉皮笑脸地吆喝追问客人，你来我往地讨价还价，活脱脱把包裹处演绎成了自由买卖的服装市场。在风云变幻的日子里，包裹处成为人们互相交流的平台，无形中起到了市场调节供需的积极作用。

在市场经济初见端倪之时，富有经商意识的帅哥天明紧紧地抓住商机，别出心裁地在家门口用床板搭起铺位，公开叫卖衣服布料。在他的示范作用下，摆地摊提袋子的散兵游勇们即速仿照。商人们如临阵疆场的将士，各自寻找有利地形，安营扎寨巩固阵地。一时间，骑楼街道两边人行走廊的"故衣摊"蜂拥而至，长长的两排竟有百家之多。"故衣摊"规模化地出现，成为侨乡耀眼的亮点，它在民间自发地兴起且勇猛果敢地挣脱时代的界线和束缚，就像奋力冲破黑夜的晨曦，给人间带来新的光明和希望。"故衣摊"是石狮服装市场的起源，它的诞生有力地冲击着计划经济，也促进了侨乡服装行业的发展和商品市场的繁荣昌盛。

但好景不长，1977 年中央大型纪录片《铁证如山》拍摄了石狮小商贩无证经营的"丑恶现象"。"资本主义尾巴""投机倒把"行为在侨乡彻底清算。乌云滚滚，寒风刺骨。"八卦街"寂然无声，"故衣摊"不见踪影，新华路如残冬腊月天的枯藤老树，只见枝丫、不见绿叶，形单影只、一览无余。

放学路过新华路，我走进天明家，只见他正满头大汗地帮妈妈筹备开张小食店。我好奇地问，改行了？他摊开双手，一脸苦笑地说，衣服布料全被没收，妈妈的小食店也被查封了。接着紧皱眉头，无可奈何地长叹一声，唉！这日子，让人怎么过！不做生意，哪有收入？想要工作，何处就业？人要活着，总得吃饭嘛！我不懂生意，也不知生活中温饱的艰辛，但听他发自肺腑的心声，顿感哑然失声，只觉辛酸泪涌！

天明是长子，家庭困难使他早早成熟。他脑袋精明且心地善良，自小接受妈妈的儒家传统教育，懂得敬老尽孝、礼义廉耻；并且秉承父亲顺应天地自然和独行其是的道家风范。他理解父母的艰辛，履行长子的职责，并放弃上中学而选择做生意，因而母亲疼爱他，父亲支持他，只希望他诚实做人，信用无欺。他喜欢唱《国际歌》，崇尚马克思主义历史唯物论的观点，说世上没有救世主和神仙皇帝，个人幸福要靠自己努力争取。我赞赏他的为人，把他当成大哥看待。目睹他不屈不挠的神态，我深为折服。这就是人性的光辉，是历久弥坚的经商世家和祖宗血脉里流淌的遗传基因，也是闽南商人骨子里不甘服输、敢于拼搏的性格特征。

石狮地处闽南，三面环海。北宋时期，泉州港已是"海上丝绸之路"起点。清代期间，祥芝、蚶江、永宁等海口又是对台贸易自由港。由于历代战乱，经济萧条，加上土地贫瘠，先辈们为了生计不得离开家乡远渡海外打拼，待事业有成又往返家乡经商贸易。于是，经商成为当地人谋生的一种手段。天明的祖父是众多远渡重洋含辛茹苦大军中的一员，也是众多艰苦创业经商赚钱衣锦还乡的华侨之一。新华路骑楼建造以后，天明父亲就在自家门口做食品生意。中华人民共和国成立后，土地改革，企业公私合营，父亲成了国家集体企业的一名职工，并在新华路组建了家庭。后来，为生计所迫，母亲又悄悄在家门口开起小食店，也相继有了天明七个兄弟姐妹。

（四）

春回大地，万物复苏。当国家经济改革的重大信息传递到侨乡，狮城沸腾了，新华路莺歌燕舞！在汹涌澎湃的经济浪潮推动下，沿海港口的大型航运船舶日益增多，进港的各种货物商品也五花八门。与此同时，石狮人凭借地理条件和侨胞多、侨资多、信息灵通等优势，利用国内纺织品和进口布料，即时仿制生产港澳、国外流行时装，并且大量成批地加工制造各种体形、款式、季节的成品服装。一时间，乡镇企业恰似春天原野上的花草树木，到处生根、竞相发芽。

财富纵横，纷至沓来。企业生产的纺织服装，还有进口的电视机、收录机、电子电器塑料玩具等物品都在"故衣摊"买卖交易。新华路成了货源流通、物美价廉的商品市场。

几年后，新华路"故衣摊"挤挤碰碰，街道两旁的商铺也密密麻麻，一间接着一间开。新华路像璀璨夺目的夜明珠，光芒四射，奋力点缀满大街的奇装异服。此时，如鱼得水的天明更是大显身手，他关掉妈妈的小食店，把家门口的"故衣摊"升格为时装店，并租下隔壁店经营百货小商品。

　　陪着朋友上街，我来到新华路天明的店里。只见店里除了他的兄弟姐妹，又多了一位留发辫的漂亮姑娘。我好奇地问，哥们儿，又添人手了？他诡秘地笑了笑，怎么样啊？我认真再看，体态高雅，双目有神，正柔声细语地为客人介绍产品。我说不错呀，有想法？他耸了耸厚实的肩膀，眉开眼笑地告诉我：前段时间看见她带着客人进进出出，便疑心她是在叫客。于是一天把她叫住，说你干吗老在我店里转？她羞涩地回答，你店里生意好呀！我说你在拉客？她默认了。看她实在，也聪慧灵巧，我就留她在店里帮忙。我说厉害啊，学会算计人啦。帅哥配美女，天赐良缘喽！他咧开嘴巴，会心地笑了。

（五）

　　石狮建市后，我经知青下乡又从外地调回家乡工作，正好单位就在新华路。每天上下班，我都要在水泄不通的人海中挤动。此时新华路已是物欲横流、人满为患。骑楼街道两边的服饰遮天蔽日，宛如繁花似锦的苗圃园林，令人眼花缭乱、目眩神迷。闲来漫步，我看到当年包裹处已成了时装店；粮站也摆满琳琅满目的商品；石狮小学后面又延伸出一条通往晋江的大道，路边一个个服装厂生机勃发。还有美食风味地方特色的商品八卦街、"有街无处不经商，铺天盖地万式装"的服装饰品、货真价实的专业市场，石狮城区骤然成了商品齐全购销两旺的大超市。车轮滚滚，游人如织，侨乡名声大噪，全国各地涌现出一股跑石狮（小香港）购物经商的热潮。此时，老同学天明已经成了腰缠万贯的知名富商，而且与漂亮姑娘有了四个儿女，并携老带幼迁居亲手建造的店面楼房，离开了生育养育和人生奋斗起点的新华路骑楼。

　　一次天明在家宴请，酒后他讲，新华路交通经常堵塞，已经难以适应市场的需求变化。说九二路汽车站附近商市日益繁荣，他已到侨乡商业城买了店面，并设立了服装批发部。

　　新世纪后，占地1000多亩、投资10多亿元的全国乃至亚洲最大的石狮服装批发市场——石狮服装城建立开放。善于经商运作的天明又抓住机遇，在服装城买了店面，并成立了进出口贸易公司，跨国界地把生意做到了俄罗斯等地。

随着改革开放的深入，石狮经济建设突飞猛进。"中国休闲服装名城"蜚声全国；"东方米兰"服装之都历年历届的海博会异彩纷呈；大型服装批发市场云集来自世界各地的客商。此时，新华路已店门关闭，路人稀少，失去了往日的繁华与喧闹。与其说新华路已经完成了历史赋予的神圣使命，不如说是跨时代地创造了奇迹，它不遗余力地把小"故衣摊"推向大市场，为狮城的崛起和发展做出了卓越的贡献。

又过了几年，根据城市建设需要，新华路以北的石头危房全部拆迁重建新区，并修建了一条贯穿市区的南北交通要道。在科技进步和电子商务活动遍及全球的激烈竞争年代，一生不畏鬼神、勇于抗争，视生意如生命的商场老将天明审时度势地退居二线，坚决毅然地尊崇老子"知人者智，自知者明；胜人者有力，自胜者强"的至理名言，并寄予希望地把奋斗一生的事业交付给了具有高等学历的年轻后辈。

（六）

春雨蒙蒙，如烟似云。我思潮起伏，漫无目标地徘徊在新华路，竭力寻找当年留下的足迹。然而，伴着教堂悠扬的钟声，那上学途中的小伙伴，满怀希望的包裹处，五彩缤纷的服装店，施展身手的工作单位，脑际的动感瞬间正如海面上奔腾翻滚的浪花，追逐而来、消失而去。纵然往事已随时光流逝，但我还是执拗地认为，新华路是一首歌，它长年累月柔肠百转地传唱着美妙动听的旋律；新华路是一幅画，它经久不衰、惊世骇俗地展现着色彩斑斓的图像。在现实与梦幻之间，新华路留下的美好，让人缅怀激奋，令人驻足沉思！

目睹新华路的喜庆与沧桑，不禁让我想起当年的意大利之旅。现代化的罗马城到处可见残垣断壁和杂草丛生的废墟。那华丽的埃米利亚殿堂只剩下几块石头，举世闻名的古罗马斗兽场还屹立着半堵椭圆形断墙。听导游介绍，就因为这残缺不全而真实古旧的美，才能吸引全世界游览者的关注和向往，也才更能给人以深思和启迪。而我们的闽南侨乡新华路街道，剩下的半壁江山是否要与欧洲的古罗马遗址争妍斗艳、相互媲美，以此显示狮城曾经有过的历史和辉煌？

光阴深处的诉说（六章）

（一）静静的龟湖

静静的龟湖，春光明媚，轻波荡漾。清晨，风清人静之时，我漫步在杨柳轻拂、鸟语花香的公园林荫小道。而后，我歇息在湖畔凉亭，慢慢地，思绪便随着湖水如烟如波地飘向那难以割舍的记忆年代……

龟湖原为石狮龟湖塘，是古代泉州最主要的农田水利设施之一，系泉州太守蔡襄开凿于北宋嘉祐年间（1058—1060 年）。据民国《晋江龟湖塘规簿》记载，该塘与沿塘、沙塘、芙蓉塘、洪田塘、古宅塘、龙塘合称"七首塘"。龟湖塘为塘首，总面积 2500 余亩，可蓄水灌溉 1 万余亩农田，环绕湖塘周边的 10 多个村庄和 1 万多户农家历代受益。龟湖塘的美名缘于湖中有块大石头形似巨龟。

龟湖塘是块福泽之地，为当地百姓生活带来欢乐，但也频发事端。几百年前，为争夺水源，周边村落的六大姓氏经常出现冲突格斗导致伤亡。至南宋淳熙十四年（1187 年），泉州郡守傅淇根据前代规约，结合实际，并与百姓议定《龟湖塘规》十八条，对水源的分配和农田的灌溉，以及塘岸的管理维护做出明确规定，湖畔周边的宗族械斗得以平息。自此，百姓遵照塘规安居乐业，沿岸村庄一度经济繁荣，店肆林立，才子佳人云集于此地寻风弄月。如今的龟湖旧街尚留有当年繁华的痕迹，明代黄鳌进士坊依然矗立在老街中间。

20 世纪 60 年代，我家住在湖边（新湖）。走过住宅后面的一片瓜地，便可越过高高的堤坝进入龟湖塘。从我记事起，传说中烟波浩渺的龟湖塘已经不见踪影。在人民公社、大跃进的滚滚浪潮中，龟湖塘被围湖改造成农场，映入眼帘的是一片阡陌成行的绿油油的稻田，只有中心地带幸存的小水塘紧紧地抓住纵横交错的灌溉沟渠。淫雨绵绵之春，丛林在波光粼粼的水面摇荡，鸟雀和蜻蜓在枝头轻歌曼舞。烈日干旱之夏，低洼地带便晒成条块分明的裂缝龟背，那守护着稻田的沟渠也有气无力地淌流着残余的浊水。

童年时代没有电视看，没有手机玩，也缺少课外读物，穷日子过得单纯无聊。放学后做完了作业，小伙伴们常相约拿着几根竹竿，到龟湖塘岸边的沙地里跳高跳远、捉迷藏抓"特务"，直到天色放晚才滚上一身脏泥沙回家吃饭。

每逢收割季节，我便提着竹篮到龟湖塘的田间捡稻穗。有一天，我偶然发现塘岸边有人挑着担子卖东西。走近一看，那是一个黝黑清瘦、秃顶银发、满脸皱纹如湖塘河沟般密集的卖糖人老伯。只见他弯着腰，用一根麦秸梗挑上一点熬好的糖稀，对着麦秸梗吹气，糖稀随即像气球一样鼓起，然后双手轻捏、转动，一会儿便塑成一件物体轮廓，再配上各种颜色，尽显出栩栩如生、生动逼真的动物形态。我提着篮子惊讶地看着，呆呆地想着，入迷于架子上所插的小鸡、小狗和孙猴子，无奈囊空如洗，只好咽着口水。卖糖老伯似乎猜出了我的心思，又看着我的篮子，便咧着嘴巴慈祥地笑着说："可以用稻穗换糖人。"我一听很高兴，正愁衣兜没钱呢，便按他的要求换了一个糖娃娃。刚吃完，老伯又和蔼地说："还可以换看小人书。"我一听，眼睛随即发亮，看书是我的最爱，真是踏破铁鞋无觅处，于是选了《武松打虎》。又如饥似渴地翻看了几本，直到掏空篮子才悻悻地离开。

过后，我便天天早早地去捡稻穗，再到老伯那里报到。老伯看我这么爱看书，便慢慢喜欢上我，箱子里几十本连环画任我翻看，也不与我作物品交换，并时常给我糖吃，还不厌其烦地解答我的提问。那一段时间，我跟老伯学了不少东西，懂得了许多道理，也提高了课外阅读能力。

有一次，我好奇地问："您捏糖人的功夫咋这么好呀？"他得意地笑着说："艺精要靠勤奋嘛。"还说这是家传的手艺，他的祖师爷是600年前明朝宰相刘伯温。一会儿，又沉下脸，摇摇头，长叹一口气且无比伤感地说："后继无人了！"

几个月后，老伯突然不见了，我焦急地四处寻找。后来才从别人嘴里知道他病重，生命垂危。老伯家住湖塘邻村，是烈属，独子抗美援朝时牺牲了，老伴因此伤心过度早已离世。老伯不愿被村里当五保户照顾，便发挥特长自食其力，挑着担子四处捏糖人，赚了钱还资助别人。

听了老伯的感人故事，不禁让我肃然起敬，为他人生的不幸遭遇震惊悲痛，感动流泪；也敬仰和赞叹他的宽大胸怀和高尚情操。过后，每当我想起此事便黯然神伤。这刻骨铭心的童年经历让我终生难忘。

"文革"辍学期间，时值丰收季节，我便怀揣书本，随着家人到龟湖农场割水稻卖苦力。割水稻的劳动报酬是按亩计算换取稻谷。除了整天浸在烂泥里甩镰刀，还经常碰伤手脚、遇见蝎虫水蛇，只有午间吃干粮才能短暂休息。此时，我便会趁机溜走，躲在树荫底下看书。随身带的《鲁迅小说诗歌散文集》常让我心驰神往，忘了归途。

"文革"后期，革命造反派的"文功武卫"加剧升温。龟湖塘是兵家必争之地，成了两派的分界线。许多重大斗争在这里打响，攻坚战使双方都损兵折将。有一天，我与同伴在河沟钓鱼，正好斗争打响，我们吓得龟缩在岸边不敢贸然前行，直到枪声平息才仓皇逃窜。

70年代，龟湖塘上空阳光灿烂、红旗招展，到处一片热气腾腾的劳动景象。其中有"备战备荒为人民"的部队屯田官兵；有"广阔天地练红心，上山下乡干革命"的城镇知识青年；有支援农业生产建设的企业职工；还有我们这些"复课闹革命"后参加劳动锻炼的在校学生……

改革开放，龟湖塘焕发了前所未有的生机。近几十年，龟湖塘旁高楼林立、商铺云集，车水马龙、道路通达。体育馆、博物馆、音乐厅等大型文化教育设施坐落在附近，龟湖塘成了城市文化建设的中心地带。为纪念宋代建造龟湖塘的千年功勋，将主要干道命名为"宋塘路"，建成的公园称为龟湖公园。原龟湖塘尚保留60亩蓄水面积，经改造成为贯穿公园东西走向的小型人工湖。

清风徐徐，乐曲悠悠。我从梦幻中醒来，抬头一看，湖面如镜，光影斑驳；公园浓荫下，读者在静思，舞伴依旧旋转；太极神功刚劲柔绵，跑道上的健儿矢志不渝地迈着坚定的步伐。不远处，湖畔姹紫嫣红，绿茵茵的草地上，有新人在拍摄婚纱照。只见新郎西装礼服，手持鲜花；新娘大摆洁白的婚纱长裙披地成圈，飘逸的头饰、长长的秀发。两人相互拥抱、激情对视，这人生的浪漫时刻在高清镜头的摄制下即成永恒！

时光荏苒，龟湖塘的岁月演绎着一篇篇扣人心弦的故事，见证了时代的变迁与发展。抚今忆昔，感慨万端！理清了思绪，满怀着对往事的无限眷恋，我依依不舍地离开了那静静的龟湖……

（二）高高的钟楼

听说要重修八卦街，重建钟楼，老石狮人都振奋了！

钟楼是石狮人心中的珍藏，我生于斯，长于斯，生活于斯，我多么期待有那么一天，能重新见到高高屹立在八卦街上的钟楼！一座城市，如果没有历史文物，没有精神寄托，何谈文化底蕴，何谈风情习俗，何谈过去、现在与未来！

一千多年前的隋唐年间，东南沿海有座观音亭，门前有一只石狮，庙里香火不绝，灵气十足，乡民商贾以之祈求安康旺达，久之则名闻遐迩，石狮地名亦由此灵气而得。宋元至明清年间，石狮资本市场兴起，又是古代"海上丝绸之路"的必经之地，便成为闽南沿海商贸集散地。明朝期间，江夏侯周德兴慧眼识珠，把观音亭改名为"凤里庵"，同时开凿拓宽了通往海口的人工小运河，把石狮亭与泉州湾连接，形成石狮水陆联运的交通枢纽。清末年间，泉州卸任都督施文启悟出石狮的商业前景，便在石狮投资兴建5个墟：布墟、五谷墟、牛墟、羊墟、菜墟，并立墟规，同时兴建简易仓库和交易所，凤里庵一带便向四周拓展，逐渐形成了九街五围十一巷、五埕六圩、七社八券的市场格局，以汉代学士桓谭《新论》中的话"车毂击，民肩攀，市路相排突，号为朝衣而暮衣敝"作比，石狮商贸市场的盛景则是有过之而无不及。

至 1947 年，石狮工商界为方便往来客商查看时间，便筹资兴建了钟楼。钟楼设在糖房街、大仓街、卖鱼街、上帝街的交叉路口，钢筋混凝土结构，高约 6 米，顶部呈尖状，中间四方，正面有大时钟，底部四根方形柱子。钟楼如鹤立鸡群般高高地屹立在商铺之上，周围地带因此被称为"钟楼脚"。因游客商人在老街绕来绕去总能见到洋式钟楼，弄得晕头转向，便调侃是闯入了"八卦阵"，久而久之，就有了八卦街的说法。

钟楼给我留下终生的记忆。上幼儿园起，我就天天围着钟楼转。当时唯一的石狮幼儿园在钟楼后面的赤鱼街，每天早晚我都要从民生街经钟楼来回往返。记得有一天放学，我擅自离开幼儿园回家，从钟楼右拐走到大仓街新华路，又走到建兴街新兴街，经新街仔至太源路马脚桥，向左拐到城隍庙糖房街，最后返回钟楼，迷迷糊糊绕转了一大圈，吓得我躲在钟楼底下号啕大哭，幸好一位好心的环卫阿姨把我送回了家。自此便有了我是垃圾堆里捡来的小孩的笑谈故事。

上石狮小学时我也天天经过钟楼。迎着东升的旭日，仰望着高高的钟楼，我走向学校读书。而当钟楼欢快的时针指向下午 5 时，我已在钟楼脚下体验五彩缤纷的花花世界。路边香味扑鼻、琳琅满目的食品常常使我垂涎欲滴。有一天我准备花掉积攒已久的五分钱，从小食摊的炸菜粿到蒸芋圆；又从食什店的花生酥到糯米糕；最后驻足饭店，在肉粽和牛肉羹前掂量；思忖半天又断然转身，掏出已经捏出汗的硬币在糕饼店买了一块沉甸甸四方方的宝斗糕，心想一定要慢慢品尝、分期分批享用。

上华侨中学时，我家住在凤里庵后面的馆顶街，一天也要几个来回经过钟楼。家庭困难时我只能半工半读。当八卦街的早市红火时，我路过钟楼，拿着一杆秤到人民路影剧院旁边的五谷墟粮食市场帮秤忙活，按买卖双方交易价一元收一分服务费，半天可赚两毛来钱。下午时分，我又从人声鼎沸的钟楼脚下挤过去上学，八卦街的小吃店、海味店、医药店、钟表店、美发店、服装百货、五金电器、婚庆用品和佛具香烛等等商铺，五花八门的物品和忙碌吆喝的人群呈现着闹市交易的空前盛况。

"文革"期间学校停课闹革命，钟楼便成了"造反派"交集的激战阵地，巨型条石垒起了工事防线。起初革命者双方都围在这里贴大字报做广告，乃至扔石头，后来武斗升级便在这里开枪扔手榴弹。我常与小伙伴躲在附近看热闹。此时，最让我莫名其妙的是钟楼上的时针突然停止了转动，心里困惑：是激烈的弹药爆炸声吓坏了它，还是面对悲剧它表达了无言的愤怒和抗争？"文革"后工事被拆除，八卦街生意兴旺起来，钟楼上的时针又恢复了往日的灵动。

1975 年城镇知识青年上山下乡，欢送队伍高举红旗、敲锣打鼓地从钟楼脚下穿过。那时，我清楚地看到，钟楼上的时针正沉沉地定格在 10 点上。这是时间和命运的巧合？这神秘的一刻，一直烙印般定格在我心中，我从钟楼下走向了广阔的农村，走向了自己的青年时代，走向了火热的生活。

1978 年我参加工作，这年回家过年，却不见了钟楼的踪迹。自此，我再也未能见到陪伴我生活与长大的高高钟楼！这是多么令人悲观失望、黯然神伤的事呀！

听说，1977 年拍摄大型纪录片《铁证如山》，就拍摄了一些石狮小商贩无证经营的"丑恶现象"。"资本主义复辟典型"使石狮一夜之间成为全国皆知的"反面教材"，"投机倒把"的非法行为使八卦街成为整顿市容市貌的重点对象，石狮资本市场面临着生存危机，孤立无助的钟楼也就在劫难逃了。

钟楼是市场经济兴起的产物，是石狮昔日的辉煌和文明的见证，是"海上丝绸之路"一颗永不褪色的璀璨明珠！高高的钟楼，我心中的念想，你承载着生命岁月中的多少欣喜与无奈、执着与牵挂，你欢快的时针将永远永远跳跃在我的眼前……

（三）情系"万岁脚"

说起"万岁脚"，石狮人都有一种故物犹在、难分难舍的心理感受。尽管这座小型的地理性竖碑已消失了 30 多年，但时至今日，它的地名标志却无时无刻不出现在人们的言谈话语之中。它系着一种情结，一种向往，一种难以言状的慰藉和牵挂。

1958 年，中华大地处于一种经济发展建设的热潮，总路线、大跃进、人民公社的三面红旗运动风靡全国。在大好形势下，石狮公社党委为体现社会主义建设的伟大胜利，在石狮与泉州、金井公路交会路口的宽阔三角地段（今实验中学南侧）建立了一座标志性竖碑。该竖碑高 5 米、宽厚各 1 米，用砖块垒砌而成，碑的四面分别写有"毛主席万岁""总路线万岁""人民公社万岁""大跃进万岁"，竖碑表面白底红字，耀眼清晰，下部有个阔绰的底座，雄伟壮观。竖碑建成后路面大力改善，加上交通便捷，地带宽敞，周边马路绿树成荫，空气清新，当地居民便常相约到此地观赏、娱乐、休闲、聚会。久之，人们便称此地为"万岁脚"，遂成为地名。

每天清晨，初升的太阳为恢宏的竖碑镀上一层金色的光芒，万岁脚下便聚集了一大群人。有体操健身的，有舞剑练功的，有浅唱低吟的，还有整装待发的骑游车队。散步晨练的人来来往往，余音缭绕，把万岁脚装点得像个休闲娱乐的城市公园。少年时代，我常相约小伙伴骑着破旧的单车，从镇区飞奔至体育场，然后沿着两边长满木麻黄树的沙土公路，来到郊外的万岁脚下比试骑车技能，沿着竖碑底座骑车绕圈最慢、定车时间最长者为胜出。接着攀登竖碑，坐在上面看着一部部车顶背着燃气"大气包"、冒着滚滚黑烟而来的客车，心里直羡慕汽车的神速，期待长大后有那么一天也能坐上快车去外面看看神奇的世界！

"文革"初期，学校停课闹革命。我曾与同学头戴军帽、佩戴红小兵袖章，高举红旗一路唱着赞歌从石狮小学出发，来到热火朝天的石光中学。那时，眼前的校园没有读书声，教室敞开凌乱，红旗和大字报竞相飞扬，"破除封资修""打倒臭老九""揪出走资派"的标语四处可见。我跟着激情满怀的红卫兵来到万岁脚，在晌午时分的炎炎烈日下表达忠心，向来往的群众散发革命传单，广播宣传《毛主席语录》，演唱"三忠于""四无限"的文艺节目。

"文革"后期，学校复课闹革命，我再次走进华侨中学就读。当下课放学的铃声响起，我便迫不及待地与同学来到万岁脚玩乐。夕照的余晖里，万岁脚显得璀璨多姿、风情万种。其中有休闲观光、打牌下棋的，有风味小吃、耍猴卖药的。而当华灯初上，吹拉弹唱、轻歌曼舞的人群便竞技表演。竖碑小舞台，生活大戏台。在漫长艰难的岁月中，万岁脚成为人们的精神寄托和感情传递的纽带。有一天，我看见马路对面的华侨新村走出一对身着艳装的青年男女，从袋子里掏出喜糖挨个分发。围观者高兴地吃着嚷着，高声祝福新婚夫妻早生贵子、白头偕老！

1978 年底，党的十一届三中全会决定国家将以经济建设为工作重心，爱拼敢赢的石狮人嗅到开放的味道，便迅速发展商品经济，占领资本市场。一时间，全国各地跑石狮购物的人群犹如潮水般涌入。客人来到石狮，常观光游走于万岁脚，重温那火红的岁月，我常为家乡的繁荣而激动、自豪！

遗憾的是，1985 年，为建设新大街（九二路），万岁脚的竖碑被拆除了。

时光流逝，我至今仍然不明白为何非要拆除万岁脚的竖碑！城市的设计者以什么眼光来规划建设？公路拓宽非得让具有时代象征意义的文物让出空间？文物是历史的见证，一座现代化城市，如果光有艳丽的外表，缺少雄厚的文化底蕴、真实厚重的历史风情，又岂能显现出它的魅力与辉煌？

万岁脚的竖碑已离城市远去，但是，在人们心目中，它雄伟的身姿依然高高屹立在城市的交通十字路口，默默地守望着来来往往的车辆行人，静静地倾听家乡前进的步伐……

（四）走进人民路

华灯初上，我兴致勃勃地走进人民路。

人民路位于新湖和新华交界处。东北西南走向，西南至农贸路北侧（原体育场），东北接新兴街南侧。人民路为新建的街道。建路时已有五谷墟、羊马墟、支前站、汽车站、供销社、废品收购站等建筑。为体现人民当家做主之意，修建后的沙石路取名为"人民路"。1953年，为提高城镇居民文化生活水平，当时晋江县爱国华侨捐资在人民路兴建股份制华侨戏院，即名为"石狮市影剧院"。

20世纪60年代，我常随着外婆到人民路影剧院领取侨属投资红利。一进入影剧院，我便独自离开外婆，长时间滞留在影院观看电影。在文化贫瘠的年代，看电影是最佳的精神娱乐和文化享受。在电影中，可以开阔自己的精神视野，丰富自己的内心世界；并且能够激励自己的思想斗志，焕发青春激情和憧憬未来的美好生活。

当时的情形是，电影还未开播，影剧院门口已站满观众。继《英雄儿女》后，是《地道战》《地雷战》《南征北战》等反映人民战争的三大军事片，我的思绪也被带入革命战争状态。那时放映很多红色影片、经典影片，我为《红灯记》而振奋，为《金光大道》而欢呼，为《卖花姑娘》而流泪，为《我们村里的年轻人》而喝彩。当英雄王成跳出战壕、喊出惊天动地的一声"为着胜利，向我开炮"，我激动万分，热血沸腾！这就是党的英雄儿女，为保家卫国而无畏地献出自己年轻的生命！

如果说影剧院是小城现代文明的精神象征，那么影剧院左侧的五谷墟市场便是石狮经济繁荣的辉煌见证。

五谷墟先于影剧院而建，是人民路最早最老的建筑物。早在260多年前的清康熙年间，卸任都督施韬便在石狮设立五墟两行（即五谷墟、羊马墟、砖瓦墟、碗筷墟、布墟及杉行、顺源典当行），从此推动了石狮的商贸发展，形成了以闽南侨乡为主体、辐射东部沿海地区的市场新格局。五谷墟经久不衰，随着人们的生活需求不断发展。春夏秋冬，市场每时每刻都集结着来自四面八方的人群，堆满五花八门的山海产品。其经贸规模庞大，进出交易频繁，是名扬海内外的农副产品大型集市。

每日早市，五谷墟排放不下的水稻、大米、小麦、花生、大豆、薯类、山珍海味等干品便一袋袋占满人民路。需求的客人、买卖的商人，以产品质量为重点，以价格高低为主题，人海如潮，盛况空前。曾有时日，我充当半工半读的中学生，忙碌在市场帮秤。难忘的岁月里，我初涉生意场，也悟出了手中的秤杆与心中道德天平的分量。

影剧院右侧原是羊马墟，后来演变成闽南地区的大型猪崽批发市场。从各地装运而来、颜色品种不一的小猪猡在竹篓里待价而沽。

影剧院对面是石狮镇招待所，来往商人日复一日乐此不疲。邻边的车管站停满拉货的人力三轮车、两轮推拉车、自行车等。清晨的阳光下，马路边一摊摊小吃香气扑鼻，花生汤、面线糊等风味小摊围满不忍离去的食客……

"资本主义复辟典型"袭击侨乡时，人民路农贸市场一度偃旗息鼓。改革春风劲吹后，人民路大力改造，旧貌换新颜：高楼大厦拔地而起，临街店铺比肩而立，大型商场游人如织，服装、交电、医药等百货商品琳琅满目。

走进人民路，放歌七十年。随着经济发展的进程，神州大地日新月异。为振兴侨乡，再创美好未来，敢为天下先的石狮人也正快马加鞭，努力奋进在"丝绸之路"上！

（五）重返上帝街

上帝街，名从何来，上帝何在？孩提时代，我常经钟楼进入上帝街而入读于爱群幼儿园。可到了年长，还不知道上帝街的命名缘由。带着时光的困惑，在清秋的一天，我重返上帝街，实地进行查看与踏访。

上帝街，位于宽仁与新华交界处，西北端连接赤鱼街，东南端与糖房街、大仑街交会。上帝街长 64 米、宽 8 米，东北端有一座"上帝宫"。我终于清楚，上帝街以此得名。

相传，明朝年间，晋江深沪信众捐建一座寺庙，庙里供奉"玄天上帝"塑像，后来信众们抬着"玄天上帝"神轿前往泉州进香，途经石狮，突然轿杠折断，于是，信众便在宽仁建庙祀奉。自此，便有了"上帝公打断轿杠就此兴"的民间传说。该庙前的小街随之而兴，上帝街的地名也就随之而来。

上帝公择福地而居，造福了一方百姓。在人们眼中，上帝公是扬善惩恶、扶危救难的正义之神。四方乡民奉祀神明，祈求福寿安康；庙宇长年门庭若市，香火不绝。相传，有一恶霸打卖菜老人时，手臂竟奇异地撞在墙上折断，从此其人惧怕因果报应而改恶从善。

至清末民初，沿海战乱，庙宇年久破损失修，每逢下雨便滴水到上帝公脚背。时久，上帝公脚背糜烂。为不扰民，上帝公变成美少年上街买药，后来药店老板发现钱柜里时有冥钱，而每次下雨美少年便前来买药，出于奇怪，便叫伙计跟踪，直至进庙。之后，乡民发现上帝公脚背贴着膏药，上帝公的故事便传为美谈。这动人的神话故事经老人细细讲述，实在令人动容、让人赞叹！人世间，心中有信仰，善恶自分明，这是亘古不变的道德规范和精神食粮。

民国期间，石狮出现以"靖国军"为首的多种武装对抗力量。为稳定社会，加强"地方自治团体"力量，晋江县在石狮设立直辖分属机构第八区公所，并增设警察署，把办公地点设在上帝宫，将上帝公请到万灯巷火神爷馆内供奉。但是，人们感恩上帝公的功德，依然在原址设置神位敬奉。

中华人民共和国成立后，区公所更名为区人民政府，后变更为石狮镇人民政府，并搬迁到群英路办公。自此，上帝宫便成为石狮镇职工工会会所。

工会进驻后，又设置了晋江县文化馆石狮文化站、石狮镇职工文工团、职工俱乐部等组织。经济萧条年代，没有文化娱乐，没有公共设施，没有电视手机，人们精神生活十分匮乏，只有通过工会活动获得精神食粮。因此，被改为职工文化基地的上帝宫，便成为小城居民文化学习与精神娱乐的场所，沉寂百年的福地上帝街再度风生水起、人心相向。

"文革"期间，我是工会常客。进入会所，左边大厅是书报阅览室，条形长桌常围满阅读者；小小图书室藏书不多，我却频频光顾；中国象棋活动室高手云集、鏖战不休；乒乓球室人满为患、济济一堂；大厅后面的高高戏台南音袅袅、声乐悠扬，并常有戏曲、舞蹈等文艺晚会。职工文工团名声在外，一部《红岩》话剧红遍闽南地区，除频繁到各地巡演，还参加省市赛事。

如今，上帝宫旧址上高耸起一座楼房，现入驻办公的是宽仁社区居委会。该社区主任神情豪迈地说，宽仁是石狮侨乡的发祥地，有着厚重的历史文化和风情习俗，是商市繁荣、政通人和、创业兴业的理想去处！

悠悠上帝街，浓浓故乡情。探究历史的真相，追寻先人的足迹，我揭开了上帝街的神秘面纱，将福地的前世今生公之于众！

（六）话说狮山头

狮山头位于石狮老城区的西北方，与东南方的"狮仔山"遥相呼应，互成掎角之势。狮山头有一巨石貌似卧踞雄狮，其背靠环海，面对陆地，昂首东顾宝盖山，西眺灵秀山，而北山脚下则是重要的沃土粮仓。

狮山头流传着悠久的历史故事。明洪武年间，通晓风水术的江夏侯周德兴奉命南巡，路过"观音亭"旁边的"馆顶"驿站，发现驿道上供奉观音菩萨的小寺庙正坐落在"凤穴"之上，而对面小山冈正是"狮首"之穴。狮舞凤翔，周德兴断言此地日后必发，便把观音亭改名为"凤里庵"，西山头改名为"狮山头"，并帮助拓宽下泽"电船沟"通往泉州湾及海口的人工小运河，同时扩大驿站公馆，又在近旁修筑围墙以囚"不轨之徒"（古称监狱为"圜土""圜墙"）。由此，狮山头下的村落亦被称为"圜内"或"券内"。民国五年，归侨陈懋建议改村名为"宽仁"，取"宽厚以待人，仁德播四方"之意。自此，狮山头芳名远播，八方慕名入迁者竟有82姓氏之多，凡居住三天者皆视为宽仁人，大家互不相欺，和睦共处，观音亭至城隍街贸易商铺随之兴起，成为闽南侨乡石狮的发祥地。

狮山头风光旖旎，山色如画。"文革"期间，每逢清明时节，小山冈沐雨栉风，花团锦簇。一棵棵藤蔓交结的相思树，一团团迎风招展的野菊花，一座座坟墓上的五色冥纸，点缀着春的凄美和色彩。山坡上，农业社员扶犁耕耘，播种地瓜和花生。春的种子在新的希望中落地生根，竞相

128

发芽。

待到秋收季节，狮山头上空风轻云淡，彩筝飞扬。青绿带黄的地瓜藤叶爬满山地，社员们欢快地挥动锄头，往地里一挖一撬动，整串的地瓜便露出地面。等到瓜藤分离，按人口分成一堆堆，抽签分配完毕，小伙伴们便火速冲进，飞快舞动锄头，把一畦畦的瓜田翻个底朝天，奋力挖掘余瓜充当餐桌食粮。夜色降临，大家迅速逃离是非之地，生怕荒冢里的孤魂野鬼会变成一簇簇磷火四处窜荡飘游缠身。

山腰有一口岁月悠久的狮眼清泉。水井不深，石壁布满青苔。长年累月，甘泉汩汩而出，清澈见底。沿着山间小路，我常疾走肩挑。人少一担水很快打满，人多则要挤进井台，七上八下的打水小桶常在井里缠绕纠结，解不开的绳索让笑骂声此起彼落，热闹非常。村民们说，井水香甜爽口，是雄狮恩赐的玉液琼浆！

山脚下有个水塘，农夫常到此挑水灌溉农田。迫于生计，母亲常蹲在塘边用粗糙干裂的双手清洗脏塑料薄膜。校园停课之日，除了垦荒种菜，我便帮她干活。清洗塑料工钱一斤 2 毛，一天可赚 1 块钱左右。

山顶有个屠宰场，天未亮时就车水马龙、人欢猪叫。逢年过节，父亲常在五更起床，托关系买几斤猪肉（一斤 0.78 元）。天一放亮，平地里便有一群武林高手大展拳脚、舞刀弄枪。

改革开放后，狮山头大兴土木，瓜田坟地杳无踪迹，民宅厂房拔地而起。几年间，狮山头狮腾凤鸣，风生水起。服装厂、电子厂、食品厂、工艺厂如雨后春笋，蓬勃发展，浓厚的财富气息弥漫整个狮山头的上空！

进入新世纪，一条八车道的柏油路贯穿此间。旧城改造，岁月更新，高楼大厦鳞次栉比，儿时的狮山头已经遥远。如今，只有路过宽仁小学的宽敞校园，才能感受到狮山头的昔日风光，才能感觉到雄狮依然卧踞山冈，依然坚守不渝地护卫着家乡，佑护着人们的奋发与安康……

林国熹，1955年3月出生，福建省石狮人。石狮市人力资源部门退休干部，泉州市作协会员，石狮市作协理事。作品发表于《石狮日报》《石狮文艺界》《海峡导报》《福建老人报》《福建劳动》、菲律宾的《商报》等报纸杂志。《棋手人生》《榕树》等散文多次在中国散文网等单位举办的"中华情"全国诗歌散文联赛中获奖并收录于《全国诗歌散文作品选集》。

李岩生

漫步花海谷，情系宝盖山

花海谷，红塔湾，湿地公园，黄金海岸……碧草茵茵，绿树依依，小荷露角，蜻蜓玉立。眺望远方，海浪滔滔，蓝天白云，一望无际。绵延几十平方公里，花香四溢，人影憧憧，嬉笑有声。

哦，人间四月尽芳菲！

周末闲暇，假日空余，这里是绝好的去处。

（一）

我爱静，专挑个细雨纷飞的日子，迈步花海谷，跻身宝盖山，云也悠悠，心也悠悠。

雨，和老家相比，石狮的雨啊，羞答答的，宛若十八岁少女的眼泪，没有缘分的人还真是看不到。

款步木栈道，防腐漆木洗净风尘，金灿灿的，格外扎眼，拂柳微风，和着水田边青草的馥郁芳香扑面而来，掺杂着泥土味，淡淡的，淡淡的，却散发出浓郁的春天气息。

走出农村，离开土地，三十年不见那羞答答淹没在山坳里的田野，竟赫然出现在城郊塔山水库坝沿下那原本毫不起眼的一线水沟上。田垄参差，流水叮叮咚咚，芦苇晃荡，迎风而舞。不过几米宽的渗水沟渠而已，北面斜坡荒芜，荆棘遍地，藤蔓葳蕤，人迹罕至，南边靠近山脚的废弃石窟，平日里积水乌油透绿，难测深浅，更无人问津。我因好奇，曾有几次探险路过此地，也都是脊背透凉，瘆得发慌！可眼前，经过劳动者的智慧改造，竟成了一丘丘重重叠叠、依势造型、错落有致、形状不一的精致的梯田景点，虽比不上龙脊梯田的规模与磅礴气势，也没有云阳梯田的壮观与雄奇，却一样秉承自然本色，悄然无声地告诉那些打小蜗居在高楼大厦，吹着空调，伴着电视、电脑长大的孩子，人生唯有走进自然，走进生活，你才会明白：

劳动者，最智慧！

雨已停歇，旭日金辉，春意益然。离开木栈道，走近水田，站在田埂上，俯视粼粼水波，芦苇丛中，有鱼儿游荡，蹲下身子，睁大眼睛，细细一瞧，一指长短的白眼鲦鱼，似乎早就听到我吧唧吧唧地踩在草皮上所发出的脚步声，它们居然不回避，竟还三三两两嬉闹着向我游来，摇摇头、摆摆尾，憨态可掬。信手抓取一小撮泥土，揉碎捏着，慢慢散落水中，它们见了，以为我在喂食，便把头探出水面，轻微地晃动两下，张开嘴巴，噗噗有声，以示致谢。见我沁心惬意的样子，便又顽皮地俯身潜入水中，翘尾低头，专心觅食，流连忘返。可就在我迷恋、得趣的当儿，冷不防一转身，噗地吐出一口水，钻进草丛，隐到含苞待放的睡莲叶下，眨眼不见了。

和我捉迷藏？鱼乐乐，人也乐乐！

据说鱼的记忆只有短暂的几秒，我想它们很快就会忘记我吧，便准备起身离开，可就在我要收回视线的刹那间，却又有惊人的发现：那匍匐在草丛里、田埂边和沾满泥垢的石头上的田螺，大大小小，缓慢挪动着，似乎也在一步步向我靠近。万物皆有灵性，莫非它们也是在迎接我这个冒雨前来的稀客不成？

目光投向更远，才发现也有特别的，那颗匍匐在睡莲叶子下石壁上，足有鸡蛋大小、外壳呈金黄色的巨螺，此刻正张开嘴巴，舞动触角，拼命吮吸石垢，对我这个远方来的不速之客，似乎表现得异常冷静，或是无视。我想那应是颗母螺，阳春季节，正是繁衍生息，孕育新生命的时候。这么一想，我的心里痒痒的，只想拾取它，带回家，养在自家阳台的假山水池里。

离开农村，离开土地，穿上皮鞋，走上工作岗位，与学生结缘，以书本为伴，可潜意识里仍旧改不了山里孩子的天性，亲近自然，渴望闲云野鹤。难怪陶公会发出"误入尘网中，一去三十年"的喟叹，最终禁不住诱惑，重返大山，过着"采菊东篱下，悠然见南山"的闲适生活。

站起身，折回走两步，蹲在田边栖息着巨螺的那块石头上，睁大眼睛，细细察看。或许是发觉我并无伤害的恶意吧，它稍稍蜷缩着身体，扬了扬两根长长的触须，似乎没有逃离的意思。我的心里痒得难受，几次三番伸出手，只想带它回家。

早晚看书，闲暇之余，心有烦恼，百无聊赖之际，看它繁衍生息、孕育儿女，慢慢地长大，来年春季，三五成群，定然是云天别样秀。

"喂，那螺不能吃的，你别捡啦！"

伸出的手还没触碰到水，耳边便传来温声细语的喝阻声，这声音透着威严，不容置辩。

我触电般地收回手，回头一看，是个园艺工人。他在我身后两米开外站着，一脸的耿直与憨厚。看上去，他已年近古稀。紫铜色脸，额上密密麻麻的皱纹纵横交错，鬓发已然全白，很瘦，大约不会超过一百一十斤吧。

"哦？"

"这是苦螺，有毒。因为好看，有人拿它放生。"见我走近，他便亲切地拉开话匣子，娓娓道来。

"大爷，您……"感觉叫大了，称呼不当，便尴尬地轻拍自个儿后脑勺，摇头致歉。

"没事，别往心里去。我孙子都上幼儿园了，可不就是'大爷'吗？"他乐呵呵地笑着，毫不在意。

"今天周末，怎么不待在家享受天伦之乐呢？"我觉得好奇。修剪花木的园艺工人也是有周末的。

"没事出来走走。"他伸手拉拉身上蛋黄色的园艺服，"昨天不是下大雨吗，新栽的一批花木立根未稳，怕被冲刷倒地，过来一看，果然有几株被风吹斜了。"

"义务劳动啊!"我幽默地套用了那句在 20 世纪六七十年代常常被挂在嘴上的话。

"都这把年纪了,何必那么计较呢?权当锻炼吧!"

我的心颤然一震,他们这代人"义务"的事很多,"义务栽树""义务修路""义务改造农田"……可正是这双"义务"的手修通了无数通往乡村的马路,绿化了无数贫瘠的荒山,很难想象今天的繁荣能离得了那个年代的勤劳和义务,离得了那双勤劳的手。

前人种树后人乘凉,那我们自己呢?

(二)

如果说绿树偎依的灵秀山是石狮的肺,是镶嵌在泉州平原上又一颗璀璨晶莹的绿宝石,时时闪烁智慧的光芒,引领清源山下万千百姓,抒写爱拼敢赢的闽南之魂,那宝盖山呢?

那是位见证古今,精神矍铄的老人,他见证了石狮乃至泉州海运的盛衰与荣辱,民生的富庶与贫穷,总在夜深人静的晚上,携着海风,诉说着时代变迁、风雨无常的故事。

矗立宝盖山,眺望泉州湾,面对母亲河晋江,耳边不时传来呼呼的风声——不,那是母亲在悲鸣。

离开贫穷,逐渐富起来的石狮人,第一要务就是盖房子,原先低矮的泥墙瓦房实在抵挡不住狂风肆虐、暴雨侵袭,何况是台风,八级、十级足以掀翻,甚至直接卷走。于是,宝盖山的花岗岩就成了抢手货,一时间,叮叮当当不绝于耳,隆隆炮声炸得山响,凿石、吆喝、贩运忙得不亦乐乎。两层、三层的石头房盖起来了,一栋、两栋,成片、成村,从外墙到楼板,从梁柱到窗户栏杆,宝盖山上花岗岩的优良品质被发挥到了极致。世纪老人却也因此浑身被凿得百孔千疮,伤痕累累,触目惊心,简直不忍直视!我曾几度突发奇想,何不用建筑垃圾加以填埋,而后绿化呢?还青山以真面目,给市民打造一处优雅的休闲绿地。

眼下，宝盖山及周边历史遗留的废弃石窟已被新辟为石窟公园，大大小小，就势造型，高高低低，栈道勾连，湖水、游鱼、瀑布、岸边鲜花、凉亭、跌水景观，游客三三两两，慕名而来，无不由衷感叹：绿水青山就是金山银山！

"绿水青山倒是可以，要蜕变为金山银山，似乎还少点什么。"旁边一个五十开外，带着浓重外地口音的男人接过话茬，补上一句。走在他前边穿着时尚的中年妇女收住脚，转身问道：

"少什么呢？"

"文化的味道。"

"哦，何以见得？"

"你去过太湖边的拈花湾吧？本是一片荒凉之地，因靠近灵山（大佛），融入佛教文化元素，成片开发，很快成为佛教文化主题的著名景区。"

我的心猛然一颤，仿佛被马蜂蜇了一口，隐隐地疼着。拈花湾我是去过的，一进景区，草皮铺设，园林绿化，景观设计，亭台屋宇造型，路灯照明的色彩格调，乃至院落的篱笆，处处折射着质朴浓郁的佛教色彩，就是晚间的音乐水幕舞蹈也没脱离"菩提本无树，明镜亦非台"的佛教主题，以致游人如织，早已突破年 400 万人次。都说泉州是宗教文化博物馆，但好像不同宗教、不同文化也仅仅寓居于古色昏暗的博物馆里，有保护，没有开发，产生不了经济效益。

"这和宝盖山石窟公园有什么关系？"

"文化是座矿山，需要开发、提炼、升华才有经济效益。"

宝盖山周边，寺庙依山而建，一座连着一座，而且规模庞大，构思奇巧，装饰奢华，能否在文化上做做文章，打造特色旅游景观卖点呢？

据我的同行介绍，宝盖山对面的双髻山上就有当年朱熹收徒授学的遗迹。两山对垒，朝夕相伴，儒佛相依，和谐共处。入世有为，造福苍生；出世修心，达己善人。一谷之隔，两种文化共存共兴，岂不正契合闽南人向海而生、拼搏担当、包容兴旺的气质内核？

多媒体和自媒体时代的游客有更多的个性倾向，他们大多追求新奇、特色、与众不同，哪怕是"游山玩水"，也更倾向于独特与不可替代的景观卖点，比如黄果树瀑布、张掖的"七彩丹霞"等等，这大概是近年西部风情游火爆的原因吧。特别是80后、90后，逐渐成长为新兴的旅游大军，他们兼具探险的潜质，已不再满足于简单的人工改造、单调的绿化园林。

文化，根植于民族心里、流淌在血液中的民族文化，才是旅游景点的魂之所在啊！天底下西湖多了去了，何以杭州西湖独具魅力？难道不是因为那里孕育着独特的西湖文化？灵隐寺、雷峰塔、岳武墓，许仙与白娘子传奇、梁山伯与祝英台，哪个不深入人心？

或许是发觉有人跟在身后偷听吧，两个操外地口音的中年男女，双双回头瞥了我一眼，不再言语。

再上几级台阶，在一个岔路口，他们朝右边更具规模的石窟公园方向走，我则左拐向姑嫂塔走去。

巍峨耸立于宝盖山巅，泉州湾、晋江出海口第一塔，有凄美的爱情传说，浓郁芬芳的姑嫂情，和那年头漂洋过海讨生活的无奈。

姑嫂塔见证了大唐盛世以来"海上丝绸之路"的快速崛起，泉州雄起成为"东方第一大港"，商船云集，八方汇聚。"千帆竞发刺桐港，百舸争流丝绸路"就是精致的缩影。那时，泉州地面上，不同宗教信仰、不同肤色、操着不同口音的人，往来密切，商贸兴隆，可谓"生意兴隆通四海"啊。

地下文物看西安，地上文物看泉州。泉州堪称世界宗教文化博物馆，海丝文化之都，这里最不缺的就是触手可及的文化。饱受海洋文化的熏陶，铸就一个个"爱拼敢赢"的铮铮汉子，敢为天下先，走别人没走过的路，勇立潮头，迎风斗浪，哪怕遍体鳞伤，也会勇猛地发出"输人不输阵"的呐喊！

跻身宝盖山，清风徐徐，心旷神怡；俯视花海谷，游人如织，惬意盎然；眺望红塔湾，浪涌潮急，神思奔驰。

李岩生，笔名村夫，籍贯寿宁，1962年3月出生，石狮三中教师，福建省作协会员，先后在《杂文报》《中国教育报》《泉州文学》、菲律宾的《商报》《世界日报》等刊发文章。出版长篇小说《亲亲一吻误终身》。散文《雨化春风暖民心》获中国致公党福建省委"喜迎十九大"征文一等奖。散文《蓝蓝泉州湾，风雨石狮路》获中共泉州市委市直机关工委会、泉州市总工会、泉州市文联联合举办的"庆祝共和国成立70周年"征文三等奖。

章华旺

永宁古卫城

　　曾几何时，这里还是东南沿海一隅荒芜之地。是什么使得它变得日益繁华与重要？那些南下戍边的北方少数民族为什么要改名换姓？是谁逼着永宁城隍庙的城隍爷星夜匆忙转移？又是谁滥杀无辜百姓还隐瞒真相嫁祸他人？……带着这些疑问，我曾多次走进永宁古卫城这片神秘的土地，近距离去观察、了解和感触古卫城那曾经的沧桑，所见所闻令我惊奇、欣喜和感动，终生难忘。

一个"出生入死"的地方

　　在永宁古卫城众多老街中，有一条一两百米长的干厝巷，巷头挂着一块金属牌匾，上面写着那巷子的来历。牌匾虽不大，却吸引着不少游客驻足流连。

　　元末明初，一个叫干八秃帖木儿的将领，携妻带子，不远万里来到东南沿海永宁，只为建设卫城，抗倭守海防。后来他又随郑和下西洋，立下了汗马功劳，受到了朝廷的封爵。他的第二代为了入乡随俗，彻底融入闽南，干脆取其姓名的首字，以"干"为姓，世世代代在永宁这块土地上繁衍生息，誓与永宁共生死同命运。

　　蒙古族人到东南沿海戍边，要么是被收编的元军残兵，要么是随朱元璋大军征战南下的。总之，元朝灭亡之后，朱元璋建立了大明朝，在全国各地建立了数百个卫所，永宁卫所是其中之一。于是，那些南下的少数民族将士和汉人一道，继续担任着戍边任务，并实行官兵世袭制。

在古代永宁，有许多像干八秃帖木儿这样从北方到南方来戍边的将士，虽然文史资料对他们没有太多的记载，岁月差不多已风干了他们的足迹。但他们与干八秃帖木儿一样，都是来自五湖四海，都是受命于朝廷派遣，为了一个共同的使命和目标：建设东南海防，抗倭保疆卫国。既来之则安之，他们义无反顾，成建制在永宁扎根、占籍并繁衍族群。尽管语言不通，宗教信仰、文化和生活习惯也不一样，平时难免发生这样那样的矛盾与冲突，但在共御外敌侵犯和骚扰的关键时刻，他们总是不计前嫌，不分姓氏种族，团结互助，和谐相处，共同凝集起坚不可摧的强大抗击力量，让凶猛的倭寇和其他海盗常常望而却步，甚至不得不低头叹服。

翻开永宁卫的历史，我们不难发现，永宁在历史上就是一个比较动荡和多变的地方，一波又一波南来北往的人进进出出，使得这地方姓氏多且杂，素以百家姓著称，现如今仍有五十几个姓氏，除了汉族，还有满族、蒙古族和其他少数民族。郑和下西洋后，到南洋一带谋生的永宁华侨，叶落归根后不仅盖起了洋楼，还带回了令人刮目相看的洋媳妇——番仔婆，于是洋文化、洋习惯便在永宁落地生根。如果说干八秃帖木儿能够在永宁占籍，是少数民族与汉族融合交汇的一个典范，那么干厝巷附近那口半边井，则充分印证了永宁人邻里团结和睦相处的居民关系。正是不同民族、不同姓氏、不同文化和习俗的不断交流、碰撞和相互融合，共同创造和改写了永宁的历史。有人用"出生入死"来形容当年卫城将士抗倭的英勇顽强，这话的另一层意思是说永宁人只有走出去，到外面去闯荡才能更加生龙活虎，才有更大的作为，才能获得更好的发展空间。细想这话也不无道理，因为历史上就有许多爱拼敢赢的人从永宁这片神奇热土上走出去而功成名就了，像明朝的干八秃帖木儿、武探花陈有纲等一大批抗倭名将，清末著名教育家、学者陈榮仁，近代的白刃、董云阁等革命人物，还有漂洋过海事业有成的台港澳同胞，以及到南洋一带谋生和发展的华侨……

一个有传奇故事的地方

走进永宁古卫城，就像翻开历史教科书一样，似乎每一座古厝、每一扇旧窗、每一块古砖、每一口古井、每一棵老树，甚至每一座古墓都蕴藏着鲜为人知的动人故事，它们见证和记载了永宁曾经的辉煌与沧桑。

就在干厝巷的不远处，有一座慈航庙，又称观音庙或观音亭，据说那里原来供奉着男相观音，有求必应，能够庇佑黎民百姓，加上身份来历充满神秘感，所以那庙常年香火不断，烟雾缭绕，给古老的街道增添了几分神奇和魅力。慈航庙旁有一石碑，其上刻着：大清道光十一年瓜月翻修。至于那庙最早是什么时候建的，有人说建于隋朝，也有人说建于唐朝，还有人说建于明朝，到底是哪个朝代的建筑，根据现有文史资料已很难考究。笔者认为慈航庙的建造历史应该是比较悠久的，建于隋朝的可能性更大一些。因为一个不可否认的事实是，早在西晋年间，就有大量汉人衣冠南渡，从中原辗转迁徙到泉州晋江一带定居，带来了中原先进的生产力和佛教文化。另一个重要原因就是石狮城隍庙的香火是从永宁城隍庙分炉出来的，永宁城隍庙里的神像，在明嘉靖年间倭寇攻陷永宁时，被一陈姓信士连夜转移到石狮才逃过一劫，石狮民众于清初建庙奉祀，这就是现在常年香火旺盛的石狮城隍庙。而石狮城隍庙附近的那座观音亭，连同亭前的那一只隋代的石狮子，是否也是从永宁观音亭转移来的，有待进一步考证。如是，则可推断永宁观音亭的建筑年代肯定在隋朝甚至更早。

在观音亭的南面，是鳌南的章帅府，两处相距不过两三百米，属永宁古卫城五大挡境之一。走进章帅府，镌刻在柱子上的对联和重修牌匾均有秦朝大将章邯的名字。境主是章邯，但牌匾上挂的却是南宋的章元帅武德英侯。民间传说章帅的祖庙坐落于安溪、南安和永春县交界处的岵山之上，内有南宋朝廷敕封的武德英侯的泥像，是安溪金谷镇东溪一带五个村落村民所崇祀之境主神，又名章三相公。章侯为官刚直，惠爱君民，从河南率军护送移民入闽，开发南方山区。当时社会动荡，匪寇猖獗，民心惶惶，章侯组织、训练了一支武装力量，扫平匪患，使人民安居乐业。因当时朝政腐败，章侯无意仕途，整日寄情山水。有一天，他带一个少年，手持竹杖到"安南永"大山中游览，到了岱山地方，流连忘返，遂将竹杖倒插于石缝中，在鸡心石上坐化。后竹杖显灵，竟变青萌芽，复枝繁叶茂。当地民众遂尊章侯为神，建造庙宇，雕塑金身，取名曰"石竹庙"。章侯有求必应，深得乡民崇奉。至于这章侯叫什么名字，则没人知道。

据浦城中华章氏文化研究会研究，历史上确实有个叫章岩的，仕晋为上大夫，因领兵收大散关有功，进秩兵部尚书封河间侯，南朝宋元嘉元年（424年），带兵出守福建泉州，家居南安。又据永宁有关史料记载，明代永宁卫城内曾有章、袁、吴、郭、郑五大姓氏，皆为建卫城功臣之裔，后来章姓去向不明，史料也没记载。据此，我们可以推断，章帅府里的保护神武德英侯肯定不是章邯，也不是章岩，但很可能是章岩的后裔。后来永宁卫城人为了祈求神灵保佑一方平安，专门建造了卫城南大门挡境，将英勇善战、英灵显赫的武德英侯章元帅尊奉为挡境保护神，章帅府因此得名。

当年卫城建设五大挡境并供奉保护神，不单是为了祈求神明保一方平安，更重要的是要鼓舞士气，这才有许多像戚继光、俞大猷那样的卫城将士奋不顾身英勇杀敌的感人故事。永宁古卫城抗倭历史故事还有很多，几乎三天三夜都讲不完，恕我无法在此一一叙述。亲爱的读者，百闻不如一见，如果有机会，你一定要亲自到永宁看看。

一个承载闽南文化的地方

在永宁这片古老而神奇的土地上，保存着大量的古建筑，尤以明清至民国时期的建筑最多。卫城内至今仍保留有几十条古街巷，有的以姓氏命名，如白厝街、干厝巷。有的以地理方位或历史事件命名，如莺山北路、西直街、观音街、剖腹街等。其中最出名的当算那条西直街（又称剖腹街）：东西走向，条石铺就，台阶光滑透亮，从永清门至中开坊，长四五百米，宽三至五米。清朝迁海令撤销后，永宁卫城又日渐繁华，至清末，西直街已非常繁华，有各类商铺两百余间，南来北往的商贾络绎不绝。后来西直街逐步向东西两端延伸，由观音亭街、顶街、中街和下街四段组成，总长已达一两公里。漫步其间，不经意间，你会发现那些古老的台阶、石板条和砖头，虽已被无情的岁月磨掉了棱角，变得有点滑头滑脑，让人备感无奈，但正是那些古老的石砖，会让你恍然大悟，懂得什么叫时光倒流，什么叫历史沉淀，什么叫古老和悠远。蓦然回首，你或许会流连忘返，找到那种岁月静好的感觉。若是在雨中，则如步入戴望舒的雨巷，你不得不提着裤管，小心翼翼，亦步亦趋，但基本上是有惊无险，你会觉得不虚此行。

最令人百看不厌的当算那些古寺庙古宫祠，大小共有三十多座，座座保存完好，虽占地和建筑面积都不大，但构造精巧、飞檐翘脊、雕梁画栋、金碧辉煌，镌刻在横梁上的牌匾和柱子上的特色冠头联总是金光闪闪、熠熠生辉，充满闽南乡土元素和文化气息。其中比较出名的有城隍庙、章帅府、观音亭、鳌朔石将军、赵帅府、福德正神庙、真武殿、文祠等宫庙，至少有数百甚至上千年的历史。现今永宁的许多民房建筑依然保留着几百年不变的传统装饰风格，大门口的门楣上多镌刻着四字门牌，常见有什么传芳、什么衍派，让人一目了然其姓氏渊源。并且每一座宫庙里都供奉着各自的保护神，每一座祠堂里都安放着宗族的木主牌位、土地公和香炉，庄严肃穆，气派非凡，体现着古卫城人光宗耀祖的一贯传统和浓厚的孝敬习俗。每逢初一十五、初二十六、佛生日或其他一些祭祀日，虔诚的人们总要购买一些香烛金纸、五果或六味斋等供品到宫祠寺庙里祭拜，以求健康平安、万事如意。

卫城内随处可见那些红砖红瓦的古民居，保存比较好的有林氏古大厝十三架，大夫第，黄氏古厝、东源古厝、于氏古厝、永进古厝。也有些古厝因长期无人居住，墙体斑驳陆离，甚至坍塌，但出砖入石依然清晰可见，昔日风韵犹存，给人一种厚重十足的沧桑感，我们或许可以透过它去追寻和品味那渐行渐远的故事。至于那些融合中西建筑风格于一体的番仔楼（如养浩楼、宁东楼等）和像白刃、董云阁那样的名人故居，其背后都有许多鲜为人知的辛酸打拼经历和可歌可泣的传奇故事，它们一样承载着古卫城悠久的历史和闽南乡土文化。

历史上，永宁卫城内曾有镇海石、骊龙珠、观日台、浸月池、玉带桥、丹凤朝阳、犀牛望月、双鲤浴滩等八大景观。随着时间的流逝，多数景点已渐渐淡出了人们的视野，只有镇海石几百年来依然如故地伫立在那里，像是在守望，又像是在诉说。悠久的历史积淀，造就了永宁浓厚的人文底蕴和书香氛围。建于清代的鳌山书院是永宁林氏子弟的课读处，至今有数百年的历史，窗屏上名人书画流金溢彩，大门口墙壁上的木雕、砖雕、石雕和泥塑工艺精湛，是一座典型的闽南"皇宫起"古建筑。在镇海石公园、城隍庙大门口、文祠等地依然保留着许多古代名人石刻，传承着南音、灯谜、妆糕人等非物质文化遗产。著名的妆糕人手艺世袭传承者，现年八十四岁的雷远洲老先生，耳聪目明，心灵手巧，以大米、面粉、竹签等为材料，搭配调色素和蜡油，用手捏成一个个栩栩如生的小人物和小动物玩具，打造《三国演义》《西游记》和《水浒传》中的各种人物形象，惟妙惟肖，传神逼真，深受游客特别是小朋友的喜爱和欢迎。

一个多元信仰并存的地方

大量外来戍边将士和当地百姓参与古卫城建设，不仅促进了永宁地方经济的发展与繁荣，也使永宁的宗教信仰从单一变得多元。早先，部分永宁人信仰佛教或道教，也有迁徙而来的北方民族信奉伊斯兰教。19世纪70年代基督教从厦门传入永宁，一些人开始信仰基督教，信徒逐步增加后，租借传教场所已不适应，于是建设起了永宁基督教堂。尽管那时世界三大宗教已在永宁扎根和发展，但多数永宁人还是不怎么信奉宗教，而是更相信那些传说中的民间神灵。除了挡境保护神外，家族宗祠和百姓家里也普遍请进观音像、关帝爷和土地公，并且每年都要举办谒祖进香（又称刮香）、佛生日庆典、普度、做替身、陷城洗街、引水魂等带有浓厚迷信色彩的民俗活动，祈盼风调雨顺、国泰民安。

永宁城隍庙是卫城内最大的一座寺庙，历史悠久，常年香火不断，朝拜者络绎不绝，香火还分炉到台湾和东南亚一带，信徒不计其数。每逢一些节假日或祭祀日，来自闽南各地和东南亚一带的虔诚香客都会到那里点香叩拜，烧金祈福，希望一家人平安健康、心想事成。在永宁城隍庙大门口两边的厢壁上，"雷厉"和"风行"四个大字分外醒目，最吸引游客眼球，它似乎时时都在警示人们要立说立行、主动作为、积极打拼，千万不要懈怠，更不能坐着"等靠要"。而大门后上方横梁上那块大算盘，则像是在提醒善于经商的石狮人要精打细算，哪怕是亲兄弟也要明算账，千万不得马虎成一笔糊涂账，更不能铺张浪费。

多元的宗教信仰和独特的闽南习俗之所以能够在永宁长期并存共荣，与永宁人那爱拼、豪爽、接纳、包容的胸襟和苦难历史密切相关。原来，永宁不叫永宁，在南宋之前叫水澳（水湾），因为地理位置独特，背靠五虎山，面朝深沪金狮山，地势东南高西北低，卫城形状如一只大鳌鱼（海中巨龟），街巷就像是巨龟的骨架轮廓，故又称鳌城。古卫城内街巷纵横交错，有人称作八卦街。由于经常受到倭寇海盗骚扰，为了祈求一方水土永葆安宁，到了南宋乾道八年（1172 年）才置水寨，取名永宁寨。明洪武二十年（1387 年）设永宁卫，卫城内设左右中前后 5 个千户所，卫城外设福全、崇武、中左（厦门）、金门、高浦（同安）5 个千户所，足见永宁卫海防军事地位之重要。当时的卫城全长约 3 公里，基宽 5 米，高 7 米，方圆近 3 公里，共设 5 个城门（西边是永清门，北面是玉泉门，东面是海宁门和小东门，南面是金鳌门），城内划为 32 个铺境，每一铺境类似现在的社区角落，各铺境都有自己的管辖范围，各自供奉着让百姓祭祀的保护神。

纵观永宁古卫城这座闻名遐迩的东南沿海古镇，集军事重镇与文化名镇于一身，融中原传统文化、少数民族习俗、海洋文化与闽南风土人情于一体，千百年来，既有保家卫国、抵御外侮、可歌可泣的辉煌业绩，更有那不该忘却的屈辱和教训。历史上永宁曾多次遭遇陷城洗劫，其中有记载的劫难较大的就有四次：明嘉靖四十一年（1562 年）二月、四月，倭寇两次攻陷永宁卫城，城内军民死伤惨重，流离失所。清顺治四年（1647年）四月，郑成功部将林顺在永宁招募兵员抗清，因走漏风声，招致清军突袭鳌城，林顺等72人手持匕首摆起蜈蚣阵，清兵不敢靠近，才得以从水路脱逃，之后官兵乘势劫杀，被"剿灭"2400余人。而敢做不敢当的清廷官府，为了粉饰太平，隐瞒事实真相，竟然把这一清洗杀戮无辜百姓的惨痛事件嫁祸给倭寇。1940年7月16日，日寇侵犯永宁，烧杀奸淫，军民死伤近百人。这些不幸事件，都曾使永宁卫城生灵涂炭、哀鸿遍野，给永宁人留下太多的艰辛、苦难、哀怨和永久难以愈合的心灵创伤。但他们从未退缩，更没有气馁，而是更加同仇敌忾，战胜困难，只因他们心中都有了自己的佛。这犹如在茫茫黑夜中行走的小船，一下子看到了远处的灯塔，不仅有了前进的方向，心中又重新燃起新的希望，于是义无反顾地擦干眼泪，重整旗鼓，哪怕是负重前行也在所不辞……或许这就是古代永宁卫城人十分崇拜神灵的一个重要原因。尽管岁月沧桑，永宁巨变，但永宁古卫城灿若繁星的历史古迹始终没有离开文人、学者、历史学家们的视线，人们总会时不时就会去追寻、回忆、研究它曾经的辉煌与苦难，去关注它的今天、明天以及未来。

走近姑嫂塔

　　当你行走在石狮这块生机勃勃的沃土上，站在市区任意一处制高点眺望，可以清晰地看到市区的东南边有一座山——宝盖山；山上有一座塔，一座巍然屹立于山巅的五层石塔。那是一座与众不同的石塔，它以姑嫂命名，叫姑嫂塔。它是宋元时期泉州港的一座航标，是我国古代海上丝绸之路起点的重要标志。

　　传说那座山下有很多宝藏，用一个大盖子盖住，宝盖山因此得名。又因塔与山浑然天成，因而又称塔山。远远望去，整个宝盖山就像大地母亲的乳房一样，它默默无闻，无私奉献，哺育着一代又一代爱拼敢赢、走南闯北的石狮人。如今，它不单是石狮的一处独特地标，更像是一个顶天立地的石狮男子汉，同时也是石狮经济雄起和腾飞的象征。

　　一位朋友告诉我，来到石狮旅行，如果不上姑嫂塔看看，等于白来一趟，多少会留下一点遗憾。一个阳光明媚的春天早晨，我们一行慕名来到宝盖山下，从朝天寺徒步出发，沿着林荫夹道的水泥路，边走边看，沿途还游览了两个变废为宝的石窟公园，到达山顶时大家已上气不接下气，汗水湿透衣背。

　　姑嫂塔，始建于南宋绍兴年间，又称关锁塔、万寿塔，迄今已有800多年的历史，它见证和经受住了1604年泉州湾那场大地震。整座塔由条石砌成，塔共五层，呈现外八角形状，塔檐微微上翘，从下往上看，塔围逐层缩小，最顶端是一个圆形葫芦。塔门向西开启，凉亭的门楣和柱子上有石刻对联一副，用红漆描摹得十分醒目，横批：泉南福地；上联：胜地有缘方可进；下联：名山无福不能游。听说当年石塔内壁的石头上还雕刻着那姑嫂的画像，只是年代久远，已变得模糊不清了。但掀开姑嫂塔那段尘封的历史，我们或许不该忘记姑嫂那动人的故事传说——

记得还在读小学的时候，石狮还不是很出名，而姑嫂塔已经走进历史教科书，跟我们这些小朋友诉说着自己不幸的凄美故事。尽管我们懵懵懂懂，感到有点好奇，但那姑嫂执着守望亲人和纵身一跳的贞烈形象还是深深烙印在我们幼小心灵的深处。

长大后我们才知道那姑嫂故事背后的故事，原来还有那么多下南洋闯世界的闽南男人的艰难和辛酸，还有那么多闽南留守女人和番客婶的不幸遭遇……

当年姑嫂的感人故事不仅深深感动了这块土地上勤劳勇敢的人们，也悄然打动了上苍和生灵。睹物思人，我们站在姑嫂塔下，仿佛要在记忆的长河里寻找那不该忘却的记忆。不是吗？

小鸟叽叽喳喳欢快地歌唱着她们的故事，鸽子不远千里替她们义务送信和传情。

风儿是她们的声音，经常在宝盖山上伤心呜咽，有时禁不住还会声嘶力竭地呼叫，甚至疯狂怒号。

相思树已成她们的化身，事隔多年，依然摇曳着柔软的身姿，仿佛频频向我们点头致意，默默诉说着她们的过去。

石塔干脆改名，以"姑嫂"命名，并且代替她们的眼睛，日夜注视和守护着泉州晋江这片海域，引导自由出入港口的大小船只。

寺庙被她们感化，晨钟暮鼓为她们敲响，和尚和尼姑默默为她们祈祷，保一方平安。

就连无心无肺的石头也被她们感染，变得无比顽强和坚韧，甘愿成为人们进步的台阶，任凭你怎么踩踏，它都能够忍辱负重，任劳任怨。

姑嫂塔自古就是石狮的一处旅游胜景，它迎接着来自四面八方的客人，2018年已被国家正式列入海丝申遗项目——"古泉州（刺桐）史迹"的一个申遗点。随着花海谷景区、学府公园的投入使用，以及园区水泥道路、塑胶跑道、木栈道、休闲凉亭、路灯、绿化、体育器材等各项基础设施的日益完善，宝盖山森林公园建设已初具规模，成为石狮市民健身休闲不可多得的好场所。

站在宝盖山顶上，视野开阔无比，环视四周，远近景物一览无余，整个石狮城尽收眼底，城市与乡村已连成一体。尽管山顶上大块岩石裸露，草木稀少，但山下和半山腰上林木葱茏，到处都是成片的相思树、榕树，以及其他一些不知名的花草树木。宁静幽雅的朝天宫、关圣大帝庙、三源禅寺、虎岫寺等寺庙建筑群和闽南理工大学坐落宝盖山脚下，市区御璟天下、龙禧华城、东城美居、安居工程、恒大、万科、畔山云海、百德、濠江国际等房地产高楼林立，街道商铺鳞次栉比，霓虹灯广告牌比比皆是，路网四通八达，车辆如流动的音符在跳跃歌唱，街道绿树成荫，龟湖、鸳鸯池、人民广场以及其他一些街心、口袋公园星罗棋布，点缀着美丽的石狮城。在没有雾霭的时候，向北一眼便可望穿整个泉州湾地区和远处的清源山麓。向西可看到紫帽山和晋江大部分地方。向南清晰可见美丽的龙湖湾、梅林国家一级渔港、黄金海岸旅游度假区以及较远处的深沪渔港。向东是石狮沿海的祥芝、鸿山、锦尚等几个镇，再往东就是台湾海峡。

姑嫂塔，历尽坎坷与磨难，阅尽人间沧桑，过去是、现在是、将来仍然是石狮人心目中一座永远不倒的航标塔。古往今来，多少文人墨客在此登高望远、吟诗作赋，留下诸多杰作。明嘉靖进士詹仰庇诗云："宝盖峰高控海东，西来金马远争雄。手摩霄汉千山尽，眼入沧溟百岛通。虎豹风生幽涧底，鱼龙云起大波中。天涯恍有神仙气，一啸泠然若御空。"这首诗对宝盖山这块风水宝地的重要性和雄伟大气给予高度赞美与评价。

躯体可以不在，但精神需要永存。当年传说故事的当事人虽然早已离我们远去，但闽南男人那种"敢为天下先、爱拼才会赢"的精神和闽南女子那种特别能持家、特别有能耐、特别会吃苦、特别甘于牺牲奉献自我的优良品德永远传承和保留了下来。这种精神和品德，其实就是一种"海丝"精神，它持续地鼓舞和激励着一代又一代、一波又一波讲义气、肯包容、有责任担当的石狮人义无反顾地走南闯北、跨洋过海，在顺境中抓住机遇，在逆境中奋起，创造出石狮经济建设一个又一个奇迹，并用短短三十年时间就把石狮从一个无名小镇建设成为全国闻名的集现代化工贸、旅游、港口、生态为一体的滨海城市。

一方水土养一方人。独特的地理环境，赋予石狮人大海般的胸襟和情怀，使石狮这座新兴城市以更加开放和包容的姿态阔步走向世界。2017年石狮已跃居全国综合实力百强县市第十六位，荣膺全国文明城市。近年来，石狮电商产业链条与服务支撑体系不断完善，有力促进了电商产业快速发展，2019年石狮县域网络零售额占比2.41%，排名全国第四。如今的石狮人，早已不用像当年搭着帆船那样冒风险跨洋过海，在改革开放的浪潮中，他们进一步弘扬海丝精神，创造出石狮经济发展和城市建设一个又一个新的传说。

章华旺，笔名大华，男，1965年9月出生，福建大田县人，现供职于石狮市政协经济资源办公室。福建省作家协会会员，2017年3月开始创作，先后在《石狮文艺》《石狮日报》《福建日报》《泉州晚报》《东南早报》《海丝商报》，菲律宾的《联合日报》《商报》《世界日报》，《三明日报》《福建乡土》《丰泽文艺》《大田文艺》《白岩山》《佛子山》等报刊发表小说、散文、杂文、随笔、书评等文章近百篇。

郭芳读

灵山多秀色

石狮市的灵秀山与丰泽区的灵山、晋江市的灵源山成鼎足之势，并称泉州的"三灵"。灵秀山坐落在石狮市西南灵秀镇境内，海拔174.2米，她聚碧水之灵气，集青山之秀丽，犹如一位"藏在深闺人未识"的女子，正随着灵秀山森林公园的开发建设，缓缓撩开诱人的面纱，向人们展示其婀娜多姿的迷人风韵和悠闲恬静的神奇魅力。

据《容卿蔡氏族谱》载，山上有白鹤井、应潮窟、百丈泉、鸡鸣岗、香烟石、中山景、牛眠石、出米石、仙脚迹和牛脚迹、空相兰花、钟鼓鸣禅及真武踏龟等十二奇观，以及三十五峰、四十余处古迹胜景，为世人怀古探幽、观光游览之胜地。

开车到灵秀山原部队军营门口，步行二十几米即到达灵秀山的山门。山门的左侧石崖上有一处古迹——出米石，这块石呈扁椭圆形，正面刻着"磐陀石"三个大字。从侧面看，这块石头又像和尚的坐垫，出米的石缝就在这块石头的前下方。相传，金相院香客很多，每天需要很多斋饭。可那一年，农田歉收，住持常常无米下锅。有一天夜里，住持梦见仙人指点说明日石缝里会流出大米。第二天，住持和僧众们提着篮子到山前等白米，忽然，一声巨响，膳房外的石缝里果然流出了白花花的大米。有一天，一个小和尚去等米，因大米流得慢，小和尚是个急性子，就折来一根竹子伸进石缝里捅，但从此以后，石缝再也流不出大米来了。这个传说增添了灵秀山的神奇，阐明了佛家"乐善好施"的善德和"不贪欲"的戒律。

相传灵秀山昔日有诸多寺庵，唯金相院最为兴盛。寺院建有空门、大雄宝殿、海潮庵、弥勒殿、仙公楼、钟鼓楼、宋和尚塔、金鱼池、花圃等大小建筑物，亭台楼榭点缀其间，绿树成荫，风光无限。据资料记载，金相院始建于隋代，元朝时曾毁于兵灾。明朝永乐五年（1407年），容卿人蔡氏捐资重建。但到了明嘉靖年间寺院又毁。

如今看到的金相院修建于明崇祯八年（1635年）。1950年2月至6月，因战备需要，石光中学曾搬迁至金相院作为临时校舍。改革开放后，几经努力，古刹得以重光，其气势恢宏，成为泉南之胜迹。在金相院的圣殿后面是海潮庵，历代文人雅士经常在此吟诵诗书。海潮庵旁有一个应潮窟。据《隆庆府志》载：应潮窟"海潮至则石润，退则石燥"，实乃灵秀山一大奇观也。而在应潮窟的左侧，有摩崖石刻数处，最有名的当推宋代泉州太守王十朋的七绝《咏灵秀山金相院》："小小精蓝亦自奇，一峰灵秀隐幽姿。无缘细听山僧话，太守偷闲只片时。"有景有诗，闲情逸趣，为历来之佳话。

春天，清晨的灵秀山雾气氤氲，宁静又安详，从金相院右后方的篮球场旁，沿着用水泥铺成的蜿蜒山道顺势而上，穿梭在茂盛的树林下，体味和煦春风的抚摸，耳闻小鸟婉转地歌唱。此时让人想起唐朝诗人张九龄"灵山多秀色，空水共氤氲"的诗句来，多么奇妙的山水图景！小草返青，晶莹剔透；绿树吐芽，生机勃发。怪石嶙峋，散落在山野密林各处，形态各异，任凭想象，有的像人，有的像动物，憨态可掬，个性十足。

几经峰回路转，又经过两头都有劲松、小亭中间呈"V"字形的山谷，终于气喘吁吁到达了山顶。这里景色秀美，有青松翠竹的点缀，不知名的野花迎风摇曳，散发着阵阵幽香……闭上眼呼吸一口清新的空气，顿感神清气爽。我暗自思忖，刚才我如果选择半途而废，就要与山顶这美好风光失之交臂了。正如王安石的《游褒禅山记》中所述："而世之奇伟、瑰怪、非常之观，常在于险远，而人之所罕至焉，故非有志者不能至也。有志矣，不随以止也，然力不足者，亦不能至也。"人生的旅途总会遇见旖旎的风光，亦应在险峰。只有勇于攀登者才能体会到登山之美，甘于奋斗者才能感受到生命之美！而那些知难而退、见异思迁的人只能望山兴叹了吧！

站在山顶，石狮城风光尽收眼底，高楼大厦鳞次栉比，晃动的车流人影若隐若现。石狮服装城、国际轻纺城、世茂摩天城三城一体融合发展；灵秀科技园、创业园、电商园三大园区整合提升；泉州南高铁站、有轨电车、二重环湾快速路三大交通设施即将在山脚下布局建设。极目远眺，山脉逶迤，白云缭绕，给人无限的遐想。展望灵秀山麓的未来蓝图，令人激情涌动、心潮澎湃。田间阡陌纵横，溪塘碧水荡漾。灵秀山水库旁果林场柑橘樱桃满园，果韵飘香。鸡鸣山冈，鱼跃水面，灵秀山更显娇美灵动，钟灵毓秀，风光绮丽。新建的木栈道及用透水砖和石板材铺设的登山步道穿插在秀岩幽谷之间，松柏葱郁，相思婀娜，心旷神怡的感觉油然而生。

有人说，水是山的眼睛，有了水，山就活了。山只是形体，水才是灵魂。灵秀山水库和仕林水库给景区平添了一道亮丽的风景，犹如灵秀山上两只闪亮的眼睛，增加了一股新的灵气与活力。山上的茂盛植被蕴含着大量水源，在金相院往山下自然村下坡处出现三级小瀑布，这对位于"风头水尾漏沙地"的石狮来说可谓神奇，它传递着灵动的神韵，让人体味到青山不朽的真谛。再看小溪流：时而迂回在灌木藤蔓之间，时而缠绕在奇石青草之中，时而盘旋在山坡岩壁之下，流速也随着其流经的地势而变化，流水声则随着流速的节奏而不断地变换音调，使幽静的山谷越发显得深邃空灵。

灵秀山的美是自然的美，是人文的美，是历史的美，更是时代的美！

走进郭坑村

永宁镇郭坑村在石狮市的名气很大，是闻名遐迩的全国少数民族特色村寨，泉州市首批十大美丽乡村。顾名思义，全村姓郭，皆回族。然而石狮市还有叫郭宅村、郭厝村的村庄，村民不姓郭，也不是回族村，切莫张冠李戴。

阳春时节，百般红紫斗芳菲，我随石狮作协采风团一起走进郭坑村。错落有致的农家宅院，宽阔整洁的村间道路，绿意盎然的绿化景观，流水潺潺的洁净溪渠，一派欣欣向荣的景象。环顾村庄，青山环抱绿水，绿水映照青山，多么富有诗情画意的山水秀丽图景！一幢幢具有乡村风情的精致别墅在苍翠树木的掩映之中，置身其中恍如远离了所有的都市尘嚣，宁静幽远的感受令人神驰。

村中标志性建筑"国卿回族文体活动中心"赫然映入眼帘，外观采用拱形和大圆穹顶的回族特色风格，给人庄严、神圣、肃穆、幽静的美感；外墙是黄色的，代表着人们赖以生存的黄土地，有一种淳朴敦厚的感觉，带来欢乐与光明的联想；穹顶和玻璃是绿色，象征大自然，象征生命，给予人们安宁、祥和的感觉，与黄墙、蓝天、白云、红日构成一幅色彩艳丽的画卷。

文体中心前有人口计生文化广场，那里的雕塑憨态可掬，温馨和谐，惹人喜爱。一幅"蓝天绿地碧水，村美人和业兴"的宣传栏让我驻足观看，陷入沉思。文体中心的左边是村委会大楼，前面有个景观小品，"回春"二字不能熟视无睹，它语义双关：一是"大地回春"，指冬去春来，草木萌生，大地上出现一片生机景象；一是指"回族之春"，即回族的春天生机盎然，朝气勃发。

走进办公大楼，"一站式"便民服务大厅、计生服务站、居家养老服务站、社区卫生服务站、社区警务室、劳模创新工作室、就业培训室、心理辅导站、婴儿早教室等各种功能室应有尽有，真是麻雀虽小，五脏俱全。尤其是到了集体荣誉室，近年来获得的从县市级到国家级的集体荣誉牌匾多达六十多块，令人由衷赞叹！

村里通过拆旧建绿，建有休闲公园、文化广场、主题公园等多处休闲场所，使整个村庄卫生整洁、恬静舒适，为村民提供了娱乐健身、宣传教育的场所及配套设施，不断提高村民的生活幸福指数。通过开办农家书屋、电子阅览室、老年大学、青老年活动中心、"乡村记忆文化"展览馆等各种文化阵地，设立教育基金，完善居家养老服务，结合节假日开展丰富多彩的文艺体育活动，不断丰富村民的业余生活，提升村民的民生福祉。

每当夜幕降临，火树银花不夜天，绚丽的灯光，变幻的色彩，温馨时尚、静谧安宁的"夜郭坑"更加迷人而富有小资情调。一个生活甜美、社会和美、村庄秀美、环境优美的美丽乡村展现在世人面前。

美丽的郭坑村有着积淀深厚的历史文化，有诸多美妙的传说和神奇的故事，如金鸡山和慧源寺的传说、连理花的传说、银郭坑的传说和诸多奇石的故事等等，给美丽的山村披上了神秘的面纱。

沿着村落的盘山公路一路向上，便到了慧源禅寺。这座占地总面积近六十亩的佛教旅游胜地，供奉观音菩萨，雄伟气派。寺内有天王殿、大悲宝殿、观音墙、九龙壁、五百罗汉等建筑，庄严古朴；佛龛牌楼，错落有致，生动传神。寺院佛灯长明，香火缭绕，晨钟暮鼓，梵音佛曲，恍若人间仙境。来到这里，即使你不信佛，也会让你抛开烦恼，重归宁静自我，达到物我两忘、上善若水的神仙境界。

慧源禅寺的后面是金鸡山（俗称鸡母山）。登临山顶的金鸡石前"海天一色"的观景台。临风眺望，山势雄伟险峻，层峦秀丽清幽。天空是那么的湛蓝辽旷，红塔湾海天一色，黄金海岸的观音坐像、海滨别墅、洛伽禅寺有如海市蜃楼。远处宝盖山顶的姑嫂塔巍然耸立，双髻山沟壑阡陌延绵不绝，群山俊秀，林海碧绿，美不胜收。

古人云："山无石不奇，水无石不清。"金鸡山上的石头形态各异，姿态万千，散落在山上各处。奇石被喻为"立体的画，无声的诗"，奇石之所以奇，是源于自然，妙在天成，受风之蚀、水之磨等自然之力的作用，经过岁月的打磨，创造出石体无声的自然美。

地有奇石皆玲珑，它们有的像人，如仙女迎宾、望夫石，传神动人，惟妙惟肖；有的像动物，如金鸡赐福、神龟望月、凤凰沐日、孔雀锁屏、雄鹰展翅、飞鸟凌空，栩栩如生；有的像美味佳肴，如龙虾醉酒、汉堡待客、红虾逐日，形态逼真，令人垂涎；还有各种形状的石头，如仙履鞋、剑劈石、飞来石、马鞍石、镜石等，形态别致，或大或小，天然去雕琢，争相竞秀，或形似，或神似，妙趣横生。它们因将酷似他物的形态与优美的神话传说结合在一起，使得个个奇石有画的蕴含、诗的韵味，可谓形神兼备，给人以艺术美的享受，令人神往。我不禁咏出"山石入眼惹人迷，鬼斧神工造化奇。路漫风霜情长驻，寸心千古觅一时"的诗句来。

针对郭坑村近海却不靠海、傍山且耕地少、村中亦无特色产业的状况，村两委班子积极探索村庄经济发展新方式，聘请专家对该村进行了整村规划和功能定位，结合回族村的特色文化，依托该村临近黄金海岸、红塔湾、永宁古卫城等多处旅游景点，以及周边交通便捷、渔业资源丰富的区位优势，建设金鸡山生态休闲农庄，发展融生态休闲、特色文化为一体的新型生态社区。

休闲农庄创造了山环水绕、曲径通幽、林木深深、鸟语花香、蔬果繁茂的自然景观，营造出山水的灵气。如今，郭坑生态休闲农庄已初具规模，引领人们走进山野田园，放松身心，返璞归真，拥抱大自然的宁静与恬淡，真让人陶醉！

天翻地覆，事在人为。改革开放的春风吹到昔日的穷乡僻壤，丑小鸭变成了金凤凰。郭坑村变成了闻名遐迩的美丽乡村，全国民族团结进步创建活动示范单位，令人心驰神往的生态休闲文化园。

重游鸳鸯池公园

鸳鸯池公园位于石狮市区八七路西段原国土综合办公楼对面，于1997年正式开放，总面积246亩，其中湖塘水系面积50多亩，是集休闲、娱乐、游览等为一体的综合性场所，是当时石狮市最大的公园，承载了多少石狮人及外来务工者的美好记忆。

开放之初的公园成为许多幼儿园小朋友包括我的小孩踏青游玩的好去处。因离居住地较近，我经常带着一家老中幼三代人去游玩，天伦之乐的温馨场面令人久久难以忘怀。而今故地重游，别有一番滋味：时过境迁，物是人非，两位老人已先后作古，小孩已长大外出求学，不由发出"年年岁岁花相似，岁岁年年人不同"的感叹，青春易老，世事无常啊！"人面不知何处去，桃花依旧笑春风"，越发加剧了眼前的惆怅与寂寞，只是留下美好的回忆在心头。

因石狮城市化的加快，加之园林景观及设施的老化需要改进，近年经过政府的大力整治，公园景色秀美，今非昔比。走到八七路原公园的北门，你会发现原来高大上的"门"不见了。经过改造升级，鸳鸯池公园成了一座凸显石狮丰富文化和道德内涵的现代化广场式主题公园，与周围景色融为一体。当你在寻找当年的大门时，赫然看到的是"道德文化园"的醒目标记。十六棵高大的香樟树排成四列，像威武雄壮的哨兵在迎接着八方来客。每棵香樟的底部都围上了圆形的护台，既保证树木涵养水分又便于游客小坐休憩。放眼望去，黄褐色的巨大石头上镌刻着"鸳鸯池公园"五个红色大字。

也许你会疑问为什么叫鸳鸯池公园？水池里有鸳鸯吗？顺着公园标

志往左经过"别有天"的景观小品，背后果然别有洞天：其实目前的水池里是难觅鸳鸯踪影的，然而你会发现大大的水池中间有个湖心岛，两边水面的形状正像两只鸳鸯紧紧地偎依在一起，并且组成一个心形，不离不弃，"愿得一心人，白首不相离"。这公园是有情人谈心散心的好去处，"一朝得遇在此间，不是因果也是缘"，公园里果然有个以"缘"为主题的小景观。

公园增设夜景亮化工程，安装了一批造型独特、美观实用的高脚灯、水池灯、沿路路灯、草皮灯等。湖塘水系重现红花绿草、垂柳依依、碧波荡漾、鱼翔浅底的景色，蓝天白云倒映在湖水中，游船码头的建筑物也修葺一新，构成了一幅美丽的画卷。公园还铺设了一条水循环系统，增加水体活力，呈现流水潺潺的灵动。环园路加铺了彩色沥青，方便运动者跑步锻炼。外环木栈道连成一体，形成一条游园景观平安栈道。

园内景观植物保留了原有长势良好的大型乔木，新植了70多种花化香化彩化的花草地被和乔木灌木，丰富景观层次，达到"四季常绿，四季变化，四季有花"的绿化景观效果，成为石狮闹市区中一处惬意的集休闲娱乐、游览观光、运动健身、园林美景、应急避险等功能为一体且富有文化韵味的绿色空间，是城市中的绿肺。

公园内到处都是市民活动的场景，或打拳舞剑、跳舞健身、走步锻炼，或闲庭信步、赏花怡情、楚汉相争。人们在运动休闲的同时，更能深刻领略到一种生态的内在美。

这公园最美的要数荷花池。一到夏天，那荷叶碧绿碧绿的，像倒着的草帽。有的探出水面站在水中，像护花使者，守候在荷花的身旁；有的漂在水面上，像一个个碧绿的盘子，为荷花收集着雨露。荷花嫩蕊凝珠，粉红色的特别多，像小姑娘一样惹人喜爱，在阳光照耀下亭亭玉立、光彩照人，让人不禁为这些美丽的"出水芙蓉"而陶醉，想起北宋周敦颐《爱莲说》里的名句："出淤泥而不染，濯清涟而不妖。"走近池边，还能闻到一股清香。微风习习，荷池泛起微波，绿色的荷叶和粉红色的荷花也轻轻地摇曳起来，几只蜻蜓在荷池上低空飞舞，让人不由想起了"接天莲叶无穷碧，映日荷花别样红"的美丽画面。

公园重新规划景观，"道德文化园"以"仁、义、诚、敬、孝、和"为主题，以"善"字为核心，共分"善仁""善义""善诚""善敬""善孝"五个区域，通过设置主题凉亭、好人榜、灯杆旗、文化廊、雕塑群等多种形式来宣扬中华民族传统美德、社会主义核心价值观、好人好事等内容。每个区域主题鲜明，宣扬了崇德向善的传统美德，成为石狮打造全国文明城市的又一处道德景观，一股股清新的正能量正扑面而来。

东北角的鸳鸯池公园南音社正在举行南音弦友交流会，乐音袅袅，余韵绵绵。"一曲清音万里情"，南音历史悠久，内涵深厚，传递的是闽南老百姓及海内外乡亲家喻户晓的乡音乡情乡愁。每年在中秋、国庆前后都会举办一次聚集全市乃至闽南地区各南音社团进行大汇唱的活动，已成为石狮市每年的一大文化盛宴。南音社后面的"狮城之秀"景观依然小巧秀丽。

从东北往南，来到鸳鸯池公园警务室旁的一棵榕树下，旁边摆放了一张石茶桌和几个石凳子，并写有"榕情调解"的字样，背景有圆形的"和"字及《六尺巷》《邻里井》挂图，在开放的幽雅环境下开展调解工作，把优秀传统文化嫁接在矛盾调解工作中，宣示了"和为贵"的良好社会氛围。南面有个彩砖铺成的大广场，是展示广场舞的理想场所，音乐响起，大妈们立即嗨起来，烦恼抛诸九霄云外。

广场西面有座人工小山包，是整座公园的居高点。拾级而上，只感到空气清新，上面有座早年建的避雨亭，可以看到"爱献人间"的字样，与后来建设的主题凉亭材料风格明显不同。站在亭子里眺望四周，公园的全貌尽收眼底：绿树成荫，亭阁廊柱、小桥花径点缀其中，水面波光粼粼。公园外高楼大厦鳞次栉比，街道上的车辆川流不息。公园西面的鸳鸯池布料市场，曾为全国四大布料市场之一。昔日的凤里派出所也为商业让路，在派出所原址建起了高端大气的石狮国贸中心。作为商海中的一片绿洲，鸳鸯池公园更显得其魅力无穷。

公园绿道西环旁，"全国学雷锋活动示范点"——凤里派出所和公园附近一家茶叶店经营者联合提供一处免费茶水点，给盛夏酷暑下挥汗工作和运动的人们带来丝丝凉爽，用实际行动让群众感受到行善立德的力量。

鸳鸯池公园的美是生态的美、人文的美、商业的美，更是道德和时代的美！

石狮有条学府路

省城或地级市有学府路不足为奇，石狮作为县级市有学府路就属凤毛麟角了。石狮市学府路起于南环路、终于香江路，全长约 4.1 公里，原来是宝盖山、双髻山西麓的山坡地。随着石狮城市建设的扩展，开辟了这条道路，曾名为东环路，是市区与市郊的分界路。随着宝盖山城市生态公园的开发建设，改为学府路，成为城中主干道。

这是一条齐全的求学之路。道路两旁涵盖了从幼儿园、小学、初高中、专科、本科直至硕士的"一条龙"教育体系，包括石狮市第五实验幼儿园、石狮市第五实验小学、石光中学、泉州纺织服装学院、闽南理工学院。

幼儿园、小学的办学历史虽短，但名声斐然；中学有"石狮之光"之誉，底蕴深厚，出了三名院士校友；有专门为服装名城培养专业人才的高职院校；有以"应用型、地方性、开放式、特色化"为办学定位的本科院校，被确定为硕士学位授予培育单位立项建设高校。它们是石狮教育的殿堂、希望的摇篮。

这是一条畅通的交通之路。学府路为双向八车道，中间有隔离带，成为城市道路建设的标杆。它南至杆头村委会，北接港口大道。市区南环路、嘉禄路、八七路、东港路、九二路、宝岛路、宋塘路、宝科路、香江路等响当当的道路向东在这里汇聚。也是市区连接石湖港和沿海五镇的必经之路，多条通往沿海的道路从这里出发。还是通往石狮高速路口和泉州及晋南的交通大动脉。美观大气的人行下穿通道的建成，大大提高了道路的通行速度和安全系数。

从开通时的车流稀少到如今的车水马龙、络绎不绝、畅通无阻、写意灵动，清晰的路线标志、规范的行车行为尽收眼底，它代表了石狮城市交通发展的巨大成就。

这是一条多彩的景观之路。作为石狮的"门户"大道，黑色的沥青路面、白色的交通标线、中间及两侧多彩的绿化带，还有红色的沥青自行车道以及光鲜红艳的"穿西装戴斗笠"的教学楼顶的点缀，如此缤纷的色彩搭配，条块分明而不杂，宛如一幅美丽的画卷，令人心驰神荡。这是石狮最具颜值的道路，行道树注重绿化、花化、彩化、香化，一座座颇具现代风格的港湾式公交站亭巍然矗立。两旁的照明工程使夜幕下的学府路流光溢彩，车流灯光闪烁，像一条流动的天河。

学府公园包括三个园区，入口广场、儿童游乐场、特色廊架、景观凉亭、园路、木栈道、花溪等配套，是一个集健身、休闲和普法为一体的亮丽城市景观带，成为市民游客休闲的新宠。它的周围既有美丽的田园风光和自然风景，又有繁华壮观的城市风光，徜徉其中，满满的获得感、幸福感。

在公园 A 区入口广场处，有浪漫闲适的音乐喷泉。夜晚随着音乐的变换，喷泉造型与音乐旋律、灯光同步结合，产生千变万化的水景，感受其声、光、色、形之美，学府路瞬间"高大上"了！山水与现代文明交融，学府公园为城市增添了一抹亮色，石狮因这抹亮色变得生动起来。

这是一条宜居的康庄之路。显山露水望城观海看田园，学府路的居住小区也是这里的一个亮点。或高楼或别墅，为市民享受现代生活提供了基础，它们是石狮宜居城市建设成就的重要组成部分。

南段由多个高档小区组成的幸福新城，小桥流水，曲径通幽；假山亭榭，别有洞天；奇花异草，温馨典雅。走进小区就像来到公园，有一种"人在画中游"的感觉。小区内外，与蓝天做邻，与白云为伴，山色水影，宁静秀美。幸福街心公园、邻里中心、购物广场，和谐温馨。中段新建或在建的多个小区体现浪漫与庄严的气质，文雅精巧又不乏舒适。

这是一条惬意的健身之路。能遥望星空、看见青山、闻到花香，行走在这样的城市道路上，出行也是一种享受。两侧有绿化带、自行车道、人行道，其中绿化带两条，各宽 3 米，自行车道宽 3.5 米，人行道宽 3 米，这是石狮第一条专设有自行车道的道路。

市民既能在人行道上休闲锻炼，又能骑自行车在这条路上"放飞"，学府路成了不少健跑徒步比赛的打卡点。在学府公园附近花海谷路旁建设有功能齐全的体育公园。每天的各个时段，总会有一拨又一拨前来健身和漫步的市民，石狮人的休闲生活又多了一个闪亮点。

这是一条激情的研学创业之路。到杆头革命历史纪念馆，了解革命先辈的英勇事迹，传承红色基因，感受幸福生活来之不易，更加坚定理想信念。到龙穴村参观泉州十大古民居之一的景胜别墅，见识中西建筑风格的完美结合，铭记先辈漂洋过海、艰苦创业的奋斗精神，感受海外石狮人的赤子情怀。到钱山普莲禅寺，慢慢品味错落有致的寺庙建筑群，感受莲花清净高洁的品质，领略"心远地自偏"的境界。而前坑村的藏景阁是一座风韵十足、茶香四溢的闽南红砖古厝，集红砖文化与生活意趣于一身，是体验闹中取静的佳境。

周边美轮美奂的校园环境本身就是研学和励志的理想场所。《石狮日报》是一张经济、社会类综合性报纸。日报社是研学一张报纸是怎样出炉的、参观各种艺术展览及参加小记者培训等活动的极佳场所。

留学人员创业园、创智园，是有志创业、创智人才施展身手的大好舞台。

学府路是石狮市"逐梦——家门口的优质教育"战略的引领之路，是颜值与内涵融合的品质之路，是山水与现代文明交融的生态之路，是联通山海城的阳关之路，是石狮这座"公园城市"的园中之路，是民生幸福之路！

起身南洋　荣归沃土

在 2020 年国际博物馆日前夕，我跟随石狮市作家协会一行走进了石狮市玉湖社区引东，在王起沃纪念馆举行创作基地揭牌仪式，驻足参观了飞檐翘角的闽南传统古大厝王起沃故居。精美的石壁、雕花、眠床、佛龛、红砖灶等老物件依然保存完好，还有保留了 100 多年的家中的生活器具，也陈列了其后人收藏的旗袍、珠宝等物品。风范传奇，仿佛如昨。

一座古大厝，见证着一个"老番客"的奋斗历史；一座纪念馆，记录了一个"下南洋"的时代缩影；一本家族手记，唤醒了万千游子沉睡的乡愁记忆。

穿行在纪念馆里，叩开了岁月的门扉，时光从镂满记忆的出砖入石和雕花泥塑中走来，一双充满睿智的炯炯大眼注视着古大厝走过岁岁年年。当年王起沃"下南洋"的拼搏岁月和那斩不断的乡愁，都装进这一座古大厝里，演绎着一代"大米王"闯荡南洋的传奇故事。它成了一座有血有肉的文化宝库，荟萃了建筑、艺术、美学、民俗精华，也见证了王家几代人的桑梓情怀。一砖一瓦写满了思乡情愫，它是主人白手起家、搏击商海的重要物证，记载着王氏家族的显赫与荣光。

王起沃先生的孙女王清照所著的线装本《叶落归根桑梓情怀》一书，三十篇关于王家的故事，向人们讲述古大厝里祖孙三代演绎的百年逸事，犹如邻里的生活琐碎和人生传奇，其中的闽南民俗、俚语让我备感亲切。阡陌红尘，跌宕起伏，烟火漫天。王家几代人情系桑梓，心怀家国，令人景仰。

中华民族历来安土重迁，并不是一个喜欢到处流浪、离乡背井的民族。晚清末期，西方列强的炮火打开了国门，大批国外工业产品倾销，传统农耕生活被破坏，农村经济风雨飘摇，光靠贫瘠的土地很难养家糊口，实在是穷得没有办法，生活所迫，只能冒着生命危险下南洋找出路。离开意味着漂泊不定，意味着冒险，意味着成为流民，意味着随时有可能再也回不来。

一位出身贫寒、年仅 13 岁、乳臭未干的少年，当年洒一把热泪在生身之地，挥别亲人，仅带着几件破旧衣服、一点干粮和几个铜板，坐上木帆船，带着对改变家族命运的责任，带着对"荣归故里"的憧憬，只身下南洋闯荡。初来乍到，人生地不熟，从底层干起。凭着一股坚韧劲，从流落街头，到米店的跑腿，再到肩挑商贩，最后独立创办米行。经过短短几年打拼磨炼，"他用眼睛一看，用手一摸，用牙齿一咬，就能判断稻谷的湿度，鉴定出稻谷可以碾出几成大米"。从干一行爱一行到精一行，记账又快又准，令米店老板倍加赏识，开始了他波澜壮阔的商海生涯。他运筹帷幄，成为菲律宾有名的"大米王"，并开展多种经营，建立起近代庞大的商业帝国。

一首流传在闽南侨乡的《番客歌》："唱出番客有支歌，流落番邦无投活。离爸离母离某子，为着家穷才出外。亲像孤鸟插人群，做牛做马受拖磨。阮厝某子一大拖，勤勤趁，不甘开半瓜。"这首歌唱出了华侨漂泊在外的心酸和无奈，我想这也是王起沃"过番"历程的真实写照。

草木情深，落叶归根。脚步，被故乡的目光扯住，哪怕往前走一步都是件困难的事。故乡漫长的路，如丝如线，系住游子在外漂泊的心。王起沃虽然少小离家，但他对"根"的认识深入骨髓，对祖国以及家乡有着强烈的认同感。他虽身在南洋，却时刻跳动着一颗火热的中国心。事业有成后的他心系故土，决定回乡置地建宅。清光绪庚子年（1900 年），王起沃回到魂牵梦绕的故乡，用 10 年时间，朝夕修筑，留下了这座历经一个多世纪规格宏大的古大厝。

古厝矗立，乡愁永续。岁月的风雨虽然洗褪了古厝的华颜，流传百年的"惟善为宝、读书积德"家风祖训，却一直闪耀着智慧的光芒，不仅是大厝主人的修身准则，也是他留给后人的宝贵精神财富。由此我想起了两副对联，即清代帝师翁同龢为南浔张静江的故居所题："数百年世家无非积德；第一件好事还是读书。"左宗棠的保家之道："要大门闾，积德累善；是好子弟，耕田读书。"要成为显门旺族，靠祖辈历代多做善事；要出好儿孙，靠鼓励种地读书。两者都做好了，家族才能百年兴旺，屹立不垮。古今来许多世家，无非积德；天地间第一人品，还是读书。

纵观古往今来的名门望族，之所以能够闻名一世、威震一方，肯定有他们的传家之宝，就是"读书积德"。要延续家族的美德，必须让子孙读书，"修身齐家治国平天下"；多行善事多积善德，才可以使一个家族繁荣昌盛。古人云："读万卷书，行万里路。"就是鼓励人们多读书，多出去走走，从而开阔眼界，增长知识和才干。只有德才兼备，才能肩负起传家兴业的家族使命。今人也有砸锅卖铁都要供孩子上学读书的感人事迹。

其实早在百年前，古厝的主人就已颇具远见卓识，从他重视文化，开办私塾，让教育惠及女童，就已经可见一斑。先人的眼界和格局，春风化雨般影响了后辈子孙。也正是因为这样的人生教育，让王氏族人希望更多人受到人文的熏陶，同时也唤起更多人对传统文化的保护。王氏后裔投入3000多万元，本着修旧如旧的原则，精心修缮，让古大厝恢复往昔的风采，并无偿捐给政府作为石狮市博物馆的分馆，以延续城市文脉，惠及更多的家乡人民。

"小博物馆里的大文化"，一阵微风袭来，翻开那沧海桑田的历史，我看到了一个孤独的拓荒者"下南洋"的悲壮和豪迈，看到了一个坚韧的"老番客"用血和泪编写的人生丰碑！

席慕蓉在《乡愁》里写道："故乡的歌是一支清远的笛／总在有月亮的晚上响起／故乡的面貌却是一种模糊的怅惘／仿佛雾里的挥手别离／离别后／乡愁是一棵没有年轮的树／永不老去。""为什么我的眼里常含泪水？因为我对这土地爱得深沉……"这是著名诗人艾青用诗的语言深情讴歌大地母亲。为什么王家几代人对这座古大厝倾注了那么多的心血？因为他们对故乡这片沃土爱得深沉，充满无限眷恋！

硬山顶、燕尾脊、顶落下落、左右榉头、深井、石埕、戏棚、花向（回向），木雕与砖雕相融合的闽南"皇宫起"古大厝，这也是我挥之不去的儿时记忆。走进它有一种天然的亲切，我感觉一股乡愁，超越时空，将我击中。我在寻找灵感的光焰，讴歌有识之士的智慧和创意：民间与政府联手，修葺乡贤名人故居，开辟为纪念馆，实现历史建筑的保护传承与文化价值的共享，坚定文化自信，提升城市发展软实力，汇聚城市发展力量。

石光校园里的荷塘

石光中学校园里的生物园，从爬行动物到飞禽走兽，从水生植物到旱生植物，种类繁多，和谐共生。假山流水，亭台廊架，卵石步道，曲径通幽。花团锦簇，绿树掩映，瓜果飘香，好一派生机盎然的景象！

生物园中一池瓢形的小荷塘，是校园的点睛之景。一座小桥绕在荷塘的葫芦颈上，就像荷塘的一条围脖，玲珑、秀美、别致。跨过小桥，绕着小塘信步，仔细看水中小鱼游翔，用心听水里蛙声一片。

盛夏里，妍妍绿荷恣意地生长着，把浓郁的绿铺满荷塘，把淡淡的清香弥散在优雅的校园，使氤氲的自然美与丰厚的校园文化融合在一起。学生结伴或小憩，或驻足，或纳凉，或观赏，或静思，为学校增添了高雅的情趣。行走其中，寂静的美便淋漓地呈现出来，给人一种别样的爽快。

夜幕降临，校园里的温和、宁静已经取代了白天的燥热、喧闹，只是好学者理想城堡的心依然跳动如故，并未因为夜的沉寂而平静。学习是中学生活的主旋律，教室里聚集了勇于追梦的学子，埋头苦读，挑战自我。

在夜色中散步，点点繁星影影绰绰地缀满夜幕。月光如流水一般，静静地泻在栀子树上，洁白如雪的栀子花宛如起舞欲飞的蝴蝶。美丽的栀子花，散发着迷人的清香，使人神清气爽。

在路灯附近，朦朦胧胧的灯光从枝叶间透出来，给树增添了一圈圈光晕。荷塘日益被绿叶覆盖，蜻蜓不时飞来驻足。一片片圆圆的嫩绿，托起荷塘的美妙和生机。碧玉盘似的荷叶立在池水上，随着晚风轻轻摇曳，池面的水也跟着泛起一层涟漪，如抖动着的深色丝绸。

菁菁校园有了荷的点缀，更加洋溢着生命的激情；莘莘学子有了荷的相伴，更加精神勃发，求知若渴。青春焕发的学子从荷塘边匆匆走过，平日里他们似乎不会刻意关注、欣赏荷花。但进入夜色，借着从绿叶中散发出的银光，便三三两两或坐在荷塘边的石凳上，或立于荷塘边的绿树下，喁喁私语，倾心交流，在温馨中尽情地享受着荷塘散发的清香，畅想着心目中大学校园里的那汪荷塘，如痴如醉。

生物园静悄悄的，曾经的嘈杂和喧嚣尘落在绿树楼宇之中。不远处飘来悠扬婉转的小调，是凤凰传奇的《荷塘月色》，一股浓浓的浪漫古典情怀，极具画面感的歌词，仿佛带领人们穿越炎夏，感受到了荷塘中晚风吹拂的清凉。

"曲曲折折的荷塘上面，弥望的是田田的叶子。叶子出水很高，像亭亭的舞女的裙。"荷塘边的小路，依然曲曲折折，我沿着荷塘漫步，心情就如朱自清《荷塘月色》所描述的景致那般美妙。我一边走，一边想象着朱自清先生当年写作时的那种感受和意境，脑海中不断浮现出文中所描述的荷塘月色的美好画面……

挺拔的花梗顶着含苞欲放的花蕾，像举着红色的火炬，妖娆动人，星星点点缀满荷塘，如同一支支蘸满颜色的画笔，似要将绿色的校园涂成一片鲜艳。多看几眼就会陶醉得不忍离去。

回望荷塘，情钟荷花。我爱荷花"出淤泥而不染"的超凡脱俗，爱荷花"清水出芙蓉，天然去雕饰"的清新淡雅，爱她那藕丝连连、情意绵绵、爱意无限的浪漫情怀，更爱她不骄不躁、虚怀若谷、笑傲群芳的高尚风骨。

郭芳读，男，1967年3月生，籍贯晋江，石狮市石光中学历史高级教师，泉州市作家协会会员。散文诗歌散见于《泉州晚报》《石狮日报》《石狮侨报》《石狮文艺》《丰泽文学》《大田文艺》及菲律宾的《世界日报》《商报》等报刊。《游西洋公园》一文被收入《作家眼中的石狮》。

黄汉瑜

走进大闽府

一个名不见经传的地方，雅称大闽府，在 2015 年走红了石狮，甚至于闽南一带。带着好奇，中秋节我走进了大闽府。

从喧嚣繁华的石狮九二路邮电大楼一侧的小巷拐入，几排"大闽府"字样的大红灯笼高高挂，红彤彤的颇为显眼。小车从古色古香的牌楼大门慢慢地驶入，即刻感到别有一番天地。两座古朴沧桑而又富丽堂皇的五开间红砖古厝映入眼帘，只见洁净的大石埕一隅，三角梅正开得热闹。走近古厝时发现，历经风雨洗礼的近百年古厝看上去有些斑驳，但在阳光下，那抹闽南红却特别显眼，就像是穿越了所有的喧嚣进入一个静谧的世界。巷子外是石狮最繁华的街道市区，巷子内却是这样一番美好的天地，着实让人感叹难得的宁静。

"大闽府"三个字到底蕴含着什么呢？带着疑问，接待的施总道出了天机。"大"寓意闽南人宽广的胸怀，海纳百川；"闽"乃福建的简称；"府"就是古早闽南人的家，尊称"贵府"。戏台上的一对楹联——"传承古厝文化；弘扬闽南精神"，一语道出了真谛。在闻名的海峡西岸侨乡福建省石狮市，一直以来就有这样一片做工精美、巧夺天工的古民居红砖建筑群，多是历史上出洋创业者的居住地。很多先人出洋谋生，事业发展起来之后，便衣锦还乡建起闽南特色的"皇宫起"或番仔楼。所以，这些红砖古厝里都蕴藏着一段沧桑励志的家族奋斗史，令人不得不为之深深地震撼。古厝里的故事包含着勤劳创业、爱拼敢赢的闽南先辈的励志人生，其精彩程度丝毫不亚于古厝外貌的艳丽。但由于众多历史原因，多年来这些古建筑都未得到过有效的保护，以致许多知名的闽南古建筑遭受破坏，甚为可惜。

大闽府从"养在深闺人未识"到成为福建省文创基地，是从一堆破烂的老古董蜕变而来的。2014年，由石狮青商会洪世泽领头的几位青年创业家发现并用尽心机自筹资金几百万元，把两栋荒废的红砖古厝及时修复保护下来，传承和发展了侨乡的古建筑文明。正如洪世泽所说的，企业家不仅在创业上需要勇气与责任感，更重要的是必须学习文化的传承与发展，把上一代创业者的精神薪火传递下去，保护宝贵的闽南地区的文化遗产。

驻足大闽府里的每一个房间，就会感受到它是一座名副其实的闽南民俗博物馆。出砖入石皇宫起，燕尾飞脊高高翘。两座古厝由菲律宾华侨黄诗泉、黄诗清堂兄弟于1948年建造，"紫云世泽"门匾由前清举人张鼎所题，施至波、曾焕堂等名书家题写的家训楹联，极具艺术欣赏价值。小桥，流水，人家；石埕，古井，戏台。火红的砖墙，就是闽南人的颜色，爱拼敢赢的血气。

大闽府是一部华侨创业史。铁箱，侨批，老照片，都留下南洋足迹的印记。屋檐下，进步，翻身；保家，卫国。墙壁间，爱国心坦白，待人眼垂青；行仁义事，存忠孝心。传承中华传统价值观，三言两语都是"番客"的爱国心声。

大闽府演绎闽南人的一生，许多古早人的用具都在这里珍藏着。摇篮、轿椅、眠床，从出生到逝去几十年间的生活经历就在这里展现，令人感悟人生的短暂。灶台、蒸笼、水缸，散发出民以食为天的古早味。犁耙、畚箕、扁担，渔网、水车、风鼓，犹如一幅幅活生生的农耕记忆图。琵琶、二胡、尺八，古厝里古乐悠扬，传承了南音活化石。畅游其间，仿佛置身于千百年前闽南人的生活空间。

随着习近平总书记提出建设"丝绸之路经济带"和"21世纪海上丝绸之路"的"一带一路"倡议构想深化，福建作为重要省份，而石狮又因"侨乡"身份，更是重中之重。石狮作为维系华侨与祖国的纽带，大闽府是侨乡"根"文化的代表。学者蔡清亮参观大闽府说的这句话很中肯："石狮是'一带一路'的窗口，大闽府是这扇窗口里看民间文化的缩影。"

大闽府，它既是保持传统闽南红砖古厝风格的民居，又是集闽南传统艺术以及各类文化项目于一体，通过精心修缮和大胆创新的文创基地。秉承保护和继承传统海西文化的使命，彰显和丰富文化多姿多彩的宗旨，大闽府是在建设"一带一路"倡议背景下，文化创业的一个大胆尝试。

在经济转型、银根紧缩的大环境下，这群年轻的企业家凭借对家乡文化的热爱，大胆试水运用民间资本进行古厝的保护，延伸发展了古厝的历史与精神。同时，他们的创举也点燃了人们保护传统文化的热情，受到了不少社会人士的关注与肯定，也唤醒了闽南民众关于古厝的文化记忆，让越来越多的人像他们一样开始传承民族文化精髓。

看到大闽府的古厝保护得这么完美，令人感慨。如今随着宗祠文化的兴盛，很多地方却将百年古厝连根拔起推倒，花重金建造大量仿古建筑，致使许多优秀古建筑消失。我们应该大力宣传大闽府"惜古爱古""修旧如旧"的做法，留住乡愁，留住记忆，大胆尝试保护各地其他样式的古大厝，共同传承非物质文化遗产，引进现代产业经营模式，成为文化旅游产业的新亮点。

黄汉瑜，男，1964年生，晋江安海人，笔名黄山松，号百鉴斋主，福建省作协会员，石狮市政协文史委员、石狮市作协副主席，现供职于石狮市市场监督管理局。爱好文学，创作30年，作品散见于《福建文学》《收藏快报·东方收藏》《石狮日报》《石狮文艺》《石狮政协文史资料》等报纸杂志。曾参与编撰《千年安平》《海丝晋江大商人》《石台亲缘》《石狮侨影》《石狮宗祠》等书。其代表作有《走进大闽府》《江夏抗倭黄家军传奇》《安平闽台缘纪实》《五彩圣旨见证两岸商缘》《澎湖发现之旅》《诗路寻踪》等。乐于古玩收藏与鉴定，爱好书画，获"2015年石狮书香家庭"称号。

蔡曜阳

故乡的小巷

（一）

　　故乡，那条一片寂静里的小巷，散发着浓郁的乡情，弥漫在父老乡亲的心野，绾着我一脉故乡的情缘，是我心底里一条深刻的印记。悠长悠长的情愫，一如小巷沧桑的旅程，代代承袭，自古贯今，从未泯灭。

　　走出小巷，可见一条澄碧的环村清溪。横跨两岸的古老石桥，桥板上烙满了一代代人奔劳生计的脚印，桥身上留下了数不清的泪痕汗光，剪影出脚踏板桥霜的匆匆早出，头戴瓦屋月晚归的蹒跚……石板桥倾诉着祖祖辈辈的艰辛苦厄，脚印也储留着新一代的汗渍，蕴藏着他们奋飞的希冀。

　　石板桥下的河水日夜不断地流淌着乡谣。

　　河水中，竹篙轻撑，柔橹微波，在欸乃声里，小舟悄然荡漾在波光水色中……河边石阶上，浣衣的女子、汲水的姑娘，晃动的双手和红润的脸庞，融着船影桨韵，伴着笑语，回荡着南音悠扬的歌声，绘成人们心中的家乡风貌。

　　古朴的窗棂，变换着风物镜头，空蒙的江南烟雨，爽朗的南国丽日，淳朴的民俗，飘香的闽南食物，历历在目，长留在小巷居民的心中。栖身于小巷的子民，记不清哪一朝哪一代彼此结下了这份休戚相关的情缘……人们想起了南蛮的时代，想起了苏东坡，想起了郑成功，也想起了金门马祖的炮火，更想起了今日海峡两岸最亲密的民间交流，融汇了一家人的亲情……

小巷编织着光彩斑斓的花环，从久远闪现到今朝，在未来的旅程中，小巷将抖掉岁月的蒙尘，汇合所有爱故乡人的灵心巧笔，写下醇美的诗篇。

（二）

小巷，留在人们的记忆深处，小巷的深处遗储着"小巷西施"的鲜活芳容。昔日的洞房花烛，见证了如花般的姑娘成为一个男人的糟糠之妻。命运注定，她要与一个男人共同肩负起家业的重担。丈夫早逝，她用羸弱的肩头，独自支撑起一片沉甸甸的天空。红颜美貌，勤劳忍耐，吸引着许多男人的倾慕。时代和世俗理念，使她毅然拒绝了一个个热切的追求者。某些别有用心的人，编造着一些梦幻般的绯闻艳事，败坏着她青春善良的丽质。

有个单身汉，心底一直热恋着她，暗地里总是帮助着她。替她除净庄稼地里的杂草，又暗暗地为她那泛黄的禾苗施肥。单身汉从不露声色，把爱深深地埋在心里，任由冰冷的世俗覆盖层层的厚雪。就这样，一个一生没有娶亲，也一生无缘向心仪的女子表白；那个一生没有再嫁……奶奶常常向晚辈念叨着这个凄美的故事。我想，假如小巷西施仍然健在，她是否有勇气向礼教宣战，去私奔……星移斗转，但愿她那在天之灵，能首肯今日人间的真善美吧。

这宛若世外桃源的小巷，巷道的路面铺满了小石板，它是小巷居民走向五湖四海的起点。不管走到何方，这条小巷，始终是他们心灵的港湾。难忘孩童在小巷放飞风筝的喧闹，小女孩跳皮筋的欢声笑语……就是从这条小巷，放飞了激情，放飞了憧憬，放飞了诺言……虽然，巷道两侧的墙壁，曾经涂抹过惨烈的色彩；巷道的小石板上，也曾洒过阶级斗争的血迹……岁月如流水，冲淡了灰色的记忆，小巷原汁原味的宽容，和谐着幽静与纯美，这里随处都可窥见国内外游子的捐建，五洲四海的文化荟萃。人们心中的园圃，依然是嫩绿娇红的。

思念小巷的情怀里，包裹着眷恋的人情，那是一份永远抹不去的乡情、亲情、手足情，这种情结，沐着时代的熏风，又一代一代地热烈地盛开着。

故乡的小巷，不就是闽南风土人情的缩影吗？

（三）

小巷，多少次令我日思夜想。完成了美国波士顿大学的四年学业，在丹桂飘香的清秋，我终于披着明丽的月色，踏足在小巷清凉的石板上。夜幕下的小巷，空气里飘着瓜果的芬芳，圆月还是那么明朗，故园依旧那样醉人……

夜幕里，眺望四周，不远处的霓虹灯，点缀着小巷的巷口，飘来的音乐，反衬着石板街的宁静。小巷的四周，耸起万家灯火，还有些黑乎乎的高楼大厦……小巷及其蛰居的百姓，看来迎来了生命的抉择，或是时代的安排……是否要拆掉民宅，建筑新的楼群？在小巷及其民居生死存亡的关键时刻，人们想起了水乡周庄。人们深忧没完没了的喧嚣和拥挤，会鲸吞了这里的静谧和怡宁。

人们出于本能，决心捍卫小巷；人们的理智，在展望社会的腾飞。我没有勇气奢望小巷长存，我只能祈盼小巷浓郁的亲情，可以深植在我们这一代人的身上，也延续到以后的几代人的心中。

小巷，在我的心中保存了一袭情影，保存了一串静美，保存了一个典藏，保存了一脉情意，保存了一帧隽秀。

小巷，犹如滚滚红尘中的绝世佳人，始终以恬美的风姿，拔秀于我的眸子，成为我生命中一处值得守候的风景。归去来兮，小巷不灭真情，小巷不灭风情。只是一瞬，仅是一窥，在心灵深处，立即堆积了德化的膏腴。

思乡的心事，如佳人插在鬓边的金菊，柔香袭人。不论走到天涯海角，小巷，永远是我联结故乡母亲的脐带。

故乡的山（外二首）

故乡的山，
彩云缭绕。
父亲留下的脚印，
弥漫着山花的俊俏。

父亲的乳名，
挂在哪一棵树梢?
他喊一声，心跳加快，
他喊两声，泪流满面。

父亲与故乡的山，
始终在我眼中塑铸崇高。
如今回到故乡的山，
我吟咏着每一株小草，
我品读着每一棵大树!

老屋

故乡的百年老屋，
墙垣已经衰老，
唯独盛情不改，

稗史蓬勃生长。

持出一坛老酒，
拿出一壶香茶，
笑意摇出灵性，
凝重成严谨的命题。

屋后弯弯的山道，
让游子驮着牵挂上路。
老屋是一个不解情结，
在岁月中年轻。

古榕

故乡村口的古榕，
生机勃勃一片绿葱茏。
穿越岁月密密的年轮，
旺盛的生命力坚拒龙钟。

多条垂根着地深深扎，
繁衍着宗支的足迹。
勇毅顽强的本性，
在闽南还要抗击台风。

我爱故乡的古榕，
遒劲的榕根仿佛扎进心中。
我要吮吸古榕的活力，
扎下了根便要撑起一片天空。

蔡曜阳，祖籍石狮彭田，2009 年毕业于美国波士顿大学。中国香港执业会计师。内蒙古自治区政协委员，福建省海外联谊会理事，香港政协青年联会副会长。已出版个人专著《朝阳》《飞跃千山》《蔡曜阳短诗选》《海阔帆扬》《展翅奋飞》，作品入编《大学语文》课本，获中国散文学会颁发的"第四届冰心散文奖"等。

蔡佩珊

老木船（外三首）

童年的故乡海滩，
搁浅着一只老木船。
饱经风雨的船板，
已经残损不堪。

不见昔日的舵桨，
不见昔日的桅帆。
老木船已经老态龙钟，
不言放弃远航的夙愿。

看云舒云卷，
看潮落潮涨。
老木船的海魂，
依然跳跃在浪尖。

唢呐

高高举起唢呐，
鼓起腮帮吹响，
让故乡张开嘴巴，

与纯正的民俗对话。

唢呐声声悠扬，
捭阖万顷园田，
刻骨铭心的音韵，
荡漾乡村坎坷的历程。

从五千年的文化底蕴跃出，
古老的唢呐携着雄浑，
始终行走在生活的底层，
吹出了稼穑的心声。

石狮柯顺公园

好雨艳杏桃，
熏风梳绿柳。
走进柯顺公园，
姹紫嫣红拥我画中走。
花香鸟语春意盎然，
诗情画卷怡我心眸。

亭阁绕曲桥，
回廊牵娇柔。
拥抱柯顺公园，
美景良辰携我诗中游。
赤子爱乡情真意挚，
腾飞石狮尽显风流。

狮城恋

狮城永远驻扎我心头，
狮声常在梦中吼。
父老乡亲走上富裕道，
今日狮城更锦绣。
游子回乡心欢跳，
浓浓乡情满怀四海走。

长久眷恋狮城情意稠，
山光水色梦中游。
故土情意为我添智勇，
润心雨露欣丰厚。
游子回乡增活力，
漫漫人生征程昂首走。

蔡佩珊，祖籍石狮彭田，2015年毕业于美国南加州大学。现为中国香港会计师、国际职业设计师学会会士、香港文联出版社社长，已出版个人专著《飞翔》《诗情画意》《蔡佩珊短诗选》《彩描诗籍》《诗画飘馨》，作品获中国散文学会颁授的"第六届冰心散文奖"等。

张军璞

四端堂情思

　　红砖、碧瓦、燕尾脊、檐角，构成的古朴沧桑，洇染着这座充满现代气息的城市……

　　独自一人默默地彳亍在石狮的一隅，这里距离城市的钢筋混凝土并不遥远，在街巷的深处，这朦胧雨雾里的古厝显得飘忽起来，喧闹的人群也仿佛飘离起来，而我的情思更是飘飞起来。

　　这里是石狮曾坑社区，杨家祖厝"四端堂"就坐落在这里。它像一个隐藏于闹市的城市历史文化符号，诉说着岁月的沧桑，见证着时代的变迁。

　　"四端堂"由四座建筑组成，其中主建筑一座、辅建筑三座。初入眼帘的"四端堂"，是一片红砖碧瓦的古朴世界，建筑群规模宏大壮丽，布局统一，建筑精美，重重殿宇、道道宫墙、层层楼阁，那粗壮的石柱与雄伟的宫墙，默默地伫立在夕阳之中，历史的余韵在它的身上刻下了一道道沧桑的痕迹，这些都被载入曾坑人记忆的史册。"四端堂"执着地眷守于这片土地，证实着曾经有一个古老的家族在这里存在过，经历了盛衰荣辱。

　　我走进大门上端写着"弘农世泽"的"四端堂"主建筑，这里石柱林立，上面镌刻着10余对楹联，楹联内容含义深邃，古朴风雅，殿内亭台阁榭错落有致，气宇轩昂间彰显皇宫气派。资料显示，杨家有记录的历史已经走过10代，10代的辈分分别为：朝、仕、元、文、光、昭、世、子、孙、华，据推测，可能是"光"辈先人仁、义、礼、智四兄弟创建了"四端堂"。"我们杨家10代人，其中最值得一说的是第8代——现在还健在的 90 岁高龄的杨氏（没有真实姓名）。"杨氏族人杨华安老先生说。

在"四端堂"主建筑一侧的墙壁上，镌刻着杨氏的生平事迹，这是一段令人肃然起敬、震撼心灵的故事。杨氏的丈夫是八路军杨岳将军，1938 年，抗日战争爆发后，杨岳参加革命，担任朱德总司令的警卫班长，并跟随朱德万里长征，后随八路军一一五师师长转战山东沂蒙山区。而杨岳将军的夫人杨氏随夫出征，并担任游击队队长在沂蒙山区打击敌人。此时，他们的第一个孩子出世了，在艰苦的抗战岁月，夫妻俩没办法很好地保护自己的孩子。在一次战斗中，杨氏把孩子固定在自己的背上，自己在战场上冲锋陷阵。待到战斗结束后，杨氏震惊地发现，孩子后背不知什么时候多处中弹，早已死去。"我的好孩子，你用自己幼小的身躯挡住了罪恶的子弹，你用生命救了妈妈呀！妈妈对不起你！"杨氏歇斯底里地哭喊着。后来，杨岳将军参与了原子武器的试验，从此落下病根，1982 年病逝。可以说，杨岳将军一家为中国革命和建设做出了很大贡献。

几年前，杨家宗亲筹资 500 万元对"四端堂"进行了翻新，翻新后的"四端堂"修旧如旧，保持了历史原貌。杨华安说，原来"四端堂"内的柱子全部是木头的，时间一长容易被白蚁腐蚀，整个柱子就会烂掉，这次翻新，他们将柱子的四分之三左右长度改用了石头，上部的四分之一左右还是用木头，这样就不会有任何腐蚀，殿堂保存的年代就会更加久远。在柱子上石头和木头的连接处，用藤条缠绕三圈，用牛皮包起来染成绿色，再用 5 厘米长的铜古钉钉下去，既美观又牢固。

在"四端堂"的其他三座建筑内，我看到，都是清一色的仿古建筑，反映"四端堂"历史的楹联就达 44 对之多——"华国景勋猷祖武能绳燕翼远贻百代；传家承道学儒宗永继鸿图长葆三山""芙蓉毓秀曾里儿孙挺显达；普照钟英东园世代振兴隆""唐启芙蓉子孝孙贤光祖德；名开曾里东园西阁耀宗功""东汉夙著廉明吏；南闽先开礼学宗"……这些用词考究、引经据典的楹联，既是历史的记录，又是一种文化符号，它承载着风雅礼学，让后人畅享历史记忆和人文情怀。

是什么拉近了时空的距离？沧桑古厝依然屹立在这风雨之中，任凭风吹雨打。抚今忆昔，思绪翩跹。

　　雨还在下，雾也还是朦胧地氤氲着，我默默地踏着沉重的步子，不再彳亍，我在向前，向前。我仿佛穿越漫长的历史，站在时代的前沿，那古厝的内涵、古厝的故事，正要我以微薄之力向更多人讲述……

大仑街串起的乡愁

这是一段兴衰的缩影。

这是一段历史的见证。

这条有数百年历史的老街，从其上走过的每一步，都留下深深的历史印记。

昨天，我在大仑街上细细走了一趟，并不宽阔的街道两边店铺林立，几乎都是服装店，虽然店面不大，但装修讲究，给人一种舒适的感觉。街面上人流已稀疏，似乎当年"铺天盖地万式装"的热闹场面已经走远。

在这条街生活了半个多世纪的老蔡对我说，大仑街全长 400 多米，有 270 多家店铺。以前大仑街所在的位置叫街尾，抗日战争结束后才改为大仑街。小时候他听老人们讲，这条街有数百年历史。街上很早就有人开米店、药店、布店。在他儿时的记忆里，石光中学（现在的实验中学）体育场右边，当时是一片田野。

老蔡说，1956 年，街上只有国营中百公司、五交化公司和一家饼干厂。钟楼为界，以南叫大仑街，以北叫糖房街。钟楼有 5 米高，"文革"后被拆掉了。当时两边都有骑楼，有小百货、医药公司等。钟楼到中百公司这一段虽然只有 80 米长，但两边有很多店铺，来这里买东西的人很多。抗日战争前，一些华侨和有钱人到大仑街周边建房子，还修了水泥路。如今，水泥路已坑坑洼洼。1979 年，从钟楼到拐弯处，铺设了石头路。再后来，又铺设了水泥路。

一位九旬老人对我说，他十来岁的时候，大仑街的宽度只有 1 米左右，街两边没有做生意的，全是民房。整条街分为七段，第五、六、七段民房较多，第三、四段民房少，从钟楼旁的一个厕所到中百公司为第一、二段，这两段比较热闹，两边都开满了店，人也很多。钟楼那边当时有一个拱形门，像城门一样，走进这个拱门，就走进了大仑街。他20多岁时，大仑街就开始扩宽。老人回忆说，他小的时候，生活很艰苦，吃的菜是酱瓜、腌萝卜；把地瓜切成片晒干就是主食。过年的时候才能吃到一点肉。老人家的父母是做手工艺的，用竹子编斗笠、竹篮、竹筐，但挣不到几个钱，能把日子过下去就不错了。抗日战争期间，大仑街的店铺虽然仍旧开着，但生意很差，人们都躲在家里，没有多少人敢上街买东西。老人充满感慨地说："20世纪八九十年代，大仑街经历了非常辉煌的时期，全国各地的客商都到这里采购服装或小商品，每天都是人山人海的热闹场面。新世纪以后，大仑街开始慢慢走下坡路，特别是近年来，随着石狮新城区的建设，大型的商业综合体鳞次栉比，大仑街渐渐失去了往昔的风采。"

一个老旧的巷子，往往蕴藏着很多故事、很多不为人知的历史。历史总被雨打风吹去，今日的大仑街，就是一部漫漶不了的乡愁记忆，它传承着石狮厚重的历史文明和人文情怀。

乡愁，是一曲古老而又充满温馨的歌，每当夜深人静之际，它会时隐时现、忽远忽近地在你我的耳边响起，恰如游子剪不断的情怀和思念，洒满了年少的酸甜苦辣。时光流转，乡愁情怀。

在微风与阳光中穿行，在历史与现实中漫步，犹如触摸到厚实而真切的历史肌肤，处处是光阴打磨的印记，时光在这里放慢了脚步。聆听古意呢喃，呼吸悠远气息，大仑街，就这样别具一格地存在，别具一格地延续。

大仑街无言，却诉说不尽；大仑街无语，能安放乡愁！

青春石狮　芬芳石狮

"迷茫四顾青千顷，翡翠盈时碧一湾。"侨乡石狮三面临海，与台湾一衣带水，是一方灵秀所钟、文明所毓的土地。勤劳勇敢的石狮人民在古代就陆耕海渔，梯航万里。迎改革开放的大潮，秉敢拼善赢的天性，昔日的这一滨海古镇如今已成为全国著名的"休闲服装名城"和"商品之都"。她绵长而悠久的历史、淳朴而通灵的文化、兵燹而无恙的气韵，更使她成为祖国东南沿海一颗璀璨的明珠。

让我带你一路品读石狮，铺一路花地，洒一路芬芳。

品读石狮，就是品读姑嫂塔遥远的故事，六胜塔古老的传奇，林銮渡记录的两岸交往史籍，古卫城里俞大猷、戚继光的千里戎机，穿越了绵绵三百年的泼水刣狮。

隋代遗存的千年古刹凤里庵，香火鼎盛；千年古渡林銮渡，作为海丝起点，见证着当年郑和下西洋时的盛况；海丝航标姑嫂塔，承载着石狮人的千年乡情、历史记忆；元代石塔六胜塔，是古泉州（刺桐）"海上丝绸之路"的第一座灯塔；明清永宁古卫城，与天津卫、威海卫齐名，历史厚重；朝拜圣地黄金海岸，观音踏浪、海天佛国，令人神往……

品读石狮，那些留在岁月里的记忆宛如天上飘动的云，卷卷舒舒，亦真亦幻，勾起我们内心的阵阵涟漪，一点一丝的回忆似轻烟拂面而来又随风而去。石狮的世界是那么的五彩缤纷，是那么的万紫千红，唯有文字可以记录、流传、承载。光阴荏苒，岁月递嬗。用笔印证心灵的虹影，用心感悟一座城市发展的脚步，让无痕的岁月缀满珍珠，让难驻的时光流光溢彩。

站在宝盖山上，山雾将我举起。在这个时候，心里总有一种异样的感受，像是兴奋，像是激动，又像是一种憧憬切入生命。宝盖山开始袒露她的一切，在山林之上，在阳光之中。所有的诗句，都被山雨洗得晶亮，星星点点，诉说甜蜜的心境。只有被山雨滋养过的灵魂，才能拥有这山，生命才能垒满山石，显示出自己应有的力量。从此，我生命的血脉，伸展于山谷博大的怀抱，永不枯竭。山谷的回声，凝重而悠远，摊开在阳光之下，依然充满了浓浓的雨意。我要去寻找山林纵横的根须，然后，一节一节地感悟人生。

　　站在林銮渡口，我听见这海骚动的声音，旋起的道道折痕，多像石狮这座城市跳荡不息的激情。我沉思着，记忆飘成渔船上的帆影，情绪随海波状起伏。蓝蓝的，一如指间袅袅而起的青烟。什么时候，夜幕像窗幔挂在天宇，这海蓝天相拥着睡熟了。万籁俱寂，一片静谧。乳白色的烟圈一串串，在天海间，朦胧成十五的月亮。我走向你，以纤纤素手，以一万种赤诚，捡拾你泪与血凝固的斑斓。当你旋转的裙裾使海染上蓝韵，芬芳的呼吸启动海的脉搏，海就在你弹性的拥抱里复活，海之曲以泪花灿灿的音符飞扬。

　　站在黄金海岸，俯首近看眼底的沙滩，如金色的绸缎，星星点点的无名小岛和礁石，如一颗颗或翠绿或褐色的宝石，镶嵌在弯弯曲曲、婀娜多姿的海岸线上。再举目远眺浩瀚的大海，伴着习习的海风荡起的碧波翠浪，轻歌曼舞般地一直延伸到海峡彼岸的祖国宝岛。我们在心旷神怡之余，怎能不平添几分眷恋，融进几分牵挂！

　　青山巍巍，碧海滔滔，山环水抱。枕山临溪，田畴绿野，晨雾氤氲，白云窥宇，晚霞耀金。多少年，多少代，石狮人民的根脉，以晋江水的流速，汇江入海，化雨飞洒，又落入苍茫大地，落土生根在五湖四海。晋水蜿蜒，平平缓缓，水心风骨，静穆潇潇，天、地、人，和美自在。晋水一路而来，在这自然的流速中承载着红色文化，这些红色文化纵横穿梭，密密编织着石狮的城市底色。石狮的光阴里处处投下历史的影子，石狮的时辰中时时记下时代风云与风骚雅韵。我把双手放进林銮渡内，用掌纹和指模感受这方山水的厚重；我把心灵晾晒在姑嫂塔上，用情和爱与这方山水订下一生的契约。

是长夜的灯火冶炼的，是黎明的霞光浇灌的，甚至还有血的洗礼。石狮，你起飞了，带着厚重的历史，带着这个滨海小城的希冀，你起飞了！高山大海扶起拓荒之犁。悠远的钟声一阵阵激越生命，在天地间，石狮，你为天空推开一片蔚蓝，清新的风吹过肃穆的人民广场，无边的灯火照耀未来的世纪。日月星辰之光，为你编织绚丽辉煌的彩绶；石狮儿女，站成后羿射日的雄姿。沿着新时代的康庄大道，石狮，你狂舞着，伟大的渴望与想象，让这座城市永远生长坚韧的生命。你雄性的肩头，永远担着一座城市的文明之旅。

石狮，你悠邈亘古，你筚路蓝缕，你胼胝砥砺，诉不完的血脉依归，道不尽的磅礴海丝。

今天，我站在时代的洪流里，铭记着历史的轮廓，那奔腾不息的血液，是一幕幕铁马与冰河；今天，我站在光辉的旗帜下，畅想着未来的石狮，那波澜壮阔的画卷，是一曲曲辉煌的赞歌。

"一个海员说 / 他最喜欢的是起锚所激起的 / 那一片洁白的浪花 / 一个海员说 / 最使他高兴的是抛锚所发出的 / 那一阵铁链的喧哗 / 一个盼望出发 / 一个盼望到达"，著名诗人艾青的名篇《盼望》，是历史石狮与青春石狮的最好写照。

举目已觉千山绿，宜趁东风马蹄疾。这就是石狮，在新世纪的航程上，石狮只是其中的一朵"浪花"，但她泛起的阵阵"涟漪"已经汇入滚滚春潮，奔流在这个伟大的时代，奔流在绚烂的中国梦里。

让我们和时间一同祝愿，石狮，今生今世都是这样的春天。

张军璞，河南省南阳市人，石狮日报社资深记者、编辑，泉州市作协会员、石狮市作协副秘书长，出版书籍《南京军区英模谱》《永恒的精神之树》（4 册）、《背包魂》《蔡金章藏书票艺术》《春风化雨》等，曾在《人民日报》《中国青年报》《解放军报》《中国国防报》等中央级报刊及部分省报上发表文学作品 200 余篇。

吴清雅

假如我在石狮遇见你

把匆忙的时光细心感受，在她流淌的边缘里是属于一个城市的记忆。一个城市因为有了人便有了灵魂的意境，于是他们成为彼此的信仰。拿破仑曾说过："中国是一头沉睡的狮子，当这头睡狮醒来时，世界都会为之发抖。"中国是不是一头狮子需要全世界人民的答案。但在中国福建的东南部，就有这么一个与狮结缘的地方——石狮。

石狮得名确是源于一只狮子。在凤里老街的观音亭前，一只披着红斗篷、看起来憨态可掬的石狮子才是所有故事的开始。当我得知这"小神兽"是石狮的由来时，实有两分不信。这狮子一点也不威武凶猛，半丝气势也无。我与大多数人一般无二，心中理想型的英雄应该是高大威猛、威武不凡的样子。你观这狮子个头不过齐腰，昂首咧嘴，蹲坐在观音亭前。面目虽早已在岁月长河的洗涤下变得模糊，但这分明就是一只"可爱"的狮子——但，狮子应该可爱吗？

据说隋朝之前，这里不过是一条走商贩货的小道，小道上的亭子前便立着一头石狮子。走南闯北的商人多了，路变宽了，亭子建了塌，塌了建，这小狮子一直伫立在那里。往来的人喝茶、歇担、饮马都在这里。这里是哪里？就是石狮子那里！人称"石狮亭"，后逐渐成为今日的石狮。

石狮人的"狮子情结"由此种下。在我年幼时，就知道我们的市标是一头狮子。但我并不知道当年这狮子从无到有的过程却是如此不易。这身长 7 米、高 7 米、重达 240 吨的"东方醒狮"从地质勘查到形象设计都费了很大一番波折。以一头站立的、远眺的狮子造型来体现在经济崛起奋

192

进的年代里，石狮人始终坚持的昂首阔步、拼搏前行的"闽南精神"，也恰是这种精神支撑着石狮这弹丸之地荣登"全国百强县"的名单。醒狮的精神是闽南人的信仰，激励着他们以拼搏的心、大无畏的精神扬帆起航。

尼采说过，人的精神有三种境界：骆驼、狮子和婴儿。第一境界是应该如同骆驼，忍辱负重，被动地听命于别人或命运的安排；第二境界是狮子，把被动变成主动，由"你应该"到"我要"，一切由我主动争取，主动负起人生责任；第三境界是婴儿，这是一种"我是"的状态，活在当下，享受现在的一切。

如同骆驼一样生存，忍辱负重，被动地听命于别人或命运的安排。在这人的第一种精神境界中，前半句是石狮人曾经生活的真实写照。在旧时代命运下的石狮人，饱受天灾人祸，生活被逼上了绝境，百姓不得不铤而走险、越海求生。下南洋的日子里，望不见故乡山水，不知归期何日。出去的人扛着"荣归故里"的重担，在他乡胼手胝足、披荆斩棘，其中的艰辛不足为外人道也。当我们聆听一个故事时，多数人常常希望是大团圆的结局。但现实总是残酷的，此去背井离乡者众多，衣锦归乡者寥寥。

说到出海谋生，就不得不提姑嫂塔。在石狮的宝盖山上，山头有塔巍然，名曰姑嫂塔。这座石塔历经八百多年的历史，早已成为石狮人心中的圣地。《闽书》记载："昔有姑嫂嫁为商人妇，商贩海，久不至，姑嫂塔而望之，若望夫石然。"在姑嫂塔的传说中，就记载了为了谋生而远走他乡的石狮人是如何如同骆驼一般在他乡咬紧牙关度日、忍辱负重谋生的。守在家乡的亲人是牵挂，是不舍，是无可奈何；有满心不舍，更有满怀期待。更令人心生悲戚的是海上风云骤变，漂洋过海的谋生除了是和上天既定命运的抗争，等待他们的还有异国他乡、漫漫岁月里的举目无亲和创业艰难。

多数人淹没于尘埃，未曾留下姓名。对他们来说，生活很难，但要让他们被动地听命于别人或者接受命运的安排是不可能的。他们的出海是命中注定的经历，是一个城市里孤胆英雄崛起的传奇。他们像以海为家的水手一样，带着无奈和辛酸，也带着希望和憧憬扬帆起航。他们把上天"赐予"的困难和磨砺在蔚蓝的海洋下耕耘出传奇，成就了闽南地区独有的侨乡奋斗史。这不是结束，因为故事和传说在这个城市一次次上演，侨乡人的命运更永远掌握在自己的手里。

在第二种境界中，人应该如同狮子一样，把被动变成主动，由"你应该"到"我要"，一切由我主动争取，主动负起人生责任。假如骆驼般的人生是历经磨难而来的蜕变，那么属于石狮人的"狮子"精神才刚刚觉醒。那些经由华侨辛勤劳动而走进国门的洋货唤醒了沉睡的狮子骨子里的灵活与敏捷。

母亲的阿姨在香港生活了许多年，从香港寄回来的包裹承载了一家人厚重的期望。那时候家里有华侨亲戚除了能糊口，更多是意味着他们可以比市场上的很多人更快地拥有这些洋货。我的许多衣服都是姨婆从香港寄包裹回来给我们的。当时父亲是一位有着二三十台平车服装生产线的"大企业家"。某日，我穿着姨婆给我买的一件小裙子在父亲的厂里打转玩耍、四处炫耀。办公室里的一位叔叔把我叫过去看了半天，第二天我的那件洋裙子就被"收缴"了，父亲的生产链将它"征用"了。很快父亲的厂里就打版生产出了样式和图案差不多的服装，大量地投入了市场并一销而尽。我的年幼时光里，居然也一不留神地当了回"带货高手"。在那个物资匮乏的年代里，没有山寨之说，考验的是谁能抓住市场的需求并快速占据领地。那是一段属于父亲创业的峥嵘岁月，也是石狮人在那个时代里以对商品市场的敏锐觉察力和超前的学习力打下的江山。

他们像威武的狮子一样，雄心勃勃地打造着属于自己的企业王国。也有无数的和他们一样的未来人犹如雨后春笋，迫不及待地赶上这时代风头。石狮人把家乡变成了战场，让石狮彻底地从一个名不见经传的闽南小镇成为中国最早突破计划经济走向市场经济的复苏探险队。小镇声名大噪，一跃而成为中国的"小香港"。它更是中国第一个破格从乡镇直接升级到县级市的地方。石狮作为闽南服装产业最活跃的市场，不仅是雄狮跃起后盘踞下来的"领土"，更是另一场石狮人和这片土地从零开始的新征程。

中国人的思考力和创造力在石狮人的身上得到了淋漓尽致的体现。他们敢于尝试一切新鲜事物，并不断挑战自我。这只狮子一跃而起，惊险地站在了属于这个时代的风口浪尖上。参天之木，必有其根；怀山之水，必有其源。在狮子的生活习性中，它们两三岁就离家远行，一生都在咆哮、追逐和打斗中度过。奋进的石狮人也一生都追逐和奋斗在时代的舞台上，由此拉开了石狮作为中国服装名城的序幕。

为什么我的眼里常含泪水？因为我对这土地爱得深沉。不管是骆驼还是狮子，他们都在我年幼的记忆里模糊着，那是属于我父辈们风生水起的年代。除了依稀记得的琐事能让我感受到属于那个时代的声音以外，大多数都在岁月的长河中悠然远去，属于那个时代的痕迹散落在这个城市的各个角落。而爱拼敢赢的精神则深深地刻在每一个石狮人的骨子里，成为他们走向世界的门票与通行证。对于生活在这片土地的石狮人而言，石狮还是那个石狮，石狮人还是那群石狮人，但他们每个人都是这个城市的"代言人"，而这个城市的一切是他们在外打拼的最大依靠。他们逐渐开始进入第三种境界——婴儿境界，这是一种"我是"的状态，活在当下，享受现在的一切。而在我看来，这一切意味着石狮对过去的告别，褪去时代的定位，彻底"新生"。

石狮人以无与伦比的勇气和独树一帜的创新精神彻底将这座城市改头换面。在发展的年代里迎头而上，在成熟的年代里为自己做一个清晰而准确的定位，完成属于自己的在不同时代的使命。每一座城市都有自己的个性与灵魂，作为因商而兴的城市，接下来最重要的就是营造良好的城市发展氛围，精确定位自己的状态，顺应时代所给予我们的可持续发展性。繁华的城市里除了熙攘的人间烟火，独不能缺少的是对大自然恩赐的珍重。而石狮政府和石狮人用智慧的头脑以及勤劳的双手，将这个城市逐渐打造成了生态环境优美的宜居之地。2017 年，石狮荣登全国文明城市，为石狮的新生交出了一份满意的答卷，而这仅仅是一个开始，这座城市还有更大的"野心"。

石狮依山傍海，在求发展的时期遗留下的石窟就像是这个城市的伤口。古人常云："不破不立。"假如过去的时光一去不回，那么能够在现在将"伤口"填平并将伤痕抹去，无疑是最值得肯定的决策。依托着宝盖山下既有废弃石窟的形式，一座美丽的宝盖山公园平地而起，贯穿着峡谷旅游路，一路连绵至红塔湾海岸，形成了峡谷旅游地带景区，将山与海有机地结合起来，成为石狮城东片区的新地标。园林、木栈道、林下小筑、廊桥回转，昔日的石壁蜿蜒，抬头望去，映入眼帘的正是屹立在宝盖山上的姑嫂塔。这里风光独好啊！

假如我在石狮遇见你，你想看看旧石狮的新变化，我会带你走走峡谷公园路的宝盖山公园风景线。峡谷旅游路沿着山势水势蜿蜒曲折前行，高低起伏。一路连绵而成的花海谷里生机盎然，昔日的废石窟成为石狮人休闲旅游度假的新风尚。将自然景观与人文生活环境以现代化的方式结合起来，从而使石狮的经济与环境有了质的飞跃。我还要带你穿越长长的峡谷旅游路，平整的柏油路面、规矩的道路设施、清晰的交通标志，带来驾车的高度舒适感，将石狮外城环弯的通道打通。行车观景，处处风光，一路奔向美丽的大海。在石狮黄金海岸的金色沙滩上踏浪，感受蔚蓝大海对你的洗礼。

假如我在石狮遇见你，你想领略历史留给这座城市的沧桑，我会带你到姑嫂塔上见证石狮人的出海传奇，到林銮渡上去感受曾经海上贸易大港的辉煌。那是很久很久以前，作为"海上丝绸之路"起点的辉煌，是古代海上贸易文明的重要篇章。还有还有，在永宁的古卫城边抚摸旧城墙的每一块石头，绵延的城墙里掩埋着这里多年以前的沧桑兴废，更有漫漫岁月里的血雨腥风，穿越了时间与空间，仍以一种坚挺的身姿昂扬着不屈的精神。这还不够，这座城市的每个角落都隐藏着狮子的灵魂，缓缓渗透进你的身躯。

假如我在石狮遇见你，你若是过路的游人，不经意地回眸转身，才让缘分将你带至这片土地，那么请你一定要与我在石狮的每个角落走一走。这一头狮子犹如新生一般，就在这畅通的大道上马不停蹄地向更美好的明天出发。请你跟着我走，请你认真听我诉说，直到所有你不了解和未曾体会的石狮之魂都呈现在你面前时，你亦会如同我一般深深爱上这片土地。

　　吴清雅，女，国家二级心理咨询师、福建省三级心理疏导师，高级园，石狮市作家协会理事，泉州市作家协会、泉州青年作家协会会员。多次指导学生参加全国各类英语比赛且成绩突出，曾获得国家教育部英语优秀辅导教师奖、21世纪杯英语优秀辅导教师奖等。喜爱文学，作品散见于《石狮文艺》《石狮日报》、菲律宾的《商报》等报纸杂志。

陈永康

永宁慈航庙

　　一条老街总有写不完的篇章，总有讲不完的故事传奇，总有倾诉不完的情感。岁月长期的交融、碰撞和沉淀就形成了特有的历史文化色彩。岁月无情终有情，岁月的年轮总会在生命的过程中留下深深浅浅的轨迹，让你去回忆、去挖掘。

　　永宁卫有"五门城头"，三十二境，各境内皆分别奉祀各自的境主神佛，建造相应的庙宇，因而至今仍保留有三十多处宫庙，可谓是宗教的胜地。在现存的宫庙中，永宁的中亭慈航庙应该是历史最悠久的了，这里全年香火旺盛，梵音悠扬，一直以来是永宁百姓心中的保护神。

　　从西门沿老街往东直上，踩着光滑的石板路，细数着一级一级的花岗岩台阶，可谓是步步高升。当你满怀期待地走着走着，你会发现从繁华的西门外走来，感觉行人逐渐稀少，地面净洁，街道渐趋宁静，那份清幽和寂寥并生着，有着远离世尘之感，又有步入荒凉之感。不知不觉中已接近了老街尽头，也就是老街的最高点，这时一座古香古色、气势恢宏的庙宇屹立在眼前。"慈航普渡"四个金色大字的牌匾映入眼帘，幽幽的檀香烟味弥漫了周围的空间，清澈和雅的梵音已沁入心间，一种崇敬之情油然而生，此时会让人自然而然地放缓脚步。抬望眼，轻轻地抬放着脚步于宽阔的石阶上，目光不停地搜索着这里别致的韵味。

　　以前这里有两尊古朴憨实的石狮子，它们迎迓欢送来往的香客，也镇守着这方土地的安宁。上了几级石阶就进入小广场，小广场周围用花岗岩石条围成窗棂状，石上刻着"民国二十二年六月建"。再拾级而上就是轩亭了。轩亭地面是宽大的花岗岩石板铺砌。中间新供奉了笑弥勒，他笑容可掬，让人觉得亲近和善。佛像前安放着一个双龙戏珠式的大青石高樽香炉，深沉而庄重。轩亭的前方有两根粗壮的圆形石柱，石柱上写着这座庙宇最有代表性的一副对联："亭以中名，挂汉平分塔影；音从观悟，倚栏来看潮声。"此联巧妙地将"中亭观音"四字嵌入其中，形神兼备、寓意深远，它不仅描绘了慈航庙居高望远的地理位置和永宁美丽的自然风光，也把禅学理念与此间景物融为一体，意境高邈，耐人寻味。轩亭的后面两根方体石柱上一对联语："盛地千年钟虎岫；慈云一朵护鳌城。"

过了轩亭就是外廊。外廊的正上方的红色横梁上高悬着端庄的金字楷书"中亭"的匾额。外廊两旁有副楹联："婆心浑一片；慈眼视众生。"是劝善和弘德的禅学精髓。两旁是红砖砌成的两个窄窄的月亮门，门楣上分别用篆体书写"妙吉祥""观自在"。烫金字体更显得清新灵动、纤秀艳丽。廊两旁的墙面上分布着许多人物、动物、花草树木的青石浮雕，因年代久远和长年被香火熏绕，已显灰黑，但上面各事物的表情神态、线条脉络依然清晰，立体感官依然强烈，栩栩如生也。另有"莲界""祇林"，两石刻，遒劲有力，如浮雕跃然纸上。

正殿的大门是六扇双开推拉式，门上雕画着各种各样吉祥的图案，中间楹联："日华光照莲花上；慈云常从甘雨来。"两边门柱上也有楹联"紫竹林中观自在；白莲座上如陀佛。""法雨宏施九重地；佛光普照四海天。"此几副楹联皆颂扬观音慈悲为怀、佛法广大、护佑世间生灵之禅意。跨过红色门槛就是正殿。正殿布置装饰得红红火火、金碧辉煌，两旁是近几年新奉祀的十八金身罗汉，虽然拥挤，但洁净明亮，也许寓意着心静心善自然宽，一切皆过得去。内室主祀观音菩萨。高大的观音像结跏趺坐于莲花台上，头戴天冠，高髻含笑，红脸粉唇，慈眉善目，宁静和善，让人备感亲切和敬仰。内室还奉祀着许多观音佛像，其中一尊为男相观音，是这里最早奉祀的观音。永宁慈航庙也因这尊男相观音而闻名海内外。

观音菩萨，又称观世音菩萨，唐时为避唐太宗李世民讳，而略称观音，而且一直沿用至今。观世音大约是在三国时期传入中国的，现在我们看到供奉的观世音菩萨，多是女相。不过在我国初唐以前观世音的像都属于男相，观世音还是个威武的男子。甘肃敦煌莫高窟的壁画和南北朝时的雕像，观音皆作男身，嘴唇上还长着两撇漂亮的小胡子。印度的观世音菩萨也属男相。《华严经》中说："勇猛丈夫观自在。"唐朝乃我国佛教蓬勃兴盛时期，此时的观音已显出女相，有人说这与武则天有关，也许吧！

然经了解，永宁慈航庙中的观音皆为后期重塑，因而，如果单从"在我国初唐以前观世音的像都属于男相"这一点就断定慈航庙的建造年代，是牵强的，是不科学也是不负责任的。或许它是隋朝的产物，或许它的年代更加久远，或许……虽然慈航庙还有许多地方有待我们去考究，但千百年来一直都是永宁百姓心目中的崇敬之处，都一直佑护着这片土地。

从正殿出来，穿过轩亭的月亮门，两边高耸着两座钟鼓楼。这两座钟鼓楼是呈八角楼阁的二层建筑，民国二十年修建，墙体与慈航庙南面墙体相同，皆是用碎碗粉筛洗的，色彩淡雅，风韵独特，具有近代闽南建筑的风格。两钟鼓楼皆有石灰浮雕楹联："远听潮声迎法鼓；高瞻云气湿天香。""楼上钟声晨夕响；座中梦醒则名心。"慈航庙北面墙体则是砖石结构，此乃早期闽南建筑风格。这里另有一拜殿，里面供奉着"三夫人"。这座拜殿比较新，是当代的建筑物，门柱一副冠头长联："夫德保幼何逊新娘腑胆；人贤育婴有逾慈母心肠。"

永宁中亭慈航庙之所以有这么高的历史地位，是因为它的历史悠久，又有名家笔迹。前面所述的联语和题字皆出自清代同治十三年进士、当时的金石名家、永宁霞源陈榮仁之手笔。陈榮仁（1836—1903 年），字铁香，又字戟门。初授翰林院庶吉士，后改任刑部主事。其当京官，过了几年"恩许金銮窥院竹，时随仙杖傍宫槐"的生活，便厌倦了宦海浮沉，又不愿随时趋势，不久即以其父年高为由辞官回乡，遂不复出。榮仁一生致力于著述，著有《闽中金石略》等多部著作，为福建金石学权威。其讲学授徒，前后二十余年，"门下著籍累千，掇高科，举方闻"，桃李芳菲，遍及闽南各地，后参加筹办泉州府官立中学堂（今泉州第五中学前身），任学堂总办。

曾有南宋诗人丘葵题写《永宁庵》："路入永宁方午阴，禅师聊复坐沉吟。欲将门外葫芦水，倒作田间三日霖。"这首诗是否题写永宁慈航庙，我暂无法稽考，然诗意与慈航菩萨的禅意是相通的，皆是至善至悲的善心善举。

慈航庙位于观音亭境，占地面积 400 平方米，建筑面积 330 平方米。这座庙宇历经岁月的沧桑兴废，不少珍贵的文物已遗失损毁，历代有重修，其中清代道光十一年（1831 年）陈大年、陈大勋兄弟（陈棨仁之叔伯）捐资重修永宁慈航庙，使庙宇重光，绵延至今。

如今永宁慈航庙不仅是永宁万众生灵精神上的庇护神，她还是一座连接历史时空的桥梁。虽然我还不清楚她的源头，但我相信她会一直守护在这里，让这方热土永葆安宁！

陈永康，石狮市永宁人，1971 年出生，笔名静心、听海。现为福建省作家协会会员、泉州市作家协会会员、石狮市作家协会秘书长、石狮市中华诗词学会常务理事、石狮市楹联研究会研究员、中华灯谜学术委员会委员。1988 年开始从事文学创作，先后在《福建作家企业家报》《福建文学》《杂文报》《百家散文》《石狮日报》《菲华日报》等报纸杂志发表散文、诗歌、杂文等作品 300 篇左右。

吴崇岩

田园华山村

这晋南的古渡槽，将华山村与城市的纷扰隔得如此之开。

择一日午后的闲时，和作协的文友造访偏安一隅的华山村。跌跌撞撞闯进这片腹地，才恍然自己一身的风尘仆仆与这里格格不入，仿佛啁啾的鸟儿打破秋日的静寂。

车水马龙的节奏尾随而来，几辆臃肿的旅游大巴陆续停靠，发动机声和旅游团中腾起的阵阵惊叹与高呼声像涟漪般延续出去，散落在四下的田野，假装听不见自身的嘈杂。

远远相迎的是村口那一段巍峨的渡槽残迹，一副壮志未酬、大腹便便的体态，比乡愁更亘古地陪伴岁月，守护这方故土。这里藏着 20 世纪的传说，曾经从这段渡槽流过的，是先辈们的智慧和辛勤，肩负着时代的重托，既灌溉农田，又保一方水土。直到新的水渠修成，这古渡槽才慢慢荒废。矮身从渡槽下穿行而过，恰似穿越时光隧口，进入异度空间。木棉和香樟遮出秋的阴凉，也遮住颤抖的情愫。看见小道铺就的鹅卵石光滑可鉴，石间的花草探出新绿，我便身处在这片世外桃源。

蜂拥的向日葵，巴掌大的黄色花蕾鲜艳得像涂抹了染料。我的到来使它们格外雀跃，争先展示妖娆的身姿，像宠物渴望被主人相中而被抱在怀里归家。偶尔被风惹起的层层黄浪，渺茫得像戏子的歌声，从这头飘向那头，消失在由绿转黄中。

怂恿自己，压低身姿去靠近，浅浅的蹲在这一汪黄浪边，用仰视的角度去领略，每一声"咔嚓"的快门都录下她们的柳骨之美。往来通衢的路口，游人如织，各自寻一个合适的角度，留下精美的画面。

曲径通幽的另一侧，是刚刚翻新的田垄，泥土的气息扑鼻，深沟高垄，平分秋色。尚未探头的植被还在土里悄无声息，像孩子在母亲体内孕育，等待初生，等待破茧。而那规整裸露的田地散发出乡土气息，触手可及的是童年的味道。农人春播秋收，昼夜劳作，留下这一方田亩，等待来年的丰收。

纵横交错的田埂，随意地勾勒几笔蜿蜒起伏的步道，偶尔零星站立的几处亭台许是被细细临摹的墨点，山水画色仿若星辰，布局恰到好处。田中恪尽职守的四组稻草人，分别是春耕、夏耘、秋收、冬藏四小花旦。他们锄禾日当午，心无旁骛地躬耕劳作，为来年的丰收洒下汗水滴滴。

移步易景，俯拾皆是的红砖古厝，闲庭信步的村民来来往往，白云散落在红砖白瓦间。修旧还旧的红砖厝焕发新生，千娇百媚，而又活色生香。两座紧邻的二进厝喜结连理，又隐藏怎样的千古佳话？争奇斗艳的檐角高高挑起，仿佛桅杆上的勇士。借斜阳拉出一道带弧的影，地面瞬间黑白分明。

沿着虬枝旁逸的老榕往里走，有残损的断垣长在路的一侧，像垂首合十的居士，安详得与雕塑无异。

首批被修缮的红砖古厝是田野南域的十栋老厝，那些被岁月销蚀的泥墙断瓦，而今被建筑大师附上生命，精心雕琢，细细打磨，已然返璞还淳。复立在这片土地上，迎面而来的是闽南古厝的风格，散发清香的木质结构，保留历史印记的村道，都在言述牢骚满腹的乡愁。

修复的老厝都附上主人的姓名，蔡衍湖民居是往来游客的集散中心。这里的一切焕然一新，兀自成为村中又一道风景线。古厝格局规整，恢宏大气，典型的五间张两榉头格局，外墙上艳红方砖与白色花岗岩相辅相成，别具闽南风情。而古厝侧面与背面均以条石堆砌外墙。古厝的镜面墙经岁月洗礼，砖雕依旧精致。抬头遇见屋顶燕尾脊，流线的条框和空中白云相映成趣。

古厝的入口不设塌寿，一进建筑为长条形廊道，移步入里是通透宽敞的天井，砖石木结构打造古典气息，厅堂木窗上的雕花写满木匠的好手艺。沿着木梯拾级而上，二层的角脚楼适合眺望村中晚景。

伫立在古厝正大门，抬头端详漆在门楣上的"济阳衍派"四个大字，寓意蔡姓族人的故居。正门刻绘对联，横批"端明世胄"。华山村所居住的为宋端明殿大学士蔡襄的后裔，个中典故颇为有趣。蔡襄之曾孙元龟开基龟湖，石狮多数蔡姓皆出自龟湖乡。华山村族谱记载，其一世祖蓝田世居龟湖乡，明初年迁居曾坑，卜居不吉，再移居华山，遂定居。古厝的对联以建造者名字为冠头，上联："衍派分枝忠惠后"，蔡襄去世后谥号忠惠，联语点明了家族来源；下联"湖环山拱武襄家"，记录古厝良好的地理位置。

古厝的主人蔡衍湖，是朴实的闽南商人，他的一生是努力的一生，也是奋斗的一生。蔡衍湖青春年少时开始经商，初期在石狮卖鱼街旧钟楼下经营春珍食品店，制作各色粿炊、糕饼，手艺堪称一绝，平常谁家恰逢喜事，总要来他这里订上几担喜饼糕点。本着石狮人素有的爱拼敢赢的精神，蔡衍湖制作的食品十分地道，美味远飘，远近闻名，很快就深受一众乡邻好评。蔡衍湖为人正直善良，勤奋务实，一直为村中人所尊敬称道。古厝如人，在他亲手建造的古厝中，养育了几代蔡家人，一砖一瓦都写满了厚重的家族记忆。他要求子孙心存善良，脚踏实地，这样的情怀在古厝中处处彰显。眼前的这古大厝，似乎就在向每一位来客倾诉着蔡氏前辈白手起家、艰苦创业的传奇故事，其中的拼搏精神，更是一笔宝贵的财富，是世代传承的优良家风。

蔡衍湖民居不但聚集了闽南建筑特色和风格，更浓缩了许多闽南先辈的励志人生。古厝的修缮保护，既展示了闽南独具特色的建筑构造艺术与雕刻艺术，也留住了游子们的乡愁。伴随着许多闽南古早物件的回归，这座古厝俨然成为一处触摸乡愁的记忆。

从外景到厝内，蔡衍湖古民居恰似一件精美的艺术品。款步过外埕，迎面自清新。进门是主厅，喜气藏后轩，一落二榉头，天井纳秋韵。屋中摆放老式缝纫机、二八自行车，竹编式摇篮，这些童年的回忆已沉入岁月的烟波，此刻也被一一唤醒，如数家珍。拾级而上，二楼是阁楼式结构，硬山式屋顶，墨绿的葫芦栏杆环绕见方的露台，与高挑的燕尾脊相映成趣，流线的屋顶山墙、多彩的琉璃瓦片独树一帜。闽南建筑的典型元素，在这里皆可窥见端倪。或许这并非一栋老厝，更是一件精致到细微处的闽南传统建筑艺术珍品。

站在阁楼远眺，村中那一畦碧绿的睡莲，煞是瞩目，连风都来来回回地追逐它的美。驻足此地，把点点时光埋于西湖龙井，就着那一抹斜阳，和香入口，在唇齿间来回攒动，看接天莲叶，虽不是无穷碧，但也算映日荷花别样红。

举杯品茗的同时，我们聊起对华山村这片田园风光的感受。红艳说，把思想架上一个高度，你就能看到城市里的与众不同。我想说，躲开喧嚣的闹市，在这片世外桃源里，我已经闻到归园田居的味道。华山村是政府对人文关怀的现实写照，市委市政府希望借助修复保护华山古民居，留住乡愁，在努力修缮这些古大厝的同时，也彰显人对自然的敬重，对闽南传统文化的珍视和保护。

走出古厝，西下的斜阳已被时光压低，门外是斑驳的树影，仿佛一幅水墨画洇染了路面的洁净。一丛杂草欢快地湮没门槛，古朴的木门掩映跌落的夕阳，来日方长。

此时还能再看点什么，把所剩无几的天色耗光，哪怕天外飞鸟和白云苍狗，也可客串起这黄昏最美的光景。只这村中的晚秋，这一片田园风光，叫人多几分爱恨交加，爱她的美不胜收，恨她的时光悠悠。

日已西斜，了无蝉噪，古槐清风，物印乡愁。

王起沃故居里的那些事

　　保护好古建筑就是保存历史，保存城市的文脉；保护好古建筑有利于保存城市的传统风貌和个性。城市建设开发的同时，应注意吸收传统建筑的语言，这有利于保持城市的个性。徜徉在侨乡石狮，总在不经意间瞥见一处处闽南红砖古厝，这些老建筑承载着几代人的乡愁，也是珍贵的城市记忆。

　　穿过石狮湖东公园，一条小巷蜿蜒向前。跟着小路往前，就来到修缮一新的王起沃故居前，硬山顶、燕尾脊、刻花红砖、雕梁画栋，这些闽南风韵在这座古大厝身上十分突出。古厝从外观上看，格局规模宏大，处处耐人寻味。源于石狮的先祖都是从中原迁徙而来，因此在建筑格局上都沿袭中轴对称的传统审美，这座古大厝也是如此，多层次进深、前后左右有机衔接，规整独立。

　　压低身姿，怕打扰了大厝里的宁静。站在古厝大门前仰望，门楣上是"欢万家"与"惟善为宝"的泥灰堆字，既与那青石匾上的家训遥相呼应，又显示故居主人对子孙道德教化的重视。大厝墙面外观以红砖组砌，巧妙镶嵌万字堵、海棠花堵、工字体等各式图案，栩栩如生。

　　进得大厝，视野豁然开朗。下厅两侧分别有"基开闽地""鳌城衍派"两处精美贴砖。左手榉头是"大米房"，探头观望，里面静静地摆放着古老的木质打谷机、小竹篮、锄头、耙等一应农具。每一副褪去色泽的农具，都染上了怀旧的色调。曾经它们伴随着主人在田间耕耘劳作，和泥土结伴播撒庄稼，这些场景恰似墙上的版画，活生生演绎着 20 世纪种植水稻、水牛犁田、打谷、碾米的劳动场景。而这，恰似古厝主人王起沃当年只身前往菲岛、进米店当学徒、开办米行到成为菲律宾"大米王"的创业之路，坎坷艰辛，激励后人。

返身回顶厅，豁然可见前言壁上悬挂着著名书法家刘士来书写的孔明先生佳训——"夫君子之行，静以修身，俭以养德。非淡泊无以明志，非宁静无以致远"，与厅堂"勤以修身，俭以养德"八个大字相得益彰，洋溢着浩然正气。

厅堂顶落的西侧是低调的"祖母房"，女主人郑乌蜜将一生荣华打磨于此。门扉旁摆放着木质佛堂，恭敬地供奉着百年前请来的佛像，人来人往，厅内的佛默不作声，只是那漫上来的几缕身影柔曼的烟，围着游人们悄悄醒转。

简单的起居室，不简单的一生跌宕。女主人一生传奇，守望乡愁，18堵红漆安金古早眠床表露出闽南风韵，配套的红漆安金条凳、衣柜、脸盆架等彰显低调的奢华。一应家具错落有致，是女主人对生活的精心装点，她喜欢细腻清雅的梨园戏、高亢艳丽的高甲戏，偶尔也看卓别林电影，听周璇的《夜上海》。这些承载中国文化的戏曲见证着她对国学的热爱，也体现了作为巾帼的她，外能协助夫君经营家业，内能俭以修身，敢于追求梦想的全能之才——为爱不问西东。

故居里始终存着王氏一族的人生轨迹，留下了历历在目的风华。古厝里百字的家风家训："传家久远，不外读书积德四字。古联云：树德箕裘惟孝友，传家彝鼎在诗书。又云：天麻静迓惟为善，祖泽长延在读书。皆格言也。为善最乐，作德日休。世事让三分天空地阔，心田培一点子种孙收。要好儿孙须方寸放宽一步，欲成家业宜凡事吃亏三分。"家训至今保存完好，以楷体雕于石刻之上，既向参观的游客宣示故居主人的高风亮节，同时也承载着主人对子孙后代的殷殷期望。

百余年来，古厝中始终传承着欣欣向荣的育人文脉。古厝主人王起沃先生崇德向善、重视文化，践行"惟善为宝、读书积德"的家训。在王家大厝竣工之后，他用大厝的埕头"三间仔"办作私塾，故居主人的后辈王显荣博学多才，腹载五车，也曾在此亲自授课，学生百余人，因此这里充满着欢声笑语的同时，也有琅琅的读书声。翻新的古厝中再现私塾场景，四套课桌椅、四个玻璃钢制成的小学童在桌前捧书细读，着长衫的先生在台前循循善诱。若是仔细查看，前排女童的脚还是三寸金莲，这是当年招收女童学习的开明思想。物质富足，也要精神进步，古厝主人的超前眼光和开放思维由此更加彰显。

看到这里，也勾起我小时候的诸多回忆。古厝的往昔，是岁月斑驳间无可替代的故乡，是人人难以忘怀的温良，每每思及，便沉浸其中，不愿抽离。每一座红砖古厝，都是主人心中对故乡的一份牵念。细细观摩这座宏伟大厝，门楣窗框镂花刻鸟，砖木墙石巧饰浮雕，屋檐围绕蓝天一片，容纳着往昔岁月沧桑，宁静而又不失生机。也得益于心怀匠心的人，细致于空间内的角落，为找寻心底最初的记忆，令这幢古厝展现出新貌，又携带着旧时的光景，洗尽铅华，像一篇故事娓娓道来。

百余年来，它始终在这里，虽历经风雨，却不曾忘却故土。伫立在王起沃故居，让人感叹它的美轮美奂。每一处精雕细琢，都勾勒着主人对美好生活的向往。从屋檐下的装饰到屋顶的风景，都有着丰富的视觉效果，这大抵就是闽南民居的传统风貌，营造的技艺在每一个细节中呈现得淋漓尽致。

吴崇岩，1989年生，晋江人，现供职于石狮市统计局，石狮市作协会员，作品见于《石狮文艺》。

龚凉凉

黄金海岸

　　小时候，我们背个大人们细活编织的小篓筐，在月牙状的海滩上挖花蛤、拾活贝、捡海螺，海岸线边绵延又纵深的防风森林、白色海滩、奇特礁石是家乡人的谋生场地，记载着村民们长年累月劳作于此的辛酸苦辣。每天，村民算计着潮起潮落的时间出海捕鱼，才有满载而归的喜悦。一大篮、一大篮的，大小不一、种类不同的海鱼，在这儿批发、零售。曾经，这里俨然集市一样，热闹非凡，吸引着20公里以外的渔贩来到这儿做鱼的生意。日复一日地繁荣，人们的腰包自然而然鼓了起来。女人们颈间戴上黄金项链，手腕上套上黄金手镯，她们用真正的黄金装饰着海岸边的迷人风景。大海边防风树林里随风纷纷飘落的树叶，更是我童年时的金色收获。起风后，不管是三更半夜的倦眼惺忪，还是暴风骤雨的瞬间晴朗。个子矮小的我，常常冲在同伴前头，把被风吹雨刮而落地的树叶装进背篮，一篮又一篮地累积成了一大担树叶，挑起回家。一担担的树叶，压弯了我的腰，落下了腰肌劳损的旧疾。从此，我的个子也再也长不高了。当时，是连一日三餐都吃不饱的年代，唯靠劳损身体去维持生计，还并不是所有人都能碰上的黄金机遇啊！每担树叶能卖出2元钱，已经是高价了。我每次捧着那黄金般的2块钱，心中就有说不尽的慰藉与乐足。2元钱，可以帮我解决迟迟未能交上的一学期读书费。我的心呀，感恩大自然的赐予。月牙状的海滩，也帮我解决了日常生活伙食。那海边嶙峋怪石间的海螺、螃蟹、花蛤必是我收获的战利品。我总是把来自海滩的满满丰收，带去那条铺着青石板的永宁街头卖出。那儿，有我摆地摊卖海产品的足迹。

这，就是家乡月牙状海滩给予我童年时期的欢乐。这海岸，是我村的黄金宝地。上辈人所讲的故事里，还曾留下许多特别难忘的脚印。

自宋朝起，永宁港（外高垵、梅林港）就是南来北往船只的必经之地，航运和海上贸易相当发达。在那些繁盛的年代里，未曾被冠名"黄金"的海岸已是名副其实的黄金海岸。商家们带着沉甸甸的货物和黄金白银，从这里踏上永宁，又载着沉甸甸的货物和黄金白银，航向四面八方。当年的古卫城，永宁那铺着青石板的老街上，各大店面紧紧相挨，绸缎布庄、银行、中西药房、典当行、打铁铺、磨坊、染坊、小吃铺、荣兴商号、永进郊行、建昌号布庄、星相馆等，百技之艺，应有尽有。昔日的繁华气场如今仍可窥见。但那时航运的优势给永宁带来富庶经济的同时，却也招来了倭患和战争。曾经的海岸边，下了船浩浩荡荡而来的，不一定是清白谋生的商人，也可能是面目狰狞的倭寇与海匪。一群群盗贼觊觎此地的丰盛物产，不远千里来此劫掠，海匪、倭寇不断吞食着永宁这块丰饶的土地。

赶杀倭寇后，又陷入清初水关沟血案。最惨的是抗战时期的"七·一六"日寇登陆，大永宁经历着历史上不可遗忘的三大劫难！

据说，明嘉靖年间的"水关沟血案"令人发指。那一年的阴历四月二十日，永宁军民死伤无数，剩下的老弱妇孺全部逃匿到街底下的水关沟中避难，敌酋骑着高头大马在大街小巷横冲直撞，来到水关街，战马闻到石板底下人气上冲，蹬起前蹄嘶叫不止。派人排查，发现沟里挤满逃难的民众，可怜的百姓于此成了刀下冤鬼。顿时，水关沟中尸横遍地，鲜血凝流。四月二十三、二十四日连续狂风暴雨，满城雨水汇入水关沟中，一条红色水沟流入大海。从那之后的每年农历四月二十三、二十四日，成为永宁陷城洗街的纪念日。各家各户，必备纸马草人香烛祀品，纪念着当年无数的刀下冤魂！如逢旱年烈天，居民还要挑水洗街，祭奠当年的阵亡将士和蒙难的乡亲，以示不忘洗仇雪耻。"陷城洗街"这四个字成为永宁的风俗，代代相传，诉说着永宁之殇。

1940 年 7 月 16 日，即抗战时期"七·一六"事件。日寇从外高垵登陆永宁，村民们总是咬牙切齿地对我讲述当时的经历，诉说着日本鬼子的滔天恶行。当时，日寇向永宁陆上开炮，飞机在永宁辖区盘旋扫射，投掷炸弹。在日寇铁蹄践踏之下，村民 80 多人被杀，烧毁船只 300 多艘、楼房 40 多间、校舍 3 所、洋楼 60 多座……整个永宁大片区陷入日本鬼子的烧杀掳掠与血洗之中！这片曾经是黄金白银流溢的海岸再次被侵略者的铁蹄残暴践踏！

永宁，寓意"永葆安宁"。为了永葆百姓的安宁，大将军们带领官兵，英勇抗倭，立下赫赫战功，其中包括戚继光和俞大猷。

嘉靖四十五年（1566），戚继光率兵截击来犯的倭船，平息倭寇。戚继光和俞大猷亲自督导修复卫城，整顿军务。并在黄金海岸边竖着一块石头，取名"镇海石"，传说是俞大猷的字。当年俞军穷追倭寇至海岸边，却无船可用，眼见倭寇就要远去，焦急之时，突然一巨石于天外飞来，直冲贼船，将其击碎沉没。俞大猷挥笔写下这"镇海石"三个大字。记载着当年名将英勇守城的历史。

如今，战火熄灭，硝烟不见。几十年来，前辈那股股教导依然在我耳边环绕，字字声声代代相传。

"为什么我的眼里常含泪水？因为我对这土地爱得深沉。"这句话又让我想起后来对家乡这块肥沃土地"爱得深沉"的人。

1992 年，香港友邦国际集团同石狮市政府签订合同，征用永宁镇近 2000 亩土地，以澳大利亚昆士兰的黄金海岸为样板，紧锣密鼓地筹建着闽南黄金海岸度假村。

当你沿着一条长达 1 公里的宽阔林荫大道进入园区，迎面而来的是一座尖顶的童话城堡——金沙游乐园。游乐园大门口那几十间店铺组成了一条街，街上行人如织，店铺租金每月是 800 元左右。游乐园西侧有一条购物街，属主干街。周边是海天佛国洛伽寺、踏浪观音雕像、游艇俱乐部、练马场、海滨浴场夜总会、大观园酒店、邮电宾馆、海洋宾馆、教育培训中心等服务设施。大观园酒店的左侧是精致的别墅区，一排排耀眼绚丽的红顶两层小别墅，衬着海风拂面下踏浪观音那妩媚动人的镇海之像，雅致胜出。金沙游乐园内的摩天轮、海盗船等大型游戏项目吸引着众多游客，一整天的时间待在园内还是玩不完，那样惊心动魄，总留下心有余悸。店铺繁华着，一家家海鲜大排档鱼缸中遨游的鱼儿，正是当地"讨海人"抓捕而来的野生活海产，可任游客平价买去加工佐餐。从购物街边海堤进入沙滩，途经一排排别致的台阶，直达屹立于前方的观音像。月牙形海滩就是从洛伽寺、观音像，直伸至热闹非凡的"海洋馆"。偌大的海洋馆里有海底世界、海豚表演馆、奇石展览，令人眼花缭乱，是游客们最热爱的去处。

这是家乡人的骄傲——全盛时四季如春的黄金海岸！风光旖旎、天水一色、碧波粼粼、游人如织，那时是福建省著名的旅游景区。

夏日里的夜晚，云缝里穿出了月光，映射着喧嚣后的海岸沙滩，以及余温犹在、还轻轻摇荡的海水，海风阵阵拂起白浪，摇曳树影，一波又一波浪涛向沙滩吐着花沫，洋溢着浓浓的诗情画意。

遗憾！黄金海岸昌盛不足十年，公司经营不善，景区萎缩荒废，游客稀疏，一片萧条……那曾经集行、游、吃、住、购、娱于一体，丰富多彩的滨海度假区变得萎靡不振，沦为只供游泳、沐海风、邀明月进酒的简陋场所。店铺大都关闭停业。金沙花苑小区的白色楼体，在高大的棕榈树映衬下已显陈旧，海边那枕涛入梦的高雅别墅，曾是让无数人妒忌的呀！如今却空荡荡的无人入住，曾经的"家家凉在绿荫下，户户聚于涛声中"的情景都已荡然无存。欢乐的热土只能重回梦里遥想！家乡的海岸处于落寞深处，如饥似渴盼春光来临。

"不知何日东瀛变，此地还成要路津？"刘禹锡的诗句浮上我心头之时，"天生我材必有用，千金散尽还复来"！这美句也安慰着我，安慰着人们的心理反差……就心随大海，随岸而安吧！

2009 年，终于迎来大盼头啦！中骏置业独具慧眼，加盟入股，黄金海岸公司重整，石狮市政府配套推动项目建设，派百人工作队，对黄金海岸景区建筑物实施拆迁，并与全体业主签订拆迁安置补偿协议书，采用货币交易和产权置换两种形式，三年完成安置房建设。中骏置业投入巨资打造出 1.3 公里的金质沙滩，潜心筑岸、匠心深耕，重启海洋世界，兴建石狮市海洋博物馆，引入铂涛集团旗下四星级喆啡酒店……这时的黄金海岸，又现风光旖旎之景象，新增了很多的游乐设施，昔日醉美的沙滩重现，现已跃居福建著名的旅游景区之列。2017 年 12 月，中骏黄金海岸订组旅游招商大会，以共赢合作 20 余家省内外旅行社，拓展黄金海岸这后花园之美。

2018 年 2 月，石狮佳龙文化旅游项目落户，总投资 300 亿元，再添龙头旅游项目，多擎发力，再加上姑嫂塔、永宁老街、城隍庙、郭坑农业生态园等旅游项目。一条集古卫城历史文化遗迹、现代滨海生态休闲、美丽乡村景观、名镇为一体的瑰丽旅游区已呈现在世人面前。石狮全域旅游新画卷勾勒出雏形，真如伯乐慧识千里马。又适逢石狮建市 30 周年"创新转型、实业强市"之际，国家"一带一路"的建设等重大机遇，经过一番筹划、建设后，曾经荒废近十年的黄金海岸，翻天覆地，旧貌换新颜。

童年，我常在家乡海滩上挖地道、筑城堡、垒宫殿……精心设计的杰作完成时，总左盼右看，怕建筑构造被海水冲平，多次为自己的创造而惊叹与自豪。当我次日一早到海边，却发现沙滩上已没有了自己的杰作"宫殿""城堡"，连一串细小的脚印也不复存在。同伴们又开始了新的创造……在这种童稚的创造中，我悟到了一个道理：不必企求建立永恒的丰碑，生活在变化，社会在发展，历史不断前进，重要的是，要不断地创新，以迎合时代的需求。童趣，见证了如今变迁到令人惊艳的海岸家园。

2020 年 12 月 25 日，石狮宝盖山、永宁古卫城同时获评国家 AAA 级旅游景区，黄金海岸位于永宁古卫城辖区内，肯定是更加争光焕荣。

莎士比亚说过："发光的不一定是金子，但是，是金子总会发光的。"家乡的黄金海岸永远是那颗镶嵌在世界上的宝石金子。

　　龚凉凉，1965年12月生，中医执业医师，石狮永宁沙堤村人，泉州市作协会员、石狮市作协理事，曾在《福建文学》《海峡都市报》《石狮日报》《石狮文艺》、菲律宾《商报》发表散文20多篇。

胡丹扬

那些年，风雨送批路

侨批，曾经是海外华侨与家乡亲人联系的重要载体，薄薄一纸批包含了许多酸甜苦辣的情感。石狮是著名侨乡，在侨批盛行的年代，石狮的侨批信局应运而生。其中，正是有了侨批工作者的辛勤付出，才能让漂洋过海的侨批安全送到侨眷手中。现年 86 岁的施能钦、93 岁的许自助、91 岁的陈焕柳都是石狮侨批行业的资深从业者，三位老人时常聚在一起，畅谈着那些年，派送侨批路上的风风雨雨。

"我们的故事，讲不完"

"银、信合一""信、汇合一"是侨批的主要特征，早期的出国华侨正是通过侨批与国内亲人取得情感上的沟通和经济联系。侨批最早由水客经营，后来发展成为信局对汇的方式，富有创造力的海洋移民族群创造了人类金融与通信史上独一无二的方式。"我们的故事啊，讲不完！"施能钦感慨道，他们历尽艰辛，见证了侨批行业的发展和消失。

施能钦初入侨批行业，是在 1956 年。为了养家糊口，他中断了高三的学业，接下父亲的工作，成为顺通信局的负责人。施能钦的父亲名叫施良会，17 岁时远赴菲律宾谋生，大约每隔 7 年才回家一趟。作为一名侨眷，施能钦也常常收到父亲寄来的侨批，在那个金融、通信机构不完善的年代，侨批是华侨与家乡亲人的感情寄托。1950 年底，施良会回乡创办了顺通信局。顺通信局的原址位于今石狮民生街，施能钦接手父亲的工作时，信局的资产只有 207 元成本、一辆旧自行车和一张旧办公桌，还有两个员工。

"荣昌在城隍街洪纯泰百货下面；侨源在福建横路；新民在太原路；百川在大仑街；庆昌在建兴街尾……"当年石狮的侨批行业风生水起，每家侨批信局的地点，施能钦依然清晰记得。他说，1949 年以后，石狮旧街区主要有顺通、荣昌、侨源、新民、百川、侨声、庆昌 7 家私营信局开办侨批业务。

侨批的电汇时代

当时的华侨如何通过侨批信局把钱汇回家乡呢？

以菲律宾华侨为例，1950 年以后，菲律宾侨批多用电汇方式汇款。施能钦介绍，菲律宾当地收汇局接收华人移民的信款后，便把信息汇集起来反馈到中国收汇机构。在其中有两种途径，一种是不急的信件经当地邮局寄发，需要十来天，国内信局再把这些编号为"一帮""两帮"进行传递；还有一种急用的汇款则是通过电报，用统一的电码记录汇款人、地址、收款人、金额等信息，按字算钱，一般有十来个字，这种方式收费较贵，但用时短，能够迅速把侨批送到侨眷手上。

每当收到电报，施能钦就开始忙碌起来，他需要对照着统一的电码本进行翻译，每 4 个数字为一个汉字，翻译出来后再誊抄到通知书上。电汇通知书有 3 到 4 联回执单，一联交给客户，一联由信局留底，还有一联要寄回给菲律宾寄钱的人，上面盖有印章表示已收到。陈焕柳还保存有当年的侨汇通知书，上面有手写标注的侨汇电号、到达日期、寄件人、收件人、目的地等信息，盖有新民信局的印章。

国内的侨信局负责把侨批分拣后中转到投递的地域，迅速准确地送到侨眷手中，再把回批收集后回邮到海外联号。"1 万元侨汇，银行给我们 75 元手续费，海外联号则需付 30 元佣金。"施能钦说，侨信局的收入主要靠业务量。

春节和普度期间最忙碌

那个年代，华侨远渡重洋谋生，为的就是赚钱养家，许多侨眷主要的生活来源只有侨批，因此，侨批是一家人翘首以盼的希望。侨批漂洋过海，再送至侨属手中，这背后，有着侨批派送员的功劳，侨批派送员俗称"批脚"，他们风雨无阻，如期将一笔笔海外汇款交付侨眷手中，将海外华侨的思念送回家乡。

石狮是泉州地区最大的侨批派送地，侨批信局的业务量非常大，施能钦所在的信局平常一个月有 100 多万元的汇款量，旺季时则有上千万元。海外华侨的家乡情怀十分浓厚，恪尽赡养家属的义务，他们有的每个月固定给家人汇钱，有的一次就给十多个亲人汇钱，有的华侨通过侨批汇来大笔资金，嘱托亲人在家建新房。施能钦就曾到永和、金井溜江送过 1 万元和 10 万元的侨汇，这在当时来说是一大笔钱，可以用来建一栋楼房，施能钦还帮着建房的侨眷办理公证，服务可谓十分到位。

派送员的服务远不止于此，侨眷收到侨批后，需要马上回信，称为"回文"，派送员拿着回文，送回侨批局，再次登记，最后重返寄信人手中。有些侨眷不识字，因此，识字的派批员常常帮侨眷简单地写好回文，再带回去，省得来回跑。

每逢农历十二月春节前夕、农历七月普度，是侨批信局里最忙的时候，大家不仅要负责电报翻译，也要外出送侨批，这一忙，就到深夜。陈焕柳家住永宁，在他的印象中，1958 年的春节期间是最辛苦的，那时没有放假，每天晚上都要开会，晚上也没法回家。然而，侨批派送员的收入很低，他们大多靠侨眷收到侨汇后给补贴。

风里雨里都要出发

为了把侨批送到侨眷的手中，"批脚"们每天走上几十公里，那是常有的事。"过去分侨批太辛苦了，最重要的是迅速，越快越好。"许自助曾在荣昌信局工作，他回忆，当时去祥芝全靠走路，烈日照射下的路面滚烫滚烫的，后来才有了自行车，但是沿海风力强劲，一路又都是土路，常常怎么使劲骑车都无法前进。若是碰上下雨天，派送员们就披上雨衣，把侨批背在背包里，用雨衣盖住，照常出门。旧时交通条件不好，下雨天路面一坑一洼，更是艰难。

但是，侨批派送最讲求的就是效率，今天到的就要当天全部分完，因此，就算风再大、雨再大，哪怕打雷闪电，"批脚"们也要出发——有时早上分完中午回来，下午还要出去分一趟；有时完成工作任务风尘仆仆回到信局，又有新的侨汇到达，便马上转头出去，依旧要走那么远的路，艰辛可想而知。

送批路上，他们也摸索出了提高效率的经验，靠的是熟人熟路。施能钦特意准备了一个本子，第一次分到某户，就记下该户地址，第二次就不需要再问路了。这样一来，他对周边每家每户侨眷都很熟悉，出发前，便可以把所有批按照所属镇、村、角落分类好，计划好派送次序，按顺序编号。从信局出发，一路沿曾坑、林边、杆头、龙穴、钞坑方向，顺路分批，省去了问路的麻烦。

他们送批的目的地远不止当前的石狮范围内，最远甚至到过南安、同安，因为路途遥远，有时一天只能送上一封。"天没亮就骑自行车出发，到安海才天亮。"许自助每天起早贪黑，直到晚上七八点才到家。不仅送批，他还要帮忙记账、做报表、翻译电报等，每天都没有停歇。

"你来了，大家都很开心"

"你来了，大家都很开心！"每当派送员怀揣着侨批来到侨眷家里，大家都像看到了希望，激动不已，日盼夜盼，终于等来了南洋的回音！久而久之，侨眷们对侨批派送员有了一份真挚的信赖之情。

家乡侨眷们的热情，也是派送员们前进的动力，这一路上，温情满满。"分批的时候，中午经常没有地方吃饭，不像现在街边都有食品店。"

陈焕柳第一次到永和周坑派送侨批时，一路问路，到达时已是午后，早已饥肠辘辘。见他满头大汗，该户人家热心地煮了地瓜干，执意让他吃了一碗垫肚子。

还有一次，施能钦外出时遇到一户人家的女儿，他顺口说："我中午要去你家分批！"没想到小女孩随即回家告诉妈妈，施能钦中午到达的时候，他们早已煮好了热腾腾的鸡蛋面线。为在外风吹日晒的侨批派送员送上一杯开水，也是侨眷们常做的事。点滴小事，都是对他们辛勤付出的关怀。

侨批派送员的职责不仅要迅速、服务周到，更要做好保密工作。侨批信局历来以诚以修身、信以立业为信条，也是每一位"批脚"所遵守的职业操守。尽管他们收入微薄，仍会尽心尽力做好本职工作，即使翻山越岭也要送到收批人的手里。

青春岁月　侨批往事

1962年，政府安排优秀侨批工作者进京参加国庆观礼活动，施能钦幸运地成为受邀进京参加国庆观礼的侨批工作者。在北京期间，他与其他侨务工作者受到了当时国务院侨务委员会主任廖承志的接见，时任外交部部长陈毅也发表了讲话。当时施能钦带了一本笔记本，记录了当时出席领导的讲话和在北京游玩的过程，本子保留至今，密密麻麻的字迹看起来都有着兴奋的味道。邀请函、观礼徽章、在天安门前的留影等等，施能钦都悉心保存，当时福建省的代表有8个人，石狮仅一位。1964年，施能钦作为石狮侨批业的代表，出席了全国侨批业代表会议，并被选为主席团成员。侨批业的全国性代表会议仅此一次。

1975年，侨批业正式归人民银行管理。1980年，中国银行在石狮群英北路重设中国银行石狮办事处，石狮所有侨批业皆由中国银行独办，专门设立石狮侨汇派送站，此时，收发侨批的方式也慢慢发生了改变，原来需要有人派送的侨批转变为由领取人到银行领取。随着现代通信技术的发展，侨批业务渐渐退出了历史舞台。

　　侨批的时代早已远去，讲起往事，那些艰辛岁月依旧历历在目，三位老先生都将青春岁月奉献在侨批事业上，他们见证了石狮金融业的发展，也见证了石狮侨乡的巨变。他们口述的历史，承载着海外侨亲与家乡侨眷跨越重洋的思念，他们不仅是侨批的行脚，更是传递亲情的信使。

　　胡丹扬，1991年4月生，祖籍江苏淮安，石狮日报社记者、《石狮日报》"闽南文化"副刊编辑，石狮市作协会员。自幼深受文化熏陶，长大后扎根家乡，深耕文化沃土，挖掘石狮城市记忆，至今已发表数百篇反映石狮风土人情的报道。所发表作品在福建省报纸副刊作品年赛、中国地市报新闻奖评选、中国县市区域报新闻奖评选中屡获佳绩。

颜灿蓝

燃烧激情的地方

轻推岁月的门楣，倚着光阴，一缕幽香扑鼻而来，记忆深处的闸门被浮动的暗香缓缓开启。

一年前那个庄严隆重的场面、振奋人心的大会，又浮现在眼前，那是石狮市总医院首届领导班子集体亮相、走马上任的历史性瞬间。那不仅是一场敢为人先、担当作为的郑重宣誓，也是石狮市总医院勾勒蓝图、运筹帷幄未来的从容坚定的展示。至此，石狮市紧密型医共体建设迈出实质性的胜利的一步，这是一个具有里程碑意义的重要时刻，它必将凝固成珍贵的记忆片段，载入史册！

曾经，石狮总医院大刀阔斧进行医改，在全省率先吹响新时期医改的号角，这是历史性的难题，积疴深重的难题，被我们大胆、勇敢地破题了！至今，我仍深深地感怀与振奋。

紧随其后，是新院区搬迁的大动作，那不能蚂蚁搬家，也不能愚公移山，需要速度，激情与速度。那是庞大的家当，有精密的仪器、贵重的设备，还有等待着治疗的病人……我们用令人惊叹、难以置信的石狮速度，圆满完成了这项艰巨的工程，向全市人民交上了一份满意的答卷，一座规模庞大、设备齐全的现代化总医院，矗立在整个石狮的中心地带，世人惊叹不已，我们也得到泉州市卫健委和石狮市委、市政府的高度赞赏与肯定。

新的航程从这里出发！载着人民的期待与重托，从这里起航。

石狮市总医院迎来翻天覆地的变化，软硬件全面升级：办公环境宽敞明亮，整齐划一；医院学科门类齐全，齐头并进；医疗设备先进精良，提档升级；名医荟萃，桃李芬芳。智能化信息建设助力加速，暖心服务花开有声，患者满意度直线攀升！

作为总医院的一分子，有幸见证、亲历它的这段艰难历程、光辉历程，我们由衷感到光荣和自豪！

然而，我们不敢懈怠与自满，我们深知医疗改革没有穷期，面对新时代不断提出的医改命题，我们每一个人都生逢其时也重任在肩，深知唯有用自己的方式吸吮新知，上下求索，披荆斩浪，才能探索出更为理想的答案，作答这个时代命题。所谓路漫漫其修远兮，但是，既然选择了这一条路，我们便义无反顾，这是责任，也是使命。

医院是个特殊的地方，医生是个特殊的职业。我不是治病救人的医者，也不在一线冲锋陷阵，但是，作为一名管理者，我找准了方向与使命：我愿意成为这片花海中的一片绿叶，为那极香尽艳、傲立枝头的鲜花，送去春的情意，衬托春的希望，默默无闻地立于花旁，呈现自己生命的价值与意义。

履职工会之后，我意识到这是一个站在大家身后，送去温暖、送去关怀的幕后工作，便创新求变，充分发挥工会在聚人心、兴文化、促发展等方面的阵地优势，广泛凝聚发展共识，广泛汇聚发展合力，驰而不息，一以贯之地抓好各项工作落实，与总医院一路前行，携手并进。春节前夕热腾的联欢晚会、元宵节的灯谜竞猜、"三八"的健康心理辅导、人间四月天的野外踏青、端午节包粽子、"六一"亲子活动、"喜迎建党"男子篮球联赛、"迎国庆"职工歌手大赛……精彩纷呈的活动，热闹祥和的活动、温馨愉快的活动，一件件、一桩桩，我的汗水挥洒在里面、我的心血凝聚在里面、我的热情激情也倾注到里面，这是我的工作历程、我的奋斗足迹、我的成长故事，这里有我默默的付出，这里有我深沉的爱！伴随着总医院，我一步一个脚印，幸福地成长。

历史车轮滚滚向前，发展潮流浩浩荡荡，我相信总医院必将在时代的年轮里彰显它的力量和伟大，我愿意化为一滴水融入这片澎湃的海洋，随着这浩瀚的潮汐，涌向更为辽阔、壮丽的前方。

　　春华秋实，沧桑巨变，这是自然规律，也是发展的必然，我欣然接受时代的变化与馈赠。我始终坚信"枣花至小能成实，桑叶虽粗解作丝"，人生不必伟大，但必须充实。无论将来岗位在哪里，只要心中有信仰，脚下就有前行的力量。我深感荣幸：有这样一片热土，让我尽情燃烧，释放光、释放热，用自己微薄的力量去照亮迷途、温暖寒夜，用自己的智慧和激情，为这部盛世的华美篇章添上浓墨重彩的一笔。

　　石狮总医院步履艰难但又坚定地走过了一周年。回顾这一年的短暂历程，我感慨万千。我深深地祝愿她：欣欣向荣，前程辉煌！我深深地渴望她：为更多苍生送去福音、送去生的希望与力量！

　　颜灿蓝，笔名小阿蓝，1985 年 10 月生，籍贯福建石狮，就职于石狮市总医院，石狮市作协会员，在《石狮日报》《石狮文艺》发表作品数篇。

郑红艳

剪一段闽南红，留百年古韵
——闽南古厝王起沃纪念馆

今年，2020 年，庚子年。120 年前的庚子年，清光绪庚子年（1900年），一代"大米王"闽商王起沃"下南洋"打拼，娶"水某"，事业有成，荣归故里，起大厝。

于是，石狮玉湖引东的小巷深处，石板路的拐角，拔地而起一座"红砖白石双坡曲，出砖入石燕尾脊，雕梁画栋皇宫式"的闽南红砖古大厝。120 年的岁月洗礼，斑驳了红砖白石的鲜红。那一抹闽南红，镌刻成了闽南人最典雅、最深情的古老印记。

剪一段闽南红，留百年古韵，品味沧桑过往……

红色是难驯服的颜色，生生地如一把火，正如闽南人不服输、敢闯敢拼的开创精神。当初，古厝主人王起沃，年仅 13 岁，仅揣着几件破旧衣服、一点干粮和几个铜板，乘坐舢板船，执着地抵抗船主可怜他年幼的劝退，毅然决然地只身下南洋闯荡。举目无亲、流落街头不知所措。所幸遇到一位米店老板好心收留。后来凭着他身上那股坚韧顽强、不屈不挠的闽南血性，经过短短几年的磨炼，他便能"眼睛一看、用手一摸、用牙齿一咬"准确判断稻谷的湿度，鉴定出稻谷可以碾出几成大米，而且记账时又快又准，令米店老板倍加赏识。再经过几年的打拼，在旅菲乡亲的支持下，独自开办了一间米行。他以诚信示人，大米保质保鲜，加工后的大米甚至远销到日本等地，纵横波澜壮阔的商海，成了大名鼎鼎的"大米王"。而后荣归故里，花了十年时间，历经如蜀道之难的阻挠波折，最后盖起了这座闽南红砖大厝。后来在后世子孙的努力，各种善缘的聚集下，将这座历经百年的闽南古大厝进行了一年多的修缮，修旧如旧，如今才得以王起沃纪念馆的形式出现在人们的眼前，免费开放给大众参观。

红色是闽南人崇尚的色彩，象征喜庆、吉祥、热烈、康寿、富贵、幸福。那一抹闽南红，沿着唐宋盛世的遗风一路而来；记录着人类血液最活跃最热烈的基因；并糅进了相思红豆最细腻最深情的情感，历经千百年的岁月流转，依然深深嵌入了闽南人的记忆和灵魂。

你瞧，这座有 120 岁高龄的古厝，占地面积 1000 多平方米的二进五开间的传统闽南大厝，在闽南古大厝当中不算是最大的，然而也算是最齐备、最典型的闽南古厝之一。大厝配套完善，红砖围墙、红砖铺地，优雅一身红；天井连接着古厝和天地的日月星辉，大石埕呈一片开阔之气，独立的花园婉转着"直入花园"的袅袅南音和幽幽花香。

那雕梁画栋的轩朗与红墙红砖的鲜红，美得让人激动，美得让人惊叹。那种端庄、大气、静谧的美，仿佛从千年沧桑中散发出却永不褪色的古香古韵，如一段经年的戏曲，大气深情又婉转袅娜，听你千百遍不厌倦；又如一位端庄秀丽的女子，纤纤素手，款款微步，热情和善而韵味十足，读你一生一世不厌倦。古厝女主人郑乌蜜正是这般美貌与智慧并举、善良与热烈共存的传奇女子。古厝里揽月起中间悬挂着一张祖母郑乌蜜的油画像，身着紫金泛光、样式考究的绸缎服饰，娇美俏丽的面容，端庄舒泰的坐姿，高雅大方的气质，通身尽显大家闺秀的风韵风采。她和善的神态中带着威仪，眉宇间含笑的温柔中透出坚韧的力量。正如和她在古厝一起生活了 24 年的孙女王清照在她所著的《落叶归根桑梓情怀——石狮王起沃家族的故事》里评价祖母所言："祖母的一生富于浪漫色彩，敢于追求梦想，为爱不问西东。"

祖母郑乌蜜生于 1889 年，福清一富裕人家的小姐出身，见多识广，思想开放，巧妙地躲过了"裹小脚"的身体束缚和众人的嘲笑。她与丈夫王起沃一起前往菲律宾经商，协助丈夫将生意从菲岛南部扩大到马尼拉，投资经营项目也从大米扩展到电器、五金、中药、茶叶、家具、金行等。

可谓是外能协夫打拼，内可操持家务；兰心蕙质，内外兼具的难得一见的传奇女子。有妻如此，夫复何求？

然而，斯人已逝，朱红渐残。位于纪念馆中顶落厅堂西侧的"祖母房"，陈列着她生前所用旧物，如红漆安金的条凳、衣柜、脸盆架、梳妆台。我们可以想象得到这大家闺秀一天晨起对镜梳妆、精心打扮的纤纤玉手和梳妆完毕后犹如玉人般手提裙裾、跨过门槛的优雅美丽的身姿，一如经久不衰的闽南红，韵味无穷。一张同样红漆安金的18堵古早眠床，以鲜红的朱漆为底，金色镶边雕饰，三面"遮风堵"床壁上运用各种镂空、浮雕、层雕的匠艺技法，尽显精致奢华。那是她对生活的高雅品质追求，也暗藏着丈夫对她的宠爱。

夜已经深了，湖东街市褪去了喧嚣，月亮挂上古厝燕尾脊的上角，红砖白石在月色的衬托下显得格外分明，夹杂着海风薄薄的雾气在硬山式屋顶上氤氲着，透过天井，红砖古厝仿佛细说尘封在岁月深处"夫妻同心，其利断金"爱情不朽的往事，也冷静地记录着时光的流转、世事的变幻。

岁月悠悠，一梦百年。古厝修复后的红砖更加鲜艳，石块在岁月里依然倔强突兀；倚一堵古老的闽南红砖墙，触摸岁月的沧桑，看浮世清欢，品细水长流。

剪一段闽南红，留百年古韵。透过岁月的光，仿佛看见你漂泊越洋、乘船归乡的身影，依然神采奕奕，荣光显扬……

剪一段闽南红，留百年古韵。透过天井的月，依稀照见你望月思君、日夜盼望的微叹，依然深情顾盼，百转愁肠……

石狮的初冬

最近，我喜欢上两种天：冬天与晴天。

前不久，窸窸淅沥的冬雨过后，周末，迎来了雨霁初晴。天很蓝，云很轻，风很淡；初冬的阳光如初吻般甜蜜而温暖。

石狮峡谷旅游路青年水库附近的花海谷公园，波斯菊开得绚烂了一地，也美好细碎了一地。沿着小径缓缓前行，两旁的花朵如同一张张可爱温暖的笑脸，迎面扑来，灿烂可掬。人们徜徉在五颜六色、芬芳四溢的花海中。

冬天本来是萧索的，而这样美好的石狮初冬却是浪漫的开始。阳光铺洒在大人小孩的脸上，铺展在公路的尽头，延伸到天边的姑嫂塔上。此时的姑嫂塔不再苍凉，宝盖山消去了荒蛮，在湛蓝的天幕下，在暖阳的映衬下，在娇艳花儿的衬托下，一切显得格外浪漫和美好。这份美好值得我们用摄影、发朋友圈的方式来定格记忆，然后，永久留存。

空气中弥漫着醉人的花香，让人暂时忘却了城市的喧嚣与嘈杂，安抚了忙碌工作的疲惫身心。游人的脸上都绽放着和波斯菊一样绚烂的微笑，他们脚步渐渐轻盈，如闲庭信步。我想，那位"采菊东篱下，悠然见南山"的陶公若见了这无车马喧的人境，也会再次感慨"问君何能尔，心远地自偏"。

西伯利亚的候鸟迁徙来到我们这里了。三两只雀鸟在阳光下飞翔，时而悠闲地嬉戏觅食，时而跃过水库的湖面。初冬暖阳，点点碎金洒在宁静的湖面，与两边的木栈道，与瘦高的树林，与清朗的塔山，自然构成一幅层次分明、色彩和谐的山海城画卷。

诗人顾城在《门前》一诗中说，草在结它的籽，风在摇它的叶，我们站着，不说话，就十分美好。在这样的冬日里，遇见一朵朵花儿绽放的美好，一排排树木向阳的美好，一群群游人出动的美好，任何赞美的语言，尤显多余。

阳光是冬季的奢望，没有哪个季节的太阳，比初冬的太阳更加温暖人心，更让人回味无穷。我忆起白居易在《自在》中写道："杲杲冬日光，明暖真可爱。"

"杲杲"二字，指的便是冬日的明亮和温暖。被这样的太阳晒久了，会感觉有点慵懒，伴随着幽幽的远山，伴随着曲折的小径，伴随着成片的花海，这种懒，那是一种逡巡的懒，一种从前慢、慢得只够爱一个人的怀旧的懒。

儿时，三五成群的小伙伴在南墙下，玩起一二三木头人的游戏，嬉嬉闹闹地撒欢儿整个下午。妈妈们坐在墙根一旁，倒扣椅凳，架着网兜，晒着太阳，挥动着手臂，来回穿线，织着渔网。

那些无忧无虑、自由自在的日子都已悄然逝去。孩童游戏的追逐，打弹弓的顽皮，跳橡皮筋的欢乐，慢慢消散在记忆的深处，尘封在岁月的长河，越长大越发现成人世界知音难觅的空寂和落寞。

人在冬季，就像是一个看尽繁华的倦客，绕过红尘，避开杂念，享受着这份喧嚣过后难得的宁静。无雪的南方冬天，没有寒心的萧条，少有彻骨的凛冽，这不是春日更胜春日明媚的初冬，它的暖意，更增添一份隽永和深情。

我们生活，有时不必太匆匆，有些事也不必再在意，偶尔停下脚步，与家人、与朋友，流连于一色山水，沉醉于一片花海，静静感受自己与自然的接触，细细品味与身边亲人的相处。你会发现，平时不善言辞的我们，内心多了一份莫名的感动，眼神多了一份难得的深情。这份深情里，是人生不断褪去华裳、放下执着后的珍惜和回味。

冬季，是一个内敛含蓄的季节，一切都还原本色。山不再葱茏，水不再汹涌，花不再雍容，任凭微风吹落花儿，零落，着水，如同平常的生活，琐碎的日子，慢慢被落日余晖拉长，漫成细水长流，悄无声息，却隽永深邃，深情款款……

雨后初晴的冬日不常在，纯净湛蓝的天空不常有，美丽动人的花儿不常开，但只要你的温柔深情在，所有美好的记忆，一直都在。

海丝寻梦

从儿时依稀有记忆起，我便与大海有着深深的联系。因为大海是我的故乡，我是海的女儿。广阔的大海蕴藏着我对故乡——石狮深深的眷恋和解不开的乡愁。

犹忆起大学毕业时期，中国正处于改革开放的巨大洪流中，年轻一代的我们，有的选择往上北漂的奋斗道路，有的选择下海经商的致富方向；傻傻的我，安分地回到故乡，在当地一所中学任教。不为什么，仅仅是觉得那里有我的家，那里有我的亲人，我应该回来……

"有几间厝，用砖仔砌，看起来普通普通，时常出现我的梦中，彼就是我的故乡……"这首闽南语歌曲《故乡》，唱出了我对故乡那份朴素的深情。当改革开放的春风吹遍祖国大江南北时，我的故乡也悄悄从一个隶属晋江的不起眼的沿海乡镇蓦然崛起，成为让全国瞩目的商业城市，被人们誉为"小香港""不夜城"。石狮人凭着爱拼才会赢的血性和敢闯敢拼的海洋性格，打下了一个个商业王国。

石狮人似乎是一个我行我素的群体，他们的人生字典里面从来没有"驯服"这个词，无论什么也无法阻挡他们追求幸福和自由的发展步伐。早期，他们从街头摆摊设点开始经商，慢慢形成小商品市场，不断地发展壮大，直至今日完整的大规模的服装商业城。

小城里往往深藏着大故事。殊不知，早在清光绪三十四年，即1908年，石狮就出现了华侨从海外带来的第一台手摇电影机；1945年，一位华侨从菲律宾带回一台16毫米电影机，向中国厦门电影公司租来《啼笑因缘》《一江春水向东流》影片，在石狮第一次播放有声电影给父老乡亲们观赏，让乡亲们大开眼界、大饱眼福。2017 年 11 月 9 日晚，由石狮青商会创会会长杨紫明担任创意总监、石狮籍影视演员龚蓓苾担任主演的公益宣传片《我在石狮，我爱她》，在石狮爱乐酒店举行全国首映仪式。该片传递了石狮是一个有历史、有文化、有传承、有温度的城市，唤起海内外石狮人的热爱桑梓之心，并以此片向中国改革开放 40 周年、石狮建市30 周年献礼。

当炮火摧毁叙利亚的家园时，我们才更深切地体会到祖国昌盛强大而带来的自豪感和幸福感。正值春暖花开的和平年代，正处祖国昌盛的光明岁月，我们年轻一代生正逢时，是大有作为的时代。我们应勇敢地追梦，传承石狮老一辈的创业精神，开创属于年轻一代的崭新局面。

近来，当你走在石狮繁华的街头，你可以悄然发现，来来往往的车辆不再随意地"横行霸道"，司机主动地为行人让路；十字路口更有穿戴着黄色阳光志愿者标志衣帽的志愿者们，协助交警维持交通秩序。当你在各种喜宴上，你可以悄然发现，人们不再为了面子装豪气而肆意铺张浪费，服务员合理地为顾客推荐适当的菜肴，友好地提醒你把剩菜打包回家，将"光盘行动"进行到底。当初豪气到让人咋舌的闽南豪门婚宴嫁妆，也被政府带领的文明集体婚礼慢慢取代……石狮的文明之风，在你不经意之间，已蔚然吹起。当你用心感受石狮这座城市，你会发现她在悄然蜕变，华丽地转身。这时，你会发现，你不必再历经千辛万苦、背井离乡去一线城市追求你的奋斗梦想，在石狮，也可以大展宏图，安居乐业……

当清晨洒下第一缕阳光，我们站在苍劲雄健的宝盖山上，眺望茫茫大海，我们胸怀大志；当夕阳涂抹一道绚丽的晚霞，我们守望在祥芝渔港的码头，看满载收获的归帆，我们安然停泊；当明月的清辉弥漫着天空，我们驱车在泉州湾跨海大桥上，桥上双塔的灯光迎面而来，我们驾着理想的彩虹。

和煦的海风拂面，波光粼粼的海面微微荡漾，洁白的水鸟自由翱翔；海豚露出美丽的身影……这一切，都充分地说明，石狮不仅是一个可以追求经商致富、奋斗梦想的城市，也是一个从经济型向文化型转型的文明城市，更是一个可以诗意栖息的自然生态城市。一个时代有一个时代的梦想，中国有民族的文化梦，石狮有石狮的文明城市梦，我有我的文学梦。你呢？愿你在"一带一路"新时代的海丝起点——石狮勇敢地寻梦吧！有梦想谁都了不起！

那一碗牛肉羹飘香

我的家乡石狮，素有"小香港""不夜城"之美誉。说到"不夜城"，便会联想到灯火通明、商铺林立的城隍庙老街的夜市。各种闽南小吃，用舌尖上的美食留住了人们对石狮难忘的乡情乡愁。

于是，趁着周末闲暇，迎着冬日暖阳，我与家中小儿一人一骑单车，悠游石狮老街，带他领略石狮的古早味儿，同时寻找我儿时那被遗落的美好回忆。一路上，我指着路牌、门牌一一介绍了石狮的小街小巷，有城隍街、糖房街、和平路、人民路、新兴街、民生路、卖鱼街、大仑街、新华路等等，生怕遗漏一处，生怕儿时石狮老街的足迹在下一代人记忆中消失。我们穿过最接地气、最热闹的石狮小吃街——糖房街，于老街的西端，一座源自隋代的庙庵——观音亭前，发现了风中依然蹲着一尊石头狮子，它憨态可掬、神情可爱，像极了我家小儿那活泼天真的模样。安放好单车，我边摸着石狮子的头，边如数家珍地给小儿介绍起这石狮子的来历。曾经，石狮人交易赶集，纷纷来到观音亭石狮子这一带，"我们在哪里碰头？""在石狮子这里"叫喊着，传诵着，"石狮"便成了这座城市的名称。所以，这里是石狮这座城市的发源地。就这样，自然而然地渗透给孩子做人不能忘本、要热爱故土的感恩情怀。

接着，我们骑行了大约十米，来到城隍庙。它始于明代，如今已有四百多年历史。城隍显圣保民的故事在民间流传不息，石狮城隍庙与台湾鹿港城隍庙的特殊渊源，以及石狮与台湾对渡的商业贸易往来，从石狮城隍庙的一副对联"鳌城香火分来久，狮地风云拂去多"，可见一斑。我们进城隍庙再拜而出，共同祈愿石狮蒸蒸日上，人民幸福安康。

一转眼，斜阳悄然而至，老街人流如织。我们在一排排明亮闪耀的街灯下，从被誉为"小吃天堂"的城隍小吃街中找到了各式各样的石狮古早味儿。有花生汤、面线糊、蚵仔煎、套肠汤、肉粽、鱼粥、咸饭、牛肉羹、花生糖、橘红糕等等，乐得小儿欢蹦乱跳，不亚于我儿时的欢乐程度。

　　最具代表性的石狮古早味儿，非石狮牛肉羹莫属了。刚一出锅的牛肉羹，热气腾腾，葱香蒜香四溢，舀起一勺和着番薯粉的牛肉羹，透亮软弹、细滑脆嫩；水嫩的姜丝伴着淡淡醋香的汤汁，香而不腻，杂而不乱，口感独特。

　　因为牛肉羹传统纯手工制作工序繁复，能坚持用纯手工制作的店铺至今已屈指可数。据说，师傅得选好上等牛肉，先将牛肉去油、去筋，切成片；再用手臂和拳头抓打肉片，直至将肉片抓打成均匀且出浆的肉泥。抓打牛肉是制作牛肉羹的一道关键工序，用时往往得在一小时左右，一次得抓打五十多斤，要打出颇为满意的肉泥，至少得抓打两千次。而且综合牛肉的弹性、天气等各方面因素，抓打到什么程度才算满意，考验着师傅的体力和制作经验丰富与否。

　　遥忆儿时在村里看戏，多半不是为了看戏，而是为了这五角钱一碗的香喷喷的牛肉羹。在那个贫乏的年代，一碗牛肉羹不能大快朵颐，往往舍不得吃尽，留下几块牛肉粒，向牛肉摊的老板要求加汤得加上好几回，直到吃喝得痛快满足才欢欢喜喜地回家，也算是把戏看完了。童年里牛肉羹的滋味，融合着与哥哥姐姐一起看戏的单纯美好滋味，混合着台上戏子们花花绿绿的浓妆和水袖翻飞的炫彩滋味，洋溢着冬天夜里一群看完戏的人们散场后成群结队走回家其乐融融的滋味。

　　倘若仔细追溯起来，据说这牛肉羹还与南宋名臣陆秀夫有一段感人心酸的故事。相传，南宋景炎三年（1278年），泉州市舶司提举蒲寿庚降元，与元兵一同追杀宋朝皇室遗臣。为了逃避元兵的追杀，陆秀夫与年仅八岁的幼帝赵昺一路南下。不能长时间居住在船上，有时得偷偷上岸寻食，逃亡的日子，又落寞又狼狈。一天，陆秀夫领着幼帝潜入法石山讨食，荒野里只有一户人家，家中一头老耕牛几日前被元兵宰杀，只剩下一张牛皮和四个牛蹄。陆秀夫只得与那农户一起用刀将牛皮上残留的肉屑一点点地刮下来。把刮下的牛肉放入沸汤中煮熟，并随手加入一些海盐和姜末。不料竟香气四溢，令幼帝饱餐一顿。后来，牛肉羹的做法经过不断改进，在坊间慢慢流传下来。明代期间，番薯被商客们从吕宋引入石狮，慢慢地，人们以番薯粉替代绿豆粉，作为制作牛肉羹的主要原料，而牛肉羹的做法一直延续至今，香飘万里。

美美地饱餐了一顿牛肉羹，我与小儿悠然地从城隍老街骑行回家。一路上，我们哼着《来去石狮品美食》的曲儿，心里泛起浓浓的怀旧情愫。

最是那一碗牛肉羹飘香，缠住了你日日夜夜挂牵的石狮；最是那城隍庙老街的烟火市井味儿，安抚你远在千里之外的漂泊之心。

郑红艳，福建石狮人，80 后，中学教师。福建省作家协会会员、石狮摄影协会副秘书长、石狮作协理事，现任教于福建石狮市石光中学。作品发表于《小说月刊》《读者文摘》《国家诗人地理》《当代先锋文学》《青年文学家》《散文诗世界》《牡丹》《乡土作家》《泉州文学》《天下石》等报纸杂志。

蔡霖森

走进闽南古厝
——菲律宾"大米王"王起沃故居

石狮玉湖引东王起沃家族，泉南世家也。百十年前，王起沃先生，时为十三岁之少年，凭非凡胆识勇气，只身泛槎浮海而至菲岛。以白手起家，投半生努力，终而事业有成，誉称"大米王"……功成名就，衣锦还乡，创建了一座闽南古大厝。

——《叶落归根桑梓情怀——石狮王起沃家族的故事》

穿过熙熙攘攘的湖东菜市场，走进停车区旁的一条小巷子，这里的幽静与外界的喧闹形成强烈的反差。就在这小径通幽之处，坐落着一座具有鲜明闽南民居特色的红砖古厝——菲律宾"大米王"王起沃先生的故居纪念馆。该故居位于石狮市玉湖社区引东角，历经百余年风雨，原先年久失修且无人居住，许多屋面及梁架几近坍塌。因此，王起沃的孙女，即世茂集团董事长许荣茂先生的夫人王清照，于去年发起了对祖辈故居的修缮，修旧如旧，使这座古朴端庄的闽南特色红砖厝再次展现在世人面前。

沿小巷一路向里走，没过多久，就远远望见刻着"欢万家"的故居门楣。由入口进，便是王家大厝前的"埕"。旧时在古厝中，埕相当于户外庭院，常作为来客停留车马的地方。王家这座古厝的埕里设置了一排旧式学堂，为石狮市新湖中心学校的前身。一百年前，王起沃于古厝内自办"湖东学堂"私塾，免费教授本村孩童中英文课程。埕的左侧即为古厝正大门，两侧石壁上刻着王家代代相传的"惟善为宝、读书积德"的家训。

古厝内部的架构是标准的闽南古厝布局。前部左右两边各有两间厢房，共四间厢房，称为"四榉头"样式。中部的"天井"（此"天井"非井，专指古厝的中庭部分）通风采光，保证后部的厅堂光线充足，左右两侧也各有两间房。前部的"四榉头"面向天井的一面常常打开，多为遮阴纳凉、供客人休憩停留之所。经修缮后，如今故居纪念馆内的"四榉头"里陈列着一些王家的旧式旗袍、大小乐器、瓷器、挂画等装饰物。

厅堂所在的后部为古厝标准的"五间张"，即一排五间房（包括厅堂）。位于中间的是厅堂，厅堂两边各有佛堂、卧室等两间房。卧室当中，旧式眠床、梳妆台的红漆、镂空、浮雕、层雕等技法也极具闽南特色。主人与客人常在厅堂进行接待交谈。厅堂正中央的墙壁上显眼地挂着王起沃先生的大幅全身画像。画像中的王起沃先生亲切又不失庄重，尽显一代"大米王"的气势。

厅堂后部的"后轩"里陈列着王起沃先生和夫人及王清照女士父辈的家史资料。家史内容以烧制瓷画的形式挂于墙上，从王起沃先生幼年"讨海"（出海讨生活），到与夫人相识相知，经历马尼拉暴乱，到父辈生产队时期共三十余张，足见王家几代人历尽沧桑，代代相传的历史源远流长。

紧靠厅堂右侧的第一间房是王起沃先生的"大米房"，内部陈列了古老的木质打谷机、小竹篮、锄头、耙等农具，两侧的墙壁上整齐地挂着旧时种植水稻、打谷、碾米的黑白照片。可以见得，大米房在王起沃先生的心中占有极其重要的位置。

王起沃先生与"大米王"称号结缘的故事要从他十三岁那年说起。年幼的王起沃初至菲律宾，身边无朋友家人，流落街头。后幸得一位米店老板收留，在米店工作，不断磨炼自己。短短几年，便可通过"一看""一摸""一咬"，判断出稻谷可以碾出几成大米，且记账又快又准，深得老板喜爱。几年过后，对大米行业渐渐熟练的王起沃开始白手起家，自己经营米行。为人诚信的他在大米保质、保量、保鲜方面下了很大功夫，对买家也十分宽容，建立了良好的买卖关系，还不时慷慨资助有困难的菲旅乡亲，因而声名鹊起，在菲律宾大米行里无人不知、无人不晓。夫人郑乌蜜女士"外能协夫打拼，内可操持家务"，于是生意越做越大，从菲律宾南部扩展到马尼拉，从米行跨越到多个行业。天井左侧的"祖母房"中就摆放着许多郑乌蜜女士的旧物，房间正中央也挂着一幅她年轻时的画像，坐姿端庄优雅。

从"五间张"最右侧的小门进入，映入眼帘的是古厝的一条"护龙"（也叫"护厝"）。"护龙"在闽南古厝中常以一排纵向长屋的方式呈现，可作为前后出入的另一通道，又可使正屋免受邻居活动的影响。王家这座古厝里的"护龙"由厨房、用餐房间、客舍等辅助小屋组成。

"护龙"尽头的小门背后还暗藏玄机。由此门而入，是王家大厝的后花园。古时，一般只有家境较好的家庭才会在古厝后建起如此大的后花园，此花园足可看出当时"大米王"王起沃所打拼出来的王家财力的雄厚。在花园中央，还矗立着一尊王起沃先生的汉白玉雕像，以纪念其一生波澜壮阔的事迹。

登上二楼远眺，作为标准的闽南古厝，王家古厝的屋顶正脊为"燕尾脊"，呈现中间凹陷两端微翘的优美曲线。燕尾脊一般显得更加正式，两端探出高昂翘起、尖细，有轻灵飞动之势。倾斜的屋顶和屋檐边角处设置的鱼雕（滴水兽）有利于雨季屋顶的排水。古厝架构的设计、雕刻壁画及花纹尽显闽南"皇宫起"的气势与汉文化的传承，可谓巧妙。

王清照女士与父母、祖父母在这座红砖厝里生活了24年。祖辈在艰苦环境中保持的坚毅顽强、勤奋刻苦、自强不息的精神以及乐于助人、与人为善的品质也默默地影响着她的成长。成家之后，王清照女士秉承"惟善为宝、读书积德"的家风家训，与先生许荣茂驰骋于商界，成为中国著名企业家与富豪。功成名就之余，不忘桑梓，回馈家乡。2018年，王清照女士在征得家人同意之后，决定将此座占地两亩、价值三千万元的祖辈故居捐赠给石狮市政府。故居的捐赠仪式于2019年7月26日正式举行。这座古厝，对于王清照女士来说，或许不仅仅是祖祖辈辈的家，更是一部浓缩的家族史，一代代王家人的家风传承。

蔡霖森，籍贯石狮市凤里大仑社区，现就读广东外语外贸大学，石狮市作协会员。

吴培馨

春满石湖湾

闽南的春天，总是来得那么早。作为闽南发祥地的泉州，早已把唐代大诗人李白笔下所描绘的"烟花三月"千年美景，诗情画意般展现在人们面前。蓝蓝泉州湾南岸，深藏着一湾碧波潋滟的绿水，这里就是石湖湾。

春天的诗句在万紫千红中飞花传令，热闹着春的况味。春风在绿树枝头、碧波浪里、沙滩村巷，拨弹着春的琴弦，奏响明媚动人的春之声交响乐。石湖湾，踩着春天的鼓点，风情万种，翩翩而来。

石湖湾的春天，是从神奇迷人的早晨开启的，这里也是泉州湾迎接第一缕阳光的海上廊道。位于石湖半岛北侧的金钗山，海拔虽然不是很高，但雄峙于泉州湾出海口，悬崖峭壁，怪石嶙峋，地形奇特，原生态遗存保留完好。满山遍野葱翠欲滴，一树树新枝嫩叶，揣着春天的喜悦，问好大海，问好石湖湾，问好四方来客。一朵朵含苞的、怒放的、争艳的山花向来来往往的路人传述着石湖湾的融融春意。

金钗山，襟江带海，人文荟萃，自古以来就是文人墨客争相前来，四方游客纷至沓来，观看海上日出的最佳去处。

据《闽书·卷七·方域志》所述："金钗山，地名石湖，又名日湖，日所出处也。"因此，石湖自古又有"日湖"之称。其实"日出之湖"并非一个湖，而是因为石湖半岛突出于泉州湾，形成半月状海湾而得名。石湖湾东有崇武半岛守护，南有古浮、祥芝拱卫，背靠泉州湾，面朝台湾海峡，俨然就是一个碧波浩渺的巨湖，古人形象地称之为"日湖"，一点都不为过。

　　站在金钗山上向东望去，茫茫大海一望无际伸向天边，和蓝天连接成一条天际线。清晨，划破天际的第一缕光，拉开了新一天的帷幕。映红天边的那一片片彩霞，和着石湖湾那一排排轻盈跳跃的浪花，还有大海那一阵阵浑厚低沉的吟唱，让新的一天就这么有声有色地降临。看那天边的朝霞，每一分、每一秒都是那样的变幻莫测。海面被霞光晕染得色彩斑斓，波光粼粼，和煦春风轻轻拂过，泛起一道道五彩缤纷的涟漪，为石湖湾增添了无穷魅力。

　　忽然，东方海面上出现一道耀眼的亮光，初升的太阳从海底一跃而起，但只一眨眼，又像是从湖中跳出来一般，景象蔚为壮观。金黄色的光芒铺洒在烟波浩渺的海面上，给石湖湾披上一层金色的薄纱。天上霞光万道，红云朵朵；海面碧波荡漾，叠浪层层，宛如有无数个闪亮的小精灵在跳跃舞动。海天交融，泼洒辉映，令人目不暇接，刹那间似乎有些恍惚，仿佛置身于仙境一般，随时都会被海面，不，是湖面万顷波涛、金光闪闪的美景融化。

　　这就是石湖湾的早晨，神奇迷人，美得让人窒息。这一神圣的美，绝对会刷新你的三观，让人心心念念，始终依然是石湖湾惊艳时光的那抹红。

　　金钗山北麓山脚下，热火朝天的石湖港灯火彻夜通明。晨曦中，高大的岸桥塔吊像钢铁巨人矗立在码头岸边，伸出巨臂，迎接初升的朝阳，拥抱新的一天。喷薄而出的旭日晨辉把石湖港所有的一切都涂成金黄色，更让石湖港充满活力，愈发朝气蓬勃。

　　俯瞰现代化的石湖港，视线几乎全是一条直线，那是大海与蓝天、大海与港口、大海与心灵相遇的地方。清晨的石湖港依旧一派繁忙，那些在画面里才有的壮观景象，一切都在眼帘中，一切都是现场版。宽阔的港区道路，来来往往的智能叉车，忙碌着装卸集装箱货柜；一眼望不到边的堆场，进进出出的载货车辆，拖挂着一个个集装箱，奔走在通往港区的大道上。这一道道最为亮眼的风景，构成一幅会呼吸的画卷。是的，石湖港在前进！重振刺桐古港雄风，肩负泉州父老乡亲重托，承载一代又一代海边人的梦想，石湖港扬帆再出发，砥砺向前行，继续新的传奇！

石湖港因海而生，依海而兴，一千多年来，一直都是泉州港海上交通贸易枢纽。远去了，盛唐、宋元、明清的历史风云；远去了，刺桐港历时四百多年东方第一大港的风韵；远去了，蛮舟番客匆匆来往的身影；远去了，郑和第五次下西洋浩荡的船队。而停靠在石湖港万吨、十万吨的巨型货轮，堆积如山的集装箱货柜，正在向世人展示，作为泉州湾中心港区的石湖港，已经成为新时代从"海上丝绸之路"起点走向世界的国家一级口岸大港。

六胜塔，是人们对石湖湾的第一印象，这座有着"世界最早建成的第一航标高塔"美称的千年古塔，像饱经沧桑的老者，见证了繁华兴盛的过去，目睹石湖港区的时代变迁，更憧憬着美好绚丽的未来。宋元时期，泉州是国际航线"海上零公里"，六胜塔重要的航标地位可见非同一般。石湖港从林銮古渡出发，走过一千多年辉煌历程，一直都在书写泉州海上交通贸易史册最为浓墨重彩、璀璨夺目的篇章。

六胜古塔、林銮古渡、石湖大港，石湖湾已经够壮观了吧？但在石湖湾北侧，还有一处风景大吸眼球。福厦高速、高铁两座跨海大桥，犹如两条巨龙横卧泉州湾。石湖湾通过跨海大桥和高铁，与另一端紧紧联结在一起。北上省城福州仅需一个小时，南至厦门特区，只需短短二十分钟。都市乡村，想要的生活可以自由切换。

石湖湾手握石湖港和蚶江港两个港区，曾经，无数满载丝绸、茶叶、瓷器的商船从这里驶向东南亚、印度、非洲及欧亚大陆近百个国家。曾经，无数渔船从这里驶向台湾海峡、舟山及东海、南海渔场，满载着白带鱼、梭子蟹、黄花鱼等鱼货欢笑而归。审时度势，来一个华丽转身，从闻名于世界的海上交通贸易大港蝶变为蜚声国内外的著名渔港。而今，又顺应市场潮流，完成了从渔业大港到海运大港的角色转换，成为泉州港举足轻重的主角。

生机勃勃的石湖湾，虽然经历了春夏秋冬的季节交替，但春暖花开，春天的那抹绿永远是主色调。

242

伫立于金钗山上，海风带着淡淡的咸味吹打在脸上，很是舒心惬意。空气里飘溢着阵阵山花的清香，沁入了心头，笑开了眉头。山海成趣，凝固了时间，凝固了思绪。蓦然回首，又是一番不一样的春江美景。清源山、双阳山峰峦起伏，青翠如黛，送来悠远清新的绿意。晋江、洛阳江像两条白色飘带，在群山云雾间盘盘绕绕，时而缓缓流淌，时而热情豪放，义无反顾地奔向泉州湾，投入大海的怀抱。

晨光霞辉染红了泉州湾，两岸高楼大厦鳞次栉比，与郁郁葱葱的群山交替变屏，点缀相映，勾画成一幅"蓝蓝泉州湾，青青戴云山"的最美实景自然山水画长卷。

石湖湾，一片令人神往的蓝色大海，活泼、灵动、明快、清新，是泉州湾最富传奇色彩的地方。古塔、古渡、大桥、港区，目之所及，是春风吹拂绿色的梦。海浪、沙滩、岛屿、礁石，心之所想，是大海深处甜美的歌唱。可以说在石湖湾，完全可以满足你对大海的所有幻想。

大自然的鬼斧神工，竟然把石湖湾打造得如此奇特奥妙，简直不可思议。半岛把石湖湾分成东西两个湾区，东侧海域称为外海，或许是海水湛蓝清澈，俗称"东清海"；西侧海域叫作内港，晋江、洛阳江两江奔流至此，转身掉头，向东汇入大海，石湖湾也就成了泉州湾的出海口。

内港既有江水到来，又有海水冲击混流，形成得天独厚的"咸淡水相交"海况。加上江水每天带来山岭田野的有机养分，内港盛产的跳跳鱼、红膏蟹、海蛏以味道特别"清甜"、营养十分丰富而走红海内外。内港的鱼虾、螺蛳、蚶贝等鱼货更是因味道鲜美，深受食客喜爱，成为了海鲜市场的抢手货。蚶江一线天街也因为买卖内港鱼货闻名遐迩，或许是因蚶江港位于内港区域而被冠以地理标志称谓的"蚶江内港"鱼货，也成了海产品网红，远近驰名。就连蚶江内港养殖的紫菜，品质也与众不同，色泽油黑发亮，口感幼嫩鲜美，是紫菜的上乘之品。

阳光下的石湖湾东海域——东清海，和晴朗得出人意料的天空，来一个美丽的约会。碧云天，绿叶地，山映朝阳天接水。海浪一波又一波，相互追逐拍打着沙滩，开出朵朵洁白的浪花。沙滩上，被海浪拍打带上岸的贝壳闪闪发亮。海滩上悠闲的人们，或戏水嬉闹，或漫步徜徉，或弯腰拾贝，或伫立远眺；而孩子们最着迷的，永远是在沙滩上自由奔跑。蓝天碧海的神奇之地，吸引的不只是游客，鸥鸟也是石湖湾的常住户口，是它们飞行表演的秀场。这些敏感的精灵，或轻盈点水，或踏浪而去；时而低空兜圈盘旋，时而高空俯冲直下，逍遥自得，令人称羡不已。

石湖湾，海天辉映，相得益彰。只需面朝大海，就能定格一张绝美打卡照。虽然离开的时候，感觉好像什么都没有带走，但石湖湾传神的那抹蓝，已然铭刻在记忆深处。

阳春三月，初升的旭日，那么温柔，金黄色的光线洒落在石湖湾的每一个角落。鸟儿被唤醒，在枝头叽叽喳喳叫个不停，看那种快乐劲儿，实在叫人不忍心打扰；花儿被催开，娇羞地绽放，那美的滋味，让人不由自主停下脚步，深深地吸上一口。

行走于石湖湾的渔家农庄，处处都会透露出海洋文化的雄浑气魄。和渔民兄弟打交道，其举手投足、谈吐话音，眉宇之间别有一番神韵，也许这就是常年在大风大浪中讨生活留下的印迹。即使是居住在石湖湾区的农家子弟，没有出过海打过鱼，但游起泳划起船来，仍有一番架势，让人不能不感叹大海潜移默化的熏陶和影响力。只要说是来自石湖湾，大家都会把你称为海边人，有时还会投来些许慕羡的目光，也许这就是大海的魅力吧。

行走于石湖湾的渔家农庄，一幢幢风格迥异的村家别墅，会不经意出现在你的眼前。每幢房子的门口都有一个庭院，大多都带有围墙，有的围墙做得还很精致。偶尔，会从围墙内传来几声不是很凶的狗叫，打破了村庄清晨的宁静。走着走着，有时还会看到几枝盛开的三角梅，从围墙上面探出头来，在柔和的春风中轻轻摇曳。顿时"春色满园关不住，一枝红杏出墙来"的诗句从口中飞出。只是此花并非杏花，是三角梅罢了。如果碰见庭院大门敞开，也许还能看到"墙角数枝花，迎春独自开"的绿色小品，庭院小花圃默默传递着春的信息。

石湖湾，一个适合用脚步去丈量的地方。走在林銮古渡的石板桥上，你会自然而然感受到石湖湾历史的厚重与岁月的沧桑。古渡被五彩斑斓的霞光染成了金黄，洋洋洒洒，如同一幅写意水彩画，"古渡春晓"成了石湖湾十景之一。走在林銮古渡的石板桥上，你会情不自禁牵着浪花的手，敞开心扉，倾听海浪与古渡的窃窃私语。也许你还会放慢脚步，弯下身来，聆听大海与半岛的深情对话。林銮古渡就是这样一个会讲故事的老人，每一句都潜伏着悬念与答案，每一个情节都会让你味蕾大开，感觉新鲜无比。

胜日寻芳石湖湾，无边光景海天宽。石湖湾的春天，像似一首瑰丽的唐诗，一阕婉约的宋词，轻轻一碰，就能掉落些许美妙诗句，令人心驰神往。不论是行走在整洁干净的村街巷中，还是漫步于浪花拍打的海岸边，视线里都充满跳跃的亮光。你都会不由自主地卸下心里的那份躁动，将自己融化于海湾那么悠闲自得的时光之中。轻轻地来，慢慢地走……

"春风，春暖，春日，春长，春山苍苍，春水漾漾。春荫荫，春浓浓，满园春花开放。"郑板桥心中的春光美景，不就都在石湖湾吗？渔家、农庄、村野，石湖湾到处洋溢着花的笑靥、鸟儿的歌声、大海的唱吟。蓝天、白云、碧波，石湖湾春意满满，春风和畅，跳动着芬芳的音符，迈着欢快的步伐，四处散发着春的邀请函。

来吧，来石湖湾踏青看海吧！别忘了，带上心爱的小孩。神州大地无边春色里，石湖湾是最不能错过的那抹金色的光。

吴培馨，石狮人，自由职业者，石狮市作协会员。作品《诺言》《惜缘》刊于《石狮日报》，《古港华章》刊于《石狮文艺》。

章琦

林銮渡的思绪
——写给故乡的那片海

浮天沧海远，去世法舟轻。

我又一次站在了林銮古渡头。

这天，一从大山中的小镇回来，一股热烈强劲的亲近海的念想登时又涌上心头。林銮古渡的那片海，依旧是我的首选。

我记不得自己是第几次到林銮渡看海了。我是极喜爱大海的。众所周知，自古闽地山脉重重，先人更是留下了"闽道胜于蜀道难"的感慨。闽人难越关山，自然难以遥望中原帝都的繁华，更体味不到北国王朝的华美余韵。但是，在闽东南的一隅，幸而人们可向海深处，大家悠闲地面向大海，耕海牧渔，做着蓝色而深邃的梦。生于斯长于斯的我，自然亦沉迷大海，烙上了大海的印记，怀揣着海一般的梦……

若你未到过林銮渡，不打紧。当远远地，还隔着几排闽南沿海传统石头厝时，便可嗅到这林銮渡的味道。虽说有着人人熟悉的大海的味道，但这林銮渡的味道呀，最别致、最妙的，便是夹着一丝"古"。当年初遇林銮渡，我便被勾了魂儿——辽远大海竟能与悠悠古韵交融得如此恰到好处！

我是一个极易被历史烟云或称古意所打动的人。站在林銮古渡，我最满足。涛声应和唱着史韵的石头，静静融入了一片永恒的湛蓝。踏着石板引堤，总仿佛踩着深厚沉淀的历史肌理，一步一静谧，一步一敬意。

——那一年是盛唐，惯于劈波斩浪的林銮无疑是时代的弄潮儿，借着海的甬道迈向世界，身着万国衣冠的八方来客于这里登岸。

——那一年的帝国远迈汉唐，大明远航的船队满载国之荣耀于这里靠岸。

我沿着石碣，静默地向着历史观想。

缓缓地挨近大海了。这时需要定力而默立，孤独地站下去，久了便平静而不畏缩了。而后极目远眺，风烟俱净，水光交碧。远处仅有的几只敝船散布在海雾弥漫中，连阳光也只是慵懒地洒在青石板上：临林銮渡之海也，心旷神怡，宠辱皆忘，喜洋洋矣！这样的渡头与海，平静得太低调了。也许是经由千年岁月洗练过，那份内敛和悠然，让人认为不是身处大海了。不过我不以为然。我的兴奋点只在，沧海横流、长天海雾，一切可来慢慢阅读。

常人有道：一平如镜的大海，愁杀了勇者的征帆、诗人的激情。不是的！没有一朵浪花不是远行的！海的魅力在风浪，正如生活的魅力在追求呀！历尽千年涛声依旧。即使古渡口愈发寂寞，但土生土长的代代渡口人是智慧的，他们正着力复兴古港文化，重振古港雄风。古渡头远处若隐若现的泉州湾跨海大桥仿佛天舞彩练，长龙卧波，与千年古渡一同把海的深奥神秘烘托得极有韵味……

现在的我，总会在渡头离海最近的一块青石板上长坐。自豪地想着：我是海的子孙。从古老的渡头想到历史的辉煌与湮没，从大海的无边想到人生的深远与辽阔。一潭死水都可养育无数琼花碧草，何况我是向海而生的大潮！大山里的悠闲只能培养肃穆的人生看客——我有海深不可测的涵养和浪冲锋不息的性格，即便在四处碰壁的窘迫里，我仍有不死的心！

海的宏大，也是心灵的宏大。

现在的我，愈发喜爱奔向林銮渡的那片海，静静地漫步，静静地看海——

"你怎么不喜欢山？我们是从大山里走出来的。"

"我知道。但我真的喜欢水，特别是海。水面越大越好。山太高大，而且竖起来挡了你的眼睛。在我眼里，山就是障碍，我要的是能够一眼望穿的。"

"但是山可以爬上去啊,爬上去就可以看到所有景色了。"

"那我也可以把海钻下去啊,你知道海有多深、海底的世界有多神秘吗?山上的风景都被人看透了,我要去海底看看。"

青山遮望眼,海却坦荡开怀、热情澎湃。再者,那些洞见人生高瞻远瞩而又平凡普通的智者,也喜欢看海。

我任由思绪在林銮渡头飘着,能够飘到很远的地方,牵引着暂时离开大海的我更流连大海,更眷恋林銮渡。也许,我也有了挥之不去的乡愁……

　　章琦,笔名萧朗,90后。生于福建石狮,祖籍福建永春。诗人、作家、教师,泉州市青年作家协会会员、石狮市作家协会会员,作品散见于《世界日报》《石狮侨报》《海丝商报》《石狮文艺界》等报纸杂志。

李国宏

人生如戏（外三首）

人生如戏
——陈世哲《泉州旧事》摄影展题诗

表演年代
哪儿都是舞台
对于表演者
旗帜
有时只是一种必要的装饰

手持令旗的人
不一定是
真正发号施令的人
脸谱背后
还有一张脸
你我是行色匆匆的过客
还是驻足观望的看客
或许
龙套跑完
按捺不住地粉墨登场

送你一片辽远的蓝
——夜静风轻摄影作品题诗

以为记忆的片段

早已模糊

可知

你洁白的羽翼

撩动我的心海

刹那间

心底泛起一缕淡淡的愁绪

恰似那年

你淡淡地离去

留给我的忧伤

我愿数着远去的日子

让思念泛滥成万顷碧波

映照你

一生一世

幸福的身影

取舍之间
——题光泽县博物馆商代黑衣陶提梁罐

是否担心

竹篮打水一场空

你使劲

将篮子烧制得如此密实

装得下江山美人

拦不住一江春水向东流

清空风花雪月的碎片

欲望却早已占满内存

不必纠结

提起或者放下

提起要有担当

放下也有风度

柔情似水

——王柏峰蚶江海上泼水节摄影作品题诗

灵动清澈的水花

恰似你的温柔

在蚶江古渡口

随风起舞

你　拥抱

激情四射的季节

沐浴圣洁的祝福

我　邂逅

纯真灿烂的笑容

感动火红的青春

来年端午

相约这片海
给我一个舞台
还你一段精彩

李国宏，石狮市博物馆馆长、研究馆员，
兼任中国海外交通史研究会理事、泉州华侨
历史学会副会长，著述《泉州民间信仰文化
论集》《晚明政治漩涡中的黄克缵》。福建
省作家协会会员，作品荣获2013年度"逢时杯"
海内外散文大赛三等奖。担任《石狮文化丛
书》《永宁百年文学作品选》《石狮侨批故事》
特邀编辑。

邱国尧

我爱家乡东埔

"小时候，妈妈对我讲，大海就是我故乡，海边出生，海里成长。大海啊大海，就像妈妈一样，走遍天涯海角，总在我的身旁……"每当这优美、深情的旋律响起，浓浓的思乡情愫便油然而生。

我的家乡是一个渔村，叫东埔，又称东坡，是石狮最东边的沿海村庄，有着660多年的悠久历史。

在家乡的小学毕业后，我便离开家乡外出求学、在外工作，这么多年，我总时不时想起家乡的一切，养育我的父母、儿时的同学和玩伴、居住过的石头房子、熟悉的巷陌街道、生机勃勃的草木，还有家乡那一片蔚蓝的大海……

儿童时代，我是在东埔渔村度过的，那里有我太多美好的回忆。岁月变迁，如今村子已发生翻天覆地的变化，焕然一新。

我父亲是个土生土长的渔民，作为渔民的儿子，对于大海，我并不陌生。记得读小学时，家里有一艘木质的渔船，父亲常驾着船到海上撒网捕鱼。无论烈日高照还是刮风下雨，他都跟其他渔民一样，坚持出海，为了生活，为了养家糊口。再恶劣的天气，他也冒着生命危险，到风浪中闯荡，除非遇到台风。那时，我们全家的经济来源就是打鱼卖钱。我深切地体会到父亲的辛劳，有空便会到海边走走看看，看到自家的渔船返航靠岸，一箩筐一箩筐的海鲜呈现在眼前，心里自然有说不出的喜悦，这是丰收的喜悦，也是生活的喜悦。在那里，吹一吹海风，闻一闻独特的鱼腥味，感受大海的气息，我感觉特别舒服。父亲打捞回来，我们就能品尝到新鲜的海鲜，那时年幼的我，就能认识并叫出很多鱼类的名字。

我爱家乡的大海。辽阔的大海养育着家乡的人民，海边人靠海吃海，东埔村人大多以打鱼为生，渔民们以海为田，不辞辛劳。早期的船只，几乎都是木质结构的，乘船出去，用人工撒网，若能满载而归，那可是非常值得高兴的事。渔民的生活能否富足，就看鱼虾是否满舱。现在科技发达了，大马力的钢质渔船代替了原始的木船，机械化的捕捞作业也代替了传统的捕鱼方式，旧时耕海牧渔的场景已经成为历史永久的记忆。如今，东埔村的渔业非常发达，渔民生活今非昔比，致富之路也越走越宽阔。不变的是，从大海里捕捞起来的海产品依旧鲜美，大海依然慷慨地养育着这一方人民，也造就了海边人大海一样博大的胸怀。

记得小时候，东埔村的渔港码头非常小，堤坝也狭窄不堪，渔船归来就拥挤成一团，一旦台风来袭，所有渔船只得转移到其他海港躲避台风。如今，家乡的码头已经建设成国家一级渔港，为渔船提供了便利的停靠条件，台风侵袭，船只安然停靠，不必迅速转移。宽阔的堤坝，可以欣赏海景、可以垂钓。闲暇之余，散步于海边，海鸥、白鹭随处可见，它们悠闲地飞翔，时而停在船上休息，时而自由自在地在礁石上漫步。家乡现在有 500 多艘渔船，可以说东埔村的兴起、渔业的迅猛发展，离不开大海的惠泽与眷顾。

我思念家乡的大海，更爱家乡的渔文化。家乡的海峡渔文化博物馆，让籍籍无名的一个小渔村声名鹊起，多少人慕名而来，连海峡对岸的台湾朋友也跨海过来了。这是老渔民们自己发动筹建的博物馆，目的非常单纯：保护传统、留住传统，让后代子孙了解渔村历史和渔民文化。作为馆长的邱国凹，就是一位普普通通的渔民。2009 年，因一根六七米长的大斗，几个老渔民闲谈中，觉得定置网作业已经消失多年，村里只剩下这一根大斗，这是定置网捕鱼打的第一根桩，大家感慨着向大海讨生活的种种艰辛、祖祖辈辈靠海吃饭的种种不易，都觉得有必要保留下来作为珍藏，作为一种纪念。这一念头一旦冒出，便无法熄灭，大家着了魔似的，四处搜集、整理相关物品，讨呀、捡呀、要呀，想尽一切办法，把看到的、知道的东西搜罗而来。2011年，那是一个值得记取的时间，筹备工作开始；2013年，也是一个值得记取的年份，建馆开始，并申请营业执照；2014年，更是一个值得记取的时候，9月6日，博物馆开馆。这是渔民亲手打造的博物馆，这是与海有关的博物馆，活生生在一群老渔民手中诞生了！这是奇迹，这也是自然。因为，这里有一代代靠大海抚育、热爱大海的人。

一天，我带着儿子来到这里。进入展厅，里面陈列有序、管理规范、藏品丰富，不禁为之惊叹！实物收藏琳琅满目，主题鲜明突出，展板上搭配文字介绍，渔船的发展演变、渔民拓海打鱼的惊险场面，清晰明了、直观形象，我第一次体会到渔文化的博大精深。那一张张海上作业图，那一件件船用物件，那一艘艘渔船模型，仿佛诉说着一件件靠海生存的艰辛往事，我知道：这就是鲜活的历史，渔民的奋斗史，也是渔村的辛酸史、发展史。

后来，与邱馆长认识，从他那里得知，一些热心的村民，得知博物馆需要，自发捐钱捐物，捐出了自己以前打鱼用的各种大小物件。如此丰富的实物，靠着大家的热情、质朴、大方，慢慢汇聚起来、堆积起来，也丰盛、全面、立体起来，这是他们的故事，也将成为时代的缩影。

徘徊在馆内，我顿生钦佩之情：邱馆长的热情与坚守，他的用心良苦，为我们留住了记忆，留下了乡愁，也教育着我们、鞭策着我们。这是我们的家乡，我们的人民，我深深地自豪着、骄傲着，也激动着、感动着。

如今，这里是石狮市中小学生社会实践基地和科普基地，这份宝贵的渔文化遗产正默默地传承下去。

东埔村成为泉州市首批"乡村记忆文化"示范村，这是实至名归的事。潮起潮落、奔腾不息，这是大海的气象，也是大海的特征，它呼唤着海边的子民，再度起航，向着更加辽阔、更加苍茫的世界迈进！

邱国尧，1986年9月生，石狮东埔人，小学教师，现为石狮市作协会员、石狮渔文化博物馆常务副秘书长。阅读诗书之余，偶书写寄怀于笔端，先后在《泉州晚报》《泉州青年报》《石狮文艺》发表多篇散文、诗歌。

郑素梅

爱你无悔

夕阳、沙滩、海浪、微风。

屹立在岸边的沙滩上，向远处望去，只看见白茫茫的一片，海水和天空合为一体，分不清是水还是天。正所谓：雾锁山头山锁雾，天连水尾水连天。远处的海水，在娇艳的阳光照耀下，像片片鱼鳞铺在水面，又像顽皮的孩子不断向岸边跳跃。海水是那么的蓝，蓝到使人感到翡翠的颜色太浅，而蓝宝石的颜色又太深，这颜色恐怕名师高手也难以描摹吧？浪花更是海上的奇景。看！涨潮了，海水中的波浪一个连着一个向岸边涌来。有的不断升上来，像一座座滚动着的小山；有的撞击在海边的礁石上，溅起好高的浪花，发出"哗……哗……"的美妙乐声！风和日丽的时候，远远望去，数叶白帆，在这水天一色、金光闪闪的海面上，就像雪白的羽毛，轻悠悠地漂动着、漂动着……

每次来到海边，看着这么美的大海，我的心胸会立即变得开阔，整个人变得神清气爽。这时而雄浑苍茫、时而又温柔美丽的大海，总能帮我把城市的狭窄、拥挤、嘈杂以及工作的压力，全都抛到九霄云外去。

我是这么迷恋着这片海，我深深地热烈地爱着她！

五一假期，大学好友雪儿特地来石狮探望我这昔日死党。挑个云淡风轻、阳光晴朗的日子，带着她，来到我认为最美最宽阔的海滩。

海依旧是那么的广阔无垠，白浪像雪花似的堆积在眼前，我和雪儿手牵着手，穿着我们最喜欢的白色纱裙，赤脚走在松软的沙滩上。此时夕阳西下，金色的阳光映照在海面，整个沙滩似乎都笼上一层金色，梦幻而美丽。

"小小的一片云呀，慢慢地走过来，请你们歇歇脚呀，暂时停下来……"心情无比愉快的雪儿忍不住轻轻哼起美丽的歌儿。一切都是那么的美妙。

我们沿着海岸线轻松愉悦地信步往前，我和雪儿漫无目的地闲聊着。咦，那儿的沙子怎么这么黑呀？我循着雪儿所指的方向看去，果然一小片沙滩的颜色逐渐变得暗黑，隐约看到一根硕大的铁管从岸边延伸到海滩，走近些，还可以看到旁边还有一摊又一摊的黑水，还有隐隐的酸臭味。早听闻伍堡一带污染严重，有些漂染厂甚至将未处理过的污水直接排向海滩。之前只是听闻，并不怎么相信，今天竟无意遇上了。"可惜了！这么美的海滩。"雪儿轻轻叹息着摇了摇头，脸上写满失望。

临走时雪儿跟我半开玩笑：石狮可没我想象的那么漂亮哦，生态环境还这么不好，老同学，有机会你还是赶紧回来吧……

怎么能回去呢？当初的我不就因为石狮有海，有我心心念念的大海，有梦中美丽神奇的大海，才不顾一切奔她而来的吗？可是那次之后，我真的对石狮有些失望了。

过年回家，来做客的一个远房亲戚问我在哪儿工作，我笑着回答，在石狮教书。石狮？为什么要跑去石狮？在家里不是更好吗？我不解，石狮有什么不好？亲戚慢悠悠地喝了一口酒，开始了曾经令他极不愉快的回忆："20 世纪 80 年代的时候，我听说石狮发展得很好，曾经特地去过一趟。结果人到石狮才刚下车，马上就被拉到一辆去安海的车上，行李却被另一伙人拉去另一辆车，那可真叫一个乱啊！对了，在石狮你如果逛街，一定不要随意问价，更不要轻易还价！你一旦问价，店家就会拉住你，千方百计让你买他的东西。如果还价就更不得了，那就一定要买，不买的话很可能会挨打。我曾经在街上看上一块手表，本意只想了解，结果被哄到店里的内间，边哄还带威胁，最后掏了好几百块，这件事情才算了结，结果买回来的还不是真表。这还不算，街上摩的乱窜，大白天还有人被抢包……治安一点都不好，你一个女孩子家更要小心，轻易不要出门……

唉,石狮我是再不敢去了!"说得人心有余悸,听得人都目瞪口呆,只剩我在那儿备觉尴尬,石狮,想说爱你不容易!

又是一年五一节。爸妈和弟弟全家总动员,决定来石狮看看我。掐指算来,他们已有许多个年头没来石狮了。

天公作美,适逢假期,天气晴好,一如我激动而兴奋的心情。我挽着爸妈的手,弟妹们牵着他们年幼的孩子,在阳光下、在微风里,我们一大家子大大小小老老少少,一路欢声笑语,前行在宝盖山下的峡谷路上。沿途花红草绿,鸟儿叽啾,新修的马路干净整洁,两旁的风景赏心悦目、清新怡人,花海谷已经成了石狮人春日必到的打卡之地,人面繁花相映红,好一派春暖花开、美丽迷人的风光啊!

趁着天气晴好,我们又去了红塔湾。海岸旁,一群工人和工程车来来往往,正忙个不停,一打听才知道政府正斥巨资、花大力气要打造全新的海滨旅游景点。正在建设的沿岸马路上,景观花圃里花团锦簇、热闹非凡,景观大道已颇具雏形,宽阔崭新的柏油马路一直延伸到未知的远方,让人产生无限的遐想与憧憬。未来的石狮究竟会有多美?想想心里就忍不住乐开了花。

除了清新秀美的峡谷路、芬芳迷人的花海谷,石狮可以四处走走的地方,还有很多。你看蚶江湿地公园,已是野生鸟儿的天堂,"落霞与孤鹜齐飞,秋水共长天一色"的美景就在眼前;每到春天就桃花盛开、灼灼其华的历史名胜古迹六胜塔公园;还有流传着动人传说,夜登山顶就能俯瞰整个狮城、饱览万家灯火的姑嫂塔……哪一处不是至胜的美景?哪一处没有令人流连的风光?

石狮已今非昔比,变化真是太大了!临走时,爸爸十分感慨地说道。确实,若没有爸妈这次石狮之旅,身在石狮已近 20 年的我还未曾这么深刻地感受到它的巨大变化。感谢爸妈的这次来访,让我有机会带着他们用脚步慢慢丈量石狮的每一寸土地,细细感受石狮的每一处变化。

依依不舍地送走爸妈,我的内心却是满满的幸福。原来石狮已变得这么美,有蓝天、碧海,有青山、绿水,还有过马路时自觉礼让行人的,永远活力满满、爱拼才会赢的石狮人……

夕阳、沙滩、海浪、微风……

听，大海又在演奏她动人的乐曲！

石狮，爱你终不悔！

郑素梅，生于1977年，祖籍龙岩永定，石狮市石光中学高级教师，石狮作协会员。《微雨桂花香》《不能忘却的纪念》《不诉离殇》《缘来是你》《那时花开》《2020，爱你爱你》等诗文发表于《石狮日报》《石狮文艺》等刊物。

何莲香

祥芝渔港雄风

一、渔港雄风

石狮市三面环海，地理位置得天独厚，是极具闽南特色的海滨城市。位于市东北方向祥芝半岛的祥芝中心渔港，不仅是福建省第一个国家级中心渔港，还是全省最大的渔业专业港、全国五大渔港之一。

一天清晨，我携着遐想，闲庭信步在祥芝中心渔港。迎面扑来的海风，带着鱼腥味，又咸又湿，有点刺鼻。哦！我闻到了大海的味道。

我站在渔港的高处，望着晨雾弥漫中的海面波涛汹涌，遥望旭日东升，金色的朝霞涂满天空，一幅美好的海天图呈现在我眼前。

此时，海风吹拂我的发丝，海浪震撼我的心灵。

此地，热闹的中心渔港枕着宽阔的沿海路，怀抱着数百艘渔船，早已开启了繁忙的一天。

我走到渔港管理处的入口，看到好多运输船在靠近码头的浅水区繁忙穿梭，升降机上下传送着鱼筐。一筐筐的鱼被送上岸后很快被货柜车拉走。一辆辆车驶出码头，把渔产品送往全国各地的海鲜市场。

渔船凯旋，鱼儿满舱。

海鲜市场讲究新鲜和速度，时间等于金钱。渔船归港一般选择在凌晨，渔民与商家早约好了码头取货，一是为了避开白天的高温天气，二是为了尽早上市出售。

当一筐筐的银白色带鱼和灰白色巴浪鱼，还有一排排箩筐里叫不出名的新鲜无比的海鱼呈现在我面前时，不是第一次见识这种场面的我，还是被震撼到了。

这满筐里装的哪里是鱼？而是渔家的希望，是渔业辉煌的明天！我是海边人，虽然不是渔民，也以此为傲。

渔港的鱼类五花八门、品种繁多。本地常见的鱼有巴浪、鱿鱼、带鱼、鲢鱼、花蟹，还有叫不上名的各种鱼虾。

此刻人们脸上写满笑意，渔港一派丰收的景象。

开渔期的港口，每天都这样忙忙碌碌——车辆频繁进出，紧张又有序。

若问祥芝渔港对本地的经济作出了多大的贡献？请看官方报道：祥芝镇的6个行政村中有祥渔、祥运、祥农、古浮4个村为沿海行政村，海岸线长10公里。该镇6.5万常住人口中，有3万多人从事渔业相关工作。目前该镇共有捕捞渔船627艘，总吨位15.42万吨，有36家水产品加工厂、35家冷冻厂，冷冻库容量达15万吨。2016年，该镇实现渔业产量24.22万吨、产值17.37亿元。祥芝镇是福建省乃至全国渔业重镇和水产品加工基地。

二、壮观的开渔仪式

开渔了！出海了！

每年的8月份是特别的日子，8月16日，开渔节到了。

这天，我陪同亲戚专程来到祥芝中心渔港，目睹雄伟壮观的一场大戏。

大清早，眼前的码头好热闹啊！到处是慕名而来观光的游客，人头攒动、熙熙攘攘。

海里的渔船早就整装待发，主角是船家和渔民。此时，船家、渔民和家属们忙着做上船前的最后准备。有的拿着一箱箱的矿泉水、八宝粥、面包等食物，还有的拿蔬菜、水果，也有的拿风扇和一袋子的衣服。他们带齐必备的生活物品，渔船是他们的另一个家。渔民们告别亲人后，纷纷登上摆渡船再转到渔船。

经过 3 个月的休渔等待，渔民们放下一切，准备出海。渔船马上要启航了，人们欢欣鼓舞。

中午 12 点，石狮祥芝中心渔港内彩旗飘飘，盛大的开渔仪式正式开始。相关部门的领导出席开幕式，嘉宾到场祝贺。

随着开渔令的发布，锣鼓齐奏、礼炮齐鸣，大约 700 艘渔船浩浩荡荡，列队驶出港口。一艘艘、一排排，千帆竞发，鱼贯而出……好似威武雄壮的队伍踏上征途，场面非常壮观。

这也成了旅游观光者眼里一道亮丽的风景！

三、昔日风采

悠悠岁月，大浪淘沙。

回忆往昔，渔港曾经是"海上丝绸之路"的起点，千年古港历尽大海的沧桑。

1987 年，石狮建市，乘改革春风，渔港得到进一步发展。

作为石狮的一个新市民，也作为户籍上的祥芝人，我无数次参观了祥芝的几个渔港。

1997 年，我刚来祥芝镇工作，对未来的居住地充满好奇心。我一安顿好，就忙着打听此地最出名的是什么，答曰：码头。听后，我的第一个愿望是去周游一圈。

那时候手里没有祥芝地图，更没有导航之类的提示，信息还真的靠口耳相传。我问码头在哪里？旁人给我指点了祥农码头的大概方向。我记住了两条大路，其他的就靠两条腿去体验。我想离此地应该不远，因为能闻到海水的咸味呢！

有人好心提醒我：站在大路边，能看到一辆辆载鱼的拖拉机，逆着车的方向走，还怕找不到吗？哦！真有道理。后来我经常注意这些载鱼的车辆。特别是早晚时分，笨重的拖拉机要从码头载鱼到各个冷冻厂、鱼制品厂，不是销售，而是进行深加工。各种鱼干等鱼肉食品是本地的一大产业。

一天，我迫不及待地来到祥农码头。站在岸边，海水就在脚下，可此水的深度明显不够停泊大型的渔船。沿着码头路朝大海的方向行走，可以看到越来越多的渔船。延伸到码头泊位的路，清一色铺的是旧条石，坑坑洼洼的。我想，那些载鱼载货的车满载着重物进进出出，不把路面轧烂才怪呢！何况路窄车多，拥挤不堪。

去过渔码头的人都知道，人未到，味先闻，有刺鼻的鱼腥味、海水的咸湿味，还有船上的柴油味。

尽管我围着丝巾，捂住口鼻，但迎着大风还是鼻涕直流。特别是眼前的场地，又脏又乱，还有近岸边的运输船只发出嘈杂的声音，令我无所适从。人家忍受这些味道是为了谋生，来此闲逛的我又是何苦呢？望着辛苦劳作的人们，我告别了码头。

那时候，本区域的码头主要指的是祥农码头和祥渔码头。两个码头相距不远（中心渔港位置在二者之间），我都去实地观光过。多年来，这两个旧码头一直在尽职尽责地履行它们的使命，为石狮的渔业撑起半壁江山。

四、乘长风　展宏图

据报道：祥渔村是省政府评定的全省"渔业十强村"，并荣登榜首；同时也是省政府批准确定的"现代农业示范点的实施单位"之一，曾被农业部誉为"全国第一渔村"。

原有的祥渔村是国家一级群众渔港，已不适应渔业生产的发展，2008年被批准扩建为国家中心渔港，这也是祥芝中心渔港的雏形。

十年间，清淤填海填方，经历无数次的不断提升改造，熬过了无数次的台风咆哮，祥芝中心渔港上升到省级、国家级中心渔港。

祥芝中心渔港扩建工程加快建设步伐，目前已经完成工程量的90%以上，总投资2.1亿元。项目建成后，渔港泊位数将达22个，形成陆域面积 6.9 万平方米，掩护水域总面积达到 73 万平方米左右，将显著增强渔港的渔货装卸能力。

随着捕鱼业的发展，大型的造船厂也落户在码头附近。千万元级别的大型渔船应运而生。一艘渔船价值人民币一千万元，有的高达两千万元，是当代渔民雄厚的生产工具。

眺望未来，信心百倍。祥芝镇相关负责人介绍，为了实现渔业产业向第二、第三产业延伸，祥芝镇将以祥芝中心渔港为依托，打造古浮慢生活体验区、滨海岸线景观带、泉州海洋学院的中试孵化区、城镇商业地产综合体，建设渔港风情小镇。

蓝图美景如画，渔乡的日子越过越美。

走出祥芝渔港，放眼全市：石狮，一座富有魅力的年轻城市，160 平方千米，经济综合实力居全国百强县之第十六位，曾入选《福布斯》"中国大陆最佳商业城市"。它乘上改革开放的强劲东风，从一个小镇，华丽转身，成为颇具魅力的宜居宜业城市。我相信：明天的石狮，将更加辉煌、灿烂！

何莲香，网名在水一方，女，1969 年 12 月生，籍贯湖南衡阳，石狮七中教师，石狮市作协会员。近几年在网络平台和纸媒发表作品，曾获得第二届"中华杯"全国文学大赛三等奖、石狮"童谣征集活动"三等奖。

高莲莲

侨乡嬗变

一、衣

石狮，为福建著名侨乡，并以服装闻名于世，是"中国休闲服装名城"。

"衣食住行"为人之最基本的物质需求，凡人谁也摆脱不了。衣，放在首位，可见其重要性，这是人走向文明的第一步，所以对衣服的需求，可以表现得理直气壮，即使衣柜里堆满各色衣物，但"女人永远缺少一件衣服"。所以，闲时穿梭于时装店，是女人的最爱。我也不例外，看到琳琅满目、色彩斑斓的衣物，脆弱的神经是经不起诱惑的，除了两眼发光，就是管不住手。如今，刷微信、支付宝，没有直接支付现金的心疼，更是缺乏理性了。不管是买方或卖方，都沉湎于"刷刷刷"忽进忽出的喜悦中。在网络信息越来越发达的现在，网上的商店同样鳞次栉比，只要到网上的商家购买，快递小哥便会把漂亮的衣服送到家，省去了许多去实体店购买的时间。在网上做生意已成为一种趋势，石狮按下建设"品牌之都网红城市"的加速键，石狮的青创直播基地成为福建省首个网红直播基地，全国各地的商家可通过观看直播预订新款衣服，时装爱好者"足不出户"动动手指即可体验时尚购物的乐趣。

今非昔比，让我感慨万千。

"囡子爱年兜，大人乱糟糟"，在那个物资匮乏的年代，为了能让儿

265

女穿上新衣，父母曾寸心纠结过，也曾"白头搔更短"过。记得有一年的年末，父母又在为儿女的新衣发愁了。母亲曾几次到镇上的供销社询问，却白白遭受了那卖布料的阿姨鄙夷的嗤鼻声和鄙视的"卫生眼球"。虽遭此待遇，母亲仍不死心地三番五次几易其所，徘徊于附近几个镇的供销社间，仍未果。正当母亲焦急失望之际，"皇天终不负苦心人"，不知是母亲爱子心切的情意感动了那卖布料的阿姨，抑或是母亲那执着劲实在"难缠"，那位阿姨终于透露出离我们较远的厝上供销社最近抢购得一匹绿军布的消息。听到这个好消息，母亲露出了久违的笑容。第二天天未亮时，父亲便披星戴月地揣着卖猪崽的钱步行上路了。购得新布后，母亲请邻居阿姨帮忙裁剪好布料，则快马加鞭地连夜加班，在向别人借来的手摇缝纫机上为四个儿女赶做新衣。

母亲一宿折腾到天亮，终于把四个儿女的新衣"搞定"了。母亲在沾沾自喜之际，把我们从睡梦中一个个地唤醒，让我们在睡眼蒙眬的状态下各穿各的衣服比试。母亲不停地在我们身上这儿捏捏、那儿摸摸，嘴里不时发出"啧啧"的赞许声，其得意劲不亚于打胜仗的将领。

母亲缝做的衣裳款式极其简单，是那种翻领的、对开门襟、一排三个纽扣式的仿军装款，前襟还贴上两个大大的口袋。这对于只学过一点点裁缝技术的母亲来讲，已是尽她最大的心力了。

正月初一一大早，我们姐弟四个自豪地穿上了整齐划一、与众不同的新"军"衣到处炫耀，引来了邻居赞许的目光。现在回想起来，常会忍俊不禁。但我深深知道，那时母亲的心里肯定也与我们一样——美滋滋的。在四个姐弟中，我最调皮，所以常借用父亲的皮带系在腰间，扮演一出出王二小引敌、潘冬子参加革命的小戏。也许是这个缘故，从小我便对军人有种特殊的崇拜之情。

每逢临近新年，当自己为家人购买新衣时，儿时那穿新衣的往事便会一幕幕鲜活地回放在脑海中，那"军"衣穿在身时的飒爽英姿，仍储存在自己的骨子里。我时常不由自主地挺直腰板，摇摇头来搂搂肩，仿佛欲抖落那副渐渐老至的身骨，渴望换来新骨驻来新颜。

新骨与新颜是换不来的。但用现在那款式新颖的衣服粉墨装扮自己，却觉得比以前增添了几许时尚与潮流。

在享受新衣中，我们正如痴如醉着！

二、食

小时候，地处农村的我们，家家户户的经济都不好，每天的主食除了自家种的番薯外，便是番薯干。那时的番薯品种不好，煮后的番薯干每一块还是硬硬的，煮不烂也煮不碎，不甘也不甜，不像现在的番薯干，一煮就稀巴烂。到了年末，因为放置的时间久了，煮后的番薯干汤中还会有小虫子在里面。因为每天都吃着同样的食物，我们看到奶奶再次煮的番薯干后，心里都会反呕，所以每天早上，将就着喝几口番薯干汤便上学了。到学校后，常饿得饥肠辘辘，天昏地暗，连上体育课的力气都没有。"饥者甘食，渴者甘饮。"所以，当中午饭还是番薯干时，我们便能大碗大碗地"大快朵颐"了。

那时，除了非农村户口的人才能分得粮票，我们这些农村户口的人家，得拿粮食（如花生、番薯干）去粮店交换大米，但是那少得可怜的几斤大米怎能让一大家子人吃个够呢？所以，每次换得大米后，奶奶总把大米锁起来，在逢年过节时，才舍得把大米拿出来煮，给我们打打牙祭。煮大米时分为两个程序，先是把大米与水放在锅里煮沸，等米粒"开花"后，奶奶便用一把笊篱捞起一碗饭，专门留给家里的主要劳动力——父亲吃，其余的则继续加热，煮得稀巴烂，成为真正的"稀饭"，则给我们这些孩子吃。虽然稀饭很稀，米粒已糜烂，但几乎三餐都以番薯或番薯干为主食的我们，一闻到那种煮熟的米粥味，口水都流下来了。所以，我们都盼望着节日的到来。更好笑的是，当媒婆到我家给二姐说媒时，二姐总会急忙问，他家几天吃一次白米饭或白米粥呀？看来，白米饭或白米粥比人的人品、相貌更迷人。于是，我们戏笑二姐说，你只管白米饭或白米粥，难道不管那人是瞎子还是跛子？二姐斩钉截铁地说，只要不天天吃番薯、番薯干，是瞎子还是跛子我都认了！

当时，物质匮乏，除了个别华侨家属，大家是没有能力买大鱼大肉的。即使是家里养猪的农家，待到卖猪时，也只舍得留点猪头皮或肥肉下来，其余的都卖给杀猪卖猪肉的人。平时，吃的菜都是自家种的。大家吃得最多的菜是酱瓜。记得，每年大豆收成的时候，母亲总把大豆煮熟，发酵晒干后，与洗净后用食盐揉搓过的菜瓜一同放入一个大的水缸里进行腌制，上面盖上一个瓷盖子，等过些时日，打开瓷盖子，检查腌制的情况。一般来说，一家人一年至少要腌制一大缸酱瓜，有的人口比较多的人家则要腌制两大缸酱瓜。酱好的菜瓜又咸又涩，我们好奇地问奶奶："酱瓜为什么那么咸呀？是不是买盐不用钱呀？"奶奶笑着说："傻孩子，多放点盐，酱瓜才不容易生虫子呀。这两大缸酱瓜，够我们吃一年呢。"一听吃一年，我们的眉头便皱得像奶奶腌的酱瓜。酱瓜可以直接当配菜，也可用来同鱼、肉一起煮，当然，一锅菜中，酱瓜占的分量最多。奶奶经常给我们姐弟每人各分一小碗配菜，但一小碗配菜中，只有一条小鱼或一块肥肉，其他的都是酱瓜。在当时，我们能有此待遇，已经觉得幸福极了。

那时候，小孩子最盼望的是过年过节，除夕、七月半是大节，更受期待。因为大节日，家里才舍得买来一斤猪肉（三层肉）和一点用小鲨鱼做的鱼丸，若能再买一个猪肺加一块豆腐的话，那种生活简直比神仙还惬意。当天中午，一家人围坐在一起大快朵颐，一下子，所有盘子都见了底，小孩子们用手擦了擦满是油渍的嘴，一副很满足的样子。

偶尔（一年最多一次）出趟门到石狮，那时候石狮还是一个镇，隶属晋江。中午的时候，妈妈会带着我们几个小孩到石狮国营的清珍饭店吃一顿饭。清珍饭店主营石狮风味大众饮食，深受人们欢迎。进了饭店，必须自己拿碗筷，筷子是竹筷，碗则是画着公鸡图案的"鸡公碗"，最奢侈的便是一人一碗咸饭，两人合喝一碗丸子汤。这规格如同现在上大酒店。这个记忆一直留到现在，成为一份美好的收藏。

"民以食为天"。现在生活水平提高了，酒店、餐馆鳞次栉比，小吃店比比皆是，各种菜色、各种山珍海味应有尽有；菜市场、超市就在家门口，大米鱼肉蔬菜水果品种齐全，百姓的菜篮子日益丰盛；到"饿了么""美团"等平台叫餐，随叫随到。

经历过饥饿时期的我们，更懂得感恩，更珍惜现在的幸福！

三、灶火

自燧人氏发明了钻木取火，教民熟食后，人们吃上了熟食物，从此告别了饮血茹毛的时代。从那时起，人们用一把把烈火烧起一顿顿香喷喷的美味佳肴。记得小时候，每户人家的厨房里，都建有一座用红砖头筑起的灶台。灶台上，中间是一个大大的圆灶，可放置一个直径大约80厘米的大铁锅，这个灶口通常用来煮地瓜皮（给牲畜吃）、水煮花生或蒸甜粿；灶的两旁，则是两个直径大约为40厘米的圆灶，分别用来煮饭和炒菜；靠墙壁处则竖着一根用红砖头筑成的大烟囱，每当做饭时分，家家户户炊烟四起，袅袅的炊烟随风飘散，叙说着生活的温馨，村庄里到处能闻到柴草燃烧后那种淡淡的香味。那时，我们经常帮大人往灶台前侧的方形灶口塞柴火，也许是因为急着想跑出去玩，还未等灶里的柴火完全燃烧，我们便又塞进去一块柴火，结果被烟火呛得直流眼泪，被熏成"黑包公"则是常有的事。这时，奶奶总会嗔怪我们说："不会持家的人，去玩吧！我自己来，记得先拍拍脸再到外面去，免得受凉了。"这是我们最喜欢听到的话，几个孩子一哄而起，到外面撒野去了。

不同人家的灶台彰显着贫富的不同。一般人家的灶台是用普通的红砖和着水泥搭建而成的，而那些有钱人家，为了显赫自己的财富，在上等的红砖上镶嵌"福""寿"字样或"灶君司令"图样的瓷砖，算是与众不同吧。那时，筑灶的师傅生意特好，好几个师傅家的家底都挺殷实的。

20世纪80年代初，煤炭还是实行供给制。每户人家均能分得几张少得可怜的煤票。不过，人们那满足样还不时地溢于言表。邻里打招呼时，总问，今天的煤炭颜色很不错，你买了没？那时，整个乡只有一个供应站，各村的村民纷纷挑着箩筐到永宁港边的供应站购买煤炭。因为货少需求多，购煤的人排起了长龙，不按规则排队的人常遭遇供应站人员的吆喝及白眼，这是计划经济时代独有的一道风景。煤炭购得后，妈妈还得到村外的一个红土窟里挖掘红土，然后把煤炭、红土及水搅匀后，用印煤机印成一个个整齐划一的煤球，待煤球晒干后，便是最好的燃料了。有了煤炭的供给后，人们争着在灶台旁加建一个煤灶。长长的煤炉可容纳三四个煤球（个数随煤炉的高度或煤球的高度决定），大人们最先在煤炉的底下放入一团纸和一些木炭，而后用火点燃纸和木炭，上头再放入一个煤球。这时候，得拿一把蒲扇在灶口扇风，使火更快地生起来，这就是妈妈戏称的"煽风点火"。待火把煤球熏燃一小部分后，再放入第二、第三、第四个煤球，半小时后，煤炉便热火朝天了。灶台这时也"识相"地"退居二线"。

90 年代左右，液化气开始进入个别百姓家，灶火又掀起一场新的革命。那时，使用液化气的人家得先到液化气站申请一个户头，连同买液化气灶及液化气得消费一千来元，所以好多家庭仍用煤球取火。随着时间的推移，人们生活水平逐步提高，好多人看到液化气使用起来既快捷又方便，纷纷"抛弃"那曾带来无尽温暖的煤灶，拆除那个占据很大位置的灶台，于是，一整套豪华气派的"欧式"橱柜便闪亮登场了。更有刚刚装修完新房不久的"新新人类"们，他们的厨房里全是新一代的电器，电压力锅、微波炉、电磁炉等应有尽有。现在，天然气的引进再掀起一轮节能洁净的新革命。智能科技改变生活。现在高端智能厨具的发明让我们进入智能高科技时代，我们可以通过小爱同学或手机应用程序（APP）遥控，开启米家电饭煲等厨具，回家后，就可以享用香喷喷的美食了！

生活每天都在变化。"今美于昨，明日复胜于今"，灶火的变化见证了时代的变化。

四、行

小时候，故乡永宁到石狮镇区，只有一条泥土路，西门外有一座低矮破旧的汽车站，我们都称那个地方为"车头"，每天只有一两个班次，只要有班次时，常见人们排成一条长龙，如果有人想插队的话，那绝对是会引起众怒的。当前几十个人挤进车厢内时，车厢里已经人满为患，售票员得费好大的劲才能把车门关上，没办法上车的人只能眼看着汽车绝尘而去，望车兴叹。

到一趟石狮在当时是一件很隆重的事，十公里的距离，需要两个多小时，那时我们偶尔到石狮一趟，必须起个大早，清晨六点多就出发，走走停停，八九点钟才到达石狮最有古早味的城隍街上。这是当时石狮最热闹的地方。需要购买物品时，通常要到这条街上。买完物品，母亲会咬着牙关，带我们到清珍饭店"撮一顿"，下午再往回走，常走得筋疲力尽。一天的时间就这样过去了。

后来，乡里有好几个人开起三轮摩托车，想到石狮一趟，就不会那样折腾了。当时的路况不好，都是泥土路，坐在三轮摩托车上，如果遇到路面有凹凸不平处，常颠簸不停，如同坐在摇篮里摇晃一般，有时候，被摇晃得晕头转向，特别是坐在最外面的两个人，两只手必须紧紧地握住车上的框架，才不会被摔下来。所以，摩托车司机经常提醒车内的人，手要抓紧，以防摔落。

七八十年代物资匮乏，结婚时，最流行陪嫁"四大件"，即凤凰牌自行车、蝴蝶牌缝纫机、三五时钟、上海牌手表。有婚嫁或家境好一点的人家，才舍得购买一辆自行车。邻居家的老陈，在政府部门工作，上下班都骑着一辆老式的自行车，每天下班回家后，他做的第一件事便是擦洗自行车，把自行车擦得锃亮。别人想向他借一下自行车，是不可能的事。因为，这是他攒下一年多的钱才咬着牙关买的爱车，万一自行车被借骑的人剐蹭的话，他会心疼死的。

我结婚是90年代初，记得"五一"那天，我先生借他老爸的自行车到我家，载我到乡政府登记，登记过程就这样朴素。结婚时，我陪嫁了两辆自行车。从此，我先生骑着自行车到晋江溪边糖厂上班，每天来回得骑四五十公里，这是那个时代给予人意志力的磨炼。

现在，厝边头尾的人家，几乎都买了小汽车，出行便利了，道路宽阔平坦、四通八达，一条条崭新的康庄大道正载着高质量发展之翼，奔向远方！

高莲莲，笔名莲子，石狮永宁人，出生于1970年2月，现任职于石狮市教育局小学教育指导服务中心。闲暇时喜欢舞文弄墨，撰写的《愿化春泥更护花》获石狮市首届"爱岗敬业"征文比赛第三名，《灶火变化的景观》获石狮市电力杯征文比赛优秀奖。《守望爱情》发表于《福建文学》，《影迷老妈》发表于《泉州晚报》，多篇散文发表于《石狮日报》《石狮文艺》《永宁乡土》《镇海石》等刊物。

李明慧

前行中的古卫新城

一

从石狮市区向着东南，沿着永宁黄金海岸大道驶行，扑面而来的海风熏得人微醉。未见大海，大海便以这独特的阔气吸引着我们。就是这片大海，赋予石狮人爽朗、敢拼、豁达的性格。

海风裹挟着咸涩的味道，诉说着古镇的故事，我们的心也变得凝重起来。

永宁有"滨海千年古镇、东南第一卫城"之美称，它与天津卫、威海卫并称明朝三大卫。而永宁的历史可以追溯到更远，南宋时，为防御毗舍耶国海寇入侵，朝廷即在此建了永宁水寨，永宁因此得名，寓意永葆安宁。元朝时，由于海寇出入东南沿海，侵扰百姓，在永宁设巡检司。明洪武二十年（1387 年），为抵御倭寇，朝廷在此设立永宁卫城，以作泉南屏障。历史上的永宁古卫城有五个城门，后来均消逌不见，湮没于岁月中，如今唯东瀛门重新修筑，高大的城楼森然矗立在东边，可见当年之气派。

有卫城，便建城隍庙，这是历史上修建卫城的规矩。永宁城隍庙始建于明代洪武年间，规模宏大、规格齐备，作为东南亚与港澳台地区城隍庙的祖庙而声名远播。永宁古卫城依山而建，东高西低，落差达 20 多米，老街从慈航庙直通到西门外，长一公里多。明朝时，此街称西直街。府志记载："右千户所，营房八百四十间，在永清门西直街。"改革开放前，它一直是永宁商贸的集中地，如供销社、百货商店、书店、菜市场、手工作坊、食杂铺，甚至银行、税务、邮电等单位，无不拥挤在这条狭窄的老街上，是当时方圆几里的采购集散地，其繁荣景象可见一斑。特别是中街，更是商铺林立、鳞次栉比，历史上也是繁华地段：万通号布行曾日进斗金，兴源号油坊曾彻夜加工，三只乌槽船常年运输，"面线过澎湖而变淡"；永进商行为了摆阔，曾把红绫一路铺到外高垵，张扬铺张得让人瞠目结舌……

如今光滑的石板条洗尽铅华，笔直地延伸着，永宁老街便在我记忆的长河里被唤醒：20世纪八九十年代，老街是我们的必经之地。那时，我们每天穿梭在街头巷尾，街道两旁的店面挤挤挨挨，如布庄、烟茶、日杂、农具、药房、香楮等。各种特色小吃更是诱人垂涎三尺：阿潭水煎包、亚颐糕饼、阿螺面线糊、国平牛肉羹……老街的人从来都是心平如镜，沉在光阴里，静静地打发着日子。不管是卖文具的"韭菜"阿婆，还是妆糕人的雷阿伯，几十年如一日地守着那片店铺、那摊担子，与岁月抗争似的，也陪着我们走出青葱的少年时光。

二

凝固的时间逐渐褪去，狭长的石板街、苍老的小阁楼、坍塌的店门、暴露在外的电线，在我眼前毫不遮掩地排开。事了拂衣去，深藏功与名。曾经热闹喧嚣的古街已失去昔日的繁华，零星几家店面固执地坚守着，与老街一样萧条冷清，店主也安静地守着，人来不惊，人去不嗔，平静地看着来来去去的人。

自古"永宁卫城一条街"，说古街是古卫城的心脏也好，是脊梁也好，是经纬也好，然而"俱往矣"。20世纪90年代后期，狭窄的老街已不能适应人们日益增长的物质需求，渐渐失去了她的历史地位。于是向外拓展，以西门外的农贸市场为中心，辐射成一个新的商业圈，市场经济很快如火如荼，远近村落的村民纷纷前来采购，每天熙来攘往，遇上年节祭祀更是人山人海，仿佛重现了当年老街的盛景。

如果说新街是个充满生机和活力的青壮年，那么古街就是位年事已

274

高的龙钟老人。悄然退出历史舞台的永宁老街，慢慢地进入沉睡般的状态。随着各地旅游业方兴未艾，不少开发商瞄准了这块风水宝地，老街也难逃"拆"的命运。正要谢幕之际，2013 年，传来了古街被评上"中国历史文化名街"的喜讯，人们奔走相告，政府及时为古街量身定做了一套修复和保护方案，后来推进了城隍庙民俗文化广场及中轴景观、永宁老街路面管线等基础设施建设，启动文祠修缮、老街立面改造项目，筹划建设古卫城遗迹公园、复建大东门到南门的城墙，力求抢救这条垂垂老矣的古街。

自 2012 年起，永宁古卫城暨城隍文化节连续举办八年，举办期间，除了"城隍出巡"和"城隍祭拜"活动外，画脸谱游永宁、木偶戏表演、高甲戏表演、"大美永宁"书画展、沙美村狮阵武术、传统趣味猜谜活动、民谣音乐会、文创美食集市等丰富多彩的民俗活动精彩纷呈，接待游客180 万人次，向海内外展示了石狮对传统闽南文化的保护、传承，使古卫城重新焕发出了生命力。2019 年，为全面打造"全福游·狮来运转"旅游品牌，美食荟萃、"大美永宁"书画摄影展，主办方更是在美食和文创方面做足了文章，各种富有创意和精彩的活动让市民和游客在感受传统文化的同时，有得看、有得吃、有得玩。让游客们尽情领略了古卫风情，体验原汁原味的闽南文化，在永宁度过愉快的时光。每逢这个时候，无论远近游客，带上一家人，古卫城成了你最温馨的不二选择，因为在这里总能遇见你的小学老师、同窗好友，抑或那个骑竹马、弄青梅的他，找寻逝去的时光。因此，老街不仅很好地保留了很多民俗文化，也是很多善男信女的打卡胜地：古卫城驿站、青年旅行舍、南门七号、永宁故事馆，还有永宁文庙前的祈愿树……

三

城门对面，石狮黄金海岸进行了全面改造，打造成为超百万平方米世界级滨海旅游度假湾区。正所谓"生活在海岸，每天都有不同的邂逅，那是大自然的故事在娓娓道来"。有位住进该安置房的村民告诉我们，他只花20 万元装修，就住进度假村，每天都是面朝大海、春暖花开的日子。我们相信，属于海岸的生活，正渐入佳境。北纬 24° 上这片宜居的热土，冬无严寒，夏无酷暑，向海而居的诗意时光，自然与生活的相得益彰，活力与温情相映成趣，使得人们回归生活本源，让天赋之美得以延续并不断丰富。

据宣传："未来，永宁将以古卫城文化为基石，做足'望海看山兴农'文章，打造滨海文化旅游特色名镇。"这一切并不是梦。你看那 19 公里的海岸线正在开发建设，这是永宁最为宝贵的资源。短短几年来，永宁镇以打造红塔湾生态湾区为切入点，规划建设国家级海洋生态公园；永宁镇从宝盖山风景区的建设和保护入手，将废弃石窟改造为休闲公园，配套建设旱冰场、攀岩、高空滑索、拓展等项目，挖掘朝天寺、虎岫寺等宗教资源，开发宗教朝圣旅游。目前，郭坑村金鸡山生态休闲文化园、前埔村"垄上行"农业科普研学基地、新沙堤村的盘扣民宿、西偏村宝盖山风景区旅游一条街配备设施项目、港边村休闲农庄、山边村果蔬采摘园、院东村周末趣味农庄等项目正在实施中，永宁镇全域旅游雏形初显。

炎炎夏日，城市居民到乡村避暑休闲消费成为一种时尚。海滨浴场，人头攒动；石窟公园，晨练暮舞；峡谷路上，游客如织；农庄民宿、海边度假、永宁夜市吸粉无数。值得一提的是登宝盖山，"自古华山一条道"，原本登山的路很单一，近几年来，登姑嫂塔的道路如花开般散落下来。即使疫情期间，停游也不停建，宝盖山又打通了后山的两条路，并沿途做了景观绿化，让人们在爬山之余，尽情体验自然风光……

令人振奋的还有 2019 年底，石狮泰国风情文旅项目的正式签约。据悉，该项目选址峡谷旅游路与共富路交叉口两侧（永宁镇后杆柄村），占地约 455 亩，拟投资 8 亿元人民币，主要引进泰国文旅特色资源，分二期建设，将打造集主题体验、度假酒店、旅游购物、国际学校、机构养老、生态保护、特色美食等为一体的综合性国际文旅综合体。其体量之大、涵盖业态之丰富，有望成为"龙头旅游景点"，补齐永宁乃至石狮旅游资源小而分散、开发层次偏低、体验业态不足等短板，并连同顺接的红塔湾旅游风景道，打造为石狮旅游人气的新高地，带动永宁以及石狮旅游产业的发展。

参观王起沃纪念馆

穿过曲折逼仄的小巷，不经意间一脚踏进清朝，和一部家族史撞了个满怀。正所谓"红砖白厝双坡曲，出砖入石燕尾脊，雕梁画栋皇宫式"，这座始建于 1910 年的闽南红砖古厝——王起沃故居就这样呈现在我眼前。

1870 年前，出生于湖边引东的王起沃，因家境贫寒，十三岁只身下南洋谋生，奋迹于菲岛，白手起家，半生拼搏，吃苦耐劳，后事业有成，被誉为"大米王"。这是一位身材魁梧、神采奕奕、心志平和的谦谦君子。夫人郑乌蜜为一奇女子，美貌智慧，善良坚韧，自小随父经商，见多识广，思想开放，内可操持家务，外能协夫打拼。夫妻同心奋斗，生意从菲岛南部扩展到马尼拉，从米业延伸到电器、五金、中药、茶叶、金行、家具等。富贵不还乡，如锦衣夜行。经过半生奋斗，王起沃夫妇怀着对家乡的热爱，情真意切地从菲律宾带回雄厚的资金，准备在家乡兴建大厝。

这不是好事吗？李国宏馆长告诉我们："起大厝更遭百般阻挠。当时封闭的农村，思想狭隘，'恨人有，笑人无'，越是贫穷，越喜欢窝里斗。十年建一所房子，留下四个字'读书积德'。他的后代用三千万元修缮，把祖父的百年建筑文化回馈给社会，无偿捐赠给政府，从某种意义上说，这座房子也得到了永生。"那么，它有什么价值能被列为石狮市博物馆分馆？石狮作协的创作基地为什么要设在这里？带着一串串疑问，我探访了古厝每个角落……

榉头房的玻璃橱窗内，王起沃孙女王清照非常喜欢的两件旗袍，其中一件"荷花与旗袍"是 2002 年在上海一个慈善拍卖会上收获的。旗袍是由上海资深裁缝师所做，荷花是由中国台湾画家"荷花大师"张杰所画并亲笔签字。王清照非常喜欢荷花，而她祖母非常喜欢旗袍，所以她把这件非常有纪念意义的旗袍放进古厝与大家分享。王清照何许人也？说到她丈夫许荣茂及他的世茂摩天城，石狮人无人不知、无人不晓。记得央视狗年春晚，一幅明代《丝路山水地图》在海外及民间"漂泊"多年后，终于"回家"，就是世茂集团董事局主席许荣茂捐赠给故宫博物院的，当时他斥巨资 1.33 亿元从海外购回，成了春晚明星。关于许荣茂的发家史，颇有几分神秘色彩，坊间流传的版本不少，与他本人面相温和、沉稳不奢、"做得多、说得少、走得稳、藏得深"的个性有关，不为外人所了解。其实，早在 1989 年，荣归故里的许荣茂，在家乡石狮就投下巨资，抛出一连串开发计划，其中包括振狮大酒店、振狮经济开发区、占地 6000 亩的"闽南黄金海岸"，一举成为石狮当地最大的地产商。在 20 世纪 90 年代，许荣茂不仅相继开发了武夷山度假村、兰州"东方红商业城"，还开发了北京亚运花园，在上海，更是打造出以绿化和临江的水景为建筑理念的"滨江模式"，不仅成为上海豪宅的代名词，还不断在主要河流沿岸城市开发中被复制，故有业界"豪宅教父"之封号。时间进入 21 世纪，许荣茂首登《福布斯》中国富豪榜，可他多次致函不同意刊载自己的名字，被称为"隐形大鳄"。

让我佩服的是他们的一对儿女也极其成才。能让原华远地产董事长、地产"大炮"任志强夸口的"房二代"不多，许荣茂之子、世茂集团董事局副主席许世坛"算一个"。女儿许薇薇，比弟弟许世坛大两岁，生于 1975 年。与弟弟一样，她也在澳大利亚读书，毕业于悉尼麦格里大学商业系，具有澳大利亚注册会计师资格。34 岁时出任集团总裁。自此，世茂集团形成许荣茂、许世坛、许薇薇的"金三角"管理模式，此中即有父子、父女传承，姐弟接力的多层家族企业治理格局。许家姐弟二人，皆有留学背景，且个性如父，喜欢深藏不露，从职位传承上来看，是一对不错的搭档。

我久久伫立在这件"荷花与旗袍"前，张老说过："我画过的荷花不会谢，亦不需浇水，它永远活着，这不是永生吗？"莲花也是知识的重要象征，知识通向再生与涅槃的永恒循环中。"一袭莲旗袍，三代乡愁情"，正如王清照斥巨资修缮这座房子，为了纪念祖辈当年下南洋的奋斗史，而我们石狮人素有"爱拼才会赢"的打拼精神，早在明清两代，由于地理、环境等因素导致一批批先民冒着生命危险闯荡出去，下南洋的历史也是一部辛酸史，是石狮侨乡的血泪史，我想这应该是这座古厝成为石狮博物馆分馆的原因。

来到后廊，玻璃柜里展出的"一张张重复的契约"吸引了我的眼球，这契约写出了"满纸荒唐言，一把辛酸泪"的建房史。而这一切缘起于起王起沃夫妇的"舍不得的那份乡愁，洗不去的摇篮血迹"。其实在建玉湖大厝之前，早有东村大厝引以为鉴，据王清照书中介绍，就会觉得祖母的了不起，家族里各种复杂的事她都能一一摆平。大厝工程前后花了三年多的时间终于建成，还来不及搬迁，原本不让他们起大厝的引东村风波再起，他们觉得肥水不流外人田，要求祖母回引东玉湖村也建一座大厝。奇怪的是祖母这次也同意了，还让祖父从菲国速速赶回。然而，他们一心一意地回来，是弃以前的教训于不顾，还是心甘情愿地走进了圈套，这些，我们不得而知。

但是，为了寻回那份乡愁，为我逆天有何不可！有时候，爱是盲目的、没有理由的，有时候是一时冲动，有时候是一枚邮票，只为寻回那"梦里水乡"，而且至死不渝。王起沃夫妇这次面对买地，依旧举步维艰，面对同乡、同宗、同族等等圈圈套套，他们虽然都签下立卖杜绝断根地底契，也言明房亲伯叔兄侄以及子子孙孙不得阻挡。但那份苦涩和伤感，像极了现在的拆迁难和钉子户。王清照说，祖父与祖母只能忍气吞声，多掏些银子，息事宁人。可乌云又夹风带雨滚滚而来，同村的异姓宗族也参加进来，一派是明着来闹事的，另一派是暗着来偷建材的，最终目的都是讹钱。其实他们一边供货，一边偷货，这样祖母只能不断地付钱，但房子却不见长。智慧如祖母，当她识破这两派内外勾结的伎俩，她索性让两支工程队分左右两边同时进行施工，这样可以加快速度，避免无谓的损失。眼看着一波刚平，但另一波又起，建大厝陷于事事掣肘、困难重重的地步。村里不同姓氏的族里死了人，族长竟然以王家建房冲了他们的风水为由带人来闹事。此时祖母刚怀上了与祖父的第一个孩子，祖父在欣喜之余又要担心他们母子的安危，他提出去厦门鼓浪屿建一栋别墅的想法；难能可贵的是祖母想的不是两代人，而是王家子子孙孙的摇篮血迹，都要留在自己家乡的这片土地上。一点也不傲娇、沉稳果敢的祖母是怎样化解这场严峻的考验的呢？她竟对族长的老婆说，我们两人的孩子指腹为婚吧。或许是神机妙算，或许是好人有好报，后来真的各生男女。族长当时家道中落，能与王家联姻也算是攀上高枝了。这样吴王两家终于解除矛盾，和平共处。

我不禁对这位有胆有识的祖母感兴趣起来。当我站在她的画像前，天啊！沉鱼落雁、闭月羞花，我无法表述出看到画像时被惊艳到的心情，这样一个集智慧与美丽善良于一身的女子，试问世间谁人不服，谁人不爱？王清照的祖父更是把她捧在手心里，即使是天上的星星也要把它摘下来献给她，这就是祖父对祖母一生忠贞不渝的爱情誓言。

这座大厝的石埕并不大，符合主人家的气质：谦逊、不张扬。单从外观判断，你绝不会想到这就是当年富甲一方的"大米王"的大厝。石埕的回落是一间长方形的屋子，有意思的是拱形的门顶上镶嵌着三个字"上学堂"，只见里面整齐地排列着二十四张单人桌。据说一百年前，大厝竣工之时，王起沃专辟房间，办作私塾，并聘请老师，为本村十多名学童免费教授中英文课程，创办了当时极有名的"湖东学堂"，这便是现今石狮新湖中心学校的前身。而王起沃之子王显荣（王清照之父），子承父愿，也曾在此免费教授过英语，学生达上百人。现重新修缮的大厝，不定时开设公益课程和宣讲活动，延续这座古厝的百年文脉。

站在古厝后花园那尊王起沃的汉白玉雕像旁，我深受启发：古厝是根，这里有家、有亲情、有乡愁；古厝是魂，这里有家风家训、有中华文化、有中国智慧。

李明慧，笔名日月慧心，1974 年 8 月出生，籍贯石狮，现就职于石狮市第二实验小学，石狮市作协会员，《父亲的菜园》《两地书》发表于《石狮文艺》。

林凯明

我们的节日

　　作为福建省文化厅每年端午节的重头戏，闽台对渡文化节暨蚶江海上泼水节早已名声在外。可是，作为土生土长的蚶江人，二十年来，我却没有写过一篇像样的文章加以描绘与推介，想来实在汗颜得很！

　　从小耳濡目染、婚后积极参与，我对蚶江海上泼水节的体验和感情是很深的！而用手中的笔，写一点朴素的文字，是我致敬该节日的最好的方法。

　　回忆是一件很美好的事情。从记事起，我就觉得端午的海上泼水节是我们蚶江除春节之外最盛大的节日！我们通常是吃过午饭，在爷爷的带领下，便到后埯海边看热闹。印象最深刻的就是：各种船只在海面上互相靠近，然后用水桶泼水；更靠近观众的船只在海上捉鸭，陆地上在攻炮城。整个海面上人山人海，彩旗飘飘、呐喊声声，那是一片欢乐的海洋、幸福的海洋、沸腾的海洋！烈日当头，大家依然喜笑颜开、激情高涨、活力贲张！那盛大、壮观的场面，没有亲历者，无法领略与体会。这节日一直吸引着无数的参观者和摄影爱好者，就因为它独特的活力与魅力。

　　记得十余年前，蚶江海上泼水节升格为闽台对渡文化节，成为福建省文化厅的端午节重头戏。作为蚶江人，那份自豪、骄傲可想而知。故乡的一个民俗活动，民间自发的传统节日，居然得到如此的重视与肯定，演变成一个有历史内涵、文化内涵的活动，怎不让我们为之兴奋、雀跃？它在纷繁众多、各具特色的习俗节目中脱颖而出，代表着石狮"走出去"，这不是石狮的骄傲？结婚那年，我本来打算选择在端午节，策划举办一场别有风味、韵味的海上婚礼，接受大家泼幸福水、吉祥水的祝福。但是阿蓝是个内向的女生，只得作罢。但是婚后，我还是带她到海上去感受、领略了一番泼水节的欢乐。

记得那时是调用我表哥的船，天公也作美，天气比较凉爽，满载着我们幸福的船只出海了。这幸福的船儿，引起大家的热烈泼洒。阿蓝初次参与没有经验，只能一味防守，任由大家疯狂地泼洒。我干脆让她把水桶罩在头上以保护脸部，好好享受海水的洗礼和他人的祝福！不过长时间浸泡在海水里，加上海风吹拂，我美丽的新娘子还是不禁瑟瑟发抖。我赶紧让我表哥开船退出激烈的战区，护送她回家洗换衣服，以防感冒。

后来，我才发觉，泼水还真不是一项简单的活动！首先，你要在浮动的船上站稳脚跟，然后才能装水；完水，还要找准目标，用力出击！这一连串的动作要一气呵成，而且还要持续不断地重复、重复再重复。如果你要尽兴、玩个痛快淋漓，一般要泼一两个小时。所以，泼水其实是一项对身体素质要求很高的耐力型体育运动。难怪，那是青壮年的天下、疯狂者的战场。

近几年来，随着年龄的增长，我对家乡的传统文化，包括灯谜和南音，都有了更深的认识和认同，参与感、幸福感也与日俱增！每当端午节来临之前，我都会在微博和微信上呼朋唤友，热情地欢迎大家来我们美丽的蚶江，品尝我们的美食，观看别具特色的王爷船出巡，参与我们激情四射的泼水节。

事实上，我的很多高中、大学同学，五湖四海的朋友，都曾应邀而来，我带他们看传统文化踩街、看五王府的圣境、看跨海大桥美景，吃最鲜美的海鲜，接受我们石狮电视台的采访，一起享受这独一无二的海上泼水文化盛典。他们也因此更加理解和欣赏我们海洋一般的热情和胸怀，久久难忘这个洋溢着激情、充满着喜悦的节日。而这个吉祥、美好的节日，就这样走进他们的记忆深处。

从亲身经历，我懂得、热爱家乡的传统与文化，更加了解它的内涵与魅力，深深被吸引，并陶醉其中。今后，我会花更多时间来研究和传播家乡的文化，更自信、更自觉地做一些力所能及的事情，反馈故乡的养育之恩！正所谓：凡是过往，皆为序章。未来可期，韶华还来！

林凯明，笔名福建土人，籍贯石狮蚶江，1980 年 6 月生，创办石狮市土人精英私教工作室。泉州市作协会员、石狮市作协理事。在《福建日报》《泉州青年报》《海峡都市报》《石狮文艺》发表散文若干篇。

林富榕

走遍世界　最爱石狮

2018 年，石狮"三十岁"了。如果还有人问，石狮在哪里？我会自豪地说，石狮就在福建省东南沿海，宝岛台湾对面，她是中国著名的休闲服装名城、中国经济百强县，是一座充满着朝气的全国文明城市。

孔子曰"三十而立"。"三十"对于一个人而言，不仅仅是年龄的顺时变化，更是一个人的经历、责任和智慧足以立足社会的重要标志，寓意人应该以更成熟、更果敢的脚步向前迈进。同样，"三十"对于一座城市而言，不仅仅是数字的简单更迭，更见证着这座城市经济社会文化的成长脉络，昭示着这座城市站在历史新起点，拥抱新一轮的发展。

说来也巧，是年，我正好三十，与"三十岁"的石狮共度了八个年头。

八年，虽然不长，却也见证了石狮变化发展最迅猛的时段：曾经灰尘满天的泥土路、断头路被干净整洁、四通八达的沥青路所取代；曾经形式单一的旧公交站台如今"改头换面"，融滨海风情、产业特色于一体，成为城市的一道亮丽风景；曾经宝盖山上"千疮百孔"的废弃石窟，如今经过改造升级，变成了石狮市民眼中的"网红打卡点"；曾经荒凉的宝盖山北面，如今建成万亩城市中心公园，花海谷的浪漫、林荫小道的幽静，让市民有了一个身心陶醉的地方……

八年，虽然不长，却也是我收获最多、成长最快的时光：曾经青涩懵懂、初入社会的黄毛小丫头，变成了如今事业家庭兼顾的人妻人母；曾经遇到些许挫折就以泪洗面，变成了如今懂得自我调节笑对人生；曾经石狮对我而言是举目无亲的陌生城市，变成了如今我最牵挂的第二故乡……

"遇一人白首，择一城终老。"我内心一直在庆幸，是什么样的机缘巧合，让我与石狮这座城市相遇。我思忖着，应该就是这座城市的包容与热情吸引我留在这里，扎根在这里。你看，在石狮，无论走到哪儿，都会有一杯热茶等你；无论走到哪儿，都会有一抹微笑温暖着你；无论走到哪儿，都有一份真诚守候着你。

也许，石狮没有丽江的温婉、没有桐庐的秀美、没有上海的繁华、没有西安的厚重，但是石狮有姑嫂塔的柔情、有林銮渡的深远、有红塔湾的火热、有灵秀山的静谧、有永宁老城的深邃。或者，城隍老街的一碗花生汤，永宁老街的一个妆糕人，华山古民居里的一座红砖厝，都足以让你流连忘返。

走遍万水千山，蓦然回首，还是觉得，石狮，最好！

林富榕，笔名木棉，1988年6月出生，祖籍福建永安，石狮日报社记者，石狮市作协会员。

庄华民

岁月悠悠海丝情

　　石狮市位于福建东南沿海，与中国台湾隔海相望，在历史文化名都泉州与经济特区厦门之间，市域三面临海，海岸线长 67.7 公里，全市面积 160 平方公里。现辖 7 个镇 2 个街道办事处，人口 30 余万人，外来流动人员近 20 万人。巍峨高耸的宝盖山姑嫂塔、蚶江镇的石湖塔就是当年寻航的标志，从这里，石狮人随郑成功去开发台湾，随洋船远渡菲律宾、印度尼西亚、马来西亚等国家。如今全市旅外华侨和港澳同胞近 30 万人，祖籍石狮的台胞 30 多万人。

　　作为改革开放的产物，石狮从 1987 年建市至今，从海隅小镇逐步成为富裕安康、文明和谐的现代城市，走出了一条具有石狮特色的科学发展之路，充分发挥"爱拼敢赢"的人文精神，锐意改革，大胆创新，全面推进经济社会的发展，经济综合实力位居全国百强县（市）前列，成为海峡西岸的一颗璀璨明珠。

　　据悉，石狮市的民间文化厚重而博大，融合历史文化之传统，享有天时而造就人杰，以选其才。石狮是著名的滨海旅游城市，人文历史悠久，古迹众多，海浪沙滩和海蚀地貌构成的绚丽滨海风光与海丝文化、服饰文化等特色文化相互融合；以石狮服装为主的购物旅游，以闽南黄金海岸、红塔湾海滨风景区为主的滨海旅游，以姑嫂塔、六胜塔、林銮渡、城隍庙为主的名胜旅游，以灵秀山森林公园、宝盖山生态文化公园为主的休闲旅游交相辉映，构成石狮独具特色的旅游体系，"海丝"遗存焕生机。

　　古老的海丝文化故事是闽南人对海丝情文化的敬慕与怀念，作为

"海上丝绸之路"泉州史迹的重要组成部分，追忆姑嫂塔、六胜塔、林銮渡等其背后的历史文化，一方面可以感受石狮的古韵，另一方面又能见证闽南人开拓进取的精神。

岁月年轮滚滚向前，翻开了石狮千百年来铺展的画卷。"姑嫂企盼，再现早期华侨苦难经历；前赴后继，还看石狮人百折不挠"，一段"姑嫂登高盼亲归"的传说令多少人潸然泪下，凄美的传说既是早期华侨苦难经历的缩影，也深刻反映了石狮人前赴后继、锐意进取的开拓奋进精神，至今在闽南、东南亚各地流传不衰。

"千年历史，止不住六胜塔一回望。"六胜塔犹如一老者，默默地守望着泉州湾的这片海域，默默地为进进出出泉州湾的船只作引航。它目睹着林銮渡往来如织的各国商船、商人云集，货物堆积如山的海丝贸易盛况；它亲眼见证着外国人随舶登岸来泉州经商、传教，定居泉州，与泉州人通婚通俗、休养生息，成为历史上的"新泉州人"（阿拉伯后裔）；它更亲眼见证了蚶江鹿港闽台对渡和民间贸易、闽人迁台、建设台湾、闽台同根同源……

目前，石狮已成为开放前沿的美丽现代滨海之城和全国文明城市，成为最具招商引资和开发潜力的城市。

忆往昔岁月悠悠，艰苦奋斗结硕果；展未来不忘初心，任重道远谱新篇。让我们以笔行动，去为人民歌唱生活，主动融入海西建设和泉州"东亚文化之都"建设发展大局，让文化人挥动巨笔，去创造、去书写石狮人未来发展最光辉灿烂的时光。

庄华民，男，1962年9月生，籍贯泉港，现任石狮市人民检察院四级主任科员，兼任中国检察官协会会员，福建省作家协会会员。2008年开始从事文学创作，作品多次获奖。

其中《我与胸前的检徽共成长》荣获检察文学杂志社首届"金剑文学奖"；《让中华巨龙腾飞于世》荣获作家报社举办的作家报杯·庆祝新中国成立60周年全国文学艺术大奖赛"金奖"；《随想》荣获第五届作家报杯全国文学艺术大奖赛"特等奖"。

高寒

春天的故事（五章）

再借春风

一

　　站在这巨幅画卷面前，我被深深震撼着。礁石奇崛嶙峋，海水汹涌澎湃。我一直以为这是一幅山水画，不然哪有这般恢宏壮阔的气势？文联主席纠正我：这是阿义拍的照片。我驻足在巨幅照片前，终于在右下角看到：蔡经义。这幅巨照，贴在市文联一楼大厅屏风的背面，正面是市书法家协会主席林景辉先生的草书。两者相得益彰，为空旷、轩阔的大厅增添文化内涵、渲染文艺气息，符合文联的身份。前来观者都啧啧赞道：一个县级市居然有如此气派的文联大厦！听者自豪：因为我们有文化，不是沙漠。

　　每次到文联，坐电梯上楼，必然看到这幅巨照。海水的奔腾激荡，一直震撼着我。顺着它，我自然联想起捕捉到这个经典瞬间并让它定格为永恒的主人——蔡经义。

　　我们泉州政协石狮组的成员，都称呼他"阿义"。自然亲切，随口拈来似的，像邻家大哥或大叔。其实，我们应尊称他蔡董，他是五洲大酒店的董事长。石狮酒店行业的领头羊，好几家星级酒店的大佬，却被我们称呼得如此朴素、接地气。因为，看到他，就自然而然脱口而出：阿义。

　　阿义一副地地道道的闽南长相，可以定为典型形象，不是高大上的光辉代表，而是普通平凡的一员。走在街上，你不会认为他是大富翁，还以为他正为一日三餐奔波劳碌。不高、精瘦，这身板如何练就？原来，年轻时他学散打、五祖拳，后来练太极拳、易筋经，运动成为生活内容，虽然年轻时也曾获过省级大奖，但不张扬。满脸刀刻似的皱纹，经常笑得像秋天里开得无比灿烂的菊花，每一瓣都是舒展的。有一次我按捺不住："请问高寿？""五十九。"Oh，my god！还好男人不忌讳年龄，特别是成功男人。旅游是要付出惨痛代价的，此为一例。小游怡情，大游伤身啊。

政协会议期间，一桌吃饭，阿义面对满桌美味佳肴，鄙夷不屑，啃两个白馒头就坐在那里侃大山，演讲一般，仿佛聊天比吃饭有趣。难道他上辈子是北方人？难道他试菜试到败了胃口？还是像品酒师，拒绝任何刺激性食物，对食物返璞归真到简单朴素了？反正，他滔滔不绝、兴致盎然地聊，把有趣的话题送给我们当佐料。丰富的阅历、广博的见闻，让他的话语妙趣横生。有他在，饭桌上氛围融洽，热闹到非常家常，人会不知不觉填下过多美食。

分组讨论期间，他又是活跃的一员，话筒传到他面前，他不会拒绝，发言又让人领悟到其见解的独到、深刻，他积极踊跃的一面，让人领悟到他履职的热忱。说到激动或兴奋处，干脆甩开地瓜腔的普通话，抛出闽南语，站起来继续发挥。他是老委员，积极建言献策，是本分、职责。

他管不住嘴，提了很多有前瞻性或敏锐的问题。这两年，他提交了一份颇有见地的提案，希望在宝盖山修建闽南特色的洋楼、大厝，把姑嫂塔与山下的朝天寺宗教建筑群、蚶江的海丝景点、永宁古卫城的历史景观进行整合，构建成系统的、全方位、多视角、多种体验的线路，搞活旅游业，振兴石狮经济。他的功课做得很足，认真、全面、到位。看遍天下景点，他懂得哪些有价值，哪些值得深挖。

会议结束后，他努力找市有关领导，阐述自己的宏伟蓝图，希望以此打动领导，变愿景为现实。虽然，不乏个人利益因素在里面，但他执着的态度，还是让人感到他拳拳的爱乡之情、强烈的社会责任感、清醒的危机意识、长远的大局观念。每次听他谈论他的奇伟构想，人们都兴奋不已，好像身上注入了荷尔蒙，不自觉地冲动起来，觉得希望就在眼前，幸福唾手可得。

他的言论之所以能说服、打动人，不是夸夸其谈，不用华丽辞藻，他有说动人的本事。这本事，是花巨资得来的，万水千山走遍得来的。

阿义是狂热的资深的旅游爱好者，世界七大洲四大洋，都有他的足迹。一年超过一半时间在外面飞翔奔波、飘来荡去。慢慢地，人们看到他，第一句话总会好奇地问："你回来了？这次玩什么地方？"

当然，能这么潇洒玩耍的人，首先要有雄厚的经济基础，第二要有强壮的体魄，还要有狂热的爱好、兴趣。他，三者兼而有之，于是，石狮著名的旅行家就诞生了。

有次脱口问阿义："你整天在外面跑，酒店谁帮忙打理？"话一出就知道自己犯傻了，差点打嘴。果然，阿义微笑："雇人呀，哪有自己管理的？"我一听，确实是走南闯北的人，大视野、大理念，拿得起、放得开。石狮企业都是家族式起步，小打小闹的小作坊，这本是起点，但很多人故步自封，结果逐渐萎缩，在时代浪潮强劲的冲击下，不进则退，最后关门倒闭，惨淡地退出历史舞台。这是早期石狮企业家普遍的走势、命运。

阅尽名山胜水、富庶贫瘠、奇风异俗，自然地，视野开阔敞亮、心胸豁达宽广、见解深刻透彻。他一直渴望，石狮也兴办旅游业，旅游成为石狮经济第二次腾飞的支柱，把绿水青山变成金山银山。他相信：石狮深厚的历史文化底蕴、独特的人文景观，可吸引外面的眼光，给石狮带来福利，给石狮人带来二次创业的机遇。这是一本万利的好事，这是造福子孙后代的伟业，这是不浪费资源、不破坏环境的创业。阿义信誓旦旦地承诺、保证着。

因为政绩问题、观念问题、人事更迭问题，他的建议一直未能被采纳。阿义失望，或气愤，他收拾行囊，启程去旅游。散心、眼不见为净还是无可奈何？不得而知。回来后，再次谈旅游。开会，再次积极建言献策。这是他的潇洒、豁达、乐观。

旅游过程中，他多了一个身份，摄影家。旅游、摄影两者结合，他收获了更多乐趣，也修炼了心性。

一年过去，又一年过去。一个地方搞起旅游业，又一个地方搞起旅游业，全国掀起旅游热，景点雨后春笋般出现，没有景点的也造景点，没有故事的也编故事，没有历史的也仿历史。石狮仍然努力地招商引资，引来的却是滞后的产业、被淘汰的产业，经济走下坡路，过山车似的急速冲下谷底。昔日昼夜忙碌的企业，如今一个接一个倒闭；昔日繁华拥挤的街道，如今车辆畅通无阻；昔日人头攒动的店铺，如今门可罗雀……

石狮路在何方？优势在哪里？如何走出经济危机的阴霾？

这是历史发展到瓶颈，时代提出的严峻课题。

二

作为土生土长的石狮人，阿义心急如焚，他和这座滨海小镇一起成长，从贫穷匮乏的小镇到改革开放的前沿，他是见证者，也是亲历者。

改革开放之初，他就奋不顾身涌入经济大潮里，这是不用思考的选择。当时石狮就是一个巨大的商场、一个巨大的工厂，石狮人几乎没有二话就成为勇敢的弄潮儿。那时，铺天盖地万式装，有街无处不经商。琳琅满目的小商品、千奇百怪的洋货、新潮时尚前卫的服装……吸引世人艳羡的目光，出现了"全国跑石狮，石狮跑全国"的经济奇观，每天涌进石狮的全国各地客商超过 20 万人，相当于本地人口总数。石狮人在自家门口支起一张矮桌，卖茶水，也可以赚得盆满钵满。有人说：石狮遍地是黄金，只要你弯下腰就可捡到财富。这是改革开放给石狮带来的经济奇迹，是聪明勤劳的石狮人用自己的双手创造出来的经济奇观。

偏居一隅、不足 160 平方公里的地方，因改革春风的强劲激荡，成为神奇、神秘的地方，国家领导人江泽民、朱镕基、李瑞环、吴邦国、钱其琛、李铁映、田纪云、罗干、迟浩田、王兆国，乃至现任国家掌舵人习近平，均踏上过这片土地，给这片热土带来党的春风雨露，留下坚实有力的脚印。

1987 年，因当时的行政管理、基础设施、服务体系等方方面面，已经不能适应太过活跃的经济市场，制约着发展的步履，也影响着石狮的形象。敢为天下先的石狮人，突发奇想，希望独立为市。报告递交上去，直通车、快速道一样，1987 年 12 月 17 日，国务院发出批复文件：同意设立石狮市（县级），从晋江县析出石狮、永宁、蚶江三镇和祥芝乡，为石狮市的行政区域，石狮市由省直辖。一个独具特色的"民办特区"从此诞生。

石狮人撸起袖子，加油大干。

道路、水厂、电力公司、厂房、商场、公园、学校、政府办公大楼……林林总总，大兴土木，整一个建筑工地。机器轰隆声，不绝于耳；尘土飞扬，遮天蔽日；晨昏颠倒，昼夜加班。

转眼间，一座座高楼大厦拔地而起、巍峨耸立；道路宽阔笔直、畅通无阻，绿化郁郁苍苍、葳蕤茂盛；公园鸟语花香、绿树成荫，亭台楼阁点缀其间，美轮美奂；学校崭新漂亮、宽敞明亮；厂房现代气派、功能齐全……人们刮目相看，惊呼这是深圳速度，其实，这是闽南速度。闽南人用自己的勤劳、智慧创造出来的奇迹。或许，石狮人心底也不服：深圳是外来工打拼出来的，石狮是我们自己创造出来的。滨海小镇发生蜕变，一座繁华的现代化都市悄然屹立在人们眼前。也许，风还是有点咸涩，但咸涩已经升级，代表一种时尚与韵味。

石狮人快速地积累财富，阿义就是其中的一员。追溯起他的经历，丰富、坎坷。十几岁时，他开始混社会。问为什么？答曰："穷。石狮地太少，乡镇还有几分，镇区有几厘？巴掌大的地怎么折腾？刚开始也搞服装，奈何缺少一根筋，今天学，明天忘。"每天源源不断的客人，让他看到商机，改行搞起家庭旅社。但这活儿繁杂、琐屑，他渴望钱来得更快更多，就捣腾房地产。就这样，他赚到人生第一桶金。这是 20 世纪 80 年代初，他二十几岁。后来，他建房卖房、建商场出租商铺。异常活跃的商品市场，让他意识到商业街、大型商场的重要性，于是，新华街、大仑街、跃进街、华南街、鞋都……他们大胆规划建设。水到渠成地，当看到好地段，他果断掏钱买地建酒店，成为石狮第一家四星级酒店，后来拓展为连锁店，发展到晋江、泉州、福州，成为品牌酒店。当酒店遍布街区，他又研究起闽菜文化，既固守特色又精益求精。

四十年，跌打滚爬，南征北战，建功立业，他的奋斗史、发家史，厚厚一本。这是他个人的历史，也是石狮发展的缩影，一个典型案例。他完全可以为石狮代言。石狮人爱拼敢赢、不屈不挠、乐观进取的性格，在他身上体现得淋漓尽致，这样爱折腾，正是石狮的特色、风格。石狮是座拒绝寂寞的城市，石狮人也是。

三

石狮蚶江向海深处，涛声依旧。一条一百多米长的青石板路，厚重、敦实，表面光滑实则沧桑，整齐笔直地延伸至海里。拴绳洞犹如女人耳垂上的小洞，奇巧精致，如今还拉着纤绳。顺着岩石坡度开凿出来的台阶，清晰可辨，千百年来被咸涩的海风冲涤得干净透白，只是线条柔和，不再犀利。波浪起伏，潮起潮涌，奔腾不息。这就是唐代航海家建造的渡口，以他名字命名的渡口——林銮渡。这是"海上丝绸之路"的起点，一个听起来诗意、飘忽又缥缈的词汇，在这里，真实确凿、触手可及。千年的惊涛骇浪、风吹日晒，它们居然完好无损地保留着，与日月抗衡，和岁月不老。

除了林銮，郑和下西洋的舰队也曾在这里停泊。从淤泥里打捞出来的铁锚，现由泉州海交馆收藏着，758.3千克之重，这是珍贵的历史遗物，即使锈迹斑斑，也能折射出当年的气派、王朝的辉煌，以及跨出疆土的决心。

站在这里，放眼远眺，静静地想象当年千帆齐发的壮观，想象当年满载而归的喜悦，想象当年货物堆积如山的富庶，也想象当年船夫、挑夫劳碌的艰辛。一个走向世界、走向开放、走向文明的气吞山河的伟大壮举，居然诞生在这里，从这里扬帆起航、归航。起航，归航。

每每站在这里，我心中也翻起惊涛骇浪：我们的丝绸、瓷器、茶叶等等就是从这里走向世界，让世界惊喜万分、艳羡不已、视为珍宝、争相拥有？那些遥远国度的香料、珠宝、象牙、珍稀木材……也从这里登岸，走向富贵人家，乃至贵胄皇家，成为他们奢华生活的点缀或必需？

商贸的交流往来，也促进了文化、文明、精神的沟通、融合与碰撞。海洋让石狮大胆、开放、拼搏，石狮人亦然，因为他们是大海养育出来的子民，几千年来，耕海牧渔，从荒蛮之中闯荡出来，艰难地走向文明、富庶。

无数的想象诞生在这里，延伸到强大的盛唐、富庶的宋元、复杂的明清。也延伸到异邦，延伸到未来……

渡口岸边，一座不起眼的矮小石亭，亭内竖着一块石碑，碑身碎成三段、拼接而成，那是"文革"浩劫的后遗症。石碑曰：再借亭。再借者何人？时任福建参政、分巡漳南道的曾樱。一代清官，担保、劝化郑芝龙有功，保一方平安，使一方得以休养生息。明崇祯十年（1637 年），风闻曾樱升迁外地，百姓、官员万分不舍，于是上京求情挽留，崇祯皇帝特地下旨，"再借"曾樱给福建，一个有福之地。故事生动而感人，书写者名气也大，大学士、书法家张瑞图也。两者相得益彰，使一块没有生命的石头，有了厚重的精神内涵、丰富的历史底蕴。有了一读再读、一品再品的理由。

历史烟云飘散，唐风宋雨均已过去，只有石头静静屹立。故事还在，石头还在，精神还在。

放眼远眺，波涛汹涌，而古渡寂寂。这里可以再振雄风，再度扬帆起航？不，历史遗迹，是一个故事、一种昭示、一种缅怀，新的港口已经崛起，就在不远处，在蚶江港的外港，那就是石湖码头。

站在金钗山上，眼前是壮观的场面：集装箱整整齐齐、密密麻麻，积木一般，叠放在码头上，全程机械化的操作，井然有序，大型远洋货轮就泊在深水港里。这是现代化的港口、码头，繁忙而严谨，亲近不得，但是，汽笛声从春风中飘来，让人感到启航的紧迫，走出去的豪迈。通往世界各国的货物，从这里出发，带着共同富庶、共同繁荣的美好期待与愿望。这心愿，和当年的林銮，应该是一致的。这个起点，是宏阔的、深远的、壮美的，已经远远超过林銮的古渡。

海水是活的，海洋也是活的，有了这片生机勃勃的海洋，就有辽阔的视野，以及辽远的未来。

阳春三月，繁花似锦，风和日暖，这是最美的春天，春天的最美时节，我来到这里。从渡口到石碑，从石碑到渡口，短短的距离，长长的历史。谁敢想象，这里曾经演绎了这么丰富而生动的故事？历史只能追溯。站在石碑前，我忽然想大胆试问：再借四十年改革开放的春风，我们如何？石狮如何？福建如何？中国如何？

石头不语。我问阿义，精明的石狮商人。

"小商品市场被义乌取代，那里成为全国小商品市场的最大集散地，东西价廉物美到令人难以置信；国门大幅度打开，出入境方便快捷，港澳洋货不再紧俏；很多制衣厂的熟练工人回家，把学到的技术与本领也带回家，在家里学石狮老板办起家庭作坊；全国各地全面开放，哪儿都可以做生意，各地纷纷抛出优惠政策；'铁公鸡'（高铁、高速公路、飞机）我们没有，唯有码头，交通不便；信贷倒闭、会子倒会，民间资本大量流失；'民办特区'的优惠政策没有……掐指一算，石狮所有的优势全部丧失。"

有人断言：石狮已经是一头死的狮子，石狮全然是一头石的狮子。

敢问路在何方？凤里庵前那只古朴、敦厚、温和的宋代狮子，坐不住了，它抖掉身上的尘埃，回首漫长的来路。石狮人顺着狮子慈祥的目光，清楚地看到：石狮还有爱拼敢赢的精神，还有精明灵活的经商因子，还有雄厚殷实的资金积累，还有完善的城市基础设施。

"四十年前，石狮敏锐、迅捷地抓住机遇，走在改革开放的前沿，成就经济奇迹；四十年后，石狮唯有重振旗鼓、再度出发、大胆转型，滞后、耗能、破坏环境的产业统统不要。石狮不拾人牙慧，过去不能，现在也不能。唯有勇敢创新，二次创业，才能再造辉煌！石狮如此，福建何尝不是如此？"

听了这话，大胸怀、大气魄啊！不禁问："大师，有何良策？愿闻其详！"

"发挥好石狮三大优势。"

睁大眼睛，迷惘四顾："哪里？可能？"

"利用好原有的知名度、海洋、华侨。"

"愿洗耳恭听。"

"重新定位。把石狮建设成旅游、医疗、教育、宜居的新型城市。石狮历史文化积淀深厚，旅游资源丰富而集中，这是老祖宗送我们的宝贵财富，不要白不要；我们的华侨自古热爱故园、贡献桑梓、重视教育，我们的学校这么美、设备这么齐全、教育投入这么多。试问，全国哪个地方有这么好的教育条件？我们的医院建得这么漂亮，设施这么好，只要技术上去，来石狮治病，不等于来疗养院度假？哪个地方房价这么低、生活成本这么低、生活这么方便？不住这里去往何处？我们现在最缺的是人。俗话说得好：人脚迹最肥。只要有人，就有一切！"

不禁又问："再借四十年改革春风，石狮如何？"

"美得华侨都回来，不想当华侨；跑出去的企业家，都把总部搬回来；流失的外来工也纷纷回笼。"

不禁再次犯傻："还有，人家不来，如何搞旅游？"

"能拍摄的地方，就能搞旅游。黄山拍了几十年，不是还有一拨又一拨人去蹲点、抓景？"

话音刚落，他匆匆起身，去婺源，拍油菜花。春光正好，世界正美。

海归的崛起

一

第一次见到他，是在泉州航空宾馆。我们同组，泉州政协委员石狮组。我差点犯浑出丑，因为我傻了，望着他发呆：姚明的弟弟！因知道姚明没有亲弟弟，所以我生生把这句感叹咽了回去。

瞅着他，我突发奇想：把我和他放在一起做个套娃，他是最外面一层，我一定是最里层那一个。

他不是姚明的弟弟，会是姚明的亲戚？因为，他居然也姓姚，大名曰：姚道锡。姚氏在中国百家姓中排行第64位，不算太靠后，但在石狮属于少数。

　　喝茶聊天中，得知：他是正宗的闽南人，居然是我的同乡，永宁人，他的堂姐还是我的学生。

　　世界如此之小，绕了一圈，还是熟人。

　　他叔叔曾是全国政协委员，他当个泉州政协委员，当然不奇怪了。

　　他叔叔富甲一方，移居新加坡，他出国留学，当然也没啥稀奇。

　　他叔叔到处开发房地产，他回国后办个公司，当然小事一桩。

　　我一直把他和他叔叔联系起来，也自然而然地认为他生活在叔叔的荫庇之下，大树底下好乘凉。家族中出现这么一个大人物、大名人、大富翁，自然成为家族的依靠。在闽南，家族观念特别重，我的联想便合乎常理。

　　我静坐一旁，听他聊天，以为都是冠冕堂皇的话："国家富强了，我们在外留学，很有自豪感。走了很多国家，才知道还是自己的祖国好。世界上，中国治安最好；在中国，最有发展前途……"

　　虽然觉得他说话有点高调、不接地气，但还是感叹于他的率真、昂扬、正能量。我文静、含蓄惯了，会羞于如此赤裸裸地表白。我想：毕竟是走出国门、镀过金、喝过洋墨水的人，自然不能辜负那流水似的白花花的银两。同时，我不得不承认：他的礼貌、涵养，确实胜于土生土长的石狮人，文明、教养是一种无处不在的得体流露。并非我崇洋媚外，而是我深深感到他们这些富二代与普通家庭出来的孩子距离是那么大：由于起跑线不同、所接受的教育不同，他们把其他同龄人甩得远远的，令之望尘莫及。

　　望着他，一个根深蒂固的观念在慢慢瓦解，我本以为：躺在父辈成就上的年轻人，大多为纨绔子弟，花天酒地、不可一世、趾高气扬。没想到，他是如此礼貌、谦虚、平和。难怪社会两极分化如此严重：财富拉开距离，教育更拉开距离。现在中国有钱人开始变了，即使是土富，他们也懂得不惜代价，培养接班人，从而改变出身问题，去掉身上的泥土味，或者把第一桶金漂白。

所谓三代人才能培养出一个贵族。中国富裕家庭，目前均处于第二代。走向如何？中国真的会出现贵族阶层吗？望着他，我思绪纷飞。这是一个个体，但显然已代表一个新兴的阶层。他们将在很大程度上改变家族的命运、企业的命运，乃至社会的命运。

闲聊中，得知他一个重要客户是我学生，两人交往久了，成为朋友一样的客户关系。于是，他也称呼起我老师来："老师，你要叫你的学生以后多关照关照我。"

我信以为真，自己学生如此出色，老师的脸上自然有光。过后，我学生笑了："老师，你被他骗了，他公司很大，我只是一个小小的客户，是他关照我，让我混口饭吃。"

我很迷茫：原来虚虚实实、真真假假。我只好微笑，没必要去辨别谁真谁假，谁的企业大、谁的公司小，这无关人品、家底、道德，也无关我判断是非、结交朋友。年轻一代有他们的谈话风格，也有他们的幽默风趣，像我这么实诚的人已经严重落伍，倘若接受不了他们的为人处世方式，应该自我检讨，而非心惊胆战。

政协会议结束后，姚总邀请我们全组去参加"留联"春节联欢会，会上我才知道他是"留联"主席。"留联"非榴莲也，而是留学人员联谊会，一个组织，一个联谊、同享平台、相互提携又充满爱心的阳光组织。

他们策划的宣传片在大屏幕上放映：扶贫、助困、救灾，关爱孤寡老人、留守儿童、贫困家庭。

本以为这是一群含着金钥匙出生、继承父辈雄厚财力的年轻人，没想到远赴灾区、走进山区，一样阳光灿烂、精神抖擞。他们为何不致力把父辈的事业发扬光大，却想起搞公益、献爱心？

环顾周遭，璀璨的灯光、轻柔的音乐，一个个或名牌时尚或暗香浮动，或西装革履或裙裾摇曳，奢华高贵，一大群俊男靓女，觥筹交错中，游刃有余，这是一道绚丽的人生风景，一种高端的社交，一款精致的生活。一切曼妙、时尚、尊贵，这是上层社会的一个剪影。

屏幕上、生活中，两种截然不同的生活姿态与方式，冲击着我，哪一种更真实？我觉得，这群令人艳羡的独特群体，他们同样不容易，他们一样需要迎接挑战、一样需要动手创业、一样需要担当风险、一样需要吃苦耐劳。出身的得天独厚，并不意味着一生躺在温柔乡里，做温室的花朵。中国真正的精英、真正的贵族，也许就来自他们这一代人。因为，在他、他们身上，我看到四个字：优秀、卓越。

二

我曾去过姚家。那时我刚走出校门，一毕业就当班主任，相当于孩子头。青葱岁月里，满怀热情与干劲，期末家访就走了十几个村落，把整个永宁镇绕了一大圈。

现在老师已经极少家访，有问题就把学生家长叫到学校，或干脆建个群。那时流行走街串巷去家访，到学生家里把学生的表现反映给家长，也了解学生的家庭情况，实地探探家风。那时，交通远非现在如此发达、快捷、方便，但老师带着学生，浩浩荡荡前行，一家接一家探访，出游般兴致勃勃，过程中收获很多东西：沿途风景、人与人之间的信任，也拉近了家校的距离。那时，走进姚家是因为姚总的堂姐，我的学生。

那时，姚总的叔叔已经小有名气，还没有现在大富大贵，至于有没有提携家族成员，我不清楚。我站着把学生的情况反映完就匆匆离开，前往下一家。这一届学生毕业后，我再也没见过姚总的堂姐，一晃，二三十年过去了。

这期间，他们家发展壮大，成为永宁一大显赫家族。为何一个普普通通的家庭，能变得如此荣光显赫？我想：也许是因为他们家建在永宁文祠后面。据说，永宁文祠为永宁的风水宝地。而离他们家不远的白厝街，历代为农，被人们称为扁担穴。

有人用一个言简意赅的成语形容永宁的风水：出生入死。只有走出永宁，才能成就大业。这是否太过玄乎？永宁，不是永葆安宁吗？这个心愿、企盼，何时成了一种宿命？细细思量之后，不无心悸：永远安宁，就注定风平浪静；而成就大业，必然无法太过平静。就如大海，没有潮起潮落，就没有汹涌澎湃的奇观。所谓太平，很容易变成一潭死水。永宁作为古卫城，是一部血泪史、沧桑史，海盗、倭寇、兵患，让一座沿海小镇屡遭涂炭，为了求得安宁，明清两代朝廷在这里设立卫城，保一方平安。几百年对太平、安宁的渴望，慢慢地使人陷入一种惰性，缺乏冒险与拼搏精神，固守现世安稳，得过且过。长此以往就会少了一种冲劲、活力、进取心，所以，一些不甘平静的永宁人只好外出闯荡，寻求发展。姚家就是一例。

特别是1989年，一次波及极广的倒会事件，涉及金额近12亿元，让永宁元气大伤，久久缓不过气来，也让一些人失去发展的机会和信心。历史滚滚向前，小镇很快被甩到发展的慢车道，成为石狮市经济发展比较缓慢的一个镇。

经济发展缓慢直接导致的结果，就是贫穷，永宁富人较之其他地方自然就少。姚家是永宁少数富裕家族的一例，他们不是小富，可以用势焰来形容。

对于富贵人家，一般人多会羡慕嫉妒恨，感恩戴德的只有少数，姚家就是这少数中的一个。何因？恩泽家乡老人。某年，姚志胜的母亲90大寿，老人不让子孙为其挥霍操办、铺张浪费，信仰基督教的老人有大爱之心，她说："把操办寿庆的钱分给村里的老人，这才是祈福的最好方式。"众子孙尊重老人的建议，从此，每年她的寿辰，就以家族名义捐赠永宁第一社区所有老人50万元，由老人会分派给社区里的老人：70岁或以上的500元，80岁或以上的1000元，90岁或以上的2000元，百岁老人或以上的3000元。

于是，老人的寿辰，成为社区老人期待的一个节日，共同的佳节。这个红包成为一些老人一年中最大的一笔收入。有的老人感慨万千：自己的孩子都没有这么孝顺、这么慷慨。众人嘴毒，众人嘴也甜。姚家的布施收获了家族的善报、福报，种善根积善缘是也。

我问姚总，这件善事是哪一年开始的？姚总想了想，还是弄不清楚。也许他认为这是小事，不在他记取的范畴里。我只好问另一个问题："你奶奶高寿？"答曰："九十六。"

我惊呼："福寿双全呀！"又感慨不已："积善之家必有余庆。"

确实，他们这一家族出现了优秀的下一代，我认识的，有姚总、他弟弟、他堂姐。没有什么比后继有人更让人欣慰、更充满希望的了。长江后浪推前浪，青出于蓝而胜于蓝，他们这一代，站在父辈的肩上，自然看得更远、更高。

三

外出打拼，历来是石狮人的一种生存方式。早在唐代，就有先人漂洋过海，外出闯荡、谋求生路。因为土地稀少、贫瘠，生存条件恶劣，只好向外拓展，一路凶险、艰辛，但阻止不了人们外出的步履，生存是第一要务。但走出去的多，走回来的少，这或许就叫开弓没有回头箭。他们在侨居国筚路蓝缕，开疆拓土，白手起家，很多人最后创造出财富，成为富翁，但大多数还是一般的谋生者。但无论成功与否，源源不断地向故乡的亲人寄来生活保障，这是他们外出闯荡的理由与信念。慢慢地，贫穷落后的沿海小镇成为侨乡，这是历史的华丽转身。

改革开放后，特别是近十年，有一些人走出去，却回来了。他们大多是被深谋远虑的家长送出去读书，学成归来，接手家庭的事业，这是海归、富二代。这一出一进，完成了另一种华丽的转身。

姚总与他弟弟（我们干脆称他们为大姚、小姚吧），就是这一拨人中的一员。他们从新加坡留学回来后（小姚又到美国再深造），创建了远辉线带织染有限公司；后来开拓新领域，创建了新远辉化纤纺织科技有限公司。

问之："这两个公司有啥不同，为何不合而为一？"答曰："性质不同，前者为漂染，后者是织布，前者为后者服务。前者创办于 2003 年，后者创办于 2007 年。"

"来路？""新加坡独资。"

"多少？""总投资金额超过5个亿。"

"干什么？""化纤织造、布料和纱线染整。这是福建地区化纤针织产品的主要生产基地。"

三月，春和景明，和煦温暖。我们走进位于石狮石锦路台商投资区的新远辉。六栋国际标准化厂房、仓库，火柴盒似的伫立在眼前。那气派，让人不由得肃穆起来。我们穿过整洁得看不到一张纸屑的场地，来到挂满荣誉证书、企业宣传标语的会议室，正儿八经地坐下来交流，像模像样，气氛严肃正式、气派庄重。

问小姚："员工多少？"答："140多人。"

"这么多厂房就这几个人管？"答："现在不是劳动密集型，我们是高科技企业，我们引进的是目前世界最先进的生产设备。工人不是在一线生产，是管理机器，全自动生产。"

"你们企业的产品主要销往国内还是国外？"答："80%销往国外，今后会全部销往国外。"

"销往哪里？"答："我们生产的都是高档、超前的，法国、意大利、佛罗伦萨，引领世界服装走向的一流地方。"

"石狮这几年经济滑坡这么厉害，你们受影响吗？""说完全没有也不可能，但我们主要走向世界，所以影响甚微。走出去世界很大、天地很广阔，就不会过于受一个地方的影响与制约。"

"很多石狮企业都呱呱叫，说外来人员流失严重，遭遇'招工难、用工荒'，你们有这困难吗？""人往高处走，这是规律，一切都是优胜劣汰。我们待遇高，人员生活条件好，留得住人。"

"具体好在哪里？""住宿条件好，房子全新，宿舍有网络Wi-Fi、独立卫生间、全日候热水、员工专用厨房。我们的食堂不仅现代化，最主要是有补贴。我们还有便利店、员工娱乐室、公园、篮球场、党建室、工会活动室。不仅满足他们的物质需求，还有精神需求。创造出优裕的条件，把人留住，特别是把人才留住，这是我们努力的目标。做出最好的产品，让产品走在时尚的前沿，这是我们奋斗的方向。"

……

走进高大的厂房，一股热浪扑面而来，机器轰鸣声震荡着耳膜。各种机台有序地运作。工人不多，甚至可以说只有寥寥几人，确实不是印象中纺织女工忙碌的景象。先进、科技！

小姚介绍着："这是机器掌控着，一旦哪个地方出现差错，会自动切除……"对我来说，等于对牛弹琴，我听得云里雾里，唯有不住地点头，表示很惊叹、很佩服。科技发展如此迅猛，我的思维明显跟不上。

所谓听君一席话，胜读十年书。没有身临其境，没有耳闻目睹，我不敢相信我们石狮的企业已经发展到了这种程度。记忆中、印象里，是家庭作坊，在自家走廊、厅堂、房间，几台缝纫机或平车，几个工人，搞出一个热火朝天的劳动场面。我思绪停在改革开放之初，显然落伍了！

震撼！我有时空疏离之感。不知不觉中，我走到了时代发展的快速通道上来，见证时代滚滚前进的步伐，摸到时代前进的脉搏。

走出轩敞的厂房，回到外面的空地，我仿佛一脚踏回现实，头脑一下子清醒许多：这么大的企业在这么年轻的人手上，蒸蒸日上，气势如虹。

这是石狮新一代的企业家：他们的超前理念、远大目标，他们的执着追求、理想信念，他们的阳光自信、热情坦诚，让我刮目相看、重新解读。这一代年轻人刚刚起步，就以如此强劲、澎湃的姿态屹立于潮头，将来他们会长成什么样？他们会带领企业走向何方？不必费心琢磨，前景与未来，光明而璀璨！

"大姚呢？""去接待一个采访团。"他又上镜了，身兼数职，应接不暇，风华正茂，事业正旺。

不问年龄，不问婚姻，不问西东，只问奶奶。

"很好，很健康很精神！"

我感慨万千："福禄寿齐全！这人生，可以向苍天再借百岁呀！"

千岁成森万世春

一

我没有想到有一天会有机会走进这富丽堂皇的大厦。多少次从路边经过，金灿灿、明晃晃的外墙闪得人眼花缭乱，它显示出雄厚逼人的财势，也傲视着凡尘庸碌的众生，鲜明、决绝地拉开与周遭一切的距离。这是实力的象征、财富的象征，也是地位的象征。在石狮，这两栋用金黄色玻璃或什么材质装修成外墙的大厦，显得尤为突出，如果不便说它土豪，至少应该说是非常张扬的，所以我一直无法想象它金碧辉煌的外表下藏着怎样的内里。这就是木林森总部给我的第一印象。它是高调、张扬、显赫、尊贵的。

能走进木林森，首先是认识了它其中的一位主人——第二代掌门人，身为总经理的林天津。

我没有想到，他这么年轻，更没想到他这么低调、平和，与他们的房子形成这么鲜明的反差。公司高调、做人低调，多么厉害的生存法则！我们是同一届泉州政协委员，会议期间认识了他。林先生话语不多，不张扬、不轻狂。第一印象，我甚至认为他有点老实憨厚，便心底猜测：他会不会是公司雇来的高层管理人员？但我马上否定了这个猜想，因为能推荐为泉州政协委员的，一般都是公司的主人，也就是企业家本人。和他在一起，不会有压力，也不会自卑，可以平视对方，可以平等相处，可以保持平常之心，这主要源于他良好的修养。身为富二代，在优渥的环境中成长，能修炼出这样优秀的品质，这是他的独特之一。

第二次政协大会期间，我试探性地问他：我能否带队去你们公司参观？他二话不说就答应了，递给我一张名片："到时打我电话。"这样的爽快、热情，有点出乎我的意料。他还很诚恳地说："这是年底，公司比较忙，春节过后如何？"我为他真诚的态度而感动。采风之前，我再次与他落实此事，他在省外回复我。他又到外地学习了，这是我第 N 次听说他去外面学习、培训。这样虚心好学、勤勉进取、追求进步的老板，在石狮，确实如凤毛麟角。我们组举行几次活动，都不见他的人影，理由是在外地学习。学习，再学习，不断学习，这是一种态度、一种眼光，也是一种情怀，这是他的独特之一。

走进木林森，我有点像刘姥姥进大观园：孤陋寡闻的乡巴佬进城，每一眼都是稀奇。第一惊叹、惊奇的是里面的木头。这不是普通木头，它们是些什么木，黄花梨、金丝楠木、红酸枝……我分不清，好奇地问林先生，他居然很坦诚，说他也不知道，因为爱木头的人是他弟弟，收集这些东西的也是他弟弟。我知道它们来自世界很多地方，这些珍稀、贵重的木料有的做成神像：弥勒佛、关帝爷；有的做成用具：大班桌、茶桌、沙发、椅子。偌大的一楼大厅，摆设着这些木头制品。一看木料的宽度、厚度、长度，再笨也明白，这么粗、这么大的木料，没有上千年，也有好几百年。整个一楼，清一色，都是木头，没有其他任何装饰品，旗帜鲜明地紧扣三个字：木林森。

由于木料的珍贵，大厅散发着浓郁的香味。这种木香，与走进森林闻到的清香，完全不一样，大自然树木散发出的香味清淡幽微、自然清新，它来得更为馥郁浓厚。也许是剥开了树皮，又集中在室内有限的空间里，这些木头的香气汇集在一起，散发比较慢，所以香味来得浓烈。我不禁浮想联翩：所谓入芝兰之室，久而不闻其香。长期生活在其间的他们，不知对这香味什么感觉，麻木还是沉醉？

一楼大厅的这些木制品，到底价钱几何？没有人敢问，林先生应该也不知道。我奇怪的是：为什么放得有点冗杂，是喜欢而收集？林先生说："遇到好的，买回来放着。一旦应酬，就有得送，这种东西可遇而不可求。"应酬送这种礼物？真是大手笔，好礼、豪礼！但，别期待得太早，送的对象大多是公司。

我忽然有了重大发现，指着两米多高、需三人环抱、笑容可掬的弥勒佛，惊喜地对林先生说："你长得有点像它。真的！不是说身材，而是面容。欢喜、可爱、宽厚、仁慈，非常有福之相！"林先生笑了，同行者也开怀大笑，每一副笑容都像弥勒佛一样灿烂、坦荡、快乐。弥勒佛是未来之佛，在民间也称为开心之佛，表示"量大福大"，提醒世人要学会包容。所谓：大肚能容，容天下难容之事；开口常笑，笑世间可笑之人。有这长相，难道不是福相？这应该还是他的独特之一。

二

走进总部，我发觉林天津先生话语中总是自然而骄傲地流露出对父亲的崇拜与尊敬，他不自觉地说着"董事长"怎样、"董事长"又怎样。这让我不禁好奇起来：这个董事长到底是怎样一个人？他叫什么名字？我很快就从墙上捕捉到了信息：林荣洲。董事长办公室，还是木头，贵重木头做的办公桌椅、会客沙发。看多了一楼的木头家具，我对这些有点熟视无睹，倒是进门右手边，整堵墙的柜子，摆满观世音菩萨，姿态各异、年代不同。林先生说："董事长的爱好。"我心里暗暗记住：此为一独特之处。

"一根筷子容易折，一把筷子难折断"的故事，通俗易懂。木林森，取名也有异曲同工之义：一木参天，双木成林，但只有三木才能成森。创业时，林荣洲用父亲当年的教诲，给公司取了这个寓意深远的名字，以教育子孙，团结才能做大做强。当然，这是后话。刚开始起步时，公司仅十几名员工，每天生产一百多双鞋子，纯属家庭小作坊。我想：对于那时的林荣洲来说，他一定没有考虑那么多，毕竟生存才是硬道理。这也是石狮很多企业起步的典型案例。奋斗的初始阶段总是异常艰难、坎坷，每一部成功史都充满汗水、泪水，我相信，木林森亦然。

1998 年，木林森集团成立，翌年 8 月，"木林森"商标注册成功。这标志着木林森品牌的正式诞生，也就是说，木林森的辉煌是从新世纪起航的。这个公司有什么独特之处？它致力于打造中国第一休闲鞋品牌，这是它的前瞻性，也是终极追求。

看到经典的缝线鞋，人们自然而然想起欧洲这个走在工业文明前头的地方，想起那些追求经典的百年老字号，想起那里的纯手工制品，眼前可能出现这么一个典型的镜头：一个满脸胡楂、戴着眼镜、伛偻着背的老工人，正一针一线拉扯着、穿梭着，慢慢地，一双看似笨重、实则精致的皮鞋，在昏暗的灯光下，终于成品，它线条流畅均匀、古典韵味十足、品质卓越。这是匠人情怀与传统手工技艺的完美结合，也是我对百年手工缝线皮鞋的极致想象、完美想象。我没有想到，石狮也会生产纯手工缝线的皮鞋，它就从木林森走出来。这是公司的独特之处。

当企业不断发展、壮大，家庭模式当然无法再适应企业的管理要求，但家庭仍然是一个人肉体与灵魂依归之所在，林荣洲先生希望他的员工对公司要有集团精神，也要有家庭观念，所以他提出的理念也很特殊：爱自己、爱家庭、爱事业。这条红底标语拉在总部大门上，鲜艳而夺目，每个人进出必然会看到。我心底一直默念着这条平民化的标语，微笑地欣赏这位董事长简单、明了的心意。确实，一个企业发展到数千名员工，没有企业精神、企业文化不行，没有强大的凝聚力不行，这三爱可以拧成一股力量，让人与人之间更为和谐、友爱、团结，让职工家庭更加幸福、温馨。当然，作为倡导者，更该身体力行，他做了：开展慈善捐赠活动、关爱留守儿童。2008 年 5 月，汶川大地震，木林森在行业内率先捐款，身为董事长的他亲赴灾区慰问灾民。这不仅是为了树立企业的良好形象，也是为了回报社会、履行社会责任、传递温暖与正能量。

在二楼展厅里，我看到一张揭牌仪式的照片，终于明白为何林天津先生总是在学习、在培训，原来事有渊源，他有一位重视教育的父亲。我明白了一位企业家在赚钱之余的家国情怀、理想抱负，那就是事业的传递、发扬、继承。2017 年，木林森与福建三明学院正式合作，成立"木林森学院"，这在石狮，乃至全国大多数企业中，应该都属于超前的观念、长远的目光。近些年来，企业家参与投资学校的不少，但直接建立企业学校的不多。我忽然联想起蚶江一位女企业家，她也重视教育，三个子女均送往国外留学，她参股集龙小镇的外国语学校，但还是比较单纯的投资。木林森走的是一条崭新的道路，也许，多年以后，一些有实力、有追求的企业都会走这条道路。所谓百年大计，教育为本。薪火相传，才能创造新力量。木林森又一次走在行业前面，这一步走出了一种高度、长度，为企业走出了一个远大的目标：百年企业，人才培养是核心问题，与其等待别人为自己培养、输送人才，不如自己栽培、教育。这难道不是又一大独特之处？

三

城市化的进程就是蚕食、吞并、扩张。曾经有一个叫长福村的小地方，在石狮城市化过程中，先是变为长福片区，旧城改造时，变为龙福小区。那个以林氏为主的小村落，彻底消失了。村民除了安置在龙福小区，其余做鸟散状。如今，盘踞在这一片的，有一显赫的大家族，可谓枝繁叶茂、煊赫势焰，族中有一人创立木林森集团公司，另一个响当当的集团是富贵鸟，由林氏四个堂兄弟创建。我想，写到木林森，富贵鸟是绕不开的一个话题，走笔至此，有点水到渠成，那就坦然面对。

追溯起历史，就有点话长。1984 年，改革开放已经行进入第七个年头，一切如火如荼发展着，石狮已成为一个巨大的服装生产基地，人们纷纷办起家庭作坊式的小工厂。在长福村，一个名叫石狮旅游纪念品的小厂子诞生了。它以 4 万元起家，连同既当老板又当工人的 19 个堂兄弟，整个工厂不过几十号人，生产人造革的凉鞋与拖鞋，每双鞋子卖几块钱。当时人们都一窝蜂地生产服装，他们另辟蹊径，生产鞋子。这种家庭作坊在当时多如牛毛、不胜枚举，这也是石狮经济发展的前奏。

由于经营、管理制度不灵活，分工不明确，在磕磕碰碰中坚持了 5 年，这 19 名堂兄弟多数都对厂子前景不看好，纷纷退股。1989 年，厂子仅剩四名股东，在众人纷纷撤离的情况下，他们不气馁，重组董事会，并注册"富贵鸟"商标，公司开始转向生产真皮皮鞋。1992 年，富贵鸟集团成立，下辖福林鞋业、富贵鸟鞋业、富贵鸟服饰等八家全资子公司。一时，富贵鸟风光无限、如日中天，成为石狮的龙头企业、中国驰名商标。

人们都戏说石狮就出这只鸟。石狮以它为傲，不仅百姓，政府亦然，当时政府送外宾礼物，就送富贵鸟皮鞋。能穿上富贵鸟皮鞋，彰显了一种身份、档次；能弄到一张富贵鸟的打折卡，是一种有本事、有门路的象征。

富贵鸟，这只富贵之鸟展翅高飞，它飞过大江南北，飞遍神州大地。随后，富贵鸟进入快速发展时期，还高薪聘请中国国家队女排主教练陈忠和、影视明星陆毅作为品牌代言人。2012 年，是富贵鸟最辉煌的时候，跻身全国休闲鞋制造商第三名、品牌鞋制造商第六名。2013 年 12 月，富贵鸟在香港主板挂牌上市，达到巅峰。一颗耀眼的明星企业冉冉升起，屹立在东南沿海，犹如丹凤朝阳。

但，好像滑铁卢战役重演，上市的第二年，富贵鸟业绩出现大滑坡，开始通过担保、抵押等形式拆借资金。之后，每况愈下，风雨飘摇，苦苦挨过传言四起的 2017 年，富贵鸟集团终究还是没能起死回生，坊间传闻一波接着一波。时光走过了寒冬，大地已经回春，一切欣欣向荣，但富贵鸟这个庞大的企业没有回春的迹象，2018 年 3 月，终因 30 亿元的债务，被证监会立案调查。

作为石狮企业代表与形象的集团公司，轰然倒塌。公司一片寂静、萧瑟，曾经繁忙、井然且生机勃勃的四大厂区，如今大多停产关闭、人去楼空，几千名员工水蒸气般挥发掉了，唯有机台堆放在露天场地上，风吹日晒、布满尘埃。

富贵鸟是典型的家族企业，它的发迹史，也是石狮很多企业的写照与缩影。只因它发展、壮大得特别成功、顺利，成为典型，如今，居然在人们的眼皮底下，说倒就倒。过去，羡慕嫉妒恨的大有人在；如今，感慨惋惜不解的也大有人在。

这只飞得那么高、那么远的鸟儿为何折戟沉沙了？人们都把目光投向它，带着审问、探索、不解：内讧、不和、矛盾？管理不善、制度滞后？整个世界大环境的影响、冲击？经济危机的波及？亏空如此之大，庞大的资金流向哪里？这一个个问题，都是打在人们脑中的大问号。

普通百姓问普通、简单的问题：衣服会旧、鞋子会破，百姓有需求，市场这么广阔，为什么这些企业会倒？是呀，这么简单的问题为何如此深奥？恕我愚钝，还是问苍天吧。

我只关心一个最切身的问题：没有富贵鸟，以后我该选择什么牌子的皮鞋？对于铁粉的我，这是大问题。

有人说：企业转型转错了，投资投错了，没有坚持老本行，改行去做自己不熟悉的事，是最大的失误，而投资失败必然导致资金链断裂，拆东墙补西墙，只能越陷越深，最后无法弥补与挽回。

带着诸多疑问，我回过头来静静审视木林森，这是它的兄弟企业，为何它安然无恙、蒸蒸日上？专注本行，执着前行，追求百年工艺、经典传承，秉承这一信念与理想，造就了木林森的成功与传奇。我忽然想起在木林森会议室看到的一幅书法作品："十年树木百载林，千岁成森万世春。"时间是最严厉的老师，也是最公正的裁判员。

改革开放四十年，大浪淘沙，现实残酷，岁月无情。长江后浪推前浪，一代新人换旧人，这是自然规律，也是社会法则。石狮大多数企业在狂涛巨浪的变革中逐渐被淘汰。有人惊悸：过去，老人说富不过三代，现在怎么连一代都挨不过去？有人建议：应该好好总结一下经验、教训，这太惨痛了，值得后人警醒。还有人提议：好好请专家、高人来把把脉，石狮未来走向如何，该如何发展？忧患意识，在所难免。这不是魔咒，并不惊悚，但需要破译。

木林森与富贵鸟，就是最鲜活的例子。林荣洲应该是当年退股的一员，他退出来后何去何从，这十年间他经历了哪些，我不敢过问，这也不是我该关注的焦点。公司的宣传墙显示：1998 年，木林森成立。他独立门户，重新创业，找准方向、清晰定位、明确目标，所以他熬过了这波杀伤力极强的经济危机，岿然不倒。作为一起吃过苦、流过汗、淌过泪的兄弟，他们内心的波澜，也许是我们外人所无法想象的。

有人说：野心太大，离失败就近了。又有人感慨：中国就缺少百年老字号，少有人能耐心地把一样事业一代代经营下去。还有人感叹：据内部统计信息，中国企业的平均年龄是两年半，世界最短命，这是宿命。有人指责：政府的引导、政策，变化无常，也是无法推卸的责任。另有人责怪银行：只会锦上添花，不肯雪中送炭。人家发展得好时，怂恿他们贷款，致使他们手上钱太多，盲目投资、扩张；人家急需资金时缩手不贷，造成致命的打击……众说纷纭，莫衷一是。事后诸葛，历来是很多人喜欢扮演的角色，但于事无补，茶余饭后聊以消遣而已。我想：答案是综合的。作为土生土长的石狮人，我渴望这些企业风风光光、蓬勃发展，因为它们是纳税者、贡献者。我呢喃着祝福：千岁成森万世春！

作为农业大国，中国第一代企业家多数由面朝黄土背朝天的农民所扮演，在时代浪潮中，他们放下锄头，办起企业，从赤脚直接到穿上皮鞋。这一代人知识结构、见识眼光、运筹帷幄，都受到极大的限制，他们走不远、走不宽，快速退出历史舞台，是无可非议的。那么，第二代，为何有些人也快速跌倒了？是富起来后养出了纨绔子弟，不求上进、追求享受，还是现代人浮躁轻狂、急功近利？说这句话，必定会招来很多骂声、被扔臭鸡蛋。试看，多少企业家把子女送到国外念书培养了？多少年轻人兢兢业业的？多少企业家走出去，与世界接轨了？那么，原因到底何在？

现实往往掩盖了真相，只有结果。历史很难盖棺定论，它是一部大书，为成功者所书写，载入史册的毕竟是少数，多数人还是"天空不留下鸟的痕迹，但我已飞过"。这是生活，也是命运。

我们渴望拥有百年、经典，百年的经典，经典的百年，这是我们生活品质的高度象征，也是一座城市底蕴、风格、魅力的最佳象征。我虔诚地祝福：经典永存，百年不败！

大德的女子

一

一天，阳光太太带着一位年轻女性来到我们办公室。我一看，立即判断她不是阳光太太的成员。她是谁？我一时摸不透。我惊讶的是她迷人，甚至可以说艳丽的肤色：白里透红，粉嫩得连外面正在盛开的桃花都逊色，那肤色又是极端健康，充满血气的，花骨朵般、充满生命力的娇嫩。这种肤色在闽南几乎不可见，因为闽南是亚热带季风性海洋气候，海风常年劲吹，夏天漫长而炎热，风吹日晒的，任你再怎样爱惜、保养，也养不出这样的肤色。那她是东北人？我倒是见过东北女人有这样美丽的肤色，但显然不像，因为身材不像，东北人硕大壮实，不是她这般娇小柔媚的模样。第一时间，我判断，这是养尊处优的有钱人。

正如阳光太太的风格，一坐下来，阳光太太三下五除二，说明来意。其时，我们还听得云里雾里，她就拿出一张纸，要我们帮忙盖印章。只好重新梳理她们的意思，也把纸拿过来，认真拜读，其实特别简单：证明"大德康元"是一家百年老字号。

这种事倒是接触过，如义兴甜粿。也有来我们单位拿证明、盖印章，申请地理商标的，如古浮紫菜、蚶江石湖红膏鲟、港边珍珠海蛎。这是好事，大好事，有利于宣传石狮，有利于帮助本土特产走出去，有利于企业生存、发展、壮大。因为有先例，我拿出厚厚的《石狮市志》，准备大海捞针，只要有蛛丝马迹，影印下来，开个证明，盖个公章，就算办完了。

阳光太太干脆利索地说："不用查了，里面没有。"

我准备从束之高阁的志书中找出旧版的《晋江县志》或《泉州市志》，两位来宾异口同声："不用找了，里面也没有。"

我还是耐心地解释："石狮自古以来一直隶属泉州，也属于当时的晋江县。1987年，从晋江析出来，独立成市。只要是真正的百年老字号，这两本早期的志书应该都有记载。"

两位女性还是异口同声："没有，真的没有。"

这样，我就没辙了："我们不是权力部门，没有决定权，只有证明真相的权利，但要站在有事实的基础上。"

粉红女郎解释："这是我丈夫的爷爷创办的，原来是药铺，后来逐渐发展壮大，不仅卖药、制药还看病，现在全国已有六十多家连锁店，如今打算申请百年老字号，但没有这份证明，办不下来。"

"但过去的志书，乃至我们手上正在编纂的第二轮志书，都没有记载。也就是说，即使真有此事，但官方没有承认。"

来客解释："他们不懂，过去也不重视。"

我表示爱莫能助。

"没有你们的证明就办不了百年老字号，现在是万事俱备，只欠你们一个公章。"

我一惊：原来我们这个可有可无的清水衙门，关键时刻也有这么大的权力与作用。"盛世修志"，没想到还真的可以资政、存史啊。

认死理的我还是一根筋：不能造假，秉笔直书与尊重历史，这是方志工作者两大职业道德。虽然她们不会造假，但相关部门不报送，没有任何文字资料记载，我无可奈何。她们也无可奈何地走了，好在她们虽然失望无奈，但还是很礼貌，微笑着告辞离开。

一股清香久久不散。其实，我完全相信粉红女郎的话，因为石狮就有好几家大德康元店铺，我也在大德康元买过补品、滋养品，我再孤陋寡闻也知道：送大德康元，就是送健康、送档次、送面子。

我一直以为大德康元是香港进驻的、经营养生滋补药品的高档药铺，因为无论包装、取材、档次都非常讲究。没想到居然是我们石狮本土的，我们居然有这么一家百年老字号，我吃惊不小，这不仅是他们家族的荣誉，也是我们石狮的荣耀。

隔几日，她们再次光临，我们二话不说，盖了公章，这是特例。

二

这真是原汁原味的石狮人办的？在石狮本土办起来的？我还是非常非常怀疑。我算是石狮通了，居然不知道家门口有这么一家历史悠久、财大气粗、家族性质的机构，我为自己的无知汗颜。

满怀好奇，我认真做了一番追溯：大德康元的创始人，名曰王书瑞，石狮市鸿山镇伍堡村人。据说"出生于中医世家，幼时念过私塾，从小对医学尤其是中草成药感兴趣，曾师从名医，学习医术及药物的作用。"听到这里，我忍不住打了两个问号：出生于中医世家？那么，历史的源头，应该再往前追溯，是从他的父亲、祖父或曾祖父……到底哪一代开始行医的，不然哪里叫世家？那段历史又如何？为何没有记取？是没有价值，或是年代久远，湮灭于历史尘埃之中了？再问："师从名医，既然是名医，一定有名，是何方神圣？"王氏后人，对我刨根究底的追问，一脸茫然，有点招架不住。这确实有点遗憾，但也非常真实，很多人对家族的过往是一无所知的，认为历史就是过去，那就让历史从眼皮底下过去。但是，忘记历史就意味着背叛，没有历史，我们从何处来、去往何处，都成了深奥的问题。还是先打住吧，我们不谈哲学。

1912 年，王书瑞在家乡伍堡村开设"王记药铺"，经营药材生意。这说明，如果王家是中医世家，那么在这之前也只是行医看病，没有卖药。药铺的诞生，是经济起步的开始，所以才想着把这时间节点记住。

1933 年，王书瑞越洋深造游学，对草本药材的药性、药理与制作进行学习与收集。这是我查资料，看到的很重要的一句话。我的视线久久在这句话上逡巡：那么，这该是早期的留学生，自费留学生？抗战之前，出国游学，了不得！当然，这也是当时一大潮流，民国时期，中国出现多少大家，不都是这一时代背景下产生的？但王书瑞不是公费出国留学，是自费，这不能不让我惊叹：没有一定经济实力，是办不到的；没有超前的眼光与见识，也是办不到的。我好奇的是王书瑞先生去了哪个国家，洪燕燕女士送来的资料中，夹杂着一张非常珍贵的史料，那是王书瑞在侨居国的护照，我们闽南人称之为"大字"。因为是英文，又是影印件，我看不懂，也看不清。

这是我平生第一次见到"大字"。闽南是著名侨乡，自唐以降，先民们开始漂洋过海、外出打拼，但要在侨居国安居乐业，非常不容易，首先是要有居留证，这就是所谓的"大字"。一直以来，多少走出去的闽南人白手起家、筚路蓝缕、艰难创业，终于站稳脚跟，融入当地社会，有了这张"大字"。因家族内外都有人出外谋生，所以从小就听说过"大字"，也知道办一张"大字"需要非常高昂的资金。人到中年，我第一次见到传说中的"大字"，不禁震惊！多么珍贵、稀罕的东西！我猜想，王书瑞应该是去菲律宾，因为石狮有华侨 30 万，侨居菲律宾者占总人数的 70% 以上。好像也只有菲律宾才把护照叫"大字"。

回国后，王书瑞继续经营"王记药铺"，并对药材的传统炮制加以改良，取得很大的收获，最著名的就是熟地的九泡九制法，成为家族引以为豪、又不公开的传统秘方。

光阴荏苒，人事更迭，不知过了多少年，"王记药铺"传到王书瑞次子王题庆手上。他继承父业，将"王记药铺"更名为"大德药铺"。大德，原为佛教、道教用语，一种尊称，如大德高僧。《周易·系辞传》："天地之大德曰生。"古语训：上水无言，不语大德。由此，我非常喜欢这个名字，认为整个内涵、寓意、境界得到了极大的升华。

格局大了之后，王题庆的思路、布局也打开了。他利用伍堡东山埔成片沙质地进行沙参的栽种培育实验。这里还有一个故事，据说为了培植沙参，王题庆起早贪黑，经常在那片沙地上蹲点，观察沙参的长势。他神神道道的样子，在村民眼里极不正常，于是人们都认为他疯了。就是这个被村民误解为疯子的人，居然在如此贫瘠荒芜的沙地上培植沙参成功了！这是一片无人问津的荒地，自生自灭地长着一些卑贱的生命力顽强的杂草、树木，居然可以种沙参。这不仅在当时，就是现在，还有人不相信，觉得匪夷所思、天方夜谭。但我相信：这就是石狮人的所为、石狮人的性格。

王题庆还对人参、高丽参加工制作进行科学炮制改良，他研制的人参粉产品成为一大养生药材，广受消费者青睐。确实，磨成粉，可以直接食用，不用长时间炖煮。

2006年，"大德药铺"改为"大德康元"，并注册成商标。一只鹿头顶着两只角以高昂的姿态出现在人们生活中。整个名称日臻完美，这又是一次华丽的升级。

这时，大德康元已顺应时代发展的趋势，传到第三代手上，传人有王明钦、王世炎、王月娥。"大德康元"不仅销售，已发展成为集制药、销售、中医治疗为一体的养生保健基地。经过百年的精心打磨、研发、经营，"大德康元"的连锁店遍布全国各地，超过六十家之多。他们还与国际药业公司接轨，引进最先进的机器，采购最好的药材，制作成最值得信赖的产品，悄然成为国内外一大知名品牌。在铺天盖地万式装的石狮，可谓一枝独秀！

三

仲春时节，桃花缤纷，灼灼其华，我从漫山遍野的桃花丛中走来，走进"大德康元"总部。总部建筑风格现代、新颖、独特，屹立在玉湖菜市场旁边，宛然鹤立鸡群。即使在整个石狮，它的简约、时尚风格也是非常突出、前卫的。这时，它的全称是"大德康元商贸有限公司"。我满怀喜悦，去见艳若桃花、如春天般温暖热情的女掌门人洪燕燕女士。

一到大门口，只见大门斜着一个奇妙的角度；进入大门，又是奇怪的小水池，池中布有几块奇怪的小石头，好像摆着什么方阵。我马上相信了洪燕燕女士说的话："我们祖上不仅是中医世家，还是风水世家。"他们的包装设计上正面是鹿头顶着两角，背面就是五个形状各异的屋脊，或高耸、或低平。洪燕燕女士说："闽南古大厝的屋脊按造型可分为'金木水火土'五行。"我一听，如坠迷魂阵：太深奥了！那么，风水与他们卖药又有什么关系呢？我想这才是我该了解的。洪女士说："自然界有五行，人的身体也有五行，了解人体的五行，是为了养生，更好地调理身体，对症下药。宇宙讲究和，人体也讲究和，中医更讲究和，和就是我们所追求的以养代治的新理念。"

洪女士热情洋溢、满面春风，指着一楼文化大厅告诉我们："五个洗手盆似的小喷泉代表五行，出砖入石的墙壁仿晋江五店市，整壁立体药橱代表家族起源……这是王总亲自设计的。"洪燕燕女士口气自豪、表情仰慕，我不禁揣测：这王总是她丈夫？过后，一打听，确实是，是王题庆的次子王世炎。虽不曾谋面，但通过一楼的设计、布局，我觉得这悄然崛起的第三代，也是非常优秀的。

在四楼大会客厅里，我们通过屏幕了解大德康元的历史，从一爿临街小店铺到一座充满现代气息的气派恢宏的大楼，一幕幕浮光掠影，但显示着沧桑巨变。106年，悄悄碾过历史风尘，滚滚而逝，带着家族的坎坷，也带着家族的辉煌。

通过屏幕，我们领略到他们采购药材的严苛、执着、认真：人参一定要韩国、加拿大，燕窝一定要印度尼西亚、马来西亚，冬虫夏草一定要中国西藏那曲、中国青海玉树，灵芝一定要中国长白山，西洋参一定要美国、加拿大，党参一定要山西潞州……

任凭我头脑如电脑般管用，我还是只记住其中的皮毛、点滴。我不敢相信：打扮时尚、衣着高档的洪女士还跟着采药队伍走进深山老林、高原荒漠、旷野海边、悬崖峭壁，实地考察、了解药物、洽谈业务。眼前的她，年轻貌美、薄施粉黛、打扮时髦、卷发飘逸，完全是富家阔少奶奶的模样，哪里像征战商场的女中豪杰？

总以为，这样的女子应该养尊处优，口中吐出的应该是丈夫孩子、名包华服、美食豪宅，讲的应该是旅游购物、美容健身、麻将逛街。没想到，她滔滔不绝的是药材、药性、药理，是如何区分、辨别、判断：印度尼西亚燕窝与马来西亚燕窝哪个更好？白燕还是血燕好？屋燕与洞燕又如何区别？天，不就是金丝燕的吐沫吗，为何这么复杂！

一会儿，她让几个美女店员搬出几大塑料收纳箱的冬虫夏草，教我们买怎样的才没有泥土、没有牙签，不会吃亏。有人好奇地问："一只多少钱？""一百多块。"我惊呼："这一大箱不是两三百万？一两套房子？"洪女士微笑着点点头，我为自己情不自禁的大惊小怪羞赧不已。

如此大的展厅，昂贵、珍稀的滋补品，花样繁多、琳琅满目，让人眼花缭乱，这两层楼摆列的药品，该多少钱呀？不要问，不敢问，免得出丑！我想：待在这种药香浓郁的地方，不吃营养品，单纯闻一闻这些药材的味道，一定也有疗效吧？看看这些美女店员，个个青春靓丽、鲜妍明媚，一定是补品熏出来的。

在墙角，发现两担非常精美的大"神篮"，雕着金灿灿的龙凤，富丽堂皇、精致无比。忙问这又是为了哪一桩？配置盘担。结婚挑盘用补品？我再次少见多怪地惊问。洪女士指给我们看："少则几千、大则几万，现在有钱人家就送贵重滋养补品，尊贵、有档次、实用又新颖！"我忙不迭感叹："真是孤陋寡闻了，惭愧、惭愧！"

在我想象的极限，大德采药、制药、卖药，已经了不得了，没想到大德还设医馆，高级私人会所似的医馆。他们聘请省级名医前来坐诊，轮流值班，需要看什么病，便预约什么科的医生。他们还设有诊疗室、化验室、理疗室，甚至还有煎药室，麻雀虽小五脏俱全。神奇又神秘！我猜想：来这里就诊的应该非富即贵吧？但忍着没有问。

洪女士穿着又细又尖的高跟鞋，站着不厌其烦地介绍，领着我们四楼、三楼、二楼，一层层地参观。面对好奇的我们，她那么热情、真诚、耐心地娓娓道来，回答我们一些特别"弱智"的问题，涵养那么好、修养那么高，那么敬业，又那么专业。

我从她无意中泄露的一句话，捕捉到她大致的年龄：嫁入王家十几年。原来看上去如此年轻的她，为人妻、为人媳，已经十几年。真是药香熏养出来的，让人联想到传说中的香妃。

从完全的外行，锻炼成如此专业，她完全融入这个家庭，并非常自觉、称职地承担起女掌门人的职责，应付自如地周旋于客人、商贩、病人等各色人物之间，成功地扮演着这些复杂的身份。一个年轻曼妙的女性，居然如此优秀！我忽然想到源头，我认识她的源头：为家族申报百年老字号，四处奔波，到处求人。如此眼光、谋略、胸怀、气度，非寻常女子也！

有人说：女人没地位，出嫁后，家成了娘家，嫁进男方家庭，这个家永远是婆家。女人与婆家人永远隔着一层化解不了的膜，硌得生疼，与婆婆更是天敌，所以听女性谈起婆家人、事、物，语气总是贬的、损的、怨的，甚至恨的。看着完全投入的洪女士，你可以感受到她对这个家庭的热爱、维护、自豪。我再次想到她两次到办公室，为了那个印戳，第一次遭受我们的不待见，不禁有点汗颜，更为她的这份情怀、胸怀感动。确实是成就大事的豪爽大气女子！谁说唯有男儿才能继承家业、撑起家业？没有这半边天，天空何止是阴、何止是暗？

告别真诚善良而又平和亲切的她，走出大德总部，外面已经万家灯火，璀璨一片，我心里也一片璀璨：不仅为石狮出现这样一个有雄厚财力、名气远播、历史悠久的百年老字号而自豪，也为石狮有这样一位优秀的女子而自豪！

应该说，闽南女子是很优秀的，勤劳、聪慧、贤惠，又能干。过去，作为侨乡，就是因为有闽南女子固守家园、独立支撑着后方，成为坚强可靠的后盾，男人才能义无反顾地外出打拼，才能创造出财富，成就了侨乡的美名。一段时间里，闽南女子为了生计，把从境外寄来的衣服、布料拿到市场上估值卖掉，换回生存的必需品，于是有了"故衣摊"，慢慢地，成就小香港的美名。改革开放后，又是闽南女子搬出陪嫁的缝纫机，裁剪出新潮漂亮的衣服，吸引了全国各地惊艳的目光，引得五湖四海的人跑来石狮，带动石狮经济快速腾飞，成就"中国休闲服装名城"的美名……闽南女子吃苦耐劳又独立能干，她们不仅撑起半边天空，还让这天空更为湛蓝、邈远、多姿多彩。洪燕燕就是一例，也是成功的典范、杰出的佼佼者。

回首看她，她仍然驻足在总部门口，目送我们离开。这一瞥，让我心生感动：有情有义、有礼有节的女子！

第二天，在微信上发现，洪女士已经坐上飞机，去采集地，选购第一手药材、最好的药材。窗边小几上，放着一只杯子，大德康元的麦梗杯子，一只鹿头顶着两只高耸的角，凝视着远方。

更远、更美的远方，也正静静地等待她、欢迎她，这位独特、美丽的奇女子，金丝燕般的燕子。

一人一乾坤

冒着瓢泼大雨，我们驱车来到位于清濛的泉州开发区，去参观苏总的公司。这是计划外的活动，因天不作美，我们只好改变行程，走室内路线，也是安全路线。苏总，名苏文露，一个很儒雅的名字，一如他本人的帅气。

对于清濛，我的记忆永远停留在三十多年前。那时我在泉州师专读书，不回家的周末就蹭同学回家。清濛是一位泉州女同学的乡下老家，很大的老宅子，收掇得齐整干净，住着她八十多岁的老奶奶，一位五六十岁的阿姨照顾着，有点沾亲带故的亲戚关系。慈眉善目的老奶奶出身于大户人家，又嫁入华侨家庭，一生保持良好而又优雅的生活习惯，到了晚年还是洁净爽利，温和慈爱，从老年时还很端庄秀丽的容颜，可以想象年轻时容貌一定姣好明艳。老奶奶爱屋及乌，极其疼爱孙女，所以对孙女的同学也慈爱有加，寂寞的老人看到孙女欢天喜地，所以对我们的到来也是热情洋溢。一生养尊处优的老人，涵养也很高，所以我们向往着到她那里蹭饭，度过美好的周末。记忆中，清濛是乡下、农村，古朴宁静，民风热情淳朴，但落后，长着很多郁郁葱葱、大如华盖的龙眼树。龙眼成熟的季节，一簇簇的果实挂满枝头，诱得人直流口水。

记忆还在脑海深处徜徉，汽车已经驰入一片宽敞、整洁、安静的工业区，我们被告知：到了。这是清濛？显然不是，至少不是我记忆中的清濛。我赶紧好奇地睁眼看大门旁的公司名称：锐驰科技股份有限公司。名称有点难记，好在大楼墙壁高高悬着"锐驰集团"，我狠狠地看了一眼，生怕过眼就忘。

早有公司员工拿着雨伞等候着为客人打伞，原来苏总已悄悄布置接待工作——好细腻、暖心的细节！细节决定成败，也许，这不仅是他的待客之道，也是工作态度。

走进一楼大厅，一股浓郁的檀香扑鼻而来，迎面是一尊笑容可掬的弥勒佛，坐在大厅中间，喜迎四方宾朋。大厅像家庭式佛堂，安着佛龛，供奉着几尊佛。两尊、三尊？忘了。佛前摆放着新鲜的时令水果，非常丰盛。我不禁莞尔：真地道的闽南特色！闽南的企业家都很迷信，或叫虔诚，但像这样大规模地供奉在公司的显眼位置上，还是让我脑洞大开。废话少说，还是合掌祈祷吧：财源广进达三江，生意兴隆通四海！

在公司的文化走廊上，我们倾听讲解员的介绍：有各级领导的视察、参观、关怀，有公司技术人才的学历、水平、科研成就，有产品的种类、性能、研发水平、成果，有名目繁多的奖牌……

我看到国家总理和福建省委书记侧着头非常认真地体验着极米无屏电视，不禁觉得有趣：一项研发成果能引起领导这么大的兴趣与关注，说明这项科研产品的新颖、先进，大有发展前途。但是，什么叫无屏电视？无屏电视与目前的电视机区别在哪里，有什么好处？何时投向市场？价格几何？我很想问一问这些低端的、实际的问题，奈何讲解员滔滔不绝，又介绍得那么高端、专业、学术，我听得云里雾里，迷迷糊糊。我只抓住解说员在介绍时说出的三个数据：公司员工1200多人，海内外专家72名，拥有112项海内外专利。听到这三个数据，我不禁纳闷：这是制造什么的公司呀，居然需要这么多科研技术人才？石狮的企业，过去多以劳动密集型为主，多为技术含量不高的廉价劳动力，哪个厂子养过这么多技术人才？112项专利技术，不是囊括了这一行业的专利，走在世界至少是中国的前列了？很多专业性很强的信息硬是挤进我的大脑，我接收得有点措手不及，脑袋转不过来似的，毕竟这都是生硬的数据与概念。我想：算了，反正就是很先进的高科技吧。

　　走进产品展示厅，大伙立即"哇"的一声尖叫，感性的东西容易引起人神经末梢的振奋与刺激。满满都是什么激光、什么智能、什么终端的产品：一台小小的仪器放在地上，光源投向墙壁，于是整堵墙就是屏幕，上面居然就是绚丽多彩的海底世界。一张毫不出奇的桌面，手指轻轻一触摸，即出现黑白相间的竖条，那是钢琴键吗？怯生生地用手指随便一按，居然弹出了美妙的钢琴声。手指再一按，出现厨房，鲜艳诱人的蔬菜瓜果呈现在眼前，整个烹调过程一步步进行着，牛肉烧烤时呲呲呲的声音传出来，锅里的水沸腾着溢出来，龙虾颜色逐渐变红，荷包蛋外焦里嫩……色香味仿佛一并可以感受到……多神奇美妙的经历、体验呀！

　　我在桌子前、屏幕前驻足，深深被吸引：这就是未来的生活、智慧的时代？我们要炒什么菜，按一下程序，它就会煮出来？它离我们的现实生活还很遥远吗？未来的生活不是比孙悟空还会变？我们走进铺满枫叶的甬道，所到之处，枯黄的叶子马上消失，出现一条干净的道路。魔术一般！这是干什么用的？只是增添生活的情趣？假如我们设计高山，所到之处就相当于爬山？我们设计大海，所到之处就相当于游泳？世界可以这么神奇、这么先进吗？我们好奇又激动，为科技如此迅猛发达，感到不可思议。

坐在会客大厅，巨大墙壁上放映着世界风光，我们观看着，好像进入了电影院——应该是现代化的电影院，因为视觉冲击力是很大的。苏总告诉我们："这是用激光传播的，也是公司一个庞大的技术团队耗费四五年研发的新产品，一旦投入市场，将取代传统的电视机，迎来一次电子大革命。"我惊叹不已：这将是划时代的电子革命呀！

记得看到的第一台电视机，是12英寸黑白电视，屏幕仅书籍大小，飘满雪花，动辄没有影儿，频道少得可怜，总是没完没了的新闻、卖膏药（这是当时学台湾的叫法，即现在的广告），却是稀罕之物，是隔壁人家那个走国外航线的航海儿子，春节过年带回来的。因我家有两口水井，他们家常年到我们家挑水、洗衣服，我们才鼓起勇气偶尔去蹭会儿。那是20世纪70年代中叶，极其贫乏的年代。屈指一算，电视出现在普通百姓家庭也就40多年。难道，它就要退出生活舞台了？这么短暂的历史？

带队的领导问："这激光电视有什么好处？""最大的好处，就是保护眼睛。看电视会产生近视眼，看这种激光电视不会。声音更逼真、色彩更漂亮，也更省电。""那现在为何还不赶快投入市场？""成本还较高，普通百姓不一定消费得起。要降低成本，还要跟广电、电信、移动等等部门合作，共同投入前期的工程设备。"

我欣喜万分地憧憬着：将来看电视，不用电视机了。回家一定要告诉老公，电视不纳入装修房子的总体预算，等着这项技术革新的成果，一步跨进智慧生活。

苏总特意请公司的技术人员对这一技术进行专业的解说，但是，对于我这种愚笨之人，这些专业知识总是左耳进右耳出，我只记住：这是激光技术，不用屏幕，不会影响视力，但是，目前还很贵，无法普及。你看，多简单明了！

苏总很诚恳地说："中午大家就在我们公司的食堂吃顿便饭。"我想象着：托着一个铝盘，排着长队，从这个窗口走到另一个窗口。哇，不错，这也是体验生活。

当我们走到楼顶，撑着雨伞走过一段木栈道，来到一座敞亮的大木屋，眼前一亮，暗叹：雅！那是不动声色的雅，也是不动声色的奢华。我才懂得苏总的"客气"，一如他平时的风格：低调、内敛、平和，没有锋芒、不事夸张，沉稳寡言。这其实是很私人的会所：不张扬的贵气、豪华，在收藏的几件大型木雕上、红木沙发上、厨房设备上乃至屏声敛气的服务上……

乡下亲戚，吃完就走。苏总把我们送到公司门口，上车前，我忍不住好奇地问："苏总，请问你几岁了？"问得如此突兀，好在苏总不忌讳，也不见怪，还很认真坦诚地回答："47岁，1972年出生的。"我差点大笑：他干吗回答得如此仔细认真？该不会以为我要帮他介绍对象吧？

坐在回程的汽车上，我为自己的冒失偷偷开心着，其实我还有很多问题不敢问他：为何他不把公司全部设在自己的家乡石狮，而分为两大板块；石狮的公司是做什么的？是石狮土地短缺、汇集不到人才、税收重，还是……我总以为石狮从小商品市场，发展到中国休闲服装名城，已经越发展越单一。我不知道石狮人除了做衣服，还搞高新科技产品，而且是如此大胆创新，已经远远走在时代的前沿，这可是石狮的骄傲啊，但石狮人可能知之甚少。其实，这些年，一些有名气有影响的大企业，把总部设在外面的大有人在，或厦门或深圳或上海或香港……我们总是说要筑巢引凤，但也放飞了很多。这是海阔凭鱼跃，天高任鸟飞？鸿鹄之志，鹏程万里？还是人往高处走？不得而知。

我记住了苏总说过的一句话，于他，是轻描淡写，但在我，却深有感触。他说搞这行业已经三十年了。也就是说，十七岁开始，他从一个小学徒慢慢走到今天，成就了这番事业，成为行业的领头羊。这应该是石狮人在技术高端行业创造出巨大成就的典型代表？十七岁，初中毕业了吗？这三十年是怎样一个艰难的奋斗过程？如何进军高科技的艰深领域，这里面有什么机缘巧合、曲折感慨？这对于一班见异思迁的人，没有恒心、毅

325

力的人，是一个励志的活教材呀！这人生最美好的三十年，刚好伴随着改革开放一路前行，他是时代的宠儿、骄子，还是跋涉者、开拓者、实践者？

于是，我更坚信：一花一世界，一人一乾坤。眼前的芸芸众生，其实还有很多生动、感人的故事，留待我慢慢发现与挖掘。

透过车窗玻璃的雨帘，我回头寻找，还是不相信：这是清濛吗？那些龙眼树还在吗？

秋天的童话（五章）

从隋朝蜕变而来的石狮

在福建东南沿海，一个穷乡僻壤之地，百姓外出求学、走亲访友、商贾往来均要经过一条官道，中途总会在一个地方驻足歇息，为了遮风挡雨，人们建了亭子，再后来，有人雕了石狮子，安放在亭子旁。月久年长的，此地慢慢热闹起来、人口稠密起来、经济繁荣起来，便有了一个响亮的名称：石狮。这是隋朝的故事。

古老的故事一直演绎下来。憨厚、古拙的狮子至今还静守着这方土地，守护着一方平安，成为保护神。

也许，当年先民歇脚聊天时，互诉生计的艰难、感慨时运的不济，也传递一种不用"面朝黄土背朝天"的活法，并传授做生意的秘诀，因此，这里百姓天生爱做生意，满腹都是生意经。但土地稀少贫瘠，先民无论如何勤劳吃苦，还是摆脱不了贫穷困顿，于是，他们把眼光从逼仄的陆地瞄向辽阔的海洋，沿着曲折的海岸线闯荡出去，争风斗浪，踏上异土他邦，在椰风蕉林中，筚路蓝缕，开疆拓土，艰苦创业。事业有成后，他们又倾情回馈桑梓，热情建设故国家园，于是，他们的摇篮血迹便演变成侨乡。这片土地得以摆脱贫困，实现华丽转身。

生活日复一日，历史缓慢前行，时间来到 20 世纪 70 年代。我们一家租住在那尊石狮子斜对面的一座民房里，也就是凤里庵旁边，距离外婆家很近。父亲在实验小学教书，母亲在街道居委会工作，物质生活拮据，但我们单纯而快乐。外婆家是富庶的，虽然外公在石狮解放的那一天猝然去世，但外婆有两个儿子在菲律宾、两个儿媳带着孩子在中国香港，一儿一女全眷在中国台湾，他们念着外婆一生坎坷多舛，都渴望她晚年过得好点，外援便通过地下渠道偷寄过来，支撑起外婆的晚年生活。外婆慈悲善良，特别疼爱、怜惜和她在风雨飘摇中撑起家的女儿——我的母亲，我们便时常得她帮助，日子偶尔滋润一下。外婆家一带非常漂亮，别具特色，街道两旁都是南洋式骑楼，不远处便是繁华地带，八卦街纵横交错，犹如迷阵；街市喧嚣繁荣、商品琳琅满目；白色典雅的钟楼矗立在十字路口当中，一旁是百货大楼，前面是清珍大饭店……懵懂岁月里，我们不解世态风云变幻，在物质匮乏中，穷却开心着。

一天，父母带着我们连夜离开，仓皇出逃，六个人与全部家当，就装在一辆马车上。在暮色苍茫的深秋，离开蛰居地，也是我们的出生地，逃回血脉意义上的老家，永宁明清古卫城，住进深宅大院里。

过后，父亲解释为"家庭成分高，只能靠边站、进学习班，为一家大小安全考虑，走为上策"。不久，母亲开始遗憾、唠叨，"没有回来就好了，镇区机会多、人灵活、有活路"。确实，阶级斗争表面上如火如荼，地底下已悄然活络、倒腾起来。这里的人血液里沸腾的是经商因子，什么都阻挡不了他们做生意的热情与激情。似乎一夜之间，农贸市场摊位紧缺，人头攒动，熙熙攘攘，讨价还价声此起彼伏。忽如一夜春风来，这里的经济悄然复苏，早早地走在全国的前列，也是时代的前列。

1977年，人们还沉浸在粉碎"四人帮"的激动兴奋中，这里却成为黑典型，被拍入大型纪录片《铁证如山》，在全国公映，理由：这是"资本主义复辟"的案例。以宋太平为首的"八大王"因"倒买倒卖"受到批判、打压，有的被送往闽北山区劳动改造，一时风声鹤唳。风声一过，人们又折腾起来，把海外亲属寄过来接济自己的衣服、布料、药材，拿到市场上估值卖掉，办起"故衣摊"。有的人更为大胆、聪明，更有创造性，模仿这些衣服的款式做起衣裳，于是家庭作坊雨后春笋般冒出来，很快成燎原之势。时尚新颖的衣服、价廉物美的物品，吸引了全国各地的商客，人们带着艳羡的目光跑来抢货，于是出现了"全国跑石狮，石狮跑全国"的奇观，这里成了"有街无处不经商，铺天盖地万式装"。民办经济特区、小香港、中国休闲服装名城成为它的代名词。

1987 年，一些有识之士看到行政管理、基础设施、服务配套等等都严重滞后，制约着经济的快速发展，敢为天下先的石狮人提出大胆设想：从晋江县分出来，独立成市？报告递交上去，层层上报，12 月 17 日，国务院批准：石狮、永宁、蚶江三镇和祥芝乡从晋江分出，建石狮市。中国版图上最小的县级市诞生了，区域 157.15 平方公里。

母亲悔得肠子都青了，常埋怨父亲"鼠目寸光、胆小怕事"，耽误一家子的前途、命运。父亲不为所动，他还是保持文人的清高，固执地认为"万般皆下品，唯有读书高"。更何况，他们家族的荣兴商号传承了十代，到他父亲手上还是戛然而止，那么，对他而言，还有什么参不透、看不破的？两人的矛盾冲突无法改变现状，外面正发生翻天覆地的变化，一切让旧派的他们措手不及。确实，那时每天涌入石狮的人数就是石狮本地人口总数，巨大的人流就是巨大的商机。有人说，路边摆个茶水摊也可赚得盆满钵满。有人说，石狮遍地是黄金，只要肯弯下腰就可捡到财富。这是率先富起来的典型，这也是改革开放先行先试区的典型。

时代洪流波澜壮阔、气势磅礴，个人只有被裹挟着向前，融为其中一个细胞、一个元素。这是个人的命运，也是时代的命运、历史的命运。不进则退，大浪淘沙，都是自然法则与规律，这片热土每天都在创造奇迹、创造神话，每天都有人走向成功、成为典型。一方水土养一方人，人们也用勤劳、智慧、激情创造着这片土地，改写着这片土地。

人富起来，强买强卖、以次充好等不文明现象还是存在，一位前来拿货的直性子东北汉子调侃道：你们穷得只剩下钱，是文化沙漠。有人听后不乐意，毅然盘掉家庭旅馆，办起"绿洲读书社"，出书、赠书、提倡读书、做文明人。政府把他树为典型，鼓励、引导、推广。2012 年，时机逐渐成熟，政府发出号召：创建全国文明城市。机关干部，乃至广场舞大妈，都行动起来，投入创建之中，所谓树要树皮，人要脸皮。2017 年，石狮终于捧回了沉甸甸的荣誉，洗刷掉不雅的称号。

从靠外救济的落后乡村到率先崛起的袖珍城市，从偏居一隅的沿海小镇到全国经济百强县市的第16位，从自发的小商品市场到民办经济特区，从"铁公鸡"全无的落后乡镇到宜居宜业的美丽新城，石狮一路走来，凭的是爱拼敢赢的闯劲冲劲，凭的是锐意创新的果敢智慧，凭的是海纳百川的大度豁达。

当年因"运动"而逃离的女孩早已重返旧地，至今还用艳羡的眼光打量着眼前的一切，日新月异的变化，让她眼花缭乱、目不暇接。至今，她还会悄悄去外婆家附近走走，看看那尊朴拙的隋朝狮子。小时候寄居的那个角落，如今还保留着原汁原味的风貌，充满着浓郁的人间烟火气息，是老城的浓缩与剪影，也是让人怀旧的所在。只是，外婆不在，外婆的番仔楼也不在，那里已翻建成凤凰新城。但是，她相信：一切，都是从隋朝蜕变而来的，从古老的中原文明演绎而来，并在这里跌宕开去，生生不息。

我的灵山、神山与圣山

多少次触及这座山，我都极力想逃避它，踌躇又犹豫，不敢落笔。是太过熟悉，让我无睹；还是近乡情怯，思绪太杂，无从下手？我不得而知。

那么，还是让我从姑嫂塔缓缓说起吧。

这是一座矗立在我生命中的石塔。它是石狮的地标、石狮的象征，代表着石狮的历史、过去，代表着石狮的风骨、精神。它的传说就是石狮故事生动简约的浓缩与写照。

自小，我对这座矗立在宝盖之巅的姑嫂塔，神往、景仰。小学起，学校每年举行一次野炊，地点必定选在宝盖山，这是唯一，没有第二选择。那时，山下还有军营，驻扎着一批士兵。再三斟酌地选个风和日丽的日子，我们挑着锅碗瓢盆、柴米油盐，一路行军跋涉，到宝盖山山脚下野炊。之所以提到军营，一是地儿不至于荒凉，二是缺水少盐、忘了带菜刀等等，都可以找他们帮忙，充分体现了军民鱼水情。午餐后，除了登高望远，就是抓特务、讲故事、猜谜语、丢手绢、放风筝，漫山遍野地玩呀、闹呀，撒野似的疯，如脱笼之鹄。傍晚时分，大部队才收兵回校。整个活动耗时一天，而准备要好几天，兴奋更是好几天。所以，小时候，上一趟宝盖山，是以年为单位进行计算的。那份兴奋与期待也是以年为单位进行计算的。宝盖山，还有山上那座有着美丽传说的姑嫂塔，对我而言，是神圣而遥远的。

姑嫂塔就这样早早地占据我幼时的心灵世界、精神世界。后来，远方朋友来了，我必定带他们爬一爬宝盖山、看一看姑嫂塔，心里觉得这是最重点的风景，爬过这山、看过这塔，等于来过石狮，无怨无悔。那时，人们大多还为一日三餐劳碌奔波，为生计忙得焦头烂额，平常日子里，没有人想着去爬山、去看塔，偶尔抬头看一眼，那是一种漠然的对峙，凡间的人艰辛奔忙，沧桑的风景岁月中静默。而我的举动显得有点特立独行，但我觉得必须这样把家乡最美的一面展示给世人、介绍给世人。

为何如此痴迷一座山、一座塔？因为这是流淌在血液里的家乡情结，山是石狮最高的山峰，虽然 209.6 米，才撑出 200 米，但在我心里，它巍峨挺拔，凌霄独立，确为"大孤山"，它以男性的气魄与威仪，站在我心里，竖起山的壮美，撑起人格的坚硬与不朽。因为塔有一个凄美的故事，海生漂泊流浪、异国他乡打拼、筚路蓝缕创业的艰难与苦涩，告诉我一个家族乃至民族崛起的艰辛与坎坷，告诉我男性的勇敢、担当与责任，告诉我一个种族开疆拓土的辛酸与悲壮，告诉我华侨这个光鲜称呼背后的血泪，乃至青春，乃至爱情，乃至牺牲。因为塔有个婉约凄凉的故事，催人泪下，告诉我女性的忠贞、坚强与大义，告诉我守望痛彻心扉的希望与绝望，告诉我漂洋过海的惨痛代价，以及团圆的不易、相守的不易。八百多年的石塔，从南宋绍兴年间，站立到今天，穿越漫长的历史长河，穿越多少刀光剑影、多少悲欢离合、多少朝代更迭，无论它叫"万寿塔""关锁塔"还是"姑嫂塔"，无论它是航标，还是风景，如今，它风雨中岿然不动，向着苍茫的大海，向着未知的未来，这种执着与坚定，这种坚韧与不屈，本身就常常让我感动、让我折服。我想：这就是精神，这就是品格，这就是意志。而宝盖山，在我心里，是石狮的灵山、神山、圣山。

什么时候，宝盖山成为风景区？什么时候，姑嫂塔不能登临？什么时候，山脚下建成宗教圣地？仿佛是二三十年的短暂时光，记得，不遥远。而这个时间段，山下不甚广阔的土地，发生着翻天覆地的变化，人们顺应着时代潮流，被汹涌的大潮裹挟着向前，自觉又不由自主地、勇敢又聪明地，迎着改革开放的春风，创造着举世瞩目的奇迹：创造出"民办特区"的崭新模式，创造出"铺天盖地万式装"的繁荣，创造出"石狮跑全国、全国跑石狮"的热腾，创造出"中国经济百强县市第16位"的辉煌……古老凄楚的侨乡故事，悄然翻篇，不再凄风苦雨，不再饱含血泪，它以光明、璀璨、伟大等正能量的宏大词汇，振奋人心、提振精神，改变了家乡面貌，也完全改变了侨乡人的生活。

岁月荏苒。不知不觉中，爬宝盖山，成为运动，成为休闲，成为时尚。原来寂寥无人的山，如今游人如织，生机一片。宝盖山，成为一座散步、踏青、锻炼的山，很多人每天下午必到此打卡签到，不去浑身瘙痒，周末更是熙熙攘攘、嘈嘈杂杂。山失去了神秘、神圣的韵味，成为普通、随性的大众化活动场所。名山胜景过度开发、利用，便出现超负荷的冗沓与累赘。很多东西高贵在神秘与神奇，高贵在可远观而不可亵玩，高贵在原始与原生状态。人类的物力、财力还有什么不能实现，科技的高度发达还有什么不能征服？将来有一天，当我们把什么都开发出来、创造出来，那时还会对未知世界充满向往，还会对神秘事物充满敬畏？我不禁有点惊悸，心戚戚焉。但是，我必须接受这一切，为这一切欢欣鼓舞。我想，荒凉是种悲凉之美，贫穷却绝对不是美，人们追求健康、快乐、时尚的生活，也绝对没有错。只要古塔依然耸立，山依然矗立，它们的精神就在，就依然会传颂、发扬、光大，那么，以一种豁达的胸襟容纳凡夫俗子，以及他们的幸福与快乐，应该是它们在新时代的另一种使命与格局。

石狮历来是创造奇迹的地方，如今，奇迹还在不断出现，围绕着这座山也奇迹不断。

原来，宝盖山的北麓，悬崖峭壁、乱石丛生，很是荒凉。站在山之巅，往北望，望到的是荒地，原始状态之中，是无法涉足的荒蛮。忽然有一天，老公告诉我，普莲寺附近开辟了一条木栈道，可以直接上山。我一听，极为好奇，穿上运动鞋，马上出发。从此，在石狮市区，也可以登上宝盖山。但是，从这里取道上山的还是少数，而且大多是外地人。道路太隐蔽了：从一条狭窄的土路进去，两旁都是垃圾，杂草丛生，路旁偶尔还有破烂的木棚子，如果没有认真辨认，根本不知道那条尘土飞扬的羊肠小路深处会有一条木栈道。为何会有这么奇葩的构想与建设？当时并不理解。

忽然有一天，有人告诉我，那条坑洼不平的土路要开通了，一直通到红塔湾，取名峡谷路。这里没有峡、没有谷，为何叫峡谷路？还是不得而知。一条风景优美、生机盎然的大道，直通到海边，蓝蓝的天尽头。确实，这里没有峡、谷呀，但石狮人想象着山川的雄浑、峻峭，硬是赋予了它壮美的气势与气魄。这条美丽的、敞阔的、平坦的大道开通后，沿途青山绿水，偶有鲜花盛开，姹紫嫣红；偶有小型水库，碧波无痕；偶有亲水栈道，临湖傍溪。一路视野开阔，畅通无阻，风光无限，而姑嫂塔一直都遥遥在望，如神女峰，召唤着人、吸引着人，倘若是黄昏，被镀上金边的它，更是美妙绝伦。石狮最美丽的大通道，就这样完美地呈现在人们眼前。走在这条大通道上，舒服、舒畅、舒心，开车行驶便成为一种乐趣、享受。除了惊喜，还是惊喜；除了惊艳，还是惊艳。我想：是春风，让这片荒蛮之地复苏了。

不久，波斯菊盛开了，人们取那地儿为花海谷。整个公园鲜艳美丽、缤纷妖娆、姿态万千，引得万千市民、游客前来观赏、拍照。波斯菊的绽放，美丽了人们的心情，也美丽了人们的生活。一座充满现代气息的工业化、商业化城市，居然因为一片花海而春心荡漾、浪漫多情，这是谁也不曾料想到的。

波斯菊的烂漫，让人们更惊喜地发现，除了这片花海，往纵深处走，整片都是树木，多为木麻黄和相思树，这是纯天然的，保持着原生态，这本是石狮土生土长的两种常见树木，如今虽有这种树的存在，但没有如此的规模；新辟的林荫小道纵横交错、曲径通幽，音乐箱里轻柔地飘出旋律优美的古典乐曲，让人如痴如醉，步伐也飘然轻快；道旁树整齐规划、疏密有致，四季常绿，花儿次第开放；道旁树往里面还有一大片的龙眼树，闭眼展望果子沉甸甸挂满枝头的景象，那该多么诱人，据说五百元可以认养一株，但只有传闻，仅供羡慕；最美的应该是修竹翠绿夹道摇曳，意境诗意又宁静淡雅，潇湘韵味十足；池塘遍布其中，或大或小、或深或浅，明镜似的点缀着，树木扶疏，倒映水中，湖光山色，深深浅浅，明暗变幻，有人便自取名字，曰"小九寨"。

往东信步过去，有一片碧波荡漾的湖，其实那不是湖，是水库，叫青年水库。那本是石狮很重要的一个大水库，灌溉着大片的农田。记得当年父母都出过工参加这个水库的建设，那时，长辈一去就是多日，昼夜奋战在工地上。我们无法想象当时热火朝天的劳动场面。时过境迁，当年农业的生命线，如今成为鱼儿的天堂。站在水库坝上，已领略不到磅礴的水势，只看到成群结队的鱼儿在游玩嬉戏，悠然自得。

已经颇具规模的峡谷公园，还没竣工，它将规划建设成万亩城市中心公园，其宏伟蓝图、美好愿景很快就会变成现实，因为石狮历来有惊人的石狮速度。

方圆近160平方公里，狭小逼仄，虽不能说是寸土寸金，但土地稀少、昂贵总是不争的事实，能开辟出万亩来打造一个公园，可见手笔之大方，眼光之长远，领导之气魄。

没有人想象得出，围绕着宝盖山、围绕着姑嫂塔，石狮人能做出这样大手笔的规划与建设。这是经济巨变带来的山川巨变，这是山川巨变带来的生活巨变与精神巨变。

我们生在其中、活在其中，幸也！

我们的大海

多年以前，听说永宁的海岸线要开发成旅游景点，为之振奋、喜悦，这是我们的海岸线，我们的生命线。萧瑟、原始的地方，一旦开发，便成黄金一般的海岸，这是我们的期许、憧憬，懵懂中的热切期许、贫乏中的热烈憧憬。

小时候，这片海域很荒凉，光秃秃、静悄悄的，除了海水，就是礁石，咸涩的海水拍打着嶙峋的礁石，千百年来，潮起潮落，重复着，无限重复着。要到这片寂寥的沙滩，须穿过一大片茂密的木麻黄，这是防护林，哨兵似的高大笔直，但也单调划一，防护林像天然屏障，望不到尽头一般，一不小心就会迷路，除了渔民，极少有人往来，原生态是它的全部面貌与风貌。读小学时，学校每年组织一次劳动，到这片沙滩挑沙子，填补操场的沙坑，跳高、跳远用。我总觉得这种劳动，像愚公移山，有点笨拙，但精神可嘉。这有点辛苦的体力劳动，是我们单调乏味的学生生活的一个期待，亲近大海的那份激动可抵消一路的艰辛。爬礁石、踏浪、捡贝壳、堆沙雕，我们把沙滩当成乐园，尽情嬉戏、放飞自我，然而时光短暂，任务在肩，总是无法尽兴。但是，留在记忆中的，是我们带给大海的沸腾，以及大海馈赠给我们的自由。

那时三姑在水产站工作，就驻扎在海边，几座低矮、简陋的石头房子，孤零零的，在大海的不远处。小时候我们不懂得她工作、生活的单调、艰难，只记得她时常托人送鱼来，我们便有价廉物美的海鲜。大海，便以这种慷慨的方式养育着我们。

热爱大海，是流淌在我们血脉里的一种执着与狂热，因为我们生在海边、长在海边。

时光荏苒，一切悄然改变。

故乡的大海终于变成了黄金海岸。令世人眼前一亮：金沙游乐园、海滨浴场、游艇俱乐部、海洋世界、沙滩烧烤场、唐宋仿古购物一条街、别墅小区、露天卡拉 OK……一切如魔幻般出现。这是童话世界，还是天上掉到人间的仙境？籍籍无名的沙滩真的变成黄金的海岸了。

大家被惊艳到了，完全、彻底。一天，从来不爱凑热闹的母亲居然发动内外十几号人，祖孙三代人，浩浩荡荡挺进黄金海岸。在金沙游乐园，我们玩了空中自行车、海盗船、碰碰车、空中缆车、过山车……最可怕的是海盗船，那不是惊心动魄可以形容的，我们魂飞魄散，真正懂得了什么是冒险与刺激。那一天，大伙玩得筋疲力尽、兴奋异常，没有想到成年人也可以像小孩一样玩耍，玩得无所顾忌、释然奔放。自家门口有这么好玩的游乐场，无比自豪与幸福啊！

从此，我们无可救药地为之疯狂。黄金海岸成为我们流连忘返的消遣胜地，外地朋友一来，不假思索就往那里拉。潜意识中，我们已经把黄金海岸作为我们最有活力、最接近现代生活与情趣的景点。而周末，没有走一趟黄金海岸，不仅索然无味，还觉得有事未了，心里牵挂、折磨得难受。

黄金海岸声名鹊起，慕名而来的游客络绎不绝，周末更是游人如织。有人热衷于这里的吃住游乐，有人钟情于这里的自然景观。比比皆是的海鲜酒楼、海鲜大排档，开得热火朝天，这里有最新鲜的海鲜和不逊色于大酒店的烹饪水平，而颇具浪漫情调的沙滩烧烤场、独具风味的闽南小吃摊，同样吸引人驻足流连，让人垂涎欲滴。露天夜总会、歌舞厅、KTV，让人放喉高歌、释放激情。这里是吃喝玩乐的天堂，这里还有大自然的鬼斧神工、大自然的无私馈赠：那绚丽的沉积岩层、奇妙的海蚀地貌、罕见的龟裂奇石、小巧的垂钓岛屿、洁净的海水沙滩，构成得天独厚的诱人美景。

在佛教盛行的闽南，没有寺庙仿佛成不了风景，黄金海岸也不例外。于是，洛伽寺静静坐落在碧蓝的海水之中，观音大佛也默默屹立于金色沙滩之上。有了它们，这里更加吉祥平安，它们镇守着这里的安全，保佑着四方游客的健康。这里，是佛光普照的地方，祥和、安康。

人们终于知道：北有北戴河，南有黄金海岸。一个滨海旅游胜地活生生打造出来了。

原以为，一切都会向好发展，更好、更大，走向全国、走向国际。具体哪一年，我不太清楚，由于管理、宣传、经营、开发等方面的问题，黄金海岸萧条下去，游客逐渐稀少，很多旅游设备拆卸搬走，很多景点关闭、餐饮歇业。黄金不再，激情四射、魅力无穷、热闹非凡的海岸，最后消遁了，好像不打招呼就消失了，让人猝不及防。我非常疑惑、不解、惋惜，常常不舍、遗憾地问：前不久我们不是还去逛鬼城、听瓶子姑娘唱歌、坐游艇出海？是呀，前不久，是多久？时间是个清晰的概念，时间又是一个模糊的概念，反正，我们的黄金海岸消失了。

历史翻篇，这是自然规律。2013 年，中骏集团看中了荒废、杂乱的黄金海岸，注入巨资，投建房地产，为这片曾经辉煌的土地注入新鲜的血液，激发了蓬勃的活力。黄金海岸起死回生，重新吸引世人的眼球，吸纳着世人的财富，房地产的开发迎来了一批又一批的看房者、购房者。黄金海岸再次焕发生机与朝气，再次成为名副其实的黄金般的海岸线，这里的别墅、洋房美轮美奂，这里的高层套房四面通风，多少人念着海子的《面朝大海，春暖花开》，来到这里、豪掷金钱，以期实现远离喧嚣、追求宁静的愿望。

太过突然，还是拐弯太大？总之，我有点接受不了，但是房地产开发强势进入，这是事实。寂静、冷清了很久的地方，又变得熙熙攘攘、嘈嘈杂杂、闹闹腾腾。

我不禁问：这里将成为很多人的家园、很多人的栖息之地？很多人将在这里向海而生？

我又满怀期待：但愿，黄金海岸成为一块净土，让人们走出尘烟滚滚的俗世，回归自然、还原天然；但愿，黄金海岸成为一块乐土，让人逃离尘世、挣脱羁绊、放下重负，坐观潮起潮落、云舒云卷、花开花落、月圆月缺。

岁月倥偬，光阴悄然流逝。中骏黄金海岸出现了，一座座巍峨挺拔的高楼矗立在眼前。

有一天，我才发现：我被剥夺了亲近大海的权利。这片大海已经不是我们的，不是公共资源了，它成为中骏的财产，房地产开发商把整个海岸线圈在里面，成为他们美丽的夏威夷。生在海边，我们爱着大海、向往着大海，爱得深沉、爱得热烈，但是这份爱只能埋藏心底了。

如今，我经常站在高楼的落地玻璃窗前，看着远处一角的大海，茫茫、渺渺，那是深沪湾的一角，不是黄金海岸，我已经多年没有看到黄金海岸了。但那片大海留在我的记忆深处，那曾是我们的大海，我们世世代代拥有的大海，那里有我少年美丽的印象、中年美好的记忆……

一座城市，在改革开放的大潮中迅速崛起，整个格局、版图已经发生翻天覆地的变化，这是惊人的业绩、惊喜的辉煌，这是时代变迁的伟大成果。正如脚下，当年是一座沿海小镇，如今已经华丽转身，带着耀眼的现代元素、现代精神、现代理念，融入大时代，裹挟着奔腾向前。我就蛰居在这城市里，看着它欣欣向荣。

而作为尘世一粒微小的分子，我在心里筑起一方天地，在这天地里，怀想着自己的童年、自己的故乡、自己的大海。

最励志的尪　最传奇的某

去年夏天，一个雨天，细雨绵绵，我撑着伞独自去探秘境。有人告诉我：许荣茂的夫人正在修缮她的娘家，标准的闽南古大厝，准备搞成家族纪念馆，地址就在湖东菜市场附近。

撑着伞，我绕着小巷、绕着破房子，在乱七八糟中绕了一大圈，终于从一截没有砌起来的围墙缺口进去。整个过程故意不向人打听，考验自己的判断力、观察力，乐在不经意中的惊喜。

工地上的建筑工人很好奇，知道这个穿旗袍的女人一定也是出于好奇，便对我这个贸然闯入者没有任何盘问，任由我四处闲逛。我故作闲庭信步，把房子逡巡了一番，然后悄然溜走，不敢逗留太久。窃以为，没有住人的老房子，阴气重，或许还有幽灵，不期然就会擦肩而过，严重时会引起身体不适，所以忌讳。

后来，侨联原主席蔡世佳先生帮我要来一本古色古香的书，还有王清照女士的签名，字迹潇洒大气，我很是激动。蓝皮本、线装书、竖行排列，古典精美，书名：《叶落归根　桑梓情怀》。

我认真阅读了两遍，因为我打算写一部描写闽南人在侨居国奋斗的长篇小说，需要素材、需要细节、需要历史的真实，我像猎人一样，敏感地到处捕捉信息，自然对它感兴趣。这本书有几个细节深深打动了我、吸引了我：一个年轻侨眷，要在宗族意识很强的别人的地盘上大兴土木，必然遭到百般阻挠，为此，祖母与盘踞那个角落的姓氏老大的老婆交好，指腹为婚，结为儿女亲家，从此得到庇护，大厝得以落地生根；丈夫英年早逝，她守柩三年、隆重发丧、殓以厚葬，极尽富贵、体面、风光，体现了对丈夫最深沉的爱；民国期间，土匪强盗猖獗，屡来侵犯，从盗墓到入宅抢劫，为了生命、财产安全，祖母毅然扣动扳机，连发两门子弹，震慑住外来侵扰者；日军侵略菲律宾期间，王氏一家老小刚好流亡马尼拉，祖母从日寇手中救下几个月大的小孙子，她淡定从容地跪拜在观音菩萨的塑像面前，那份慈悲让日寇也放下屠刀；晚年，祖母笃信观音，她带着随从、坐着轿子，在金沙庵住持的陪同下，迢迢地往南海普陀山进香，往返一个多月，这种"吾欲之南海"的决心与虔诚，多像唐三藏西天取经，途中虽没有除妖降魔，却收养了一个孩子；晚年，她扎根闽南，时而当起赤脚医生，无偿地为村民医治疑难杂症，这是多富贵、高贵的女子呀，生活让她放下身段，有了悲悯的救世情怀；92岁时，灯枯油尽了，她让儿媳煮了一碗糯米饭，吃完那碗喷香的米饭，她不再进食，静等归天。看尽繁华、历尽沧桑之后，她如此坦然地迎接死神，这超然的生死姿态，让人豁然明白：生死就是一次旅行，不必在意归宿，只需途中风景。

关于这个女子的传奇故事还有许多：带病重的丈夫叶落归根呀，分家庭生意财富呀，带着一家子逃难呀，运动接踵而至，家产怎样消散呀……人生百味、世事浮沉，故事跌宕起伏又波澜壮阔。有兴趣的话，还是捧着一本蓝皮本，在栀子花飘香的午后，在微风习习的巷子里，伴着一杯清芬温润的铁观音，慢慢地沉到书里、沉到旧时光里，因为那是家族的，也是民族的，值得一品再品。

美丽，这个词很好使用，但很抽象，一个人长到什么程度才叫美丽？我说不出，但我敢打包票，这个传奇女子非常美丽。古厝的厢房里挂着一张很大的照片，美丽到让人产生怀疑：这不是陈逸飞油画作品中的民国女子？这不是一幅名画，一幅价值不菲的收藏品？我不相信似的一问再问，她七十多岁的孙子一再点头，微笑又笃定："没错，就是我奶奶。"

这个传奇的祖母、这个美丽的奶奶，就是建造这座房子的直接执行者，一个有胆识、有智慧的美丽女子。她的传奇该从二八芳华时说起，从故乡福清随着一个萍水相逢的男人来到闽南，大胆而潇洒，前卫而开放。此时，娶她进门的这个男人已过不惑之年，第一任妻子已过世，有三个收养的孩子，年龄参差不齐，大的已娶媳妇。一个外地的大脚女子，就这样贸然，也毅然决然地走进闽南传统家庭，确实称得上：为爱，不问西东。闽南称妻子为"某"。婚后生活难免磕磕碰碰，她的大脚是旧式妇女取笑她的把柄，在闽南家庭中，年轻的她显得格格不入。但是，有成熟又成功的丈夫宠着、罩着，她便自由、率真地生活着，她的聪明、胆略也发挥到了极致。由此，演绎了自己跌宕曲折、丰富传奇的一生。这个女子，名叫郑乌蜜，因开枪吓跑来袭的强盗，而得到一个震慑人的外号"虎蜜"。

为何我把这位传奇女子放在前面讲述，好像也更感兴趣？因为我发现，在漫长的岁月里，是她独自撑起一个家、撑起一个家族，乃至深远地影响着后代子孙。按书中透露出来的信息，她与丈夫相差三十几岁，丈夫过世时她应该也是三十几岁，漫长的人生里，她的传奇是靠自己书写，而不是靠丈夫罩着。这样的奇女子，是王家的，也是闽南的，更是中国的。

她的丈夫，闽南称为"尫"的，就是这房子的缔造者王起沃，典型的华侨，堪称代表性的人物。年幼时家境贫寒，难以为继，13岁那年他背着寒碜的行囊，里面是几件破旧衣服、几块铜钱，独自跑到海边，祈求船老大让他跟随船只出海。13岁就有闯天下的气魄、胆略与决心。那时的船，是舢板船，随时有葬身风浪之中的危险，船老大开始不愿意，当然不愿意，一条小生命可能说没就没的，他怜惜这条小生命，也担不起这个责任。但拗不过这个 13 岁男孩的坚定与倔强，只好让他上了船。海上漂泊的十几天，男孩是最乖巧的帮手、最勤快的帮手。九死一生后，一船人终于到达吕宋岛。船老大感慨地说：一船人是托这个男孩的福。同时他预测：这个男孩将来一定有出息。

到达目的地，一船人做鸟散状。男孩独自一人在完全陌生的土地上，开始艰难地求生存。后来，一位做大米生意的老板可怜他，收留了他。男孩通过勤奋好学、辛勤打拼，慢慢站稳脚跟，后来独立开创事业，最后成为远近闻名的"大米王"。

荣归故里，衣锦还乡，是每个外出打拼者的最强烈心愿。他回到故乡，结婚成家。在多年后的某一次回乡中，认识并迎娶了这个如花美眷。后来，因这如花美眷有了身孕，为了给她肚子里的孩子一个优渥的生活环境，才有了这座大厝。

房子从 1900 年建到 1910 年，即从清光绪二十六年建到清宣统二年，那是清末，跨越两个皇帝，中国最后一个封建王朝摇摇欲坠，或干脆说，即将寿终正寝。

据说，在这个无比聪慧、能干的妻子的协助下，事业从米业向电器、五金、中药、茶叶、金行、家具等方面发展。

这里容我插入一段不和谐的语音，我这人有严重的职业病，喜欢找错别字、病句，简单地说，就是喜欢找碴，我发现书中时间是个模糊的概念，有时对不上榫卯，比如有个时间节点是严重出入的，第二篇的第一句就隆重交代：祖母郑乌蜜生于 1889 年……那么建造这房子时，她不是才 12 虚岁？还没嫁进王家吧？为了故事的完美、动人，我宁愿自己没有发现这前后矛盾。从这点上，我更相信这个家族还有很多谜、很多故事，值得探索、值得书写。

言归正传。这是一座非常典型、规格齐备、布局完整的闽南大厝，五开间四榉头，还有后房、厢房、埕角房、下照、后花园……1700 多平方米，超过两亩地。这是民间最典型、最奢侈的"金屋藏娇"。

当我第二次参观它时，它已经经过大动干戈的修缮、精心的布置，被无偿捐给政府，成为纪念馆，也成为石狮市博物馆的分馆。正如蔡世佳先生所言：了解王起沃家族史就基本上了解了闽南的华侨史，了解这座故居就基本上了解了闽南古大厝的风格与特色。

参观过程中，身边一位作协会员微笑着对我说："你什么时候也把你娘家搞成纪念馆？"这个主意很好，但把我吓住了。我赧然，赶紧溜走：没有雄厚的财力，绝对权威的影响力、号召力，谁撬得动这种大厝？家族繁衍生息后，枝繁叶茂，便也分枝散叶，人际关系、利益关系就错综复杂，哪是那么容易摆平的？更何况嫁出去的女儿泼出去的水，这想法、心愿哪能轻易实现？我祖母生育了 6 男 5 女，父辈 11 个兄弟姐妹共生育 23 男 23 女，这庞大的数字怎一个复杂了得？在永宁老街改造之际，我们的兴源府最后被政府收购走了，367 万元人民币。传承了十代人的荣兴商号，最后没有了依附之所。当然，这又是一段不和谐的话语。我想，这应该是兴源府最好的归宿。

据说，王起沃的孙女王清照女士，为老屋豪掷 3000 多万元，这是大手笔。3000 多万元是一个模糊的概数吗？我这人一根筋，喜欢打破砂锅问到底，经过左思右想，我猜测：应该是连同买下厝身、地皮，拆除兄弟们后来在周边随意搭盖的房屋，并进行补偿、替换安置，同时添置屋里一些珍贵的收藏。

但是，无论这笔巨款怎样计算，有能力对古厝进行这么大规模、彻底的修缮，便是一件幸运、福气的事！而有能力把修缮后的房子捐给政府，更是莫大的幸福！这不仅是一种自觉的家族行为，更是一种让人敬佩的家国情怀。

正如蔡世佳先生所言：王起沃有本事建这房子，更有福气的是，他的孙女有本事修缮它。

富不过三代，是让人很恐慌、惊悸的一个魔咒呀！但一定有人破解它。

有人说：大贵者天上星，大富者地上精。大富大贵者，应该属于"天将降大任于斯人也"之类，命也、运也！普通人一番感慨之后，不能不沉思：王起沃在人生最春风得意时，便把家训刻成砖雕，建房时镶嵌在大门两侧。这位曾名扬海内外的富翁，留给后代子孙的是简单、朴素的几个字：读书、积德、行善、宽容。全文如下，右曰：传家久远不外读书积德四字古联云树德箕裘惟孝友传家彝鼎在诗书又云天麻静迓惟为善祖泽长延在读书皆格言也。左曰：为善最乐作德日休世事让三分天空地阔心田培一点子种孙收要好儿孙须方寸放宽一步欲成家业宜凡事吃亏三分。如何断句、解读，读者自便吧。

人生如此匆匆，王起沃 66 岁时放下，郑乌蜜 92 岁还是放下，短也罢长也好，都是行走世间一趟，唯老屋还在，精神还在，传奇还在。这不能不引人深思、催人醒悟。

华山归来仍看厝

去华山看古民居，这个念头在我心里孕育了两年。很远？不是，那不是西岳华山，而是一个小小的行政村，在石狮的西北角，属于城乡接合部。原名山兜，因依山（大北山）聚居而得名，可能太土，惨遭嫌弃，1994 年从前廊村析出时，便美其名曰：华山。一个很容易引起歧义的名称。方圆 160 平方公里的石狮区域，仙人一脚就跨越得到，我凡夫一介，用了两年。

客观原因是，一旦说要去看看，便有人狠狠地泼冷水：没啥看的，就几座破房子，围起来修建，进不去。主观原因是，家人诧异到不解、惊悚的表情：你有怪癖呀，破厝有什么好看的？小时候就住这种房子，想起来都感到厌倦乏味，你这是什么兴致、品位？于是乎，这愿望只能一直藏着掖着。

今年初夏，我终于以一个冠冕堂皇的理由走进华山：作协采风。华山将以什么面貌展示给我？我有点忐忑，也有点向往。我的执念缘于华山村已被列入第五批"中国传统村落"，作为一个土生土长的石狮人，我不了解它、深入它的腹地，行吗？

看到华山的渡槽，我惊喜地叫了一声，情不自禁的。这里居然还保留着渡槽！其实，石狮最美的渡槽是大仑渡槽，飞虹一般的美丽，那是农耕时代的特殊产物，可惜它阻碍了城市化的进程，必须退出历史舞台，从地球上消失。爆破那一天，很多人特意提前蹲守在那里，抢镜头，历史性的镜头。那惊鸿一瞥很快就成为美丽的剪影，照片成为珍贵的历史见证，留给后人浮想联翩。而华山保留的这一段渡槽，虽不如大仑渡槽那么漂亮，但敦实、厚重，是历史的印迹与记忆，也就弥足珍贵了。它像城市与乡村的界线，现代文明与田园牧歌的界线，更像现实与历史的界线，鲜明、突兀地杵在那里，强烈地冲击着我的视线与神经。

有人说，华山实现了都市人归园田居的理想与梦想，我怀揣着这个疑问来到这里。想到"归园田居"，没有人会忘了、敢忘了陶渊明，他为东晋之后每个时代的中国人描绘了一种与世无争、逍遥恬静、自耕自足的纯粹世界、纯粹生活，让一代又一代的中国人，特别是文人与士大夫，对"采菊东篱下，悠然见南山"充满憧憬与向往。看到华山坑坑洼洼、高高低低的那几畦农田，我头脑里想到的是"都市放牛"这样的字眼，原谅我这么不识时务，又这么直截了当。周围是高大的楼房、嘈杂的市井声音，没有山的宁静、沉稳、巍峨，没有水的凛冽、清凉、透彻，没有土地的芬芳、静谧、辽阔，自然也就没有大自然的磅礴气势与雄浑有力。华山的归园田居，是个微雕吧，聊以慰藉浮躁的现代人无处安放的渴望与情怀。

有人说，这是奉献给都市的一片花海。花海这个词汇容易引起人们蓬勃、富丽的想象，那该是一种气势与气魄，一种震撼灵魂的力量与惊艳。华山那几畦鲜花，还构不成海洋汹涌的气象与壮丽，自然也就没有震慑人的力量，没有让人惊颤的魅力。百花果、丝瓜、南瓜、葡萄等，才长出一两尺的高度，纤纤细细、娇娇弱弱的，还没爬上竹架，自然无法成为曼妙的藤架，无法形成怡人的绿荫。我倒是想到了"锄禾日当午，汗滴禾下土。谁知盘中餐，粒粒皆辛苦"的艰难与不易。要形成真正的田园、真正的花海，还有待时日，我期待有一天，华山惊艳到了我，让我有留下来过简单日子的冲动，让我也附庸风雅，追一追魏晋之风。

华山民居成群了吗？成群了。因为早年人们建房子，就是这么任性，你朝东我朝西、你选高我择低，一座又一座的老房子散落在田间地头，根本无法用错落有致来形容，也无法用高低起伏来比喻。四周都是农田，脚下就是泥土，这么多闽南古大厝坐落其中，有点随性、随意，漫不经心。走着走着，我突然问华山村的蔡书记：华山村原来很富呀？书记回答：因为穷，很多人被迫漂洋过海出去闯荡，就成了华侨。我颔首：荣归故里，衣锦还乡，是华侨的夙愿。到祖祖辈辈繁衍生息的地方，建造一个家，是最初的愿望，也是最美的归宿。

是呀，没有华侨，靠面朝黄土背朝天、挥汗如雨地向大地刨食，谁有能力在温饱之余建造大厝？华山的古大厝，极少有典型的"皇宫起"闽南大厝的规格与规模，这说明华侨中杰出者寥寥？当然不是，首先，我们不说华侨，先说台湾同胞，在海峡对岸，台湾首富、旺旺集团主席蔡衍明的父亲就从这里走出去，华山成为蔡衍明的祖籍地，近年来他多次返乡寻根谒祖，捐建学校、祠堂，贡献家乡的公益事业。是呀，富贵不返乡，等于锦衣夜行。飞得再高、再远，故乡永远是漂泊者心灵的栖息地。他们的故居，算得上华山的代表性建筑。

没有华侨，何来侨乡？蔡衍和故居，就是一座闽南传统的官式大厝，建于抗战时期的 1942 年。看到这个时间节点，我有点傻了、呆了：抗战期间，交通断绝，侨汇中断，侨乡极其困难，很多侨眷生活在水深火热之中，菲律宾也沦为炮火纷飞的战场。蔡衍和在如此艰难的岁月里回乡建了这两进五开间的大厝？什么原因、什么故事，还有待追索。我认真观察，房子保存完好，很精致、精美，大门紧闭，往缝隙探头一看，还有人在这里安居乐业。我看到大门左右各有一个边门，上书"据德""依仁"。心想：这就是建房者要传递给后人的家训吧？这就是生生不息的闽南文化之根脉吗？

因有人居住着，我们不便打扰，便前往下一家——蔡衍湖民居。房子建于 1948 年，看到这个年份，我有点信服地笑了，因为这个信息没有冲击我固有的知识储备：抗战结束后，华侨纷纷返回阔别多年的故乡，有的赶紧筹建家园，比如龙穴村那座被列入第八批全国重点文物保护单位的景胜别墅，也是建于这个时间节点。蔡衍湖故居更让我喜欢，也更吸引我，因为这座房子更为小巧、别致、新颖，两侧榉头均有两层的角脚楼。踏上狭窄逼仄的木板楼梯，伴随着咚咚咚的声响，我小心翼翼地来到二楼。恍惚间，有时光倒流之感，我好像是民国期间的女子，在蜜色的黄昏，登上小姐楼，依着栏杆，眼前无限旖旎的风光，远处青山葱郁翠绿，近处红砖古厝鳞次栉比，炊烟缕缕、微风阵阵……我陶醉在自己的想象中，温馨而美好。

蔡书记告诉我：华山村原有 3000 多人，外来人口 6000 多人，外地人是本地人的两倍。我不禁哂笑：当时背井离乡出去打拼，如今外地人来这里讨生活，这又是另一种历史轮回呀。走在一座座人去楼空的古厝之间，我不禁想到一个很现实也很重要的问题："这房子修缮后打算如何经营开发？"书记摇头："也不知政府有何规划。"我抬头，面前这座不高的山，叫荆山，山的那头就是晋江。便大胆地试问："能否像晋江五店市那样经营？单纯的空房子没有生机、活力呀！"蔡书记没有作答，我也觉得难度很大：全国各地过度开发、重复建设，何其之多；真正打造出品牌、搞出品质的，何其之少！前些年烫手的农家乐，现在也农家苦、农家惨了。华山古民居的命运走向如何，值得更多人关注、出谋献策。

转念一想，干吗一定要有浓郁的商业气息、有熙熙攘攘的人流？把濒临消失的古厝抢救性地保留下来，让它们免于在荒草、灰尘、蛛网的侵袭下消遁，静静地点缀这块生机蓬勃的版图，不也就功德无量？

无限遐思中，我发了一组微信，留言随即接二连三地窜进来，我一看，是夫家的亲堂大嫂，她的声音很激动："小的，你发的是我的娘家呀！那三座大厝，都是我们家。我住到二十几岁，才嫁给你大的。我爷爷的父亲到南洋打拼，后来赚了大钱，才有能力盖这么多房子。祖上过去做布坊，染布的。当时五服内的亲堂都住在一起，有一座住十几户，有一座住九户，现在都往外发展出去了。我爷爷活到 86 岁，在世时经常感慨，说祖上有本事，就出狂妄子弟，真的，他本人就是畅仙仔。我父亲更不行了，44 岁就过世，家道很快就没落了。现在整个大家族也是发展不平衡，有的赚大钱，有的穷光蛋。这三座房子，跟政府签约 20 年，由政府出资修缮，20 年后归还……"

亲堂大嫂唠唠叨叨一大堆，那"小的、大的"称呼，江湖气十足，语气也从自豪、惋惜到感叹。这种故事在闽南侨乡，太稀松平常了，不会引起太大的波澜。三十年河东三十年河西，时过境迁、沧海桑田，这是不变的规律。人世沉浮，是每个人必须接受的现实。我听后却感慨万千，自己娘家也遭遇同样的规律与命运呀。作为凡人，我们除了发几声无关痛痒的感叹，还想诘问：富不过三代，真的是逃不过的咒语？

亲堂大嫂从山里嫁到海边，没有改变劳作的命运，她留下一段絮絮叨叨，告诉我要做"泡"去了。"泡"是本地话，即养殖用的浮球、泡沫球。

印象中，大嫂大胆泼辣、精明能干，热衷宗族事务，热心帮助别人，颇有大嫂的气度与风范。她特别吃苦耐劳，到了让人心疼的地步，男人一样的性格、男人一样的魄力，也干男人一样的重活、累活、苦活，年纪轻轻就粗粝得像海边的礁石，显露出饱经风吹雨打的沧桑，我很少看到这么不爱美、不爱惜自己的女子，特别是闽南女子。据说，亲堂伯、亲堂姆很早去世，留下两个儿子，兄弟俩孤儿似的在风吹日晒中长大，长大后却高大帅气，也就有了娶媳妇的资本。这个出生于没落华侨家庭的女子自愿跟着他回家，为他生儿育女，撑起一个空空落落的家。她过门后，又张罗小叔子的婚事，此后一直尽心尽力罩着小叔一家，确有长嫂如母的姿态。我认识她时，她已经被生活磨砺得粗糙不堪，那时她才三十几岁。十几年后，她顶天立地般的丈夫得了癌症，不治而逝，把一个才刚刚有起色的家丢给她，她只好更辛苦、更艰难地打拼着，嫁女儿娶儿媳、盖房子、带内外孙，顽强又独立地完成人生使命。

我听着她的留言，声音里还有咔咔咔的爽朗笑声，却"咔"得我生疼。一个家族的世态轮回，一个家族的悲欢离合，就这样鲜活地冲击着我，让我凛冽地清醒着。

"这是我的家呀……"大嫂多次重复着。是呀，我深深地理解她：闽南古大厝是闽南大地上最具特色、最典型的家，是我们祖辈的栖息地，是我们的摇篮血迹、我们的理想家园。这是凝固的诗、凝固的画，也是凝固的情。这也是我痴迷它的原因。

　　华山回来，我心潮起伏着。华山，让我无法释怀、无法轻描淡写，我还想看古厝去！

　　高寒，原名高晶璟、高晶炯，籍贯福建石狮永宁，石狮华侨中学高级教师。中国作家协会会员、泉州市作家协会副主席、石狮市作家协会主席。著有《欣荣府》《大洋楼》《情字一身债》《心灵的守望者》《清平乐》（上下部）、《倾城91小时》《海风拂面》等8部个人专著。作品发表于《中篇小说选刊》《小说选刊》《中国文学》《福建文学》《泉州文学》《厦门文学》等刊物，《石狮市志》（1998—2010年）副主编。

后记

2020 年 5 月 2 日，石狮市市长黄春辉先生到文联调研。座谈会中亲切地关心起石狮市作协的发展情况、创作成绩，饶有兴趣地打听会员有没有创作反映石狮的作品，我不假思索地回答：有呀，还不少。他说：能否拿一本给我看看？我一时措手不及：文章零星发表在报纸杂志上，没有书籍。有几本已成书的，很不错，但大多不是石狮人自己写的。他再次很诚恳地问：能否借我拜读一下？我马上跑到一楼书吧，找出《中国狮》《中国纺织服装名城》《作家眼中的石狮》，呈送给他，市长很高兴地带走了。

事后，我萌发了把石狮人，特别是石狮市作协会员近年来写石狮的文章汇编成册的冲动与愿望。这就是这本书的缘起与由来。我认为此举意义非凡：由石狮人用具体作品描绘石狮的美丽风光、独特景观；展示石狮建市以来所取得的翻天覆地的变化，歌颂石狮改革开放的辉煌成就、伟大业绩，讴歌石狮人民的聪明才智、拼搏精神、豪迈气魄；反映石狮华侨艰难的奋斗历程、无私的奉献精神、拳拳的家国情怀以及对摇篮血迹的深情厚谊；尤其，2021 年为中国共产党创建 100 周年，结集此书，回顾伟大的奋斗历程，展示卓杰的民族精神，价值与意义更为深远。

五月中旬，我马上发动会员把手中相关作品进行修改、整理，作品汇集后，便组建评选小组，认真阅读，再以投票的方式对近百篇文章进行筛选，决定去留，最后择取 70 多篇（首），20 多万字，可成一本不厚不薄分量适中的书。

但是，正所谓理想很丰满，现实很骨感。一叠厚重的文稿堆在案头，烦恼便来了：如何出版发行？巧妇难为无米之炊呀。近年来特别是今年石狮经济大受影响，节省开支，是普遍现象，而出书属于锦上添花，非生活必需或迫在眉睫之事。况且，近年来书号锐减，物以稀为贵，纸张、人工成本也暴涨，出本书成为很多人难以企及的奢望。出书一事得到本会创会会长、现本会名誉主席蔡世佳先生的关心和支持。他认为：石狮为著名侨乡，几百年来石狮人一代又一代闯荡出去，足迹遍布世界各地，他们艰难打拼、努力创业、成就斐然，但无论离家多久多远，他们的桑梓情怀永远没有改变。石狮在外的侨胞、同胞素以爱国爱乡著称，大陆的发展，特别是石狮的繁荣进步，离不开他们的大力支持、无私贡献，我们出现一大批石狮籍的社会贤达、商界精英、政治人物，总之，他们是会支持的。经过运筹帷幄，出书一事得到世石联会长林嘉南先生、执行会长施养谊先生等的认同与支持。他们认为：出一本石狮人写石狮的书，这想法很好！2021年是中国共产党成立100周年，在这伟大光辉的时刻，石狮作协和世界石狮同乡联谊会一起合作出本书也很有意义！事情便敲定下来。

深情厚谊，无以回报，石狮作协唯有以书的特殊形式，纪念这伟大的纪年！所谓文章千古事，感谢林嘉南先生、施养谊先生，祝福世界石狮同乡联谊会蒸蒸日上、前程似锦！

再次由衷感谢所有热爱文学、扶持文学的同志！我相信爱是春风化雨，能滋润世间万物，石狮作协也会在这春天般的温暖中茁壮成长！

高寒

2020 年 12 月 12 日